Das Buch

In Stockholm wird die Leiche einer jungen Mutter gefunden. Sie ist nicht die erste Frau, die in den vergangenen Monaten in einem Vorort erstochen wurde. Treibt ein Serientäter sein Unwesen, oder verbirgt sich etwas anderes hinter den Morden? Journalistin Annika Bengtzon will den Geschichten der Opfer auf den Grund gehen, denn sie glaubt nicht an eine Serie. Da verändert eine Nachricht schlagartig ihr Leben. Terroristen haben ihren Mann Thomas entführt. Mit einer internationalen politischen Delegation hält er sich in Afrika auf. Nach und nach exekutieren die Geiselnehmer die Mitglieder der Gruppe. Gemeinsam mit Staatssekretär Jimmy Halenius reist Annika nach Afrika – ohne jeden Anhaltspunkt, ob sie noch rechtzeitig kommen.

»Die Bengtzon-Geschichten unterhalten glänzend, sind modern gemacht.« *FAZ*

»Liza Marklund hat sich … in die vorderste Reihe der viel beschworenen skandinavischen Queens of Crime geschrieben.« *NDR Kultur*

Die Autorin

Liza Marklund, geboren 1962 in Piteå, arbeitete als Journalistin für verschiedene Zeitungen und Fernsehsender, bevor sie mit der Krimiserie um Annika Bengtzon international eine gefeierte Bestsellerautorin wurde.

Von Liza Marklund sind in unserem Hause bereits erschienen:

In der Reihe »Ein Annika-Bengtzon-Krimi«:
*Olympisches Feuer · Studio 6 · Paradies · Prime Time ·
Kalter Süden · Weißer Tod · Jagd · Verletzlich*

Liza Marklund

Weißer Tod

Kriminalroman

Aus dem Schwedischen
von Anne Bubenzer und Dagmar Lendt

Ullstein

Besuchen Sie uns im Internet:
www.ullstein-buchverlage.de

Neuausgabe im Ullstein Taschenbuch
1. Auflage September 2018
© für die deutsche Ausgabe Ullstein Buchverlage GmbH,
Berlin 2012 / Ullstein Verlag
© 2011 by Liza Marklund
Titel der schwedischen Originalausgabe: *Du gamla, du fria*
(Piratförlaget, Stockholm 2011)
Umschlaggestaltung: zero-media.net, München
Titelabbildung: ©FinePic®, München
Satz: LVD GmbH, Berlin
Gesetzt aus der Stempel Garamond
Druck und Bindearbeiten: CPI books GmbH, Leck
ISBN 978-3-548-29012-6

TAG 0

Dienstag, 22. November

Ich hatte keine Angst. Die Straßensperre sah aus wie alle anderen, die wir passiert hatten: Ölfässer auf beiden Seiten der Piste (ein Frevel, so etwas Straße zu nennen), quer darüber ein notdürftig von Ästen befreiter Baumstamm und daneben einige Männer mit verdreckten Maschinengewehren.

Kein Grund zur Beunruhigung also. Trotzdem drückte Catherine ihr Bein fest an meins. Das Gefühl strömte durch Muskeln und Nervenbahnen bis in meinen Schwanz, aber ich verfolgte es nicht weiter, sondern warf ihr nur schnell einen Seitenblick zu und lächelte sie vielversprechend an.

Sie war interessiert, wartete nur auf meinen nächsten Zug.

Ali, unser Fahrer, ließ das Seitenfenster runter und reichte unsere Passierscheine mit der beglaubigten Sicherheitsstufe hinaus. Ich saß direkt hinter ihm. Der Wagen war für den Verkehr im Commonwealth gebaut und hatte Rechtssteuerung. Ein heißer Wind wirbelte Staub herein, trocken und rau. Ich betrachtete die Landschaft: niedrige Dornenbüsche, struppige Akazien. Die Erde war verbrannt, der Himmel endlos. Ein Stück weiter vor uns war auf der rechten Seite ein schmutziger Lastwagen zu erkennen, vollbeladen mit leeren Flaschen, alten Kartons und einem Tierkadaver. Der andere Landcruiser hielt links neben uns, und die deutsche Staatssekretärin winkte durchs Fenster herüber. Keiner von uns machte sich die Mühe zu reagieren.

Warum wurde eine Staatssekretärin auf eine solche Reise geschickt? Diese Frage stellten wir uns alle.

Ich sah auf die Uhr. 13.23. Wir hatten ein wenig Verspätung, aber nicht nennenswert. Der rumänische Delegierte hatte jede

Menge Fotos geschossen, und Catherine hatte bereits eine Art Briefing für die Konferenz abgeschickt. Ich konnte mir schon denken, warum. Sie hatte keine Lust, den Abend heute mit Schreibarbeiten zu verbringen. Sie wollte das offizielle Essen ausfallen lassen und mit mir allein sein. Sie hatte mich noch nicht gefragt, aber ich spürte es.

Jetzt lehnte sie sich an mich, doch ich beschloss, sie noch ein bisschen zappeln zu lassen.

»Thomas, was geht hier vor?«, flüsterte sie in schönstem BBC-Englisch.

Unser Fahrer hatte die Autotür geöffnet und war ausgestiegen. Männer mit Maschinengewehren umringten den Wagen. Einer öffnete die Beifahrertür und sagte etwas in lautem Kommandoton zu dem Dolmetscher. Der schmächtige Mann hob die Hände über den Kopf und stieg ebenfalls aus; ich hörte, wie einer der Bodyguards auf dem Sitz hinter uns seine Waffe entsicherte. Plötzlich sah ich Metall aufblitzen. In diesem Augenblick fand ich die Situation zum ersten Mal unangenehm.

»Es ist alles in Ordnung«, sagte ich und versuchte, gelassen zu klingen. »Ali regelt das schon.«

Auf der Beifahrerseite wurde jetzt auch die hintere Tür geöffnet. Der französische Delegierte, Margurie, der direkt an der Tür saß, stieg demonstrativ seufzend aus. Trockene Hitze drang herein und vernichtete den letzten Rest der klimatisierten Luftfeuchtigkeit im Wageninneren, der rote Staub legte sich wie ein dünnes Flies auf die Lederbezüge.

»Worum geht es?«, fragte der Franzose mit nasaler Stimme. Er klang ehrlich entrüstet.

Ein hochgewachsener Mann mit gerader Nase und hohen Wangenknochen baute sich vor meiner Tür auf und starrte mich an. Sein schwarzes Gesicht kam sehr nah. Das eine Auge war rotgeädert, als ob es erst kürzlich einen Schlag abbekommen hätte. Er hob sein Maschinengewehr und klopfte mit dem Lauf ans Fenster. Hinter ihm flimmerte die Luft vor Hitze, der Himmel erschien weiß und löchrig.

Die Angst schnürte mir den Hals zu.

»Was sollen wir tun?«, flüsterte Catherine. »Was wollen diese Männer?«

Annikas Bild schoss mir durch den Kopf, ihre großen Augen und ihr regengleiches Haar.

»Macht demonstrieren«, sagte ich. »Mach dir keine Sorgen. Tu, was sie sagen, dann wird es schon gutgehen.«

Der Lange öffnete die Tür auf meiner Seite des Wagens.

TAG 1

Mittwoch, 23. November

Der Körper der Frau lag zugeschneit auf dem Waldboden, knapp zwanzig Meter von der Kindertagesstätte entfernt. Ein Stiefel ragte aus dem Schnee, wie ein heruntergewehter Ast oder wie ein Teil einer rausgerissenen Wurzel. Genau an dieser Stelle sah die Skispur auf dem Weg unsicher aus, die Abdrücke der Skistöcke waren unregelmäßig. Ansonsten war der Schnee unberührt.

Wäre der Stiefel nicht gewesen, hätte der Körper auch ein Stein sein können, ein Ameisenhaufen oder ein Sack mit Herbstlaub. Er wölbte sich wie eine weiße Robbe aus dem Unterholz, schimmernd und weich. Schneekristalle, die am Stiefelschaft hängengeblieben waren, glitzerten hier und da im Licht der Dämmerung. Der Schuh war braun, der Absatz spitz.

»Sie dürfen hier nicht hin.«

Annika Bengtzon kümmerte sich nicht um den Polizisten, der hinter ihr angeschnauft kam. Sie hatte sich über einen Pfad hinter dem Selmedalsvägen bis zum Fundort durchgeschlagen, vorbei an einem verlassenen Fußballplatz, einen Hügel hinauf und durch den kleinen Wald. Ihre Stiefel waren voller Schnee und es würde nicht mehr lange dauern, bis sie in den Füßen jegliches Gefühl verloren hätte.

»Ich kann keine Absperrung entdecken«, sagte sie, ohne die Leiche aus den Augen zu lassen.

»Dies ist ein Tatort«, sagte der Polizist. Es klang, als würde er seiner Stimme bewusst mehr Tiefe geben. »Ich muss Sie bitten, sich zu entfernen. Sofort.«

Annika machte noch zwei Bilder mit der Handykamera und

schaute zu dem Polizisten auf. Er hatte nicht einmal richtigen Bartwuchs.

»Ich bin beeindruckt«, sagte sie. »Die Leiche ist noch nicht ausgegraben und Sie haben schon eine vorläufige Todesursache. Wie ist die Frau denn gestorben?«

Die Augen des Polizisten wurden schmal.

»Woher wissen Sie, dass es sich um eine Frau handelt?«

Annika sah wieder zur Toten hinüber.

»An und für sich stehen ja auch Transen auf hochhackige Schuhe, aber die tragen selten Größe … Was meinen Sie? Sechsunddreißig? Siebenunddreißig?«

Sie ließ ihr Handy in die Umhängetasche fallen, wo es in einem Meer aus Stiften, Kinderhandschuhen, Berechtigungsausweisen, USB-Sticks und Notizblöcken unterging. Ein Kollege des Beamten kam mit einer Rolle Absperrband in der Hand keuchend den Hügel herauf.

»Ist sie vermisst gemeldet?«

»Das ist doch zum Kotzen«, sagte der andere Polizist.

»Was denn?«, fragte Annika.

»Dass die von der Einsatzzentrale die Presse informieren, bevor sie eine Streife losschicken. Hauen Sie ab.«

Annika schulterte ihre Tasche, kehrte der Leiche den Rücken zu und ging wieder zum Fußballplatz hinunter.

Seit ein paar Monaten arbeiteten Polizei, Rettungsdienst und Feuerwehr in ganz Schweden mit dem neuen digitalen Funksystem RAKEL. Es war abhörsicher, und sämtliche zivilen Belauscher des Polizeifunks waren dadurch arbeitslos geworden. Das Personal der Bezirks-Einsatzzentralen hatte den Job und die Gehaltsaufbesserung, die bei den Medien für Hinweise auf Gewalt und Elend raussprang, begeistert übernommen.

Am Waldrand blieb Annika stehen und ließ den Blick über die vorstädtische Umgebung schweifen.

Die graubraunen neunstöckigen Häuser weiter unten waren in Frost und Nebel gehüllt. Die schwarzen Äste der Bäume spiegelten sich in den blanken Fenstern. Sicher waren die Häuser in den 70ern, ganz zu Anfang der staatlichen Großoffensive im sozialen Wohnungsbau, gebaut worden – die Fassaden vermittelten trotz allem eine Art Wertigkeit, als hätte man damals noch den Ehrgeiz gehabt, menschenwürdigen Wohnraum zu schaffen.

Sie hatte kein Gefühl mehr in den Zehen. Es war schon später Nachmittag. Zwischen den Betonklötzen schien der Wind zu pfeifen.

Axelsberg. Ein Wohngebiet ohne äußere Begrenzung, der Name einer zugigen U-Bahnstation.

»Es gibt eine Leiche hinter einer Kita in Axelsberg, kann noch nicht lange da liegen.«

Der Anruf war von der Telefonzentrale der Zeitung gekommen, als sie gerade auf dem Rückweg von IKEA in Kungens Kurva war. Daraufhin pflügte sie quer über alle vier Fahrspuren durch den Schneematsch, fuhr bei Mälarhojden von der Autobahn ab und erreichte den Fundort sogar eine halbe Minute vor dem ersten Streifenwagen.

Sie schickte zwei der Handyfotos an den Newsdesk, das eine zeigte den Fundort, das andere war eine Nahaufnahme des Schuhs.

Eine Leiche bedeutete nicht zwangsläufig, dass ein Verbrechen geschehen war. Die Polizei ermittelte immer bei unklaren Todesfällen, aber oft stellte sich heraus, dass eine natürliche Ursache vorlag, ein Unfall oder Selbstmord.

Etwas sagte ihr, dass dies hier nicht so war.

Diese Frau war nicht joggen gewesen und hatte dann einen Herzinfarkt bekommen. Nicht in solchen Schuhen. Und selbst wenn, wäre sie nicht durch das Gebüsch neben dem Weg gejoggt. Es war kaum wahrscheinlich, dass sie gestolpert und gefallen war, mehrere Meter weit und direkt ins Dickicht.

Die Leiche war zugeschneit, aber der Informant hatte recht gehabt: Sie konnte noch nicht lange dort gelegen haben.

Es hatte erst spät am Vorabend begonnen zu schneien. Scharfe Eiskristalle, die gegen die Fenster peitschten und jeden wie Nadeln ins Gesicht stachen, der wie Annika gezwungen gewesen war, um halb elf Uhr abends noch einmal das Haus zu verlassen und Milch zu kaufen.

Im Laufe des Morgens war der Schneefall stärker geworden, und der nationale Wetterdienst SMHI hatte eine Unwetterwarnung herausgegeben.

Vor einer Stunde hatte der Schneefall dann plötzlich aufgehört.

Die Frau konnte nicht die ganze Nacht dort gelegen haben, sonst wäre auch der Fuß eingeschneit gewesen.

Sie ist irgendwann in den Morgenstunden dort hingekommen, dachte Annika. Was hatte eine Frau in hochhackigen Stiefeln morgens um acht im Schneesturm und allein auf einem Fußweg hinter einer Kindertagesstätte zu suchen?

Annika bog nach rechts ab, hinunter zur Straße.

Auf dem Selmedalsvägen gab es nicht nur eine, sondern gleich zwei Kindertagesstätten direkt nebeneinander: eine städtische und eine private. Drei Streifenwagen mit rotierenden Saftmixern auf dem Dach produzierten vor den Kitaeingängen eine Wolke aus Abgasen, die in Schwaden zwischen Klettergerüsten und Rutschbahnen abzogen. Solange das Blaulicht eingeschaltet war, mussten die Motoren laufen, sonst entluden sich die Batterien. Mehr als einmal war eine entscheidende Verbrecherjagd gescheitert, weil die Polizeiwagen nicht angesprungen waren.

Zwei Frauen und ein Mann, vermutlich Eltern, näherten sich mit aufgerissenen Augen und schnellen Schritten. War etwas passiert? Doch wohl nicht in ihrer Kita? Doch wohl nicht ihren Kindern? Ach nein, dann hätte man sie ja angerufen.

Annika stellte sich hinter einen der Streifenwagen, um die Leute abzupassen. Der Vater übernahm das Kommando und ging zu dem Polizeianwärter, der in der Kälte abgestellt worden war, um die Presse und andere Neugierige abzuwimmeln.

Eine Person sei aufgefunden worden, vermutlich tot, oben im Wald … Nein, nicht auf dem Grundstück der Kita, oben auf dem Hügel im Wald … Nein, es sei unwahrscheinlich, dass eines der Kinder die Leiche gesehen habe … Nein, die Todesursache sei zum aktuellen Zeitpunkt noch nicht bekannt und nichts deute darauf hin, dass der Todesfall im Zusammenhang mit der Kita stehe …

Die Eltern atmeten auf und eilten zu ihrem Nachwuchs, offensichtlich erleichtert, dass der Tod auch dieses Mal das Problem und die Sorge anderer Leute war.

Sie ging zu dem Polizeianwärter hinüber.

»Bengtzon«, sagte sie. »Vom *Abendblatt*. In welcher Kita hatte sie ihre Kinder?«

Der Anwärter schielte zur städtischen Kita hinüber.

»Eins«, sagte er. »Sie hatte nur ein Kind, soweit ich weiß. Einen Jungen.«

Annika folgte seinem Blick. Ein roter Pappstern leuchtete im Fenster der Eingangstür. Auf den Scheiben klebten ausgeschnittene weiße Schneeflocken.

»Wer hat denn Alarm geschlagen? Ihre Kollegen? Weil sie heute Morgen nicht zur Arbeit erschienen ist?«

Er schüttelte den Kopf.

»Ein Nachbar«, sagte er und trat einen Schritt zurück. »Aber darüber müssen Sie mit den Kollegen von der Einsatzzentrale sprechen oder einem Vorgesetzten. Ich weiß eigentlich nichts.«

Das Unbehagen begann wie ein dumpfer Bass in ihrer Magengegend zu vibrieren. Dass sie sich nie daran gewöhnte.

Eine junge Mutter mit kleinen Füßen und hohen Absätzen liefert ihr Kind in der Kita ab, geht heim und stirbt auf einem Fußweg im Schneesturm.

Sie merkte, dass sie vor Kälte zitterte. Der Pappstern drehte sich langsam im Fenster. Ein Mann auf einem Fahrrad fuhr den Selmedalsvägen entlang.

Sie durchwühlte ihre Tasche nach dem Handy, knipste ein Foto von der Kita, nickte dem Polizeianwärter kurz zu und ging zu ihrem Auto.

Seit es aufgehört hatte zu schneien, war die Temperatur beträchtlich gefallen. Ihr Atem gefror an der Innenseite der Windschutzscheibe, und sie musste das Heizgebläse ein paar Minuten auf höchster Stufe laufen lassen, ehe sie losfahren konnte. Sie schnürte ihre Stiefel auf und massierte energisch die Zehen am linken Fuß, um sie wieder zum Leben zu erwecken.

Ellen und Kalle gingen inzwischen allein vom Hort nach Hause. Das war allerdings weniger heldenhaft, als es klang, denn der Hort lag auf der anderen Seite der Hantverkargatan – auch ein Grund, warum sie sich noch nicht um ein neues Domizil gekümmert hatten, obwohl ihre gemietete Dreizimmerwohnung viel zu klein war.

Der Stau kam etwas in Bewegung, sie ließ die Kupplung kommen, und das Auto schlingerte ein paar Meter durch die Schneewehen. Nicht einmal die Stadtautobahn Essingeleden war geräumt. Ob nun der Klimawandel oder der neue Rechtsruck in der Kommunalpolitik für die Schneewälle auf der Autobahn verantwortlich war – möglich war alles. Annika seufzte, griff nach ihrem privaten Handy, rief die zuletzt gewählte Nummer an und lauschte dem Rauschen von Stürmen und Satelliten. Die Verbindung wurde hergestellt, ohne dass ein Rufzeichen zu hören gewesen wäre.

»Hello, you have reached Thomas Samuelsson at the Department of Justice …«

Genervt und eine Spur beschämt beendete sie die Verbindung. Ihr Mann war schon seit vorgestern Abend nicht mehr an sein Handy gegangen. Jedes Mal, wenn sie versucht hatte, ihn zu erreichen, landete sie bei dieser manierierten Mailboxansage, die er stur auf Englisch beibehielt, obwohl sie inzwischen seit fast vier Monaten aus Washington zurück waren. Und dann auch noch dieses deutlich ausgesprochene und betont nonchalante *»Department of Justice«*. Du liebe Güte …

Ihr Redaktionshandy klingelte irgendwo weit unten in ihrer Tasche. Sie kramte in aller Ruhe danach, weil der Verkehr ohnehin stand.

»Was zur Hölle hast du mir da für Bilder geschickt?«

Patrik Nilsson, der Nachrichtenchef des Blattes, hatte offenbar die Fotos vom Waldweg in die Finger gekriegt.

»Eine Tote. Die Frau hat ihren Sohn heute Morgen bei der Kita abgeliefert und ist auf dem Heimweg gestorben. Todesursache unklar. Ich wette einen Zehner, dass sie mitten in einer Scheidung steckt und der Vater des Jungen sie totgeschlagen hat.«

»Sieht aus wie eine Baumwurzel. Wie war es bei Ingvar?«

»Ingvar?«

»Ingvar Kamprad aus Elmtaryd Agunnaryd?«

Sie musste sich anstrengen, um sich an den Auftrag, für den sie ursprünglich losgeschickt worden war, zu erinnern.

»Das gibt nichts her.«

»Bist du sicher?«

Patrik hatte sich in den Kopf gesetzt, dass das Dach der IKEA-Halle in Kungens Kurva, der weltweit größten Filiale, wegen der Schneelast akut einsturzgefährdet sei. Zweifellos wäre das eine gute Story gewesen, wenn es denn gestimmt hätte. Das Personal an der Information war vollkommen überrascht, als Annika fragte, ob es Probleme mit einem einsturzgefährdeten Dach gebe. Sie tat so, als habe sie einen Hinweis aus der Bevölkerung bekommen, was allerdings nicht ganz der Wahrheit entsprach. Der »Hinweis« war vermutlich während der Elf-Uhr-Konferenz am Vormittag in Patrik Nilssons Gehirn entstanden. Folglich hatte man sie losgeschickt, um herauszufinden, ob sich die Wirklichkeit irgendwie den Bedürfnissen des *Abendblatts* anpassen ließ, was, wie sich in diesem Fall herausstellte, einigermaßen schwierig zu bewerkstelligen war. Das Personal an der Information hatte irgendeinen technischen Leiter in einem Zentralbüro angerufen, der telefonisch versicherte, dass das Dach eine Schneelast von zweiundzwanzig Metern aushielt. Mindestens.

»Kein marodes Dach«, sagte sie lakonisch.

»Verdammter Mist, haben sie dich raufgelassen, damit du nachsehen konntest?«

»*Yes*«, log sie.

»Nicht mal Risse?«

»Null.«

Plötzlich kamen die Autos um sie herum wieder in Bewegung. Sie schaltete in den ersten Gang, geriet im Schneematsch ein wenig ins Rutschen und konnte dann auf fast 20 Stundenkilometer beschleunigen.

»Was machen wir mit der toten Mama?«, fragte sie.

»Mit der umgestürzten Wurzel?«

»Die Polizei weiß so gut wie sicher, wer sie ist. Ein Nachbar hat angerufen und sie im Laufe des Tages vermisst gemeldet. Aber bestimmt geben sie den Namen heute Abend nicht mehr frei.«

»Ist das die, die hinter einer Kita gelegen hat?«, fragte Patrik mit neuem Interesse in der Stimme. »Ist sie von einem der Kinder gefunden worden?«

»Nein«, sagte Annika und schaltete in den zweiten Gang. »Einem Langläufer.«

»Bist du sicher? Vielleicht ist eines der Kinder mit einem Schlitten auf sie drauf gefahren? Vielleicht hat ja ein Arm rausgeguckt und sich in der Kufe verfangen?«

»Der Stau löst sich auf«, sagte Annika. »Ich bin in einer Viertelstunde da.«

Sie stellte den Wagen im Parkhaus der Zeitung ab und nahm die Treppe hinunter in die Katakomben. Früher hatte es vier Aufgänge zur Redaktion gegeben, aber Bombendrohungen und Besserwisser hatten dafür gesorgt, dass momentan alle bis auf einen geschlossen waren. Die einzige Möglichkeit, die Hausmeisterei zu umgehen, war der Weg vom Parkhaus hinunter in den Keller und dann mit dem Fahrstuhl hinter der Rezeption vorbei nach oben. Zwar war Tore Brandt gefeuert worden, als herauskam, dass er nachts schwarzgebrannten Schnaps an die Redakteure verkaufte, aber das alte Unbehagen, das sie immer überfallen hatte, wenn sie an dem langen Tresen vorbeimusste, steckte ihr noch in den Knochen, und sie entschied sich fast immer für den Weg durch den Keller.

Es dauerte ein paar Minuten, bis der Aufzug da war. Auf dem Weg nach oben zog sich wie jedes Mal, wenn sie in die Redaktion kam, ihr Magen in einer Art erwartungsvoller Spannung zusammen, bereit für alle Eventualitäten.

Sie holte tief Luft, dann betrat sie den fleckigen Teppichboden.

Die Bürolandschaft war während ihrer drei Jahre als Korrespondentin in Washington mehrfach umgebaut und zeitgemäß an die neuen Ansprüche von Teamarbeit und Flexibilität angepasst worden. In der Mitte schwebte der Newsdesk wie ein leuchtendes Raumschiff, um das herum waren wie zwei Halbmonde die Druck- und die Internetredaktion angeordnet, die mit dem Rücken zueinander sitzend auf ihre Computermonitore starrten. Berit Hamrin, ihre Lieblingskollegin, nannte sie »die Erdnussflips«. Die Leute vom Web-TV saßen nebenan, wo sich zuvor die Telefonzentrale befunden hatte. Über ihren Köpfen schwebte ein Dutzend gigantischer Bildschirme, über die Nachrichtenseiten aus dem Web-Fernsehen, Videotext und Dokusoaps flimmerten. Das Marketing und die Anzeigenabteilung waren nun auch räumlich ein Teil der Redaktion. Die Wandschirme, die sie von den Tischen der Tagesreporter getrennt hatten, waren allesamt abgebaut worden. Trotzdem erfüllte sie immer dieselbe konzentrierte Ruhe, wenn sie dort saß.

Ansonsten war alles beim Alten, nur ein bisschen beengter. Die zahlreichen Lampen verteilten noch immer dasselbe blauflimmernde indirekte Licht. Die Tische quollen weiterhin über von Papier. Die Köpfe wurden noch immer konzentriert gesenkt. Zielstrebige Nervosität trieb die Wirklichkeit vor sich her, brach sie auf und erschuf sie neu.

Die Jahre in Washington erschienen Annika wie eine Geschichte, die jemand erzählt oder die sie in einem Roman gelesen hatte; wie die Überbleibsel eines Traums. Das Leben war wieder auf null gestellt. Genau hier hatte sie vor dreizehn Jahren als Sommervertretung angefangen, war Hinweisen nachgegangen, als Springer und Handlanger der Nachrichtenbranche.

Eine zähe Müdigkeit erfasste sie. Die Zeit drehte sich unablässig um ihre eigene Achse, Annika rannte noch immer den gleichen Frauenmorden hinterher wie in ihrem ersten Sommer, lediglich im Auftrag anderer Nachrichtenchefs. Sie war zurück und wohnte im selben Viertel wie früher, bloß in einer anderen Wohnung, die Wirklichkeit war davongelaufen und hatte sie zurückgelassen.

»Hast du schon gegessen?«, fragte sie Berit Hamrin, die konzentriert auf ihrem Laptop schrieb.

»Eine Scheibe Brot«, sagte Berit, ohne den Blick vom Bildschirm zu heben oder langsamer zu tippen.

Annika holte ihren Rechner aus der Laptoptasche. Selbst die Bewegungen waren die gleichen: Stecker einstöpseln, Schirm aufklappen, Rechner starten, ins Netzwerk einloggen. Berits Haar war grauer geworden, und sie trug eine andere Brille, ansonsten hätte die Welt um Annika herum dieselbe sein können wie in dem Jahr, als sie 24 geworden war. Damals war es heißer Sommer gewesen, und die tote junge Frau hatte hinter einem Grabstein auf einem Friedhof gelegen. Jetzt war es eiskalter Winter, und die Toten lagen hinter Kitas in einem Wäldchen. Oder auf Parkplätzen. Oder in einer Wohngegend oder oder oder …

Sie runzelte die Stirn.

»Du«, sagte sie zu Berit, »hat es im Herbst nicht mehrere Frauenmorde in Stockholm gegeben? Im Freien?«

»Nicht mehr als sonst auch, glaube ich«, sagte Berit.

Annika öffnete die Seite mediearkivet.se, ein kostenpflichtiges Online-Archiv, in dem die meisten Medien Schwedens ihre veröffentlichten Artikel und Beiträge speicherten. Sie suchte nach »Frau ermordet Stockholm«, dann »ab August« und erhielt einige Treffer. Die Texte waren keine richtigen Artikel, eher Kurzmeldungen, vor allem aus der Morgenpresse.

Ende August war in Fisksätra im Bezirk Nacka am Stockholmer Stadtrand eine 54-jährige Frau tot auf einem Parkplatz gefunden worden. In ihrem Rücken steckte ein Messer. Ihr Mann hatte früher bereits eine kurze Gefängnisstrafe verbüßt, weil er sie geschlagen und bedroht hatte. Offenbar hatte man ihn wegen Mordes angeklagt, später aber aus Mangel an Beweisen laufengelassen. Da der Ehemann sofort gefasst worden war, blieb es bei einer Nachricht in der Rubrik »Kurz und Knapp« im Stockholm-Teil der *Morgenzeitung*. Die Sache wurde als Familientragödie angesehen und abgehakt.

In derselben Rubrik fand sie die nächste Notiz – eine knappe Woche später veröffentlicht. Eine 19-jährige Ausländerin war an einem beliebten Badestrand am Ulmansjön in Arninge, nördlich der Stadt, ermordet worden. Sie war an unzähligen Messerstichen gestorben. Ihr Verlobter, ihr Cousin im Übrigen, wurde der Tat verdächtigt. Er bestritt, das Verbrechen begangen zu haben.

Und Mitte Oktober war eine 37-jährige Mutter dreier Kinder in einer Straße in Hässelby erstochen worden. Der Exmann der Frau kam unter Anfangsverdacht in Untersuchungshaft. Ob er angeklagt, freigelassen oder verurteilt worden war, konnte Annika dem Ausschnitt nicht entnehmen. Es gab auch noch eine Reihe von Morden und Körperverletzungen mit Todesfolge in anderen Teilen des Landes, aber die Texte dazu waren noch kürzer.

»Du, Annika«, sagte Patrik und baute sich vor ihr auf, »könntest du einen Brand in Sollentuna übernehmen? Scheint so, als würden die Weihnachtsbrände losgehen, irgendeine Alte hat ihren Adventskranz in Flammen gesetzt. Schreib irgendwas darüber, wie schlecht die Schweden mit ihren Feuerlöschern umgehen können und dass sie nie die Batterien in ihren Rauchmeldern erneuern. Kannst eine richtig gute Verbraucher-Aufklärung draus machen: So entkommen Sie den Killer-Kerzen …«

»Ich hab doch noch die tote Mutter bei der Kita«, sagte Annika.

Patrik blinzelte verständnislos.

»Aber das war doch nichts«, sagte er.

»Der vierte Mord, seit ich wieder hier bin«, erwiderte sie und drehte ihm den Bildschirm zu. »Alles Frauen, alle aus Stockholm, alle erstochen. Stell dir vor, es entgeht uns was! Wenn da jetzt ein Serienmörder frei rumläuft?«

Der Nachrichtenchef schien plötzlich unsicher zu werden.

»Meinst du? Wie ist die denn gestorben? Wo war das noch gleich? Bredäng?«

»Axelsberg. Du hast doch das Foto gesehen. Was hältst du davon?«

Patrik ließ den Blick über die Redaktion schweifen und kramte in seinem Gedächtnis nach dem Foto von der Baumwurzel. Vorläufig war sie noch ein Schneehaufen. Sein Blick wurde klar.

18

»Serienmörder?«, kicherte er. »Wunschdenken!«

Er machte auf dem Absatz kehrt und ging mit seinen Killer-Kerzen zu einem anderen Reporter.

»Dich haben sie also dahin geschickt«, sagte Berit. »Mutter von einem Kleinkind? Scheidung? Anzeige wegen häuslicher Gewalt, die niemand ernst genommen hat?«

»Wahrscheinlich«, sagte Annika. »Die Polizei hat ihren Namen noch nicht freigegeben.«

Ohne Namen konnte sie keine Meldeadresse ausfindig machen und somit auch keinen Nachbarn. Kein Hintergrund, keine Story – falls die Frau wirklich ermordet worden war.

»Irgendwas Interessantes?«, fragte Annika und wies auf Berits Text, während sie eine Apfelsine aus ihrer Tasche fischte.

»Erinnerst du dich noch an Alain Thery? Im vergangenen Herbst wurde viel über ihn geschrieben.«

Annika dachte nach. Vergangenen Herbst war sie vollkommen mit der Tea-Party-Bewegung und den amerikanischen Kongresswahlen beschäftigt gewesen.

Sie schüttelte den Kopf.

»Der französische Wirtschaftsmagnat, den sie auf seiner Yacht vor Puerto Banús in die Luft gesprengt haben«, sagte Berit und blickte sie über den Rand ihrer Computer-Lesebrille an.

Annikas Blick versank in Erinnerungen.

Weiße Boote und blaues Meer. Puerto Banús. Das war der Ort, wo sie und Thomas sich wieder nähergekommen waren, in einem Zimmer im Hotel Pyr neben der Autobahn. Sie hatte über den Gas-Mord an der Familie Söderström berichtet, Thomas lebte damals noch mit Sophia Grenborg zusammen. Er war zu einer Konferenz nach Málaga gekommen und dann mit Annika fremdgegangen.

»Auf YouTube ist ein Film veröffentlicht worden«, sagte Berit, »in dem behauptet wird, dass Alain Thery der größte Sklavenhändler Europas war. Sein gesamtes Wirtschaftsimperium war nur eine Fassade, hinter der junge Afrikaner nach Europa geschmuggelt und ausgebeutet wurden. Wenn nötig bis zum Tod.«

»Klingt nach posthumer Verleumdung«, sagte Annika, warf die Orangenschale in den Papierkorb und nahm sich einen Schnitz. Er war sauer wie eine Zitrone.

»Laut dieses YouTube-Films gibt es heute weltweit mehr Sklaven als jemals zuvor, und sie sind nie billiger gewesen.«

»Mit solchen Sachen beschäftigt sich Thomas«, sagte Annika, verzog das Gesicht und aß noch ein Stück Apfelsine.

»Frontex«, sagte Berit.

Annika warf den Rest der Frucht zu den Schalen.

»Genau. Frontex.«

Thomas und sein toller Job.

»Ich finde das einfach schrecklich«, sagte Berit. »Die ganze Frontex-Geschichte ist ein unglaublich zynisches Experiment. Ein neuer eiserner Vorhang.«

Annika loggte sich bei Facebook ein und scrollte durch die Statusmeldungen der Kollegen.

»Das Ziel ist, den armen Teil der Welt von Europas Überfluss auszuschließen. Und mit einer zentralen Organisation ersparen sich die Regierungen der einzelnen Staaten eine Menge Kritik. Sie werfen Leute aus dem Land und verweisen dann einfach auf Frontex und waschen ihre Hände in Unschuld, ungefähr wie Pontius Pilatus.«

Annika lächelte sie an.

»Und in deiner Jugend warst du Mitglied der FNL.«

Eva-Britt Qvist teilte mit, sie freue sich auf einen Theaterbesuch am Abend, Patrik hatte vor dreiundvierzig Minuten eine Fladenbrotrolle gegessen, Bilder-Pelle einen Link zu einer Dokumentation über das *Abendblatt* von 1975 gepostet.

»Frontex' neuste Erfindung ist, dass die Dritte Welt ihre Grenzen selbst dichtmacht. Wie praktisch. Wir in der Ersten, alten und freien Welt brauchen uns mit dieser Frage kein bisschen auseinanderzusetzen. Gaddafi in Libyen hat von unserem EU-Kommissar eine halbe Million bekommen, damit er Flüchtlinge aus Somalia, Eritrea und Sudan in riesigen Konzentrationslagern unterbringt.«

»Stimmt«, sagte Annika. »Aus dem Grund ist Thomas in Nairobi. Sie wollen, dass die Kenianer ihre Grenze nach Somalia schließen.«

Sie packte ihr privates Handy aus und wählte noch einmal Thomas' Nummer.

»Hast du kein neues Telefon bekommen?«

»Doch«, sagte Annika.

»Hello, you have reached Thomas Samuelsson at the …«

Sie legte auf und versuchte, sich über ihr Gefühl klarzuwerden. Die Frage war, mit welcher Frau er heute Abend schlief. Der Gedanke löste keine Scham mehr bei ihr aus, lediglich dumpfe Resignation.

Als die Familie im Sommer nach Schweden zurückgekehrt war, hatte man Thomas eine Stelle im Justizministerium als Referent für Grundsatz- und Rechtsangelegenheiten bei Migranten; für Flüchtlings-, Ausländer- und Asylpolitik angeboten. Kein sonderlich glanzvoller Posten. Thomas war ziemlich sauer gewesen. Er hatte geglaubt, nach den Jahren in Washington etwas Schickeres zu bekommen. Vielleicht hatte er sich mit den Konferenzen getröstet, zu denen er reisen würde.

Annika schob den Gedanken entschlossen beiseite und rief die für Verbrechen im Bezirk Nacka zuständige Staatsanwaltschaft an. Sie wusste, dass die Telefonzentrale rund um die Uhr besetzt war. Welcher Staatsanwalt in einem Mordfall ermittelte, der sich auf einem Parkplatz in Fisksätra ereignet hatte, konnte die Telefonistin ihr jedoch nicht sagen.

»Wir arbeiten auch nur am Bildschirm«, sagte die Frau von der Zentrale bedauernd. »Ich müsste Sie zur Verwaltung durchstellen, aber die macht um fünfzehn Uhr Feierabend.«

Na ja, es war einen Versuch wert gewesen.

Sie rief auch bei der Staatsanwaltschaft in Norrort und Västerort an, doch niemand wusste, wer für den Mord am Badestrand in Arninge und den im Villenviertel in Hässelby zuständig war. (Allerdings wusste jeder, wer die coolen Verbrechen – den spektakulären Werttransportüberfall per Helikopter oder die Drogendelikte berühmter Sportler – untersuchte.)

»Jetzt hat Frontex sogar angefangen, Flugzeuge zu chartern«, sagte Berit. »Sie sammeln in ganz Europa illegale Immigranten ein und fliegen sie nach Lagos oder Ulan Bator aus. Schweden hat auf diese Art schon x-mal Leute abgeschoben.«

»Ich glaube, mir reicht es für heute«, sagte Annika.

Sie fuhr den Computer herunter, packte ihn routiniert zusammen und stopfte ihn in die Laptoptasche, dann zwängte sie sich in ihre Jacke und ging zum Ausgang.

»Moment, Frau Bengtzon!«, hörte sie aus der Hausmeisterei, als sie schon fast durch die Drehtür war.

Verdammt, dachte sie. Die Autoschlüssel.

Sie machte eine Runde mit der Drehtür und kam mit einem angestrengten Lächeln zurück in die Eingangshalle.

»Tut mir sehr leid«, sagte sie und legte die Schlüssel von TKG 297 auf den Empfangstresen.

Der Hausmeister, ein neuer Kerl, nahm sie entgegen, ohne zu meckern oder zu fragen, ob sie getankt und das Fahrtenbuch ausgefüllt hatte (was nicht der Fall war).

»Schyman sucht Sie«, sagte der Neue. »Er sitzt im Konferenzraum Grodan, Sie sollen sofort dorthin kommen.«

Annika, die schon gehen wollte, blieb stehen.

»Warum das denn?«

Der Mann zuckte mit den Schultern.

»Noch fiesere Arbeitszeiten?«, schlug er vor.

Annika nickte anerkennend. Vielleicht gab es ja doch noch Hoffnung für die Hausmeisterei.

Sie machte sich auf den Weg zu den Konferenzräumen. Warum in aller Welt hieß der Raum Grodan?

Der Chefredakteur öffnete ihr die Tür.

»Hallo, Annika. Kommen Sie rein und nehmen Sie Platz.«

»Werde ich nach Jönköping versetzt?«, fragte sie.

Drei ernste Männer in dunklen Mänteln erhoben sich von ihren Plätzen an dem kleinen Konferenztisch in heller Birke, als sie eintrat. Der Schein einer Halogenlampe spiegelte sich im Whiteboard an der hinteren Wand, und sie musste blinzeln.

»Was wird das hier?«, fragte sie und hob die Hand wegen der blendenden Tafel.

»Wir kennen uns ja bereits«, sagte der Mann, der ihr am nächsten saß, und streckte die Hand aus.

Es war Jimmy Halenius, Thomas' Chef im Justizministerium. Sie erwiderte seinen Händedruck und wusste nicht, was sie sagen sollte.

»Das ist Hans-Erik Svensson und das Hans Wilkinsson«, sagte er und deutete mit der Hand auf die beiden anderen Männer. Sie machten keine Anstalten, sie zu begrüßen.

Das doppelte Hänschen, dachte sie. Vor Wachsamkeit wurde ihr Rücken ganz steif.

»Annika«, sagte Anders Schyman, »setzen Sie sich doch.«

Wie aus dem Nichts überfiel sie die Angst und schlug ihre Krallen mit einer Kraft in sie, dass ihr der Atem stockte.

»Was ist?«, stieß sie hervor und blieb stehen. »Ist etwas mit Thomas? Was ist mit Thomas passiert?«

Jimmy Halenius trat zu ihr.

»Soweit wir informiert sind, ist Thomas nicht in Gefahr«, sagte er und erwiderte ihren Blick.

Seine Augen waren tiefblau, sie erinnerte sich daran, dass ihr schon damals aufgefallen war, wie blau sie waren. Ob er wohl Linsen trägt?, dachte sie.

»Sie wissen, dass Thomas an der Frontex-Konferenz in Nairobi teilnimmt. Es geht um die erweiterte Zusammenarbeit an den Grenzen zu Europa«, sagte der Staatssekretär.

Unser neuer eiserner Vorhang, dachte Annika. Du altes, freies Europa.

»Vier Tage lang hat Thomas an der Konferenz im Kenyatta International Conference Center teilgenommen. Gestern Morgen hat er dann den Kongress verlassen, um als schwedischer Delegierter an einer Erkundungsreise nach Liboi an der somalischen Grenze teilzunehmen.«

Aus unerfindlichen Gründen schoss ihr das Bild der eingeschneiten Leiche hinter der Kita in Axelsberg durch den Kopf.

»Ist er tot?«

Die dunkelgekleideten Männer hinter Halenius wechselten einen Blick.

»Darauf deutet nichts hin«, fuhr Jimmy Halenius fort, zog einen Stuhl hervor und bot ihr an, sich zu setzen. Sie sank auf die Sitzfläche und bemerkte den Blickwechsel zwischen den Männern namens Hans.

»Und wer sind die?«, fragte Annika und sah zu den beiden hinüber.

»Annika«, sagte Halenius, »ich möchte, dass Sie mir jetzt genau zuhören.«

Ihre Augen huschten durch den Raum auf der Suche nach einem Ausgang, einem Fluchtweg, aber es gab keine Fenster, nur eine weiße Schreibtafel und einen antiken Overheadprojektor in einer Ecke und das schwache Summen eines Ventilators unter der Decke. Die Wände waren hellgrün, eine Farbe, die in den Neunzigern modern gewesen war. *Lime.*

»Die Delegation, die aus sieben Repräsentanten verschiedener EU-Staaten bestand, sollte sich vor Ort ein Bild davon machen, wie die Grenzüberwachung nach Somalia funktioniert, um anschließend auf der Konferenz darüber zu berichten. Das Problem ist, dass die Delegation verschwunden ist.«

Ihr Puls dröhnte in den Ohren. Der braune Stiefelschaft mit dem hohen Absatz zeigte geradewegs in die Luft.

»Sie waren mit zwei Fahrzeugen der Marke Toyota Landcruiser 100 unterwegs. Von den Wagen und von den Delegierten fehlt seit gestern Nachmittag jede Spur …«

Der Staatssekretär verstummte.

Annika starrte ihn an.

»Was meinen Sie damit? Was soll das heißen, verschwunden?«

Er wollte etwas sagen, aber sie unterbrach ihn.

»Ich meine, wie denn? Was heißt ›jede Spur‹?«

Sie stand auf. Hinter ihr kippte der Stuhl um. Jimmy Halenius erhob sich ebenfalls, direkt neben ihr. Seine blauen Augen funkelten.

»Die Peilsender der Wagen sind unmittelbar außerhalb von Liboi gefunden worden«, sagte er. »Zusammen mit dem Dolmetscher und einem Bodyguard der Delegation. Der Dolmetscher und der Sicherheitsbeamte sind tot.«

Der Raum drohte umzustürzen. Annika klammerte sich an den Birkentisch, um Halt zu finden.

»Das ist nicht wahr«, sagte sie.

»Es gibt keine Hinweise darauf, dass andere Mitglieder der Gruppe zu Schaden gekommen sind.«

»Das muss ein Missverständnis sein«, sagte sie. »Vielleicht haben Sie sich verhört? Sind Sie sicher, dass sie sich nicht einfach verfahren haben?«

»Es sind mehr als vierundzwanzig Stunden vergangen. Wir können ausschließen, dass sie sich verfahren haben.«

Sie konzentrierte sich auf ihren Atem, sie durfte nicht vergessen zu atmen.

»Wie sind sie gestorben? Der Dolmetscher und der Bodyguard?«

Halenius betrachtete sie ein paar Sekunden, ehe er antwortete.

»Ihnen wurde aus nächster Nähe in den Kopf geschossen.«

Sie stolperte zur Tür und griff nach ihrer Tasche, schleuderte sie auf den Tisch und wühlte nach ihren Handys, egal welches, aber sie fand sie nicht, sie kippte die Tasche auf dem Konferenztisch aus, und eine Apfelsine rollte weg und landete unter dem Overheadprojektor, da war das Redaktionshandy, sie griff mit zitternden Fingern danach und wählte Thomas' Nummer, vertippte sich und musste noch einmal wählen, aber dann wurde eine Verbindung hergestellt, es knisterte und rauschte, es prasselte und knackte:

»*Hello, you have reached ...*«

Sie ließ das Telefon fallen, es landete neben ihren Handschuhen und einem kleinen Notizblock auf dem Boden. Jimmy Halenius bückte sich und hob es auf.

»Das ist nicht wahr«, sagte sie, aber sie wusste nicht, ob die anderen es hörten. Der Staatssekretär sagte etwas, sie verstand es nicht, seine Lippen bewegten sich und er griff nach ihrem Oberarm. Sie schlug seine Hand weg. Sie waren sich ein paar Mal begegnet, aber Halenius wusste überhaupt nichts über ihr Verhältnis zu Thomas.

Anders Schyman beugte sich vor und sagte ebenfalls etwas, seine Augenlider waren geschwollen.

»Lassen Sie mich in Ruhe«, sagte Annika viel zu laut, denn alle starrten sie an, sie raffte ihre Sachen zusammen, außer dem kleinen Notizblock auf dem Boden, den brauchte sie ohnehin nicht, da waren nur ein paar Stichworte von diesem blödsinnigen Auftrag bei IKEA drauf, und dann ging sie zur Tür, zum Ausgang, zum Fluchtweg.

»Annika …«, sagte Jimmy Halenius und versuchte, sich ihr in den Weg zu stellen.

Sie schlug ihm mit der flachen Hand ins Gesicht.

»Das ist Ihre Schuld«, sagte sie, und sie spürte, dass es die Wahrheit war.

Und dann verließ sie den Konferenzraum Grodan.

*

Der Lastwagen schaukelte langsam und unregelmäßig. Straßen gab es nicht. Die Reifen rumpelten über Steine oder blieben in Schlaglöchern hängen, Gestrüpp kratzte am Unterboden entlang und Äste raschelten am Verdeck über der Ladefläche. Der Motor brüllte, die Gangschaltung schrie. Meine Zunge war angeschwollen und klebte am Gaumen. Wir hatten seit dem Morgen nichts mehr getrunken. Der Hunger war zu einem konstanten Schmerzgefühl geschrumpft, jetzt war mir vor allem schwindelig. Ich hoffte, dass der Geruchssinn der anderen ebenfalls nicht mehr funktionierte, oder wenigstens Catherines.

Sébastien Magurie, der Franzose, war irgendwann verstummt. Sein nasales Lamento hatte in mir den Wunsch geweckt, dass sie ihn auch beseitigten. (Nein, nein, was rede ich da, das habe ich natürlich so nicht gemeint, auf keinen Fall, aber ich hatte schon vorher meine Schwierigkeiten mit ihm. Genug.)

Der spanische Kollege hingegen, Alvaro, war bewundernswert. Die ganze Zeit hatte er seine kühle Besonnenheit bewahrt, nichts gesagt, sondern einfach getan, was von ihm verlangt wurde. Er lag ganz hinten auf der Ladefläche, wo es am meisten schaukelte und rumpelte, aber er beschwerte sich mit keinem Wort. Ich hoffte, dass die anderen dasselbe von mir dachten.

Anfangs versuchte ich noch zu verfolgen, in welche Richtung sie uns fuhren. Als wir anhielten, stand die Sonne im Zenit, möglicherweise auch leicht im Westen, und zu Beginn fuhren wir in südlicher Richtung (glaube ich, und das war gut so, denn es bedeutete, dass wir uns immer noch in Kenia befanden, und Kenia ist ein funktionierendes Land, mit Straßenkarten und Infrastruktur und Handys), aber ich glaube, nach ein paar Stunden bogen sie nach Osten ab (was überhaupt nicht gut war, denn das hieß, dass wir uns irgendwo im südlichen Somalia befanden – einer Ecke, in der seit Beginn des Bürgerkriegs vor zwanzig Jahren das totale Chaos und Anarchie herrschen), und heute war ich beinahe sicher, dass wir erst Richtung Norden, dann nach Westen fuhren, was bedeuten würde, dass wir wieder ungefähr dort waren, wo alles angefangen hat. Das war relativ unwahrscheinlich, so viel war mir klar, aber man weiß ja nie.

Als Erstes hatten sie uns Uhren und Handys abgenommen, aber es war nun schon ziemlich lange dunkel, also mussten seit unserer Entführung rund sechsunddreißig Stunden vergangen sein. Mittlerweile hatte man sicher Alarm geschlagen. Schließlich waren wir eine offizielle Delegation, irgendeine Form von Hilfe sollte also unterwegs sein. Ich rechnete aus, dass es in Stockholm ungefähr sechs Uhr abends war, Kenia ist Schweden zwei Stunden voraus. Inzwischen würde Annika Bescheid wissen, bestimmt war sie jetzt mit den Kindern zu Hause.

Catherine lag an mich gedrückt, die Wange auf meiner Brust. Sie hatte aufgehört zu schluchzen. Ich wusste, dass sie nicht schlief. Meine Hände waren hinter dem Rücken gefesselt und schon seit Stunden gefühllos. Die Männer hatten dafür diese schmalen Plastikbänder benutzt, die man durch eine Öse fädelt und dann nicht wieder zurückziehen kann. Kabelbinder nennt man die Dinger, glaube ich. Das Plastik schnitt bei der kleinsten Bewegung in die Haut und ließ sich nicht lockern. Wie wichtig war eigentlich die Blutversorgung von Händen und Füßen? Wie lange ging es ohne? Würden wir bleibende Schäden zurückbehalten?

Dann fuhr der Lastwagen durch ein besonders tiefes Schlagloch, und Catherine und ich stießen mit den Köpfen zusammen. Der Wagen blieb mit ziemlicher Schlagseite stehen, ich wurde gegen das weiche Fett der deutschen Staatssekretärin gepresst, und Catherine rutschte in meinen Schoß. Auf meiner Stirn bildete sich eine Beule, die schmerzte und hämmerte. Die Fahrertür wurde geöffnet, Männergeschrei, der Wagen bekam noch mehr Schlagseite. Sie redeten und schrien, es klang, als stritten sie. Nach einer Weile (vielleicht fünf Minuten?) verstummten sie.

Die Temperatur sank.

Die Stille wuchs und war irgendwann umfassender als die Dunkelheit.

Catherine begann wieder zu weinen.

»Kommt irgendjemand an einen scharfen Gegenstand dran?«, fragte Alvaro, der Spanier.

Natürlich. Die Plastikbänder.

»Das hier ist vollkommen inakzeptabel«, sagte der Franzose Magurie.

»Sucht auf der Ladefläche nach einem spitzen Stein oder einem Nagel oder nach einem Stück Metall«, sagte der Spanier.

Ich versuchte mit den Fingern den Boden abzutasten, aber Catherine lag teilweise auf mir, die Deutsche war gegen mich gedrückt, und außerdem konnte ich meine Hände nicht mehr richtig bewegen. Im nächsten Augenblick hörten wir einen näherkommenden Dieselmotor. Das Fahrzeug hielt neben dem LKW, und Männer stiegen aus. Ich hörte das Klappern von Metallteilen und wütende Rufe.

Die Plane über der Ladefläche wurde aufgerissen.

*

Anders Schyman saß in seinem Aquarium und ließ den Blick über die Redaktion schweifen. Er zog es vor, die Bürolandschaft so zu nennen, auch wenn sie inzwischen das Marketing, die Auflagenanalyse und die Computerabteilung beherbergte.

Es war ein nachrichtenarmer Tag gewesen. Keine Unruhen in der arabischen Welt, keine Erdbeben, kein Politiker oder Dokusoapstar, der sich lächerlich gemacht hatte. Sie konnten morgen nicht noch einmal das Wetterchaos als Aufmacher bringen, gestern hatten sie vor dem Wetterchaos gewarnt, heute hatten sie über das Wetterchaos berichtet, und Anders Schyman kannte seine Leser (besser gesagt, er vertraute seinen Auflagenanalysten): Morgen musste etwas anderes als der Schneesturm auf das Werbeplakat, und bis jetzt hatten sie nur eine Notlösung. Patrik, der noch immer sauer war, dass er auf das einstürzende Dach von IKEA verzichten musste, hatte auf einer amerikanischen Website einen Hinweis auf eine Frau mit dem sogenannten *Alien Hand Syndrome* gefunden. Die beiden Hirnhälften der sechzigjährigen Harriet waren nach einer Operation am Kopf plötzlich uneins, die eine weigerte sich, die andere bestimmen zu lassen, und das hatte zur Folge, dass gewisse Körperteile ihr nicht länger gehorchten. Die arme Harriet wurde deshalb unter anderem von ihrer rechten Hand angegriffen, als würde diese von einer außerirdischen Kraft gesteuert (daher auch die Bezeichnung der Krankheit). Manchmal schlug oder kratzte sie Harriet, verschenkte Geld oder zog ihr die Kleider aus, ohne dass die Frau ihr Einhalt gebieten konnte.

Anders Schyman seufzte.

Während die Redaktion versuchte, aus einem *Alien Hand Syndrome* eine Titelseite zu basteln, saß er in seinem Aquarium auf dem Wissen für einen Superscoop. Natürlich war ihm in den Sinn gekommen, auf die eindringliche Bitte des Justizministeriums um Diskretion und Zurückhaltung zu pfeifen und die Story von der verschwundenen EU-Delegation trotzdem zu bringen, aber er hatte aus seiner Zeit beim staatlichen Fernsehen ein gerüttelt Maß an Ethik mitgenommen, das ihn letztlich davon abhielt. Und in gewissem Maß auch der Gedanke an Annika. Die Verschwörungstheorien der Bloggerwelt, wie die Medien ihre eigenen Leute schützten, waren extrem übertrieben, eigentlich war es sogar genau umgekehrt (man war krankhaft an den eigenen Leuten interessiert und berichtete konsequent im Übermaß über alles, was andere Journalisten sagten und taten), aber ein Rest normaler Mitmenschlichkeit war ihm noch geblieben. Bisher waren nur die engsten Angehörigen über den Vorfall informiert, und darunter waren keine Journalisten, wie ihm versichert worden war.

Die Frage war nur, welche Auswirkungen diese Sache auf Annika und auf seine Pläne mit ihr haben würde.

Er stand auf und trat an die Glastür, die Scheibe beschlug von seinem Atem.

Eine neue Zeit war angebrochen. Heutzutage gab es bei der Zeitung keinen Platz mehr für tiefgründige Enthüllungsjournalisten. Sie brauchten schnelle Multimediaproduzenten, die einen Fernsehbeitrag machen, ein kurzes Update im Netz schreiben und nebenbei vielleicht noch einen Artikel für die Abendausgabe zusammenbasteln konnten. Annika gehörte einer aussterbenden Spezies an, zumindest beim *Abendblatt*. Sie hatten nicht die Mittel, um komplizierte Rechtsstreitigkeiten zu untersuchen oder über zwielichtige kriminelle Banden zu berichten – was Annika am liebsten tat. Er wusste, dass sie es als Strafbefehl ansah, Patriks reißerische Schlagzeilen mit Stoff zu füllen, aber er konnte nicht ewig einen Unterschied zwischen ihr und allen anderen machen. Er konnte es sich auch nicht leisten, sie für immer in Washington zu lassen, genauso wenig wie er jedes Mal Patrik an den Pranger stellen konnte, wenn er mit einer verrückten Idee ankam. Das *Abendblatt* war nach wie vor die zweitgrößte Zeitung Schwedens, und wenn sie jemals den *Konkurrenten* überholen wollten, mussten sie anfangen, größer, breiter und dreister zu denken.

Tatsache war, dass er Patrik mehr brauchte als Annika.

Er wandte sich von der Glastür ab und drehte rastlos eine Runde in seinem kleinen Büro.

Sie hatte als Korrespondentin eigentlich keinen schlechten Job gemacht, ganz im Gegenteil. Den Mord am schwedischen Botschafter in den USA vor gut einem Jahr hatte sie beispielsweise außerordentlich gut im Griff gehabt. Daran bestand kein Zweifel.

Dass sie sich mit ihrem Mann versöhnt hatte, war ihr gut bekommen. Ein Quell der Lebensfreude und Unterhaltsamkeit war sie ohnehin nie gewesen, aber das Jahr, in dem sie und Thomas getrennt gelebt hatten, war für niemanden in ihrer Umgebung ein Spaß.

Schyman wagte nicht, daran zu denken, was passieren würde, wenn ihrem Mann etwas zustieß. Ihm war klar, dass seine Gedanken kalt, ja nahezu eiskalt waren, aber das *Abendblatt* war nun mal kein Erholungsheim. Sollte Thomas nicht zurückkommen, würde ihm nichts anderes übrigbleiben, als ihr eine saftige Abfindung zu zahlen und alles Weitere dem psychiatrischen Krisendienst und ihrem sozialen Umfeld zu überlassen.

Der Chefredakteur seufzte noch einmal.

Alien Hand Syndrome.

Ja, gütiger Himmel.

*

»Wann kommt Papa nach Hause?«

Sie haben einen sechsten Sinn, dachte Annika und strich ihrer Tochter übers Haar. Wie konnte es sein, dass etwas so Weiches und Zartes andauernd von Läusen heimgesucht wurde?

»Er arbeitet in Afrika, das weißt du doch«, sagte sie und packte das Mädchen in die Decke ein.

»Ja, aber wann kommt er wieder?«

»Am Montag«, kam es genervt aus Kalles Bett. »Du kannst dir aber auch gar nichts merken.«

Als Annika die Wohnung mit den Kindern allein bewohnte, hatten Ellen und Kalle jeder ein eigenes Zimmer gehabt. Annika hatte im Wohnzimmer geschlafen. Nach Thomas' Rückkehr ging das nicht mehr. Kalle musste in Ellens Zimmer umziehen und betrachtete das als eine persönliche Beleidigung.

Sie schaute hinüber zum Bett des Jungen.

Sollte sie es ihnen sagen? Was sollte sie sagen? Die Wahrheit? Ein bisschen positiv eingefärbt: Papa ist in Afrika verschwunden und kommt am Montag wahrscheinlich nicht nach Hause. Vielleicht kommt er auch gar nicht mehr nach Hause, dann kannst du dein altes Zimmer wiederhaben, ist das nicht schön?

Oder sollte sie aus Barmherzigkeit lügen?

Papa findet es so spannend, in Afrika zu arbeiten. Er möchte noch ein bisschen dort bleiben. Vielleicht fahren wir irgendwann mal hin und besuchen ihn, wie würdet ihr das finden?

Ellen drückte Poppy an sich, rollte sich zusammen und schloss die Augen.

»Schlaf schön«, sagte Annika und löschte die Bettlampe des Mädchens.

Das Wohnzimmer lag im Halbdunkel. In den Fensternischen leuchteten warm und gelb zwei kleine Lämpchen, die die letzte Untermieterin zurückgelassen hatte. Der Fernseher lief ohne Ton. Anscheinend sprach Leif GW Persson über das »Verbrechen der Woche«, eine Sendung, die sie sonst nie verpasste. Die blonde Frau, die seine Gesprächspartnerin war, sagte etwas in die Kamera, ein Filmbeitrag wurde eingespielt. Man sah die beiden durch kilometerlange Reihen von Ordnern und Vernehmungsprotokollen gehen. Ist wahrscheinlich das Palme-Archiv, dachte Annika und griff nach ihrem alten Handy. Keine versäumten Anrufe oder Mitteilungen.

Mit dem Telefon in der Hand setzte sie sich auf das Sofa und starrte die Wand hinter Leif GW Persson an. Auf dem Redaktionshandy hatte Schyman ununterbrochen angerufen, und jemand mit einer anderen Nummer, die sie nicht kannte, wahrscheinlich Halenius, nachdem sie den Konferenzraum Grodan verlassen hatte. Irgendwann hatte sie es ausgeschaltet und, als sie zu Hause war, ihr Festnetztelefon ausgestöpselt. Die Nummer ihres Privathandys hatte fast niemand außer Thomas und Anne Snapphane. Und jetzt lag es in ihrer Hand wie ein toter Fisch.

Trotz des Halbdunkels waren alle Farben klarer als sonst. Sie spürte ihren Pulsschlag. Jeder Atemzug war ihr bewusst.

Was sollte sie tun? Sollte sie davon erzählen? Konnte sie es erzählen? Wem? Wem *musste* sie es sagen? Ihrer Mutter? Thomas' Mutter? Sollte sie nach Afrika fahren und ihn suchen? Wer kümmerte sich dann um die Kinder? Ihre Mutter? Nein, sie konnte ihre Mutter nicht anrufen. Oder doch? Wie wäre das?

Sie rieb sich das Gesicht mit den Handflächen.

Barbro würde sich aufregen. Sie würde in Selbstmitleid zerfließen. Alles so *anstrengend*. Das Gespräch würde damit enden, dass Annika sie tröstete und sich entschuldigte, ihr diese Unruhe bereitet zu haben. Wenn ihre Mutter nicht betrunken war, wohlgemerkt, sonst würde sie überhaupt nichts Vernünftiges aus ihr herausbekommen. In keinem Fall aber würde es ein gutes Gespräch sein, und das lag nicht an Thomas oder Afrika, sondern an etwas ganz anderem.

Barbro hatte Annika nie verziehen, dass sie nicht zur Hochzeit ihrer Schwester Birgitta nach Hause gekommen war. Birgitta hatte Steven (der seinem Namen zum Trotz so schwedisch war wie Knäckebrot) in der heißen Phase der amerikanischen Präsidentschaftswahlen geheiratet, und Annika hatte ihren frisch angetretenen Korrespondentenposten für ein Fest im Gemeindehaus Hälleforsnäs weder verlassen wollen noch können.

»Das ist der wichtigste Tag im Leben deiner Schwester«, hatte ihre Mutter von ihrer Wohnung in Tattarbacken über den großen Teich geschluchzt.

»Weder du noch Birgitta seid zu meiner Hochzeit gekommen«, hatte Annika gekontert.

»Ja, aber du hast doch in Korea geheiratet!« Verständnislose Indignation.

»Na und? Wie kommt es eigentlich, dass alle Entfernungen für mich immer viel kürzer sein sollen als für euch?«

Mit Birgitta hatte sie nach der Hochzeit nicht mehr gesprochen. Auch davor schon selten, um ehrlich zu sein, seit sie mit achtzehn von zu Hause ausgezogen war.

Berit konnte sie auch nicht anrufen. Natürlich würde die dichthalten, aber es kam ihr unfair vor, der Kollegin das Wissen um eine verschwundene EU-Delegation aufzubürden.

Thomas' Mutter, Doris, musste sie natürlich informieren. Aber was sollte sie schon sagen? Dein Sohn geht seit ein paar Tagen nicht mehr ans Telefon, aber ich hab mir keinen Deut Sorgen gemacht, weil ich dachte, er vögelt bloß in der Weltgeschichte rum?

Sie stand vom Sofa auf, das alte Telefon noch immer in der Hand, und ging in die Küche. Ihre letzte Neuanschaffung, ein elektrischer Adventsleuchter von Åhléns am Fridhelmsplan, leuchtete schwach im Küchenfenster. Kalle hatte ihn ausgesucht. Ellen hatte gerade eine Engelphase und Kühlschrankmagneten in Form von Putten gekauft. Auf der Anrichte stand noch das Geschirr mit den Resten des indischen Essens, das sie geholt hatte. Sie schaltete das Licht ein und begann methodisch die Spülmaschine einzuräumen.

Sie fand Trost in den mechanischen Bewegungen, Wasserhahn aufdrehen, Spülbürste nehmen, mit kreisenden Bewegungen Essensreste abspülen, Bürste ins Abtropfgestell legen, Teller an seinen Platz in der Maschine stellen.

Ohne Vorwarnung brach sie in Tränen aus, ließ Bürste und Glas und Besteck los und sank auf dem Küchenboden zusammen, während das warme Wasser lief.

Sie blieb lange dort sitzen.

Was war sie für ein erbärmlicher Mensch. Ihr Mann war verschwunden, und es gab niemanden, den sie anrufen oder mit dem sie sprechen konnte. Etwas stimmte nicht mit ihr.

Sie drehte das Wasser ab, schnäuzte sich in ein Stück Küchenrolle und ging mit dem Telefon in der Hand ins Wohnzimmer.

Keine versäumten Anrufe oder Mitteilungen.

Annika ließ sich auf dem Sofa nieder und schluckte.

Warum war es ihr nie gelungen, sich so einen netten Freundeskreis aufzubauen wie Thomas? Alte Fußballfreunde und Kumpels vom Gymnasium, ein paar Typen von der Uni aus Uppsala, eine Clique von Arbeitskollegen und vielleicht noch die Mannschaftskameraden aus dem Hockeyverein. Und wen hatte sie? Außer vielleicht Anne Snapphane?

Während ihres ersten Sommers beim *Abendblatt* hatten sie zusammen gearbeitet, aber dann suchte Anne beim Fernsehen Erfolg. Ihre Freundschaft durchlief mit den Jahren diverse Hochs und Tiefs. Solange Annika als Korrespondentin in den

USA war, hatten sie nicht viel Kontakt, aber in den letzten Monaten trafen sie sich immer wieder zu einer Tasse Kaffee am Samstagnachmittag oder einem Sonntagsausflug ins Museum.

Annika fand es beruhigend und anspruchslos, von Annes drolligen Eskapaden und hochfliegenden Plänen zu hören. Anne war immer kurz vor dem *Durchbruch*. Sie war für Großes ausersehen, und das bedeutete, sie würde berühmt werden und eine bekannte Fernsehmoderatorin. Sie dachte sich jede Woche ein neues Fernsehformat aus, Quizsendungen und Spielshows und unterhaltende Interviewformate, sie sammelte unablässig neue Ideen für Dokumentationen, bestellte bergeweise Forschungsberichte, um Missstände zu finden, die sie in einer investigativen Sendung aufklären konnte. Oft endeten die phantastischen Ideen als Blogbeitrag oder beklatschte Statusmeldung auf Facebook. (Anne hatte ein beliebtes Blog, das sie »Die wunderbaren Abenteuer und Erlebnisse einer Fernseh-Mama« nannte, und 4357 Freunde auf Facebook.) Soweit Annika wusste, hatte Anne nie mehr als eine halbe Seite für ihre großartigen TV-Pitches geschrieben, und zu irgendwelchen Treffen mit irgendwelchen Fernseh-Chefs war es nicht gekommen. Aber das schien keine nennenswerte Rolle zu spielen. Ihr Geld verdiente Anne als Rechercheurin bei einer Produktionsfirma, die Dokusoaps produzierte.

»Annika! Wie lustig, dass du anrufst. Ich habe gerade an dich gedacht.«

Annika schloss die Augen und spürte, wie Wärme und Tränen in ihr aufstiegen. Es gab doch noch jemanden, der sich Gedanken um sie machte.

»Brauchst du deine braunen Technica-Stiefel am Wochenende?«

»Thomas ist weg«, stieß Annika hervor und brach in hemmungsloses Weinen aus. Die Tränen liefen wie ein Bach in ihr Handy, sie versuchte es abzutrocknen, damit es keinen Wasserschaden bekam.

»Dieser Mistbock«, sagte Anne. »Dass er nie die Hose anlassen kann. Auf welcher Tussi liegt er jetzt?«

Annika blinzelte, die Tränen versiegten.

»Nein«, sagte sie. »Nein, nein, so ist es nicht …«

»Annika«, sagte Anne Snapphane, »du musst ihn nicht in Schutz nehmen. Zieh dir den Schuh nicht an. Das ist doch alles nicht deine Schuld.«

Annika holte tief Luft und spürte, wie ihre Stimme wiederkam.

»Du darfst niemandem etwas davon sagen, alles unterliegt bis auf Weiteres der Geheimhaltung. Seine Delegation ist verschwunden. An der Grenze nach Somalia.«

Sie hatte vergessen, wie der Ort hieß.

Verwunderte Stille am anderen Ende der Leitung.

»Eine ganze Delegation? Wie um alles in der Welt waren die denn unterwegs? In einem Jumbo-Jet?«

Annika schnäuzte sich noch einmal ins Küchenpapier.

»Sie waren zu siebt in zwei Autos unterwegs. Seit gestern sind sie verschwunden. Ihr Sicherheitsbegleiter und ihr Dolmetscher wurden gefunden. Kopfschuss.«

»Ach du lieber Himmel, Annika. Haben sie Thomas auch erschossen?«

Die Tränen liefen wieder, ein dünnes Wimmern drang aus dem Bauch.

»Ich weiß es nicht!«

»Aber Grundgütiger, was machst du denn, wenn er stirbt? Und wie sollen die Kinder damit zurechtkommen?«

Sie wiegte sich auf dem Sofa vor und zurück, die Arme um sich geschlungen.

»Arme, arme Annika, warum kriegst immer *du* alles ab? Du liebe Güte, tust du mir leid. Armes Ding …«

Es fühlte sich gut an, bedauert zu werden.

»Und armer Kalle, dass er jetzt ohne Vater aufwachsen muss. Hat Thomas eine Lebensversicherung?«

Annika hörte auf zu weinen, antwortete nicht.

»Und Ellen, sie ist doch noch so klein«, fuhr Anne fort. »Wie alt ist sie? Sieben? Acht? Sie wird sich ja kaum an ihn erinnern können. Lieber Himmel, Annika. Was machst du denn jetzt?«

»Lebensversicherung?«

»Das soll jetzt nicht zynisch klingen, aber in solchen Situationen muss man auch ein bisschen praktisch denken. Du solltest deine Papiere durchgehen und dir einen Überblick über deine Situation verschaffen. Das ist nur ein kleiner wohlgemeinter Ratschlag. Soll ich rüberkommen und dir helfen?«

Annika legte die Hand über die Augen.

»Danke, vielleicht morgen, ich glaube, ich gehe jetzt am besten schlafen. Es war ein harter Tag.«

»Ja, natürlich, du Arme, das verstehe ich. Ruf mich an, sobald du etwas hörst, versprich mir das …«

Annika murmelte etwas, das man als Bestätigung verstehen konnte.

Sie blieb noch eine Weile auf dem Sofa sitzen, das Telefon in der Hand. Leif GW Persson war längst nach Hause gegangen, und die hübsche dunkle Frau von den Spätnachrichten hatte seinen Platz eingenommen. Sie zeigten aus ganz Schweden Bilder vom Schneechaos, eingeschneite Sattelschlepper und überarbeitete Abschleppdienste und das Dach einer Tennishalle, das nachgegeben hatte. Sie griff nach der Fernbedienung und schaltete den Ton ein. Es sei ungewöhnlich, dass schon im November so viel Schnee fiel, aber nicht einmalig, berichtete die dunkle Schönheit. Sowohl in den 60er als auch in den 80er Jahren hätten sich in Schweden vergleichbare Szenarien abgespielt.

Sie machte den Fernseher aus, ging ins Bad und putzte sich die Zähne, dann spritzte sie sich eiskaltes Wasser ins Gesicht, um am nächsten Morgen nicht völlig verquollen auszusehen.

Mit schmerzenden Gliedern legte sie sich auf Thomas' Seite vom Bett.

*

Nachdem sie die Kabelbinder an unseren Handgelenken aufgeschnitten hatten, fielen wir nicht mehr so oft hin.

Es war eine große Erleichterung.

Der Mond stand am Himmel. Wir gingen im Gänsemarsch. Wie auf einer dunkelblauen Fotografie mit Silberrändern trat die

Landschaft um uns herum dreidimensional hervor: stachelige Büsche, große Termitenhügel, vertrocknete Bäume, scharfe Felsblöcke und am Horizont die fernen Berge. Ich weiß nicht, ob man die Gegend als Savanne oder Halbwüste bezeichnet, aber sie war unwegsam und rau. Magurie, der Franzose, ging voran. Er hatte sich selbst zu unserem Anführer ernannt. Keiner von uns hatte seinem Beschluss widersprochen. Hinter ihm ging der Rumäne, dann kamen Catherine und ich, der Däne und Alvaro, der Spanier, und als Letzte stolperte die Deutsche hinterher. Sie jammerte und weinte, es war richtiggehend würdelos.

Catherine hatte Schwierigkeiten beim Gehen. Kaum hatten wir den LKW hinter uns gelassen, war sie umgeknickt und hatte sich das linke Sprunggelenk verletzt. Ich stützte sie, so gut ich konnte, aber mir war schwindelig, und ich hatte solchen Durst, dass ich kurz vor einer Ohnmacht war. Eine große Hilfe bin ich also wohl kaum gewesen, fürchte ich. Andauernd blieb ich an den Dornen im Gebüsch hängen und hatte bald einen tiefen Riss in Hose und Haut unter dem rechten Knie.

Bei Tageslicht hatte ich aus dem Auto so gut wie keine Tiere gesehen, nur eine einsame Antilope und wohl ein Warzenschwein, aber die Nacht war voll von schwarzen Schatten und glühenden Augen.

»Ich verlange zu erfahren, wohin wir gebracht werden!«

Trotz allem muss ich dem Franzosen Sébastien Magurie für seine Beharrlichkeit meine Hochachtung aussprechen.

»Ich bin französischer Staatsbürger, und ich bestehe darauf, mit meiner Botschaft zu sprechen.«

Sein Englisch hatte einen beinahe komischen französischen Akzent. Zwischen seinen Ausbrüchen vergingen selten mehr als fünf Minuten. Je schwächer seine Stimme wurde, umso stärker wuchs seine Entrüstung.

»Das ist ein Verstoß gegen die Menschenrechte! *Ius cogens!* Wir sind Angehörige einer internationalen Organisation, und Sie, meine Herren, machen sich eines Verbrechens gegen das *Ius cogens* schuldig!«

Ich hatte nicht den blassesten Schimmer, wo wir uns befanden. Kenia? Somalia? Sie hatten uns doch nicht so weit nach Norden verfrachtet, dass wir schon in Äthiopien waren? Die Nacht war undurchdringlich, egal, in welche Richtung man sich wendete. Nirgends erleuchtete der wunderbare Schein von Elektrizität den Horizont. Vor und hinter uns gingen bewaffnete Männer. Sie waren zu viert, zwei ganz junge Kerle und zwei Erwachsene. Catherine sagte, sie seien keine Kenianer. Außer Englisch beherrschte sie sowohl Arabisch, Swahili und Maa (die regionale Sprache der Massai), und sie verstand nicht, was die Männer untereinander besprachen. Natürlich konnte es irgendeine andere der sechzig regionalen kenianischen Sprachen sein, aber es war weder eine der nilotischen noch Bantu. Sie tippte auf Somali aus der Familie der afroasiatischen oder ostkuschitischen Sprachen. Einer der Männer, der Lange, der meine Autotür geöffnet hatte, sprach uns gelegentlich in schlechtem Swahili an, er hatte uns unter anderem verkündet, dass wir treulose Hunde seien, die es verdienten, einen langsamen und qualvollen Tod zu sterben, und dass der Große Führer oder der Große General über unser Schicksal entscheiden werde. Er nannte den Führer *Kiongozi Ujumla*, vielleicht war es aber auch das Wort für »Führer« in einer seiner Sprachen. Wer dieser Führer war oder wo er sich aufhielt, wurde nicht klar.

Dann blieben die beiden Männer vor uns stehen. Der Lange sagte etwas zu einem der jungen Kerle weiter hinten, er klang müde und gereizt, fuchtelte mit den Händen und mit seiner Waffe.

Der Junge verschwand in der Dunkelheit.

Der Lange zeigte mit der Waffe auf uns.

»*Kukaa! Chini! Kukaa chini …*«

»Er sagt, wir sollen uns hinsetzen«, sagte Catherine und sackte zusammen.

Ich setzte mich neben sie. Ich fühlte Insekten an den Händen, machte aber keine Anstalten, sie abzuschütteln. Stattdessen legte ich mich hin. Ameisen krochen mir in die Ohren. Ich bekam einen harten Tritt in den Rücken.

»*Kukaa!*«

Mühsam setzte ich mich wieder auf. Scheinbar durften die Frauen sich hinlegen, nicht aber wir Männer.

Ich weiß nicht, wie lange ich dort saß. Die Kälte legte sich wie ein eiskalter Panzer auf meine verschwitzten Kleider, schon bald klapperte ich mit den Zähnen. Möglicherweise bin ich aber trotzdem eingeschlafen, denn plötzlich war der Junge mit der Waffe wieder da, und der Lange schrie uns an, wir sollten aufstehen (es bedurfte keiner Übersetzung aus dem Swahili, die Bewegung mit der Waffe war unmissverständlich).

Wir gingen denselben Weg zurück, oder vielleicht auch nicht, ich weiß es nicht, aber Catherine kam nicht weit. Sie brach in meinen Armen zusammen. Ich fiel hin und sie landete auf mir.

Der Lange trat Catherine auf ihren verletzten Fuß und zog sie an den Haaren hoch.

»Kutembea!«

Der Rumäne – ich hatte seinen Namen bei der Vorstellungsrunde nicht mitbekommen und vergessen, in der Liste nachzusehen – stellte sich auf die andere Seite neben Catherine. Ich muss sagen, dass ich es eine Spur aufdringlich fand, wie er einfach nach ihr griff, aber ich war nicht in einer Position, um mich zu beschweren.

Ich weiß nicht, ob man sich im bewusstlosen Zustand aufrecht fortbewegen kann, aber für den Rest der Nacht kam und ging mein Bewusstsein. Aus einer Himmelsrichtung, die ich später nicht mehr wiederfand, schimmerte schwach die Morgendämmerung, als wir plötzlich vor einem Wall aus Reisig und trockenem Buschwerk standen.

»Eine Manyatta«, flüsterte Catherine.

»Das ist vollkommen inakzeptabel!«, rief der Franzose. »Ich verlange, dass wir Wasser und Nahrung bekommen!«

Ich sah, wie der Lange auf Sébastien Magurie zuging und den Gewehrkolben hob.

TAG 2

Donnerstag, 24. November

Kalle wollte morgens immer O'boy trinken. Annika war davon nicht besonders begeistert, denn der Kakao jagte seinen Blutzuckerspiegel in die Höhe, so dass der Junge erst völlig aufgedreht und dann gereizt war. Sie hatten einen Kompromiss geschlossen: Er bekam O'boy, wenn er dazu Rührei mit Speck aß, also Fett und Proteine mit niedrigem glykämischem Index. Mit Ellen brauchte Annika keine Frühstücksverhandlungen zu führen, sie liebte den sahnigen griechischen Joghurt mit Himbeeren und Walnüssen.

»Können wir am Sonntag zum Hockey gehen?«, fragte Kalle. »Es ist Derby: Djurgården gegen AIK.«

»Ich weiß nicht, ob das eine gute Idee ist«, sagte Annika. »Diese Derbymatches sind immer so brutal. Die Fans von Black Army werfen Kracher aufs Eis, und die Iron Stoves reagieren mit Bengalischem Feuer. Nein danke.«

Ellen machte große Augen und hielt auf halbem Weg zum Mund mit dem Joghurtlöffel inne.

»Warum tun die das denn?«

»Die sind eben Fans«, sagte Kalle. »Sie lieben ihre Mannschaft.«

Annika sah Kalle warnend an.

»Liebe?«, sagte sie. »Zeigt man die Liebe zu einer Mannschaft, indem man die Spieler mit Feuerwerkskörpern bewirft?«

Kalle zuckte mit den Schultern.

»Mir tun die Fans leid«, sagte Annika. »Was für ein langweiliges Leben die haben müssen. Stell dir vor, sie haben nichts anderes gefunden, wofür sie sich begeistern können, nicht in der

Schule oder bei der Arbeit, können sich nicht für einen anderen Menschen oder eine politische Vereinigung begeistern. Stattdessen lieben sie Hockey. Das ist doch tragisch.«

Kalle verschlang den letzten Rest Rührei und leerte seinen Becher mit O'boy.

»Ich bin jedenfalls Djurgården-Fan«, sagte er.

»Und ich halte zu Hälleforsnäs«, erwiderte Annika.

»Ich auch«, sagte Ellen.

Sie hatten den ganzen Morgen noch nicht nach ihrem Papa gefragt. Sie fand es nicht nötig, ihn jetzt zu erwähnen – was sollte sie auch sagen? Die Kinder putzten sich die Zähne und zogen sich an, ohne dass Annika sie daran erinnern musste.

Ausnahmsweise machten sie sich rechtzeitig auf den Weg.

Es war wieder milder geworden. Die Wolkendecke war dick und farblos. Es roch nach Feuchtigkeit und Abgasen. Der Schnee auf den Straßen sah aus wie Braunkohle.

Die *American International Primary School of Stockholm* lag auf dem Weg zur Zeitung, gleich hinter dem Kungsholmer Gymnasium. Sie begleitete die beiden bis zum schmiedeeisernen Zaun an der Straße, umarmte Ellen hastig und sah die Kinder durch die massive Eichentür verschwinden. Sie blieb stehen und spürte, wie Jungen und Mädchen und Mütter und Väter in einem beständigen, mächtigen Strom an ihr vorüber durch das Tor rauschten. Sicher gab es auch hier und da eine harte Hand und ein gereiztes Wort, vor allem aber gab es Liebe, Toleranz und Geduld, Stolz und unendliches Wohlwollen. Sie blieb, bis der Fluss versiegte und ihre Zehen kalt wurden.

Es war eine gute Schule, auch wenn ein Großteil des Unterrichts auf Englisch abgehalten wurde.

Es war wahrlich nicht ihre Idee gewesen, die beiden auf diese Schule zu schicken. Als sie alle nach Hause zurückkamen, hatte Thomas darauf bestanden, dass die Kinder weiterhin auf Englisch unterrichtet wurden. Etwas, woran sie ausgemachte Zweifel hatte. Die Kinder waren Schweden, und sie würden in Schweden leben, warum sollte man die Sache so verkomplizieren? Sie konnte seine Stimme über den Bürgersteig hallen hören:

»Wieso denn verkomplizieren? Sie lernen ja im Muttersprachenunterricht Schwedisch. Was ist das für eine tolle Gelegenheit, zweisprachig aufzuwachsen! Ermögliche ihnen doch, sich den Vorsprung zu erhalten, den sie sich verschafft haben.«

Sie hatte nachgegeben, allerdings nicht wegen der phantastischen Internationalisierung der Kinder (ehrlich gesagt, war ihr das völlig egal), sondern wegen ihrer Erfahrungen mit den gewöhnlichen, städtischen Otto-Normalverbraucher-Schulen. Kalle hatte vor allem ziemlich unter den verzogenen kleinen Monstern von Klassenkameraden gelitten, die ihren unbändigen Geltungsdrang gerne auf Kosten von anderen auslebten, am liebsten von jemandem wie Kalle, der sich nicht in den Vordergrund drängte.

Der Gedanke traf sie wie ein Schlag auf den Kopf: Was sollte sie tun, wenn Thomas nicht zurückkam?

Sie musste sich an einer Hauswand abstützen und sich darauf konzentrieren, regelmäßig zu atmen.

Sollte sie die Kinder weiter auf diese Schule schicken, wie Thomas es wollte, oder sollte sie eine andere Entscheidung treffen? Sollte sie sein Andenken ehren und die Jugend der Kinder von seinem Entschluss prägen lassen? Es läge in ihrer Verantwortung. Sie wäre die einzige Erziehungsberechtigte. Hier ging es um ihr Leben und das der Kinder …

Sie lehnte sich mit dem Rücken an die Hauswand und schloss die Augen.

Als sie die Eingangshalle der Zeitung betrat, wusste sie nicht, wie sie dorthin gekommen war. Rechts von ihr schaukelte der Empfangstresen wie ein Schiff im Nebel, auf wundersame Weise gelang es ihr, von irgendwo den Hausausweis hervorzuholen, und sie segelte auf einer Sturzwelle vorüber.

Berit war noch nicht eingetroffen.

Die Redaktion war noch da, eine Tatsache, die Annika mit einer Art beruhigender Sanftmut erfüllte. Es roch nach Papierstaub, Verlängerungskabeln und angebranntem Kaffee.

Sie packte ihren Laptop aus, loggte sich ins Netzwerk ein, öffnete Facebook und landete mitten in Eva-Britts Hymne über

»Warten auf Godot«. Sie hörte die Telefonate der Kollegen, Nachrichtenjingles und das Rauschen der Lüftung. Sie schob den Rechner zur Seite und nahm sich die aktuelle Papierausgabe der Zeitung vom Nachbartisch.

ANGEGRIFFEN – HARRIET VON DER EIGENEN HAND BEDROHT

Das Foto einer fetten Frau in einem Krankenhausbett, die sich im Gesicht kratzte und offenbar vor Schmerzen schrie, dominierte die Titelseite. Es hieß, sie leide am *Alien Hand Syndrome*.

Fast war es tröstlich. Ihr Mann war zwar im nordöstlichen Kenia verschwunden, aber *sie* wurde wenigstens nicht von der eigenen rechten Hand angegriffen. Junge Mütter wurden zwar ermordet – aber sie hatte wenigstens einen Job.

Gehorsam blätterten ihre Hände schnell den Nachrichtenteil durch.

Nicht eine Zeile über die ermordete Mutter in der Nähe der Kita in Axelsberg.

Sie ließ die Zeitung ins Altpapier segeln, ging hinüber zu den Auflageanalysten und borgte sich deren Exemplar der *Morgenzeitung* (okay, sie klaute es). Im Stockholm-Teil unter der Rubrik »Kurz und knapp« fand sie eine Notiz über eine Leiche, die in einem Waldstück in Hägersten gefunden worden war. Kein Verbrechen, keine Kita, kein Mensch. Eine Leiche. Gefunden. In einem Waldstück.

Die *Morgenzeitung* erlitt dasselbe Schicksal wie das *Abendblatt*, dann zog Annika ihren Rechner wieder zu sich heran und ging auf Blogsuche.

Von Zurückhaltung, ethischem Anspruch oder möglicherweise nur vom Desinteresse, das die etablierten Medien der ermordeten jungen Frau entgegenbrachten, war im Netz nichts zu spüren. Die Spekulationen darüber, was der toten Frau hinter der Kita widerfahren sein könnte, füllten mehrere Seiten. Die meisten Theorien wurden wie unumstößliche Fakten dargestellt. Selbstverständlich wurde der Frau – streckenweise in richtig herzergreifendem Stil – auch ein Name zugeschrieben, und nicht nur einer. Sie hatte vier verschiedene Identitäten.

Entweder war es Karin, Linnea, Simone oder Hannelore, die zu Tode gekommen war, man hatte die Wahl. Die meisten Opfer hatten entweder zu viele oder gar keine Kinder, aber ein Blogger, »Das schöne Leben in Mälarhöjden«, beklagte in einem durchgängig mit Schreibfehlern gespickten Beitrag das Schicksal des kleinen Wilhelm. Ungefähr in derselben Tonlage, die Anne Snapphane gestern angeschlagen hatte, als es um die bevorstehende Vaterlosigkeit von Annikas Kindern ging.

»Linnea Sendman war immer so nett, obwohl man ihr angesehen hat, das die Scheidung sie zimmlich mittgenommen hat.«

Das könnte etwas sein, wenn sie überhaupt Sendman hieß. Gut möglich, dass auch der Name falsch geschrieben war.

Annika suchte weiter nach Linnea Sendman, fand Facebook- und LinkedIn-Seiten, Ergebnisse vom Schwimmverein Järfella Nationella und die Gymnasiumsanwärter dieses Herbstes und – Bingo!

Sie beugte sich näher an den Bildschirm heran. Ein Beitrag von Viveca Hernandez, die ihr Blog wahrhaftig auf Blogspot. abendblatt.se, also einem Server der Zeitung, führte.

»Als Linnea Evert bei der Polizei anzeigte, haben sie die Sache sehr ernst genommen. Er waren so viele Vergehen über einen sehr langen Zeitraum, dass sie ihn wegen Frauenfriedensbruchs anklagen wollten. Haben sie aber nicht. Evert machte weiter wie bisher, rief rund um die Uhr bei Linnea an, trat die Tür ein und brüllte rum, dass es nur so durchs Treppenhaus schallte. Nach einer Woche hat Linnea dann beim Staatsanwalt angerufen und gefragt, warum sie ihn nicht einbuchteten, sie habe ihn doch angezeigt, und da sagte der Staatsanwalt, dass alle Vergehen verjährt seien. Häusliche Gewalt und Nötigung und sexuelle Misshandlung, wie von ihr angezeigt, hätten eine Verjährungsfrist von zwei Jahren. Aber für schweren Frauenfriedensbruch, sagte Linnea, ist die Verjährungsfrist doch zehn Jahre – das hatten wir nämlich nachgeschlagen. Da sagte der Staatsanwalt, dass das Gesetz so nicht formuliert sei. Schwerer Frauenfriedensbruch sei kein perduratives Verbrechen (so drückte er sich aus, glauben wir, perdurativ). Jede Einzeltat werde für sich beurteilt und habe ihre eigene Verjährungsfrist. Diese zehn Jahre seien rein hypothetisch, sagte er …«

Annika lehnte sich vollkommen verwundert zurück. War das möglich? Sie hatte selbst reihenweise Artikel geschrieben und massenhaft Interviews mit Wissenschaftlern und Juristen zum Thema »schwerer Frauenfriedensbruch« geführt und geglaubt, die Rechtslage zu kennen.

Für eine Frau, die in einer von Gewalt geprägten Beziehung lebte, konnte es schwierig sein, sich zu erinnern, ob das blaue Auge vom Donnerstag und der Rippenbruch vom Freitag stammte oder umgekehrt. Aus diesem Grund hatte der Gesetzgeber den Straftatbestand des schweren Frauenfriedensbruchs geschaffen: Die Übergriffe sollten in ihrer Gesamtheit betrachtet werden und nicht als getrennte Vorfälle. Außerdem war die Verjährungsfrist auf zehn Jahre heraufgesetzt worden, allein schon um die Schwere von Vergehen dieser Art zu unterstreichen.

Hatte sie da etwas missverstanden? Das war natürlich möglich, aber dann musste es ja allen anderen Juristen und Journalisten ebenso gehen.

Das Telefon auf ihrem Schreibtisch klingelte. Sie hob den Hörer ab.

»Sie können nicht einfach Ihr Telefon ausschalten und den Stecker rausziehen, wenn etwas Derartiges passiert ist«, sagte Anders Schyman am anderen Ende. »Halenius hat die ganze Nacht versucht, Sie zu erreichen. Wenn sich nun etwas Wichtiges ereignet hätte, wenn es Neuigkeiten gäbe!«

Es klang, als wäre er draußen unterwegs, so rauschte und knackte es im Hörer.

»Was denn?«

»Was?«

»Was ist passiert?«

»Nichts, soweit ich weiß.«

»Dann ist es ja auch egal, dass ich den Stecker rausgezogen habe, oder?«

»Ihr Verhalten ist irrational und unverantwortlich«, sagte Schyman ärgerlich. »Stellen Sie sich vor, Thomas hätte versucht, Sie zu erreichen.«

»Thomas ruft auf meinem anderen Handy an. Und das war natürlich eingeschaltet.«

Ein großes Fahrzeug, ein Bus oder ein Lastwagen donnerte am anderen Ende vorüber. Sie hörte, wie Schyman im Hintergrund »Pass doch auf, du verdammter Idiot« rief.

Als er wieder dran war, klang er gefasster.

»Halenius will Sie über den Stand der Dinge informieren und Ihnen erklären, wie die Regierung vorgehen wird. Er kann zu Ihnen nach Hause kommen, oder Sie treffen ihn in der Stadt, aber er kann nicht ein weiteres Mal in der Redaktion erscheinen. Sie wollen die ganze Sache noch eine Weile unter Verschluss halten.«

»Ich will ihn nicht bei mir zu Hause haben.«

»Sie können ins Ministerium fahren, wenn Sie wollen.«

»Wussten Sie, dass die Verjährungsfrist für schweren Frauenfriedensbruch gar nicht zehn Jahre beträgt?«

Eine Sirene heulte vorbei.

»Was haben Sie gesagt?«

Sie schloss die Augen.

»Nichts. Wo sind Sie eigentlich?«

»Meine Frau hat mich am Fridhelmsplan abgesetzt. Ich bin gleich da.«

Sie legten auf. Annika zog den Rechner wieder zu sich heran und öffnete die Seite hitta.se. Das war zwar kein vollständiges Einwohnermelderegister, aber man konnte dort praktisch alle frei zugänglichen Telefonnummern Schwedens finden und meistens auch die Adressen der Teilnehmer, komplett mit Stadtplan und Wegbeschreibung.

Linnea Sendman war im Register nicht verzeichnet. Entweder hatte sie unter ihrem Namen kein Telefon angemeldet, oder sie hatte eine Geheimnummer beantragt – laut Bloggerin Viveca Hernandez allerdings ohne großen Erfolg. Letztere fand Annika in der Klubbacken 48 in Hägersten. Nach Angaben der erklärenden Karte, die dem Datensatz beigefügt war, lag das Haus unmittelbar hinter den beiden Kitas im Selmedalsvägen. Sicher waren das die hellen Häuser aus den 50er Jahren oben auf dem Hügel, die Annika vom Fußweg aus gesehen hatte.

Sie öffnete noch einmal den Blogbeitrag. Aus dem Text ging hervor, dass Viveca Hernandez ausführlich über Linnea Sendmans Situation Bescheid wusste.

»… brüllte rum, dass es nur so durchs Treppenhaus schallte …«

Ich wette meine rechte Hand darauf, dass Linnea Sendman ebenfalls in der Klubbacken 48 gewohnt hat, dachte Annika. Viveca Hernandez ist die Nachbarin, die sie als vermisst gemeldet hat.

Sie hob den Hörer ab, um Viveca Hernandez anzurufen, aber als sie aufsah, stand plötzlich der Chefredakteur vor ihr – mit Wollmütze und Eiszapfen im Schnurrbart.

»Wir müssen ins Ministerium«, sagte er. »Sofort. Das ist ein Befehl.«

*

Die Regierungskanzlei, die um die vorige Jahrhundertwende als Hauptkontor der Nordiska Kreditbanken erbaut worden war, thronte wie ein spätgotischer Palast am Norrström. Die Bank war bereits während des Ersten Weltkriegs pleitegegangen, aber ihr Emblem prangte immer noch über einem der Seiteneingänge, Anders Schyman hatte vergessen, über welchem.

Er bezahlte das Taxi mit der Kreditkarte der Zeitung und warf einen schnellen Blick auf die Reporterin neben sich. Sie sah aus wie ein ungemachtes Bett.

Im Zusammenhang mit der Hochzeit der Kronprinzessin vor gut einem Jahr hatte er in der Redaktion eine neue Kleiderordnung eingeführt. Zerrissene Jeans, schenkelkurze Miniröcke, verwaschene Sweatshirts und Ausschnitte bis zum Bauchnabel waren tabu, stattdessen wurde ein gewisses Maß an Stil erwartet. Annika hatte nicht sehr viele Stücke ihrer Garderobe austauschen müssen. Sie trug normalerweise recht geschmackvolle Markenkleidung, aber trotzdem schaffte sie es, darin auszusehen, als wäre sie nur aus Versehen hineingeraten. Des Öfteren kam es ihm so vor, als hätte sie ein Hemd ihres Mannes angezogen, ohne es zu merken. Heute war es noch schlimmer als sonst. Sie trug ein Hemd und darüber einen Pullunder, wie er zu Schymans Gymnasialzeit modern gewesen war.

Die meisten Leute nahmen zu, wenn sie längere Zeit in Amerika waren, nicht so Annika. Sie war womöglich noch eckiger und knochiger geworden. Wäre ihr recht attraktiver Busen nicht gewesen, hätte man sie leicht für einen langhaarigen jungen Kerl halten können.

»Diese Frau, die tot vor dem Kinderhort in Hägersten lag«, sagte sie, »die hatte ihren Mann wegen schweren Frauenfriedensbruchs angezeigt, aber die Ermittlungen wurden eingestellt, weil die Taten verjährt waren.«

»Vergessen Sie Ihre Handschuhe nicht«, sagte Schyman und zeigte auf einige Sachen, die aus ihrer Handtasche gefallen und auf dem Boden des Taxis gelandet waren. Er ging zum Eingang, drückte auf die drei Kronen aus patiniertem Messing links vom Portal, und schmatzend glitt die Tür auf. Annika stieg drei Schritte hinter ihm die weiße Marmortreppe hinauf und folgte ihm durch das weiße Marmorfoyer mit seinen Säulen und Kreuzgewölben zur Anmeldung ganz hinten links. Aus den Augenwinkeln sah er, wie sie stehen blieb und die Statuen an der Wand betrachtete.

Mit einem plötzlichen Stich von Sehnsucht in der Brust erinnerte er sich an seine Zeit als Politikreporter, daran, wie in den Gebäuden rund um Rosenbad aufgemerkt wurde, wenn er mit seinem Fernsehteam ankam (mit großen Schritten, eigentlich im Laufschritt). Wie Politiker und Wirtschaftsreferenten und Pressesekretäre seinen Namen mit Respekt und manchmal sogar mit Angst erwähnten. Und was machte er heute?

Er warf Annika einen Seitenblick zu.

»Ihren Ausweis«, sagte er.

Sie schlenderte zum Empfang und warf ihren Führerschein auf den Tresen.

Personalscheucher, das war er jetzt, und Cashcow für die Eigentümerfamilie. Ausbeuter der Gegenwart, Entdeckungsreisender in den entlegensten Niederungen des Journalismus.

Alien Hand Syndrome.

Die Empfangsdame war ein junges Mädchen, das sich alle Mühe gab, Seriosität auszustrahlen. Sie hatte die Haare zu einem strammen Knoten zusammengefasst und trug einen Schlips. Ein wenig näselnd bat sie ihn, sich auszuweisen, und studierte sorgfältig seinen Presseausweis, offenbar kannte sie ihn nicht. Vermutlich gehörte sie zu denen, die sich nicht für gesellschaftliche Themen interessieren. Das Mädchen tippte etwas in einen Computer, griff zum Telefon, um Schymans und Annikas Genehmigung zu überprüfen, und schickte sie dann geradeaus die Treppe hinauf zu den Aufzügen.

Vielen Dank auch, den Weg kannte er.

»Wir nehmen den rechten«, sagte Schyman. »Der linke ist ein Lastenaufzug, der hält auf jeder halben Etage.«

Die Reporterin wirkte kein bisschen beeindruckt von seiner Ortskenntnis.

*

Das war sie also.

Thomas' ach so bedeutende Arbeitsstelle.

Annika vermied es, sich im Spiegel anzusehen.

Sie war noch nie hier gewesen. Hatte ihn nie vom Büro abgeholt, nie einen Kaffee in der Personalkantine getrunken, ihn nie mit Theaterkarten oder einem Kinobesuch mit Pizza danach überrascht.

Thomas hatte sich mit dem Staat eingelassen, und ihre Aufgabe war es, diesem Staat auf die Finger zu sehen.

Im fünften Stock stiegen sie aus, auf der Etage direkt unter der Kanzlei des Ministerpräsidenten. Thomas hatte sein Büro in einem anderen Stockwerk, unten im dritten. Jedes Mal, wenn er oben im fünften gewesen war, berichtete er davon beim Mittagessen in besonders respektvollem Ton. Dort saßen die Mächtigen: der Minister, der Staatssekretär, die Rechts- und Verwaltungsdirektoren, die Ministerialdirektoren und die politischen Sachverständigen. Weiße Wände, dicker hellgrauer Teppichboden, Türen, die einen Spalt offen standen. Es lag Macht in der Luft und es roch nach Putzmitteln.

»Willkommen«, sagte Jimmy Halenius, der auf sie zukam und ihnen die Hand reichte. »Nehmen wir doch hier drüben Platz …«

Er sah nicht aus, als gehörte er hierher. Er war zu zerknittert und ungekämmt. Annika fragte sich, wie er wohl an seinen Posten gekommen war. Durch Speichelleckerei und Kontakte, dachte sie.

»Haben Sie etwas von Thomas gehört?«, fragte sie.

»Nein«, erwiderte Halenius. »Aber wir haben ein paar andere Informationen.«

Gedämpfte Geräusche, als würde der Teppichboden alle Stimmen verschlucken. Hinter den Türen unsichtbare Augen und Ohren, die alles sahen und hörten.

Über einen Flur gingen sie zu einem Konferenzraum mit Blick auf Tegelbacken und Strömsborg. Der Raum war mit hellen Holzmöbeln ausgestattet, auf den Tischen stand echt schwedisches Mineralwasser. Annika fröstelte, und das hatte nichts mit der Raumtemperatur zu tun. Im Zimmer saßen bereits Hans und Hans, die beiden Männer von gestern, diesmal allerdings nicht im Mantel.

Sie wollte nicht hier sein, musste aber. Es war ein Befehl.

Sie setzte sich auf den Stuhl, der der Tür am nächsten stand, ohne die beiden Hanseln anzusehen.

Halenius zog sich einen Hocker heran und nahm direkt vor ihr Platz. Annika wich instinktiv bis zur Stuhllehne zurück und zog die Beine an.

»Ich weiß, dass dies alles sehr belastend für Sie ist. Sagen Sie einfach, wenn Sie etwas möchten«, sagte Jimmy Halenius und sah sie mit seinen tiefblauen Augen an.

Sie zog die Schultern hoch und senkte den Blick auf die Tischplatte. Ich möchte meinen Mann zurück, bitte.

»Wir hatten heute Morgen Kontakt mit Nairobi und haben weitere Details der Ereignisse erfahren. Zögern Sie nicht, mich zu unterbrechen, falls Sie Fragen haben.«

Fragen haben? *Fragen haben?*

Er wandte sich direkt an sie, wenn er sprach, saß vornübergebeugt mit auf die Schenkel gestützten Ellenbogen, er wollte ihr nahekommen. Zu ihr durchkommen. Sie blickte zum Fenster hinaus. Der Turm des Stadshuset mit seinen drei Kronen auf der Spitze ragte in den Himmel. Das Wasser konnte sie im Sitzen nicht sehen.

»Die Delegation, zu der Thomas gehört, ist gestern am frühen Morgen mit einem Privatflugzeug nach Liboi gestartet. Die Gruppe bestand aus sieben Delegierten sowie drei Sicherheitskräften, einem Dolmetscher und zwei Fahrern. Also der Dolmetscher und ein Bodyguard sind tot, aber einer der Fahrer wurde von einem Viehhirten außerhalb von Liboi lebend gefunden. Er hatte einen kräftigen Schlag auf den Kopf bekommen, war jedoch heute Morgen zu einer kurzen telefonischen Vernehmung fähig. Möchten Sie ein Glas Wasser?«

Wollte sie das? Wollte sie etwas trinken? Wasser?

Sie schüttelte den Kopf.

Halenius griff nach einem Blatt Papier auf dem Konferenztisch, setzte die Lesebrille auf und überflog den Text. Wie alt war er? Er hatte es einmal gesagt, drei Jahre älter als sie, um die vierzig. Er sah älter aus.

»Außer Thomas sind die Delegierten ein 54-jähriger Franzose namens Sébastien Magurie. Er ist EU-Parlamentarier und erst relativ kurz dabei. Es ist seine erste Konferenz zu diesem Thema.« Halenius wedelte mit dem Blatt. »Sie bekommen nachher eine Kopie, sobald die Angaben hier offiziell bestätigt sind.«

Der Raum hier war irgendwie voller Staub. Voll von grauem, klebrigem Staub, der sich im Hals festsetzte.

»Ich glaube, ich nehme doch ein Wasser«, sagte Annika.

Einer der Männer namens Hans stand auf und nahm ein Loka von einem Sideboard. Waldhimbeergeschmack. Grauenhaft. Schmeckte wie Lampenöl.

»Catherine Wilson, zweiunddreißig, britische Delegierte, spricht Arabisch und Swahili. Sie ist zum Teil in Kenia aufgewachsen. Ist als Protokollführerin dabei, konnte noch einen ersten Bericht an die Konferenz in Nairobi schicken, bevor die

Gruppe verschwand. Alvaro Ribeiro, dreiunddreißig, spanischer Delegierter. Jurist. Er arbeitet für die spanische Regierung. Helga Wolff, Deutsche, sechzig. Hieraus geht es zwar nicht hervor, aber irgendwer meinte, sie sei Sekretärin in Brüssel. Der dänische Delegierte heißt Per Spang. Er ist fünfundsechzig, Parlamentsabgeordneter, sein Gesundheitszustand ist nicht der beste. Sorin Enache, achtundvierzig. Rumänischer Delegierter. Beamter im Justizministerium, in vergleichbarer Position wie Thomas. Marathonläufer.«

Helga Wolff, was für ein klischeehafter Name. Deutscher ging's nicht. Sechzig Jahre alt, sie war es also nicht. Wenn sie Ministerin gewesen wäre, dann vielleicht, und schlank und mit diskretem Facelifting, aber nicht eine Sekretärin. Thomas jagte in höheren Gefilden.

»Hat er sich freiwillig gemeldet?«, fragte Annika.

Halenius ließ das Papier sinken.

»Wie meinen Sie das?«

Die 32-jährige Engländerin war klein und blond, unter Garantie.

»Nützt es dem Prestige, diese Fahrt mitzumachen?«, fragte sie.

Halenius sah müde aus.

»Nein«, erwiderte er. »Sich für so einen Auftrag zu melden bringt nichts fürs Prestige. Auch keiner der anderen Delegierten steht in der Hierarchie weit oben. Ich weiß nicht, ob Thomas freiwillig mitgefahren ist oder ob es eine Anordnung von höherer Stelle gab, aber ich werde das überprüfen lassen.«

Er griff nach einem weiteren Blatt Papier.

Annika ließ den Blick durch den kleinen Konferenzraum schweifen. Das hier war kein Machtzentrum, es war nicht das Blaue Zimmer, in dem die Leitung des Ministeriums tagte. Es war ein beschissenes kleines Zimmer, in das man Frauen von verschwundenen Männern führte, und vielleicht arbeitete man hier an Gesetzesänderungen über verschwundene kleine Frauen, die ermordet hinter Kindergärten und auf Parkplätzen gefunden wurden.

»Der erste Bericht der Protokollführerin enthält eine kurze

Beschreibung der Stadt Liboi und eine Zusammenfassung des Gesprächs, das die Delegation mit dem Polizeichef der Stadt geführt hat«, sagte Halenius. »Es gibt offenbar keine Kontrollposten am eigentlichen Grenzübergang nach Somalia. Die Polizeistation dient gleichzeitig als Zollstation, und sie liegt mehrere Kilometer hinter der Grenze …«

Annika beugte sich vor.

»Wieso behaupten Sie, dass schwerer Frauenfriedensbruch eine Verjährungszeit von zehn Jahren hat?«

Anders Schyman schlug die Hand vor die Augen und stöhnte auf.

»Annika …«, sagte er.

Halenius sah sie schweigend an.

»Das stimmt doch gar nicht«, fuhr sie fort. »Dieses Gesetz war doch bloß Theater, stimmt's? Das Justizministerium wollte sich von der Frauenbewegung und den Menschenrechtsaktivisten auf die Schulter klopfen lassen und hat ein Gesetz erlassen, das in Wirklichkeit absolut lasch ist.«

Sie blickte sich im Zimmer um. Die beiden Hansemänner starrten sie an, als hätte sie plötzlich in fremden Zungen geredet. Jimmy Halenius musterte ihr Gesicht, als suchte er darin nach etwas.

»Also, der überlebende Fahrer konnte einen kurzen Bericht über die Ereignisse geben«, sagte er langsam. »Die Delegation wurde an einer Straßensperre von einer Gruppe bewaffneter Männer gestoppt, sieben oder acht Leute. Der Fahrer ist sich nicht ganz sicher über die Anzahl. Er behauptet, es wären Somalier gewesen, aber das lässt sich natürlich nicht mit Sicherheit sagen.«

Die Kälte im Zimmer drang ihr bis ins Rückenmark, sie schlang die Arme um den Körper. Kannte Anne Snapphane nicht einen Kerl, der Somalier war? Rapper, total süßer Typ?

»Die Wagen befanden sich auf einer inoffiziellen Straße, einige Kilometer südlich der A3 an der somalischen Grenze. Mindestens einer der Leibwächter muss mit den Männern an der Straßensperre gemeinsame Sache gemacht haben. Er hat bei beiden

Toyotas die Sender ausgebaut, mit denen wir ihre Position hätten bestimmen können.«

Ein Hans meldete sich plötzlich zu Wort.

»Toyota Landcruiser 100 sind ungemein beliebt in Afrika«, sagte er. »Die kommen wirklich durch jedes Gelände. Die Amerikaner haben sie benutzt, als sie in den Irak einmarschiert sind. In Kenia werden sie ›Toyota Take Away‹ genannt, weil sie ein begehrtes Diebesgut sind.«

Annika sah ihn an.

»Und was hat das mit dieser Sache zu tun?«, fragte sie.

Der Mann wurde rot.

»Es sagt einiges über die Männer an der Straßensperre aus«, warf der Staatssekretär ein. »Sie haben genau gewusst, was sie taten. Der Überfall war kein Zufallstreffer. Sie haben auf die EU-Delegation gewartet. Sie wussten, dass die Autos mit Positionssendern ausgerüstet waren, und auch, wo die Sender saßen. Diese Leute sind scharf auf Geld und wissen, was für einen Wert die Autos darstellen.«

Sie wussten, was sie taten.

Man wusste, was man tat.

Wusste man wirklich, was man tat, wie man es tat und warum man es tat? Sie merkte, wie ihre Verwirrung wuchs.

»Ein abgekartetes Spiel?«, fragte Anders Schyman.

»Sieht ganz so aus. Die Gruppe hat die Stelle des Überfalls sorgfältig ausgesucht. Sie waren in einem anderen Fahrzeug dorthin gefahren, einem Laster mit Plane. Der Fahrer der Delegation hat den Wagentyp erkannt, es war ein älterer Mercedes.«

Sie unterdrückte den Impuls, aufzustehen und zum Fenster zu gehen. Stattdessen hielt sie die Armlehnen des Stuhls umklammert.

»Und wo sind sie jetzt?«, fragte sie.

»Das wissen wir nicht«, antwortete Jimmy Halenius. »Der LKW war nicht mehr da, als Polizei und Militär am Ort des Überfalls eintrafen, also haben sie ihn vermutlich dazu benutzt, um die Delegationsteilnehmer abzutransportieren.«

Wissen wir nicht. Sieht ganz so aus. Vermutlich.

»Sie wissen im Grunde nichts. Stimmt's?«

Sie sah, wie Anders Schyman und die beiden Hansel einen Blick wechselten. Der Chefredakteur nahm sich ein Glas und eine Flasche Wasser und fragte etwas zu den Positionssendern, mit denen die Autos ausgerüstet gewesen waren, und dann redeten sie über Positionssender, als wäre das jetzt wichtig, als spielte das irgendeine Rolle. Es war ein deutsches Modell, ein kleines, aber ziemlich leistungsstarkes Gerät, das zwei verschiedene Methoden der Positionsbestimmung kombinierte, GSM und herkömmliche Funkwellen …

Sie merkte, wie die Worte auf sie eindrangen, ohne im Kopf hängenzubleiben, sie gingen zum einen Ohr hinein und zum anderen hinaus, ohne Sinn und Substanz. Positionssender brauchten weder eine äußere Antenne noch Satellitenkontakt, und die kleinste Version, wie offenbar in diesem Fall, war kleiner als ein Handy und wog 135 Gramm und war im Motorraum versteckt gewesen, hinter dem Kühlwasserbehälter …

Sie blickte wieder auf den Riddarfjärden hinaus. Es würde bald schneien. Die Wolken hingen tief über den Dächern.

»Sie haben recht«, sagte Halenius. »Im Grunde wissen wir sehr wenig. Dafür können wir einige Vermutungen anstellen. Es könnte sein, dass es sich um eine Geiselnahme handelt und die Delegationsteilnehmer entführt worden sind. Das ist in diesem Teil der Welt nicht ungewöhnlich. Sie haben vielleicht von den somalischen Piraten gehört, die vor der Küste Schiffe kapern? Das hier könnte eine Landvariante sein.«

»So wie die dänische Familie mit ihrer Yacht?«, fragte Anders Schyman.

»Entführt?«, sagte Annika.

»Wenn es sich um eine Entführung handelt, werden wir es in den nächsten Tagen erfahren, vermutlich schon heute oder morgen.«

Annika konnte nicht länger still sitzen, sie stand auf und ging zum Fenster. Da draußen auf dem Strömmen schwammen Enten. Dass die nicht an den Füßen froren …

»Meistens läuft so was nach einem bestimmten Muster ab«,

sagte Jimmy Halenius. »Wenn wir Glück haben, fordern die Entführer nur Lösegeld. Haben wir Pech, handelt es sich um eine politische Geiselnahme, und irgendeine fundamentalistische Gruppierung bekennt sich dazu und will ihre im Ausland wegen Terrorismus inhaftierten Kameraden freipressen oder stellt Forderungen auf, dass sich die Amerikaner aus Afghanistan zurückziehen oder dass der Weltkapitalismus abgeschafft wird. Das wäre sehr viel unangenehmer.«

Annika merkte, wie ihre Hände zitterten, *Alien Hand Syndrome.*

»Besteht keine Chance, dass sie einfach wieder auftauchen?«, fragte der Chefredakteur. »Unter Schock, aber unverletzt?«

»Doch«, erwiderte Halenius. »Das ist natürlich auch eine Möglichkeit. Da wir aber nichts über die Wegelagerer und ihre Motive wissen, ist jedes Szenario denkbar.«

Er erhob sich und trat zu Annika ans Fenster.

»Von Seiten der Regierung«, fuhr er fort, »werden wir Ihnen alle Informationen zukommen lassen, die uns aus Brüssel und Nairobi erreichen, ebenso von den offiziellen Stellen in den anderen Ländern, die gleichfalls betroffen sind. Wir sprechen also von Großbritannien, Rumänien, Frankreich, Spanien, Deutschland und Dänemark. Diese Informationen entscheiden darüber, wie wir weiter vorgehen. Sie können mit unserer Unterstützung rechnen, ganz gleich, was passiert. Ich habe ja Ihre Mailadresse, ich schicke Ihnen den Bericht der englischen Protokollführerin und die persönlichen Angaben zu den Delegationsteilnehmern, sobald alles überprüft und freigegeben ist. Unter welcher Telefonnummer kann ich Sie erreichen?«

Sie zögerte einen Moment, griff dann in ihre große Umhängetasche und holte ihr Redaktionshandy heraus.

»Die hier«, sagte sie leise, schaltete das Handy an und gab ihre PIN ein.

Schyman erhob sich, und die beiden Männer, die Hans hießen, auch.

»Wir haben ein Gutachten zum Thema Verjährungszeit bei schwerem Frauenfriedensbruch in Auftrag gegeben«, sagte der

Staatssekretär leise. »Das war 2007, auf Veranlassung des Ministeriums, wegen genau der Frage, die Sie gestellt haben. Die Gutachter kamen zu dem Ergebnis, dass Frauenfriedensbruch kein andauerndes Verbrechen ist, also perdurierend, sondern aus verschiedenen Einzeltaten besteht. Das heißt, dass die Verjährungszeiten aufgeteilt werden müssen, alles andere wäre unangemessen und würde die Rechtssicherheit gefährden.«

Sie wandte den Kopf und blickte zu ihm hoch. Er hatte also tatsächlich gehört, was sie gesagt hatte.

»Es gibt immer noch Ankläger, die dieses Gesetz für ein *politisches* Gesetz halten«, sagte sie. »Wussten Sie das?«

Halenius nickte.

»Und was sind dann alle anderen Gesetze?«, fuhr sie fort. »Gottgegeben?«

Sie drehte sich um und verließ den kleinen machtfreien Raum.

Hinter sich hörte sie Anders Schyman und den Staatssekretär murmeln. Sie wusste genau, worüber sie redeten. Wie lange konnte man das hier vor der Öffentlichkeit geheim halten? Bis sich eine Gruppierung zu der Tat bekannte, vielleicht, aber länger nicht. Zu viele Staaten waren betroffen, zu viele Organisationen. Wann durfte Schyman das drucken? Wer würde sich dazu äußern?

Sie nahm den Aufzug nach unten, ohne auf ihn zu warten.

*

Die Hütte bestand aus einem einzigen Raum ohne Fenster. Die Innenwände waren tiefschwarz von Ruß. In der Mitte des Bodens eine Feuerstelle, die wohl gleichzeitig als Herd, Wärmequelle und Lichtspender diente, im Moment aber nur Platz wegnahm. Ein Loch im Dach bildete den Rauchabzug und ließ etwas Dämmerlicht herein, in dem unsere Körper dunkel und verschwommen erschienen. Man hatte uns wieder die Hände auf dem Rücken gefesselt. Und die Schuhe weggenommen.

Es war sehr eng.

Ich lag mit dem Gesicht im Schritt von Alvaro, dem Spanier.

Genau wie wir anderen hatte er in die Hose koten müssen, der Gestank war schwer und beißend.

Per, der Däne, bekam kaum Luft. Er klagte nicht, aber sein Keuchen erfüllte das Halbdunkel. Die Deutsche schnarchte.

Wir befanden uns in einem Dorf für Menschen und Vieh, das von einer Einfriedung aus Reisig und Dornenbüschen umgeben war und Manyatta genannt wurde. Im Mondlicht hatte ich acht Hütten erkennen können, bevor wir hier eingesperrt wurden. Andere Leute als unsere Aufpasser waren nicht zu sehen gewesen. Auch keine Kühe oder Ziegen. Ich glaube, in den Morgenstunden habe ich ein bisschen geschlafen.

Die Luft stand absolut still. Es war unglaublich heiß. Das helle Viereck der Rauchöffnung ließ erkennen, dass die Sonne sich dem Zenit näherte. Der Schweiß lief mir in die Augen. Das Salz brannte, aber das war egal.

Wir hatten zu essen bekommen. Ugali, Brei aus Maismehl, die Standardnahrung in Ostafrika. Ich aß zu schnell und bekam fürchterliche Magenschmerzen. Aber ich fühlte mich satt und zuversichtlich. Es würde bald vorbei sein. Das hatte uns der Lange in seinem gebrochenen Swahili versichert. Wir warteten nur noch auf *Kiongozi Ujumla*, den großen Anführer. Der Lange war anscheinend nicht befugt, über unsere Freilassung zu entscheiden. Allein der *Kiongozi Ujumla* traf diese Art von Entscheidungen, und wir konnten das natürlich verstehen, wenn man keine Befugnis hat, dann hat man sie nicht, das kannten wir ja alle.

Selbst Sébastien wirkte zufrieden. Er hatte sogar aufgehört, eine medizinische Versorgung der Kopfwunde zu verlangen, die man ihm mit dem Gewehrkolben zugefügt hatte.

Aus dem Halbdunkel lachte mich Annika an, ich konnte den Duft ihres Shampoos riechen.

Die Leute hier wollten uns eigentlich nichts Böses. Sicher, sie benutzten uns als Tauschobjekte in einem brutalen Spiel, aber sie waren ja auch nur Menschen. Sie wussten ganz genau, dass wir wichtige Mitbürger in unserem jeweiligen Heimatland waren, dass wir Kinder und Familie hatten. Mit ihrer Tat wollten sie auf ihre Sache aufmerksam machen, aber danach würden sie uns laufenlassen. Das hatte der Lange mehrmals erklärt.

Und wenn sie nicht Wort hielten, würde sie das teuer zu stehen kommen. Sämtliche Polizeikräfte Kenias und Somalias würden Jagd auf sie machen, und die gesamte EU dazu.

Ich versuchte den Kopf abzuwenden, um dem Kotgestank zu entgehen.

Bald würde ich wieder zu Hause bei Annika und den Kindern sein.

*

Die Fassade des Hauses in der Agnegatan war während ihres Aufenthalts in Washington renoviert und gestrichen worden. Die früher undefinierbar schmutzig braunen Wände waren jetzt blendend hell, ein schreiendes Weiß mit einem Grünstich. Der Himmel war zwar wolkenverhangen, aber Annika musste wegen des grellen Farbtons blinzeln.

Anders Schyman hatte sie nach dem Termin in der Regierungskanzlei nach Hause geschickt. Ehrlich gesagt, eine vernünftige Entscheidung.

Sie tippte den Haustürcode ein und lief die Treppe hinauf. In der Wohnung warf sie ihren Mantel auf einen Haufen gleich hinter der Eingangstür, ging mit ihrer Tasche ins Wohnzimmer, packte den Laptop aus und stellte ihn auf den Couchtisch. Dann schaltete sie in der Küche den Wasserkocher ein, und während das Wasser heiß wurde, ging sie zur Toilette. Als sie sich die Hände wusch, fiel ihr Blick auf Thomas' Handtuch, das neben dem Waschbecken hing. Er war der Einzige in der Familie, der darauf bestand, ein eigenes Handtuch zu haben.

Sie trocknete die Hände daran ab.

Aus dem Hängeschrank im Kinderzimmer holte sie neues Toilettenpapier, stöpselte das Festnetztelefon ein, brühte sich in einem Becher mit der Aufschrift »The White House« einen Pulverkaffee und checkte ihr Mailfach.

Den Bericht der Engländerin, die garantiert süß und blond war, hatte Halenius nicht geschickt.

Sie starrte auf die Liste der eingegangenen Mails, die Hände krampfhaft im Schoß geballt. Aus irgendeinem Grund erschien das Bild der fetten Frau auf der Titelseite des *Abendblatts* vor ihrem geistigen Auge.

Vielleicht war alles nur ein schreckliches Missverständnis. Vielleicht hatten die Männer an der Straßensperre geglaubt, dass es sich bei den Abgesandten der EU-Konferenz um ganz andere handelte, vielleicht Amerikaner, vielleicht CIA-Agenten, und wenn sie ihren Irrtum erkannten, würden sie Thomas und seine Gruppe gleich wieder zum Flugplatz in dieser Stadt fahren, nach Liboi. Thomas würde sich natürlich ein Bier an der Bar genehmigen und auch nicht vergessen, ein bisschen was Zollfreies einzukaufen, ein Parfüm für sie und vielleicht ein paar Halbkilotüten Süßigkeiten für die Kinder. Er würde nach Hause kommen, müde und schmutzig, und über den Service im Flughafen von Liboi meckern und über das schlechte Essen im Flieger …

Sie kontrollierte noch einmal die eingegangenen E-Mails.

Nichts. Keine Engländerin.

Sie fragte sich, ob er schon mit ihr geschlafen hatte.

Sie stand auf und ging ins Kinderzimmer. Kalle hatte sein Bett gemacht, Ellen nicht.

Die Kinder immer bei sich zu haben war das Wichtigste. Sie hatte es mit einer anderen Regelung versucht, aber das hatte sie beinahe um den Verstand gebracht. Das Jahr, als Thomas bei Sophia Grenborg wohnte und sie die Kinder nur alle zwei Wochen hatte, war grauenvoll gewesen. Andere schafften das, sogar die meisten anderen, viele fanden es sicher praktisch, ja nahezu bequem, aber sie nicht.

Sie ließ sich auf Ellens zerwühlte Kissen sinken.

Sie hatte sich wirklich Mühe gegeben.

Als sie wieder zusammengekommen waren und dann nach Amerika zogen, hatte sie in puncto Sex, Kochen und Arbeitszeiten alles gegeben. Hatte masturbiert, wenn sie allein war, um wieder so etwas wie Lustempfinden zu üben, hatte Kochbücher mit mexikanischen und asiatischen Rezepten gekauft, hatte sich mit dem Zeitunterschied herausgeredet, wenn sie sich vor der

Verteilung der allzu arbeitsintensiven Aufträge vom Newsdesk verdrückte, und stattdessen Chocolate Chip Cookies für den Schulbasar gebacken. Trotzdem wusste sie, dass er fremdging. Nicht mit einer bestimmten, sondern mit solchen Frauen, die er ohne allzu große Anstrengung flachlegen konnte. Sie war sich sicher, dass er hervorragend ankam. Mit seinem blonden Haar und den grauen Augen und den breiten Schultern sah er aus wie ein Wikinger. Er lachte gern und oft, konnte zuhören, war in praktisch allen Sportarten von Bowling bis Bandy ein Ass und machte sich gut in möblierten Zimmern.

Konferenzen wie diese in Nairobi waren seine ultimativen Jagdgründe. Dass er für die Regierung arbeitete, verringerte seine Chancen auch nicht gerade.

Da der Frontex-Auftrag nicht besonders sexy war, pflegte er stattdessen zu sagen, dass er mit der Erarbeitung von Analysen zur internationalen Sicherheit befasst war. Was ja in gewisser Weise auch stimmte.

Sie zwang sich, Ellens Bett nicht zu machen, ging zurück ins Wohnzimmer zu ihrem Laptop und googelte Frontex. In Wirklichkeit interessierte sie Thomas' neuer Auftrag nicht im Geringsten. Es hatte ihr gereicht zu wissen, dass er mehrmals im Jahr an internationalen Konferenzen teilnehmen würde. Über die Organisation als solche wusste sie sehr wenig.

Einer der ersten Treffer stammte von ihrer eigenen Zeitung. Der Schutz der europäischen Außengrenzen lag seit zwei Jahren im Verantwortungsbereich der schwedischen EU-Kommissarin, und das bedeutete, eine Reihe von Untersuchungsaufträgen zu diesem Thema waren in Schweden gelandet.

Genau. Unter anderem auf Thomas' Schreibtisch.

Auf der offiziellen Website der Organisation las sie, dass deren jüngste Mission früher als geplant in Angriff genommen worden war: Flugzeuge und Patrouillenboote überwachten die Gewässer um die italienische Insel Lampedusa, um Flüchtlinge aus den nordafrikanischen Krisengebieten daran zu hindern, nach Europa zu gelangen. Der schwedischen EU-Kommissarin zufolge war Frontex dazu da, »Leben zu retten«, und das mochte wohl auch stimmen. An den Badestränden Italiens und Spaniens waren angespülte Bootsflüchtlinge so normal geworden, dass es niemanden mehr kümmerte. Es war den Medien nicht einmal mehr eine Notiz wert – nicht in den Mittelmeerländern und schon gar nicht in Schweden. Höchstens, wenn irgendein schwedischer Pauschalurlauber über die Leichen stolperte und von seinem Reisebüro keinen Schadensersatz bekam.

Ihre Mailbox machte »pling«, und da, mit einer Mail von Halenius, traf der Bericht der süßen kleinen Engländerin ein. Eine auf Englisch abgefasste, ziemlich kurze Beschreibung der Lage in der Grenzstadt.

Der Grenzübergang zwischen Kenia und Somalia war im Großen und Ganzen unbewacht. Die Zollstelle bestand aus einem Schild neben der Polizeistation in Liboi, auf dem »*Republic of Kenya, Department of Immigration, Liboi Border Control*« stand. Eine Station oder Personal direkt am Grenzübergang gab es nicht.

Gegenwärtig lebten über 400 000 Menschen, die meisten von ihnen Somalier, in einem Flüchtlingslager nahe der Nachbarstadt Dadaab.

Annika blickte vom Rechner auf. Was hatte sie noch über Dadaab gehört? War es nicht irgendwas mit einer Dürrekatastrophe am Horn von Afrika gewesen?

Sie öffnete Google Maps, tippte »Liboi, Kenia« ins Suchfeld und erhielt sofort ein gelbbraunes Satellitenbild von verbrannter Erde. Liboi lag mitten in einem endlosen Nichts und hatte die Größe eines Stecknadelkopfes. Eine gelbe Straße, die Garissa Road A3, zog sich wie ein Strich quer über die Karte. Annika klickte und zoomte aus dem Bild heraus, um einen größeren Überblick zu bekommen. Dadaab tauchte im Südwesten auf, dann Garissa, das Meer und Nairobi. Kenia lag genau auf dem Äquator, umgeben von Somalia, Äthiopien, Sudan, Uganda und Tansania. Großer Gott, was für eine Gegend. Mit einem brausenden Gefühl von Unwirklichkeit starrte sie auf das Satellitenbild. So viele Menschen lebten in diesen Ländern, und sie wusste absolut nichts über sie.

Irgendwo in der Wohnung klingelte ein Telefon. Sie sah vom Bildschirm auf, sprang hoch und konnte das Klingeln zunächst nicht orten. Dann begriff sie, dass es ihr Festnetztelefon war. Normalerweise rief nie jemand die Nummer an, außer ihrer Mutter, und der Kontakt zu ihr war mehr oder weniger abgerissen. Sie lief zur Tür, die zum Kinderzimmer führte, und nahm den Hörer ab.

Jimmy Halenius.

»Annika«, sagte er. »Uns haben zwei Mitteilungen von der Gruppe erreicht, die Thomas und die anderen Delegationsteilnehmer gefangen hält.«

Sie sank auf den Fußboden des Wohnzimmers, ihr Mund war trocken wie Zunder.

»Was sagen sie?«

»Das möchte ich nicht am Telefon besprechen …«

Sie sprang wieder auf und brüllte ins Telefon.

»Jetzt sagen Sie schon, was die gesagt haben!«

Der Staatssekretär schien nach Luft zu schnappen.

»Okay«, sagte er. »Es ist nicht gerade optimal, diese Art von Information per Telefon weiterzugeben, aber gut … Die erste Nachricht wurde von den Briten aufgefangen. In einem verwackelten Video sagt ein Mann auf Kinyarwanda, dass Fiqh Jihad sieben EU-Delegierte als Geiseln genommen habe. Der Rest der Mitteilung besteht aus politischen und religiösen Phrasen.«

»Was hat er gesagt? Auf Kinyar … was?«

»Die Bantusprache, die in Ostafrika gesprochen wird, vor allem in Ruanda. Die Mitteilung sagt eigentlich nichts anderes aus, als wir bereits vermutet haben, dass sie nämlich von irgendeiner Art Organisation entführt wurden.«

Annika setzte sich wieder hin, ihr Blick wanderte durchs Zimmer, auf die kleinen Lampen im Fenster, die Decke, die Thomas von seiner Mutter zu Weihnachten bekommen hatte, die DVDs von Kalles Videospiel.

»Es ist politisch«, sagte sie. »Eine politische Entführung. Sie haben gesagt, die sind schlimmer.«

»Es ist politisch«, sagte Halenius, »aber es könnte eine andere Wendung nehmen. Die zweite Nachricht kam per Telefon, zu Hause bei Alvaro Ribeiro. Sein Lebensgefährte war am Apparat, und in ostafrikanischem Englisch wurde ihm kurz und bestimmt mitgeteilt, dass Alvaro entführt worden sei und man ihn gegen ein Lösegeld von vierzig Millionen Dollar freilassen würde.«

Annika schnappte nach Luft.

»Vierzig Millionen Dollar, das sind … wie viel? In Kronen? Eine Viertelmilliarde?«

»Knapp.«

Ihre Hände begannen wieder zu zittern, *Alien Hand Syndrome* die ganze Zeit.

»O mein Gott, o nein …«

»Annika«, sagte Halenius, »nicht aufregen.«

»Eine *Viertelmilliarde*?«

»Es sieht so aus, als würden bei dieser Entführung verschiedenen Forderungen gestellt«, fuhr Halenius fort. »Einmal haben wir das politische Motiv, darauf lässt das Video schließen, und zum anderen die Lösegeldforderung, die auf eine gewöhnliche *kidnap for ransom* hindeutet. Sie haben recht, Letzteres ist vorzuziehen.«

»Aber eine Viertelmilliarde? Wer hat so viel Geld? Ich jedenfalls nicht …«

Kidnap for ransom?

Die Worte ließen irgendetwas bei ihr anklingen, aber was nur, was nur?

Sie presste sich die zitternde Handfläche an die Stirn und kramte in ihrem Gedächtnis.

Ein Artikel, den sie geschrieben hatte, eine Versicherungsgesellschaft, die sie während ihres ersten Jahrs als Korrespondentin besucht hatte, in Upstate New York, sie war spezialisiert auf K&R Insurances: *Kidnap and Ransom Insurances …*

»Eine Versicherung«, schrie sie ins Telefon. »Das Ministerium hat natürlich eine Versicherung! Eine Versicherung, die das Lösegeld bezahlt, und dann ist der Fall gegessen!«

Sie lachte beinahe vor Erleichterung.

»Nein«, widersprach Halenius. »So etwas hat die schwedische Regierung nicht. Das ist eine Grundsatzentscheidung.«

Das Lachen blieb ihr im Hals stecken.

»Versicherungen dieser Art sind kurzsichtige und gefährliche Lösungen. Sie erhöhen das Risiko und treiben die Lösegeldsummen in die Höhe. Außerdem verhandelt die schwedische Regierung nicht mit Terroristen.«

Sie spürte, wie sich der Boden unter ihren Füßen auftat. Ihre Hände ruderten durch die Luft, sie klammerte sich am Türrahmen fest.

»Aber«, sagte sie, »und ich? Was soll ich tun? Was passiert jetzt? Rufen die mich auch an, unter dieser Nummer?«

»Das wäre eine wünschenswerte Ausgangslage.«

Sie fühlte Panik aufsteigen, ihr Atem wurde schneller, und vor ihren Augen verschwamm alles. Von fern hörte sie die Stimme des Staatssekretärs.

»Annika, wir müssen über Ihre Situation reden. Ich weiß, Sie möchten nicht, dass ich zu Ihnen nach Hause komme, aber ich glaube, es wäre im Moment die einfachste Lösung für Sie.«

Sie nannte ihm den Haustürcode.

*

Der Franzose hatte wieder begonnen, sich zu beschweren. Er rief unaufhörlich nach unseren Bewachern und befahl Catherine, ins Swahili zu übersetzen, was sie mit gedämpfter Stimme und gesenkten Augen tat. Jetzt beklagte er sich nicht mehr nur über die Kopfwunde, sondern auch über unsere sanitären Bedingungen. Seit unserer Entführung vor mehr als zwei Tagen hatte keiner von uns auf die Toilette gehen dürfen. Urin und Kot zerfraßen unsere Haut und machten unsere Kleidung steif.

Die Deutsche weinte.

Ich merkte, wie unter den Bewachern Verärgerung und Unsicherheit wuchsen. Jedes Mal, wenn sie die Holztür der Hütte öffneten, waren sie nervöser, sie erklärten schnell und ärgerlich, dass sie keine Erlaubnis hätten, uns rauszulassen. Wir waren ge-

zwungen, auf *Kiongozi Ujumla* zu warten, General Anführer; ob
es sich dabei um eine oder zwei Personen handelte, wussten wir
nicht, aber nur die (oder der) hatten das Recht, über die Gefangenen zu entscheiden, sagten sie. (Die Gefangenen, das waren
wir. *Wafungwa*.)

Als ich den Dieselmotor vor der Hütte hörte, war ich wirklich erleichtert. Der Franzose verstummte und horchte, so wie
alle anderen. Wir hörten draußen Stimmengemurmel.

Die Sonne war schon fast untergegangen. In der Hütte war es
nahezu dunkel. Es schien sehr viel Zeit zu vergehen, bis sich
endlich wieder die Tür öffnete.

»Das hier ist vollkommen inakzeptabel!«, rief der Franzose.
»Ihr behandelt uns wie Tiere! Habt ihr keinen Anstand im Leib?«

Die schwarze Silhouette eines kleingewachsenen, untersetz-
ten Mannes füllte die Türöffnung. Er trug einen kleinen Turban,
ein kurzärmeliges Hemd, weite Hosen und robuste Schuhe.

Seine Stimme war hell wie die eines kleinen Kindes.

»*You no like?*«, fragte er.

Der Franzose (ich hatte aufgehört, ihn mit Namen zu nennen,
ich entpersonifizierte ihn, ging auf Distanz) antwortete, dass ihm
– *c'est vrai* – die Situation nicht gefalle.

Der Kurze rief den Bewachern etwas zu, das wir nicht verstanden. Als er sich umdrehte, sah ich, dass auf seinem Rücken
an einer Schnur ein Messer hing, das gut einen halben Meter lang
war und gebogen wie ein Säbel: eine Machete.

Die Angst, die sich wie ein Stein in meinem Magen zur Ruhe
gelegt hatte, explodierte mit einer Macht, die mir unerklärlich
war. Alle Bewacher waren bewaffnet, das lange Messer beunru-
higte mich nicht so sehr. Es war etwas anderes an dem untersetz-
ten Mann, etwas in seinen Bewegungen oder der schneidenden
Stimme. Das musste *Kiongozi Ujumla* sein, der Anführer.

Zwei der Bewacher kamen in die Hütte, es war dunkel und
eng, und sie traten auf uns, sie gingen zu dem Franzosen, packten ihn an den Füßen und unter den Achseln und trugen ihn zur
Tür; die Deutsche schrie, als der Lange ihr mit dem Fuß auf den
Bauch trat und in ihrem weichen Fleisch beinahe die Balance

67

verlor; sie trugen den Franzosen hinaus, und zum ersten Mal war die Sicht nach draußen völlig frei, frische Luft wirbelte herein, und ich sog Sauerstoff und Erde in die Lungen, blinzelte ins Licht, der Himmel war rot und gelb und ockerfarben. Es war unglaublich schön.

Sie stellten den Franzosen direkt vor der Tür auf die Erde, seine Füße verschwanden sofort im Staub. Die Türöffnung war so niedrig, dass wir nur seinen Körper bis zu den Schultern sehen konnten, obwohl wir auf dem Boden lagen. Der Kurze stellte sich vor den Franzosen.

»*No like?*«, fragte er wieder.

Der Franzose zitterte, vor Angst oder vor Anstrengung, sich aufrecht zu halten, nachdem er so lange gelegen hatte. Seine Füße und Hände waren immer noch mit Kabelbindern gefesselt. Er schwankte bedenklich.

»Das hier ist ein Verbrechen gegen das Völkerrecht«, sagte er wieder mit bebender Stimme. »Was ihr macht, verstößt gegen internationale Regeln und Verordnungen.«

Der General stellte sich breitbeinig hin und verschränkte die Arme vor der Brust.

»*You say?*«

Catherine, die links neben mir lag, rückte dichter an mich heran.

»Ich bin französischer EU-Parlamentarier«, sagte der Franzose, »und ich verlange, dass ihr mich sofort losbindet und mich aus dieser Situation befreit.«

»*EU? Work for EU?*«

Der kleingewachsene Mann verzog das Gesicht zu einem breiten, starren Grinsen.

»*You hear?*«, sagte er zu uns gewandt. »*Work for EU!*«

Mit einer angesichts seiner Körperfülle erstaunlichen Geschmeidigkeit griff der kleine Mann nach hinten, zog die Machete, schwang sie in weit ausholendem Bogen über seinem Kopf und traf den Franzosen in der linken Leistenbeuge.

Catherine schrie auf und verbarg das Gesicht an meiner Schulter, und ich wünschte, ich hätte selbst so viel Verstand gehabt, mein Gesicht an einer Schulter zu verbergen, egal an welcher, aber ich tat es nicht. Ich sah mit weit aufgerissenen Augen, dass der Franzose wie eine gefällte Kiefer zu Boden stürzte. Er stieß einen Laut aus, und alle Luft schien aus ihm zu entweichen, ein zischendes Geräusch, wie ich es noch nie im Leben gehört hatte.

Und rasch, als zöge jemand einen Vorhang zu, wurde es dunkel.

*

Annika stand am Wohnzimmerfenster und starrte in den Betonhimmel. Sie war innerlich vollkommen leer, nur eine Hülle, auf der Suche nach so etwas wie Realität. Ein Teil von ihr glaubte immer noch, dass die ganze Sache nur ein schreckliches Missverständnis war, ein Irrtum in der Kommunikation dort unten in Afrika. Sicher rief Thomas bald verärgert auf ihrem Handy an, weil der Flieger nicht pünktlich gestartet war. Ein anderer Teil von ihr machte sich Sorgen über Nebensächlichkeiten. Dass sie wieder mit Jimmy Halenius allein sein würde. Was sie Thomas' Mutter sagen sollte. Wer den Artikel über die tote Frau in Axelsberg schreiben würde.

Jimmy Halenius war unterwegs zu ihr. Vielleicht hatte das nervöse Gefühl im Bauch mit der Situation zu tun, als sie vor ein paar Jahren zusammen vor dem Restaurant Järnet gestanden hatten. Damals war sie mit dem Staatssekretär essen gewesen, um ihm bestimmte Informationen zu entlocken. Als sie aus dem Restaurant kamen, war eine Gruppe angeheiterter Halbstarker vorbeigezogen und hatte Paparazzifotos geschossen, genau in dem Moment, als Halenius ihr spanische Wangenküsse gab. Als kurz darauf Bosse vom *Konkurrenten* anrief und sie mit den Fotos unter Druck setzte, hatte sie es mit der Angst zu tun bekommen. Sie wusste, was passieren konnte, wenn die Medien ihre Klauen in jemanden schlugen, welche Hetzjagd das auslösen konnte.

Oder vielleicht war es auch das Essen, das ihr Sorgen machte, damals hatte er Carpaccio vom Hirsch und Entrecôte gegessen, sie Weißfischrogen und Geschnetzeltes vom Ren. Sie erinnerte sich nur bruchstückhaft an den Abend, die Zeit war im Nu verflogen, so angeregt hatten sie sich unterhalten. Über Roland Larsson beispielsweise, Halenius' Cousin, der auf der Landschule in Hälleforsnäs ihr Klassenkamerad gewesen war. Der arme Rolle war während der gesamten Schulzeit in sie verknallt gewesen. Ihr fiel wieder ein, was Jimmy Halenius ihr über sich und Rolle erzählt hatte: »Im Sommer, wenn wir abends auf dem Heuboden bei unserer Großmutter in Vingåker lagen, hat Rolle stundenlang von Ihnen erzählt. Er hatte einen alten Zeitungsausschnitt mit einem Gruppenfoto von Ihnen und ein paar anderen, aber er hatte ihn so gefaltet, dass nur Sie zu sehen waren. Er trug ihn im Portemonnaie bei sich, immer ...«

Sie erinnerte sich sogar daran, wo Jimmy Halenius aufgewachsen war: im zweiten Stock eines Wohnblocks in Norrköping. Sein Vater war Kommunist gewesen. Er selbst trat als Teenager in die Rote Jugend ein, wechselte dann aber zur Jugendorganisation der SSU, weil es dort die besseren Partys und die hübscheren Mädchen gab.

Sie ging in die Küche, ließ sich ein Glas Wasser aus dem Hahn ein, trank die Hälfte und goss den Rest weg.

Sie hatten über ihre Scheidungen geredet. Halenius hatte ohne Umschweife erzählt, wie schwierig er als Partner war. Er teile sich nicht mit, könne wegen jeder Kleinigkeit einen Weltkrieg anfangen, stelle aber nie irgendwelche Forderungen, wenn es wirklich darauf ankam.

Annika hatte Sophia Grenborg, Thomas' neuer Partnerin, die Schuld an der Scheidung gegeben. Und Halenius, ohne von seinem Entrecôte aufzublicken, sagte: »Haben Sie und Thomas es nicht ganz allein geschafft, Ihre Familie zu zerstören?«

Ihr war die Gabel aus der Hand gefallen, so perplex war sie. Sie wollte schon aufstehen und gehen, aber dann sah sie ein, dass er vollkommen recht hatte.

Als Ehefrau war sie unerträglich gewesen. Beispielsweise sagte sie Thomas nie, dass sie von seinem Verhältnis mit Sophia Grenborg wusste, sondern rächte sich stillschweigend monatelang an ihm. Natürlich verstand Thomas die Welt nicht mehr. Es endete damit, dass er seine Koffer packte und ging.

Oder beruhte ihre Nervosität vielleicht sogar auf ihrer allerersten Begegnung, als sie und Thomas noch in der Villa auf Djursholm wohnten?

»Sie haben doch mal einen alten Volvo gehabt«, hatte Jimmy Halenius damals gesagt, »einen 144, dunkelblau und total verrostet, oder?« Annika erinnerte sich noch genau daran, wie ihr das Blut in den Kopf geschossen war und sie sich gefragt hatte, woher er das wusste. Damals beeindruckte sie das noch ziemlich, immerhin war er ja Staatssekretär im Justizministerium, die rechte Hand des Ministers.

Ihr Freund habe so einen gehabt, hatte sie geantwortet, sie habe den Wagen für ihn verkauft.

»Damit haben Sie ihm sicher einen großen Gefallen getan«, sagte Jimmy Halenius dann, »denn Sie scheinen ja eine ganz gewiefte Autohändlerin zu sein. Mir ist ein Rätsel, wie Sie fünftausend für die Karre rausschlagen konnten.«

Sie schloss die Augen und erinnerte sich an ihre Antwort.

»Sven konnte ihn nicht selbst verkaufen, weil er gestorben war.«

Als es an der Tür klingelte, zuckte sie zusammen, als hätte sie einen elektrischen Schlag bekommen. Eilig ging sie in den Flur, um zu öffnen, und bemerkte im selben Moment, wie unordentlich es in der Wohnung aussah. Jimmy Halenius kam herein und stolperte als Erstes über ihre Stiefel. Annika schaltete die Deckenlampe ein, strich sich die Haare aus der Stirn, schob den Schuhhaufen vor die Badezimmertür und hob ihre Jacke vom Fußboden auf.

»Wo haben Sie Hänsel und Hänsel gelassen?«, fragte sie. »Im Hexenbackofen?«

»Sie wollten nicht aus unserem Pfefferkuchenhäuschen weg«, sagte Halenius und stellte seine hässliche Aktentasche auf dem Boden ab. »Hat jemand angerufen?«

Sie drehte ihm den Rücken zu, hängte die Jacke an einen Haken und schüttelte den Kopf.

»Sind die Kinder zu Hause?«

»Sie kommen gegen fünf. Um die Zeit bin ich normalerweise von der Arbeit zurück. Sie wissen nicht, dass ich zu Hause geblieben bin.«

»Sie haben ihnen nichts gesagt?«

Sie drehte sich um und sah den Staatssekretär an. Er zog seine Jacke aus und angelte sich einen Kleiderbügel, er war also einer, der seine Sachen auf Bügel hängte. Das hatte sie nicht erwartet.

Sie schüttelte wieder den Kopf.

Als er vor ihr stand, fiel ihr plötzlich auf, wie klein er war. Nur etwa zehn Zentimeter größer als sie, und Thomas nannte sie immer seine Pygmäin.

»Gut, dass Sie noch nichts gesagt haben, aber heute müssen Sie es ihnen erzählen. Heute Abend oder spätestens morgen früh geht die Sache durch alle Medien, und sie müssen es vorher von Ihnen erfahren.«

Für einen Moment legte sie die Hände über die Augen. Ihre Handflächen rochen salzig.

»Was soll ich ihnen sagen?«, fragte sie mit dumpfer Stimme. »Dass ihr Vater in Afrika gekidnappt worden ist?«

Sie ließ die Hände sinken. Halenius stand immer noch vor ihr.

»Ja«, sagte er. »Bleiben Sie so vage wie möglich, sagen Sie nichts davon, wo er verschwunden ist, seit wann und wer die anderen sind. Sagen Sie einfach, dass er von einer Gruppe Männer gefangen genommen wurde. So hat es der Mann im Video gesagt, und dieses Video werden die Medien verbreiten.«

»Was genau hat er noch gleich gesagt?«

»Dass Fiqh Jihad sieben EU-Delegierte als Geiseln genommen hat, als Strafe für die Dekadenz der westlichen Welt. So ungefähr. Und dann noch Allah ist groß und so was.«

»Fiqh Jihad?«

»Eine unbekannte Gruppierung, jedenfalls nach bisherigen Erkenntnissen. *Fiqh* steht für islamische Rechtswissenschaft, die Auslegung des Korans und so weiter. Was *Jihad* bedeutet, wissen Sie ja vermutlich.«

»Heiliger Krieg.«

»Ja, oder einfach ›Kampf‹ oder ›Streben‹, aber wir sollten nicht glauben, dass in diesem Fall die Begriffe wörtlich zu nehmen sind. Sie haben sie wegen ihres Symbolwerts gewählt. Es gibt da ein paar Dinge, die ich gern so schnell wie möglich mit Ihnen durchsprechen würde. Können wir uns setzen?«

Sie spürte, wie ihre Wangen heiß wurden. Sie war wirklich eine schlechte Gastgeberin.

»Ja, natürlich, klar«, sagte sie und machte eine Handbewegung zum Wohnzimmer. »Kann ich Ihnen einen Kaffee anbieten oder etwas anderes?«

»Nein, vielen Dank.«

Er sah auf seine Armbanduhr.

»Der Anruf zu Hause bei dem Spanier kam vor einer Stunde und zehn Minuten. Kurz bevor ich aus dem Büro weg bin, habe ich erfahren, dass bei der Familie des Franzosen ebenfalls ein Anruf eingegangen ist, auf dem Handy der Ehefrau.«

Er sagte »Büro«, nicht »Ministerium«.

»Wir haben nicht viel Zeit«, sagte er. »Der Anruf könnte jede Minute kommen.«

Das Zimmer schien zu schwanken. Sie schielte zu ihrem Handy und schluckte.

»Was haben sie der Frau des Franzosen gesagt?«

»Sie war so erschrocken, dass sie die Höhe des Lösegelds nicht mitgekriegt hat. Leider hat sie während des Gesprächs eine Reihe grundlegender Fehler begangen. Unter anderem zugesagt, das Lösegeld sofort zu zahlen, ganz egal welche Summe.«

Halenius nahm in Thomas' Sessel Platz.

»War es nicht richtig, sich kooperativ zu zeigen?«, fragte Annika.

Sie setzte sich aufs Sofa, wusste nicht, wohin mit den Händen.

Er beugte sich zu ihr vor und sah ihr fest in die Augen.

»Wir haben keine Entführungsversicherung«, sagte er, »aber wir waren drüben beim FBI und wurden darin geschult, wie man sich im Falle von Geiselnahmen verhält. Eigentlich haben Hans und Hans-Erik die meiste Erfahrung mit Fällen wie diesem, aber wir hatten heute das Gefühl, dass Sie nicht so recht mit ihnen warm geworden sind. Deshalb hat man mich gebeten, mit Ihnen zu sprechen.«

Plötzlich merkte sie, dass sie fror. Sie zog die Knie unters Kinn und schlang die Arme um die Beine.

»Wir sind uns ja immer noch nicht ganz sicher, um welche Art von Entführung es sich hier handelt«, fuhr Halenius fort, »aber wenn es reine Geldgier ist und nichts Politisches, folgt die Entwicklung für gewöhnlich einem bestimmten Muster. *Falls* es den Entführern um das Lösegeld geht, könnten Ihnen ziemlich langwierige Verhandlungen bevorstehen. Sprechen Sie Englisch?«

Er räusperte sich.

»Ja.«

»Was für ein Englisch? Wobei haben Sie die Sprache überwiegend angewendet? Waren Sie Austauschstudentin irgendwo, haben Sie im Ausland gearbeitet, irgendeinen bestimmten Akzent angenommen?«

»Ich war Korrespondentin in Washington«, sagte Annika.

»Ach ja, natürlich.«

Halenius hatte dafür gesorgt, dass Thomas in der Zeit einen Posten in der schwedischen Botschaft bekam.

»Die Sprache und möglichst auch den Dialekt zu beherrschen ist extrem wichtig für Unterhändler in einem Entführungsfall«, fuhr er fort. »Selbst kleinste Missverständnisse können verhängnisvoll sein. Haben Sie ein Aufzeichnungsgerät zu Hause?«

Sie setzte die Füße wieder auf den Boden.

»Wofür? Für das Telefon?«

»In der Eile habe ich im Ministerium keins auftreiben können.«

Sie zog die Schultern hoch und stemmte die Fußsohlen aufs Parkett.

»Ich soll also hier zu Hause in meinem Wohnzimmer sitzen und am Telefon mit den Entführern verhandeln? Ist das der Plan?«

»Haben Sie einen besseren Vorschlag?«

Sie hatte Thomas nicht nach Nairobi geschickt, *sie* hatte ihn nicht beauftragt, nach Liboi zu fliegen, und trotzdem sollte sie jetzt die Konsequenzen tragen.

Annika stand auf.

»Ich habe einen Recorder zum Mitschneiden von Telefoninterviews. Aber den benutze ich nie, es kostet so viel Zeit, hinterher noch mal alles abzuhören, deshalb mache ich mir lieber Notizen.«

Sie ging ins Schlafzimmer, kramte eine Weile im obersten Fach des Wäscheschranks und fand schließlich ihr digitales, schon etwas in die Jahre gekommenes Aufnahmegerät, das ans Telefon und per USB-Kabel an den Rechner angeschlossen wurde.

Halenius stieß einen Pfiff aus und erhob sich.

»Nicht gerade das neueste Modell. Wo haben Sie den denn aufgetrieben? Im Historischen Museum?«

»Sehr witzig«, sagte Annika, zog den Laptop zu sich heran und stöpselte das Gerät ein. »Jetzt muss man es nur noch ans Telefon oder ans Handy anschließen, und dann kann's losgehen.«

»Wollen Sie ans Telefon gehen, wenn der Anruf kommt?«

Sie blickte auf ihren Laptop und hielt sich an der Rückenlehne des Sessels fest.

»Sind Sie sicher, dass sie anrufen?«

»Wenn nicht, können wir einpacken. Verhandeln ist unsere einzige Chance, und irgendwer muss das übernehmen.«

»Worauf muss ich achten?«

»Das Telefonat aufzuzeichnen, mitzuschreiben, alle besonderen Forderungen zu notieren, ebenso alle Anweisungen und Kommentare. Sie müssen zeigen, dass Sie die Situation ernst nehmen. Versuchen Sie einen Code zu vereinbaren, den Sie beim nächsten Kontakt abfragen, dann wissen Sie, dass Sie wieder mit derselben Person sprechen. Das ist ungemein wichtig. Und versuchen Sie, einen Zeitpunkt für das nächste Gespräch festzulegen. Aber Sie dürfen nichts versprechen, Sie dürfen auf gar keinen Fall anfangen, von Geld zu reden, Sie dürfen nicht drohen oder widersprechen, nicht misstrauisch oder nervös sein, und fangen Sie nicht an zu weinen …«

Sie setzte sich.

»Was werden sie sagen?«

»Der Anrufer wird aggressiv und sehr entschieden sein. Er, denn es ist meistens ein Mann, verlangt eine unverschämte Summe, die innerhalb sehr kurzer Zeit zu liefern ist. So will man Sie aus der Fassung bringen, damit Sie sich auf Bedingungen einlassen, aus denen Sie später nicht mehr rauskommen.«

»Wie die Französin«, sagte Annika. »Was wäre die Alternative? Dass Sie das Gespräch führen? Waren Sie zur Schulung beim FBI?«

Halenius sah sie an.

»Ich kann es machen oder Hans oder Hans-Erik …«

Im selben Moment flog die Wohnungstür auf, und Kalle und Ellen kamen in den Flur gestürmt.

Halenius nickte ihr zu: »Tun Sie's.«

Sie fing die beiden in den Armen auf, drückte und küsste sie auf ihre eisigen Apfelbäckchen. Sie zog ihnen Jacken und Schals aus, fragte Ellen, wo ihre Handschuhe seien, und bekam zur Antwort »weg«, sie rieb die starren Finger ihrer Tochter und pustete sie warm.

»Nach Bolibompa gibt's Abendbrot«, sagte sie, »aber vorher will ich euch noch etwas erzählen.«

Aus den Augenwinkeln sah sie, dass Jimmy Halenius das Festnetztelefon mit dem Aufnahmegerät verbunden hatte. Er stand im Wohnzimmer und balancierte Telefon, Recorder und ihren Laptop auf dem Schoß und lächelte breit. Der Kragen seines grünen Oberhemds war aufgeknöpft und seine Haare standen nach allen Seiten ab.

»Hallo«, sagte er. »Ich heiße Jimmy, ich arbeite mit euerm Papa zusammen.«

Kalle erstarrte und musterte den Staatssekretär misstrauisch.

»Jimmy ist hier, um uns zu helfen«, sagte Annika und ging in die Hocke. »Es ist nämlich so, dass …«

»Entschuldigung, dass ich unterbreche, Annika, gibt es irgendeine Ecke, wo man ungestört reden kann?«

Sie zeigte zum Schlafzimmer.

»Unter dem Schreibtisch ist eine Telefondose«, sagte sie und wandte sich wieder den Kindern zu. Ellen zwirbelte an einer Haarsträhne und kuschelte sich in Annikas Arm, aber Kalle stand steif und abweisend an der Tür zum Flur.

»Was ist mit Papa?«, fragte er.

Annika versuchte zu lächeln.

»Er wurde in Afrika entführt«, sagte sie.

Ellen drehte sich um und blickte sie mit großen Augen an.

»Auf ein Schloss?«, fragte sie.

»Ich weiß nicht, Spätzchen«, sagte Annika. »Wir haben es erst heute Nachmittag erfahren. Einige Männer in Afrika haben Papa und ein paar seiner Kollegen von der Konferenz gefangen genommen.«

»Kommt er Montag nach Hause?«, fragte Ellen.

»Wir wissen es nicht«, sagte Annika und drückte ihrer Tochter einen Kuss aufs Haar. »Wir wissen gar nichts, Liebes. Aber Jimmy aus Papas Büro ist hier, um uns zu helfen.«

»Aber die anderen?«, fragte Ellen. »Die anderen Gefangenen? Sollen die nicht freigelassen werden?«

»Doch, die auch. Kalle, komm mal her …«

Sie wollte auch den Jungen in den Arm nehmen, aber er riss sich los, rannte an ihr vorbei in sein Zimmer und knallte die Tür zu.

Das Telefon klingelte.

»Ich geh ran!«, rief Ellen und wand sich aus Annikas Umarmung.

»Nein!«, schrie Annika laut und verzweifelt, packte mit eisernem Griff den Oberarm ihrer Tochter. Dem Mädchen stiegen vor Schmerz und Überraschung die Tränen in die Augen.

Das Telefon klingelte wieder. Sie hörte, wie die Schlafzimmertür geschlossen wurde.

»Nein«, sagte Annika in beherrschtem Ton und ließ Ellens Arm los. »Das könnten die Entführer sein. Ihr beide, du und Kalle, dürft für eine Weile nicht ans Telefon gehen, hörst du. Lasst das die Erwachsenen tun.«

Das Mädchen verzog gekränkt das Gesicht und rieb sich den Arm.

»Du hast mir weh getan!«

Das Telefon klingelte zum dritten Mal. Der Hörer wurde abgenommen.

Annika schluckte und strich dem Kind übers Haar.

»Entschuldige, das wollte ich nicht. Aber es ist ganz wichtig, dass du nicht ans Telefon gehst, verstehst du?«

Die Unterlippe des Mädchens bebte. Annika seufzte unmerklich. Das fing ja gut an.

Halenius kam wieder ins Wohnzimmer.

Annika erhob sich rasch, und sofort begann sich alles zu drehen.

»Was haben sie gesagt?«, stieß sie hervor.

»Eine Frau hat angerufen, Anne Snapphane. Sie wollte wissen, ob Sie was von Thomas gehört haben.«

Erleichtert atmete sie tief aus.

»*Sorry*«, sagte sie. »Ich musste einfach mit jemandem sprechen.«

»Haben Sie es sonst noch jemandem gesagt?«

Seine Stimme klang sachlich, nicht besonders vorwurfsvoll.

Sie schüttelte den Kopf.

»Was für ein Mobiltelefon haben Sie?«

Annika zeigte auf den Couchtisch, auf dem ihre beiden Handys nebeneinanderlagen.

Halenius stieß einen kleinen Pfiff aus und griff nach ihrem privaten Handy.

»Das Letzte seiner Art«, sagte er. »Dagegen wirkt Ihr Aufzeichnungsgerät geradezu modern. Beeindruckend.«

»Spotten Sie nicht über mein Ericsson«, sagte sie und nahm ihm das alte Telefon aus der Hand.

Als sie aus Amerika zurückkam, hatte man sie mit einem neuen Superduperhandy beglückt, das – der Begeisterung der Kollegen nach zu urteilen – mindestens Stepptanz, Wäsche bügeln und Weitsprung beherrschte. Sie kam damit überhaupt nicht zurecht. Möglich, dass es hervorragend geeignet war, um kommerzielle Radiohits zu fabrizieren und Waldbrände zu filmen, aber als Telefon war es eine Katastrophe. Es gelang ihr fast nie, eingehende Anrufe anzunehmen, weil sie den Touchscreen immer an der falschen Stelle berührte und das Gespräch dann weg war, und SMS schicken war so umständlich und zeitraubend, dass man den halben Vormittag brauchte. Insgeheim hegte und pflegte sie ihr Ericsson, das so antik war, dass es nur Ericsson hieß und nicht Sony, aber es war lästig, immer zwei Handys laden zu müssen, und sie hoffte, dass Apple bald pleiteging. Obwohl sie natürlich einsah, wie unwahrscheinlich das war, jedenfalls wenn man die ganze Gratiswerbung bedachte, die ihre Zeitung aus lauter Begeisterung über die neuen Geräte lancierte.

Halenius griff zum Superduperhandy.

»Auf welchem Handy ruft Thomas normalerweise an?«

»Auf meinem privaten.«

»Nicht auf dem iPhone?«

»Ich glaube, die Nummer hat er gar nicht.«

Halenius nickte zufrieden.

»Sehr gut. Dann wissen wir, dass auf diesem Telefon keine Anrufe eingehen.«

Er ging zurück ins Schlafzimmer und schloss die Tür hinter sich.

*

Die BBC stellte die Nachricht kurz nach achtzehn Uhr Ortszeit auf ihrer Website online. Reuters brachte wenige Minuten später eine kurze, allgemein gehaltene Meldung. Weder von Reuters noch von der BBC wurde über die Identität oder Nationalität der Entführten etwas verlautbart, nur dass sie an einer Sicherheitskonferenz in Nairobi teilgenommen hatten. Die Redaktionsleitung des *Abendblatts* saß im Moment in der Übergabekonferenz, was eine Erklärung dafür hätte sein können, warum die Meldung spurlos an ihnen vorbeiging, aber Schyman wusste es besser.

Kein Mensch interessierte sich für Nachrichten aus Afrika.

Der Kontinent war ein schwarzes Loch auf der Nachrichten-weltkarte, außer wenn es um Hunger, Elend, Piraten, Aids, Bürgerkrieg und durchgeknallte Diktatoren ging, und mit so was gab sich das *Abendblatt* nicht ab.

Es sei denn allerdings, ein Schwede steckte irgendwo in der Klemme. Oder ein Skandinavier möglicherweise, so wie etwa diese Norweger, die im Kongo zum Tode verurteilt worden waren, oder die dänische Familie, deren Yacht Piraten gekapert hatten.

Anders Schyman fand die Meldung nur, weil er nach der Übergabekonferenz gezielt danach suchte. Er hatte Thomas' Verschwinden bei der Besprechung nicht erwähnt, er wollte erst abwarten, was sich international tat. Reuters schrieb, eine Gruppe, die sich Fiqh Jihad nannte, habe sieben europäische Delegationsteilnehmer entführt und im Zusammenhang damit eine nicht näher spezifizierte politische Botschaft veröffentlicht.

Diese Botschaft sei auf Kinyarwanda und komme von einem Server in Somalias Hauptstadt Mogadischu. Als Quelle wurde die BBC angegeben, wo es einen Link auf das verwackelte Video mit dem Filmclip der Entführer gab.

Anders Schyman klickte auf das Video und hielt den Atem an.

Ein Schwarzer in einfacher Militärkleidung und mit Turban erschien auf dem Bildschirm. Der Hintergrund war diffus dunkelrot. Der Mann schien um die dreißig zu sein, er starrte auf einen Punkt direkt links von der Kamera, vermutlich um seine Botschaft abzulesen. Die BBC hatte seine Rede englisch untertitelt, wofür Schyman dankbar war (sein Kinyarwanda war nicht das Beste).

Der Mann sprach langsam und deutlich. Seine Stimme war eigenartig hell und klar.

»Fiqh Jihad hat sieben EU-Delegierte als Geiseln genommen, als Strafe für die Bosheit und Ignoranz der westlichen Welt. Trotz allem Geld und all der Waffen, mit denen die EU sich umgibt, ist es dem islamischen Löwen gelungen, die verräterischen Hunde in seine Gewalt zu bringen. Unsere Bedingungen sind einfach: Öffnung der Grenzen nach Europa. Verteilung der Ressourcen der Erde. Abschaffung der Schutzzölle. Freiheit für Afrika! Tod den europäischen Kapitalisten! Allah ist groß!«

Dann war das Video zu Ende. Achtunddreißig Sekunden, inklusive des verwackelten Anfangs und eines schwarzen Schlussbilds.

Das hier wird kein Picknick, dachte Schyman und ging hinaus zum Newsdesk.

*

Das Telefon klingelte nicht.

Es wollte und wollte nicht klingeln.

Annika tigerte im Wohnzimmer auf und ab und kaute an ihren Nägeln, bis ihr Zahnfleisch schmerzte.

Schyman hatte gemailt, dass Reuters und die BBC die Nachricht von der Entführung gebracht hatten, ohne die Identität oder Nationalität der Geiseln zu nennen. Dass ein schwedischer Delegierter darunter war, würde das *Abendblatt* morgen exklusiv berichten.

Patrik hatte eine SMS geschickt und gefragt, ob sie sich in der morgigen Ausgabe ausheulen wollte. Am liebsten wollte er ein Foto von ihr und den Kindern, mit Kuscheltieren im Arm und Tränen in den Augen, Headline vorschlagsweise: PAPA VON GUERILLA VERSCHLEPPT oder alternativ: PAPA, KOMM NACH HAUSE! Sie hatte »Nein danke« geantwortet.

Berit hatte ebenfalls eine E-Mail geschickt und gefragt, ob sie irgendwie helfen könne, Annika solle einfach Bescheid sagen.

Sie presste die Lippen zusammen und sah hinüber zum Schlafzimmer. Jimmy Halenius war mit seiner Aktentasche darin verschwunden, während sie und die Kinder Hackbällchen und Makkaroni mit Ketchup gegessen hatten. So hatte jeder auf seiner Seite der Wand gesessen – er löste eine internationale Geiselnahme, und sie fütterte die Kinder.

Die Unruhe trieb sie um. Konnte er das wirklich schaffen?

Sie ging in die Küche, hörte Halenius im Schlafzimmer nebenan sprechen.

Das Abendessen war abgeräumt, der Tisch gewischt, der Boden gefegt. Die Spülmaschine spülte leise vor sich hin. Die Kinder hatten ihre Pyjamas angezogen und Zähne geputzt.

Annika saugte an einer blutigen Nagelhaut und ging ins Kinderzimmer.

»Wollen wir etwas spielen?«

Kalles Gesicht leuchtete auf.

»Monopoly!«

»Das dauert heute Abend ein bisschen zu lange. Vielleicht Domino? Ellen, machst du mit?«

Kalle kramte die Schachtel mit den Dominosteinen heraus, setzte sich auf den Fußboden und legte sie systematisch aus, einen nach dem anderen, mit der Vorderseite nach unten.

»Jeder kriegt fünf, ja?«

»Jeder fünf«, bestätigte Annika.

Sie sah den Kindern zu, wie sie mit ihren Steinen hantierten, sie aufstellten, sie anlegten. Sie würden ohne Thomas zurechtkommen. Irgendwie würde es gehen.

»Jetzt komm, Mama«, drängelte Kalle.

Sie setzte sich auf den Fußboden und wählte fünf Steine aus, die sie hochkant vor sich aufstellte.

»Ich hab den Doppelfünfer«, sagte Kalle.

»Dann hast du wohl den besten Stein«, sagte Annika.

Kalle legte seinen Doppelfünfer aus, und Ellen legte an. Annika kamen beinahe die Tränen.

»Du bist dran, Mama.«

Sie legte einen Stein an und hörte, wie die Kinder stöhnten.

»Du legst ganz falsch an, Mama.«

Das Spiel zog sich unendlich.

Und das Telefon wollte und wollte nicht klingeln.

Jimmy Halenius kam ins Wohnzimmer und stellte sich vor den Fernseher.

»Kann ich ›Aktuell‹ einschalten?«

»Klar«, antwortete Annika.

»Wie lange bleibt der?«, flüsterte Kalle und warf einen finsteren Blick auf den Staatssekretär.

»Ich weiß nicht genau«, flüsterte Annika zurück. »Das kommt darauf an, was die Entführer sagen, wenn sie anrufen.«

»Warum kannst du nicht mit den Entführern reden?«, fragte Kalle.

Annika streckte die Hand nach ihm aus und zog ihn an sich, und diesmal sträubte er sich nicht. Er kuschelte sich in ihren Arm und steckte die Hand unter ihr Haar.

»Ich trau mich nicht«, flüsterte sie. »Ich hab Angst vor denen. Jimmy hat schon mit ganz vielen Entführern geredet, der kann das viel besser als ich.«

Kalle sah sie an, und in seinem Blick spiegelte sich die neue Erkenntnis, dass auch Erwachsene klein und ängstlich sein können.

»So, und jetzt ab ins Bett, ihr zwei«, sagte sie. »Morgen ist Freitag. Habt ihr Lust, am Wochenende Oma und Opa zu besuchen?«

Kalle verbarg das Gesicht an ihrer Schulter.

»Langweilig«, maulte er.

»Tjorven ist lustig«, sagte Ellen.

Tjorven war Doris' fetter Cockerspaniel.

Kleiner Sonnenschein, dachte Annika. Für dich ist das Glas immer halbvoll.

»Ich spreche heute Abend mit Oma und Opa«, sagte Annika, »und dann frage ich, ob ihr sie besuchen könnt.«

»Sprecht ihr über Papa?«, fragte Kalle.

»Das mit Papa wird morgen in der Zeitung stehen«, sagte Annika, »deshalb ist es wohl besser, ich erzähle es ihnen heute Abend.«

»Sonst kippen die noch aus den Latschen«, sagte Kalle, und Annika lachte, lachte aus ganzem Herzen, und dann zog sie den Jungen an sich und sog seinen Duft ein.

»Ja, du«, sagte sie, »das kann passieren. Aus den Latschen! So, jetzt aber ab ins Bett!« Und tatsächlich krochen beide Kinder in ihre Betten und waren im Handumdrehen eingeschlafen.

Annika knipste die Lampe auf der Fensterbank aus, ging ins Wohnzimmer und schloss leise die Tür hinter sich.

»Sie haben großes Vertrauen zu Ihnen«, sagte Jimmy Halenius.

»Ich kenne sie ja auch schon eine ganze Weile«, erwiderte Annika und sank neben ihm aufs Sofa. »Hat ›Aktuell‹ was gebracht?«

»Nichts«, sagte Halenius. »Glauben Sie, die haben die Meldung von Reuters gelesen?«

Sie zuckte die Schultern.

»Jeden Tag kommen Tausende von Meldungen über den Nachrichtenticker herein. Die meisten sind völlig uninteressant für die breite Öffentlichkeit, aber immer wichtig für Einzelne.«

Sie sah ihn an.

»Wie oft kommen solche Entführungen eigentlich vor?«

»Es gibt keine verlässliche Statistik darüber. Meistens passiert so etwas in Ländern mit einer schwachen Polizei, nicht existentem Rechtswesen und ausgeprägter Korruption. In Afrika am häufigsten in Nigeria und Somalia, die beiden Staaten führen die Top Ten der Welt an. Sie haben nicht zufällig ein Wurstbrot für mich oder so was?«

Ihre Wangen röteten sich, und sie stand hastig auf.

»Entschuldigung, Sie haben ja gar nichts gegessen. Mögen Sie Makkaroni mit Hackbällchen? Ich kann sie in der Mikrowelle heiß machen.«

Sie musste fragen. Thomas aß solche Sachen nicht, es sei denn, die Hackbällchen waren aus Elchtatar und die Makkaroni mit Trüffeln gefüllt.

Sie ging in die Küche und öffnete den Kühlschrank, nahm die Tupperschüssel heraus, kratzte die Reste vom Abendessen auf einen Porzellanteller und setzte ihn in die Mikrowelle. Sie stellte die Zeit ein, drei Minuten sollten reichen, und drückte auf Start. Die Mikrowelle brummte los.

Sie ging zur Spüle und wusch ihre Brotdose aus, die sie inzwischen fast jeden Tag mit zur Arbeit nahm. Da mehrere Hintereingänge der Zeitung geschlossen worden waren, ging fast niemand mehr in der Mittagspause ins Sju Råttor, weil der Weg ums Gebäude herum zu lang erschien. Die Brotdosen hatten die Lunchkultur abgelöst.

Sie stellte die Dose auf den Abtropfständer.

Sie vermisste das Sju Råttor wirklich, die Essensbons und das Salatbüfett, die Kaffeemaschine in der Ecke und die trockenen Kekse neben den Zuckertütchen. Das Problem mit den Brotdosen war, dass viele sie einfach vergaßen, die Kollegen wurden mit Aufträgen losgeschickt oder gingen zu irgendeinem Imbiss, und die Plastikdosen standen eine halbe Ewigkeit im Kühlschrank. Am Ende war ihr Inhalt nicht mehr identifizierbar.

Sie lehnte sich gegen die Anrichte und schwor sich: Wenn das hier vorbei und Thomas wieder zurück ist, gehe ich wieder ins Sju Råttor. Nie wieder Brotdose.

Die Mikrowelle piepste drei Mal. Sie schnitt eine Tomate in kleine Spalten, als Dekoration.

Und das Telefon wollte und wollte und wollte nicht klingeln.

»Nicht gerade wie im Sterne-Restaurant«, sagte sie und stellte ihm den Teller mit Besteck und einem Glas Leitungswasser hin.

»Thomas' Mutter lebt doch noch?«, fragte Halenius und schaufelte eine Portion Makkaroni in sich hinein. Offensichtlich hatte er Hunger.

»Doris«, sagte Annika. »Ja.«

»Sie sollten sie anrufen.«

»Ja«, erwiderte Annika. »Oder vielleicht sollten Sie das tun.«

Er trank einen Schluck Leitungswasser.

»Warum?«

»Sie mag mich nicht. Wollen Sie eine Serviette?«

»Danke, es geht so. Warum nicht?«

Sie zuckte die Schultern.

»Thomas war ja schon mal verheiratet. Mit einer Bankdirektorin. Ich bin nicht fein genug. Doris meint, dass ihr Sohn auch noch was Besseres gefunden hätte. Holger, Thomas' Bruder, ist mit einem Arzt verheiratet.«

Halenius schob sich ein Hackbällchen in den Mund und sah sie an.

»Und die Enkelkinder?«

Annika blickte zur geschlossenen Schlafzimmertür.

»Holger und Sverker, sein Mann, haben eine kleine Tochter, Victoria. Sie haben sie zusammen mit einem befreundeten lesbischen Pärchen. Doris ist ganz vernarrt in Victoria. Wie sind die Hackbällchen?«

»Noch ein bisschen kalt in der Mitte. Ihr Vater ist doch tot?«

Sie erstarrte. Ingvar, ihr Vater, war Gewerkschaftsvertreter im Sägewerk in Hälleforsnäs gewesen und immer sehr stolz darauf, aber das hatte ihm auch nicht geholfen, als das Werk Ende der 80er Jahre unrentabel wurde. Er war überzählig, zusammen mit hundert anderen Arbeitern wurde er entlassen, und seine ohnehin schon ziemlich ausufernden Trinkgewohnheiten schlugen daraufhin in handfesten Alkoholmissbrauch um. Annika war achtzehn, als er in einer Schneewehe an der Straße nach Granhed direkt an der Abfahrt nach Tallsjöbadet erfror.

»Woher wissen Sie das?«, fragte sie.

Der Staatssekretär kaute frenetisch.

»Roland«, sagte er und schob den Teller beiseite. »Haben Sie ihre Nummer? Die von Doris Samuelsson?«

»Steht im Telefonbuch unter ›Dinosaurier‹«, sagte Annika, reichte ihm ihr Redaktionshandy und ging mit dem Teller in die Küche. Er war blankgeputzt, trotz der fehlenden Trüffel in den Makkaroni.

Sie hörte, wie im Wohnzimmer auf dem Display ihres Superduperhandys herumgetippt wurde.

»Frau Doris Samuelsson? Ja, guten Abend, mein Name ist Jimmy Halenius, ich bin Staatssekretär im Justizministerium … Ja, genau, Thomas' Chef … Entschuldigen Sie, dass ich so spät anrufe, aber ich habe leider schlechte Nachrichten …«

Sie stand an der Mikrowelle und knetete den Wischlappen in den Händen, bis Halenius das Gespräch beendet hatte. Danach rochen ihre Hände gammelig, sie musste sie mit dem Topfschwamm und Zitronen-Spüli schrubben.

»Sie hat es nicht besonders gut aufgenommen, nehme ich an?«, fragte Annika und stellte einen Teller mit Schokoladenkuchen auf den Couchtisch.

»Nicht besonders. Haben Sie gebacken?«

Warum klang er so überrascht?

»Gibt's dazu Himbeeren und Schlagsahne?«

»Na klar.«

Sie schlug Sahne, taute gefrorene Himbeeren in der Mikrowelle auf und stellte alles auf den Couchtisch, dann setzte sie sich kerzengerade aufs Sofa.

»Ich muss wohl meine Mutter auch anrufen?«

»Es wäre schon sehr merkwürdig, wenn sie es aus den Medien erfährt.«

Sie holte tief Luft, griff nach ihrem Redaktionshandy und gab die Nummer aus Kindertagen ein. Sie hatte sich nie geändert.

Sie hörte ihren eigenen Herzschlag lauter als die Klingelsignale.

»Mama? Hier ist Annika. Wie geht's?«

Die Antwort ging im Dröhnen ihres eigenen Pulsschlags unter. Sie vernahm etwas von Ischias und von Auszahlungen einer Versicherungssumme, die nicht rechtzeitig angekommen waren.

»Mama«, fiel sie ihr ins Wort, »es ist was Schlimmes passiert. Thomas ist in Afrika verschwunden.«

Am anderen Ende wurde es still.

»Wie, verschwunden?«, sagte Mama Barbro. »Ist er mit einer Negerin durchgebrannt?«

Jetzt hörte sie, dass ihre Mutter nicht ganz nüchtern war.

»Nein, Mama, er ist entführt worden. Wir wissen noch nicht genau, wie ernst es ist, aber ich dachte, du solltest es wissen.«

»Entführt? Wie dieser Millionär da? Warum das denn? Ihr habt doch gar kein Geld!«

Annika schloss die Augen und atmete tief durch. Sie hatte keine Ahnung, von welchem Millionär ihre Mutter sprach.

»Mama«, sagte sie, »können die Kinder am Wochenende zu dir kommen? Ich weiß nicht, wie lange es dauert, aber ich werde in den nächsten Tagen ziemlich viel um die Ohren haben …«

Am anderen Ende murmelte ihre Mutter etwas in den Hörer.

»Das wäre mir eine große Hilfe …«

»Entführt?«

»Zusammen mit sechs anderen Delegierten einer Sicherheitskonferenz in Nairobi. Soweit wir wissen, ist er nicht verletzt. Wäre es dir möglich, dich um Kalle und Ellen zu kümmern? Nur einen Tag vielleicht?«

»Geht nicht«, sagte ihre Mutter. »Ich habe Destiny.«

Annika blinzelte.

»Was?«

»Birgitta macht am Wochenende eine Extraschicht im Laden. Ich muss auf De-hestiny aufpassen.«

Mama hatte einen Schnaps-Schluckauf. Und Birgittas einjährige Tochter hieß offenbar Destiny, die Ärmste.

»Aber Biggan ist doch verheiratet«, warf Annika ein. »Kann Steven sich nicht um sein Kind kümmern?«

Die Mutter ließ etwas auf den Fußboden fallen, Annika hörte im Hintergrund jemanden fluchen. Vielleicht hatte ihre Mutter einen neuen Freund.

»Du«, sagte Barbro in den Hörer, »ich mu-huss los. Und du solltest dich bei Birgitta enschulligen.«

»Sicher, Mama«, sagte sie. »Tschüs.«

Sie legte auf und ließ das Handy in den Schoß sinken. Hinter ihren Lidern brannten heiße Tränen.

»Gibt es etwas Beschämenderes, als von seiner Mutter nicht geliebt zu werden?«, fragte sie mit erstickter Stimme.

»Ja«, sagte Halenius. »Von seinen Kindern nicht geliebt zu werden.«

Sie lachte auf.

»Ist das nicht aus irgendeinem Film?«

»Ja«, erwiderte er, »mit Sven-Bertil Taube in der Hauptrolle.«

Eine Sekunde später klingelte das Telefon.

*

Sie trugen uns nach draußen, einen nach dem anderen, und ich war der Erste.

Es war nun vollkommen dunkel. Kein Mondschein. Nirgends ein Feuer. Sie packten mich unter den Armen und an den Füßen, genauso wie sie den Franzosen rausgetragen hatten, und mich umschloss schwarzes Nichts, auf dem Weg in schaukelndes Nichts. Ich war kurz davor, das Bewusstsein zu verlieren, vor Angst hatte ich keine Kontrolle mehr über Darm und Blase. Mir war, als könnte ich sehen, wie die säbelförmigen Hackmesser im Dunkeln glänzten, und das taten sie wohl auch, denn die Fessel um meine Füße fiel ab, jemand zog mir die Hosen runter und kippte mir einen Eimer Wasser in den Schritt. Kaltes Wasser, aber es brannte wie Feuer auf der wunden Haut, trotzdem schrie ich nicht auf, denn das war nicht erlaubt, *no allowed*, das hatte *Kiongozi Ujumla* gesagt, und auch keine Unterhaltung. Schweigend hatten wir eng nebeneinandergelegen, bis die Geräusche draußen verstummten und nur noch die zischenden Atemzüge des Dänen durch die Dunkelheit zitterten.

Nachts sank die Temperatur rapide ab. Uns klapperten die Zähne. Einer der Bewacher, ich habe nicht gesehen, wer, reichte mir ein Stück karierten Stoff, den er mir um die Hüften wickelte, an Stelle von Hosen. Das Hemd durfte ich anbehalten, dieses Hemd, das ich an dem Morgen, bevor wir nach Liboi aufbrachen, so sorgfältig ausgewählt hatte, das hellrosafarbene mit dem leichten Glanz. Es ist Annikas Lieblingshemd, sie nennt es das »Tuntenhemd«, kannst du nicht heute das Tuntenhemd anziehen?, sagt sie immer und lächelt mich mit ihrem breiten Mund an … Dann musste ich ans andere Ende der Manyatta gehen, wo ich in eine andere Hütte gesperrt wurde, eine, die viel kleiner war und ganz anders roch. Dort hatte nie ein Feuer gebrannt. Wenn ich mich bewegte, hallte das Geräusch scharf und metallisch von den Blechwänden wider. Im Dach war keine Öffnung.

Sie fesselten mir wieder die Füße. Ich musste weggenickt sein, denn als ich wieder zur Besinnung kam, lag Per, der Däne, neben mir, und der Rumäne, dessen Namen ich nicht wusste, und der Spanier Alvaro. Sie hatten uns getrennt, Männer und Frauen.

Pers Atemzüge rasselten und pfiffen.

Wir waren jetzt vier Männer.

*

»Vierzig Millionen Dollar, die morgen früh in Nairobi übergeben werden sollen«, sagte Jimmy Halenius und setzte sich in den Sessel ihr gegenüber.

Sie schlug die Hände vors Gesicht.

»Das ist keine Katastrophe«, sagte der Staatssekretär. »Wir wollten Kontakt, und nun haben wir ihn.«

Er klang sachlich und gelassen.

Annika ließ die Hände sinken und versuchte zu atmen.

»Das ist dieselbe Summe wie bei dem Spanier.«

»Ich habe ihm erklärt, dass die Familie keine derart hohe Summe aufbringen kann, und schon gar nicht so schnell. Der Mann sprach ein fehlerfreies ostafrikanisches Englisch. Hochkarätige Ausbildung, würde ich sagen. Die Forderung ist völlig überzogen, und das weiß er. Ich habe gefragt, wie es Thomas geht, aber der Kerl wollte nicht antworten …«

Sie blickte zu ihm auf.

»Wie haben Sie sich vorgestellt?«

»Als Kollege und Freund der Familie.«

»Nicht als sein Vorgesetzter?«

»Offiziell hat die schwedische Regierung nichts mit der Sache zu tun.«

Sie blickte aus dem Fenster. Der Himmel war so eigenartig rot nachts, ein staubiges Graurot durch die Luftverschmutzung und die Lichter der Stadt in den Wolken.

»Was hat er noch gesagt?«

Er sah sie an und zögerte.

»Dass Thomas stirbt, wenn wir das Lösegeld nicht morgen vor zehn Uhr Ortszeit übergeben. Wollen Sie den Mitschnitt hören?«

Sie schüttelte den Kopf.

Er nahm ihre Hand.

»Das hier wird sich eine Weile hinziehen. Üblicherweise dauern *kidnap for ransom*-Fälle zwischen sechs und sechzig Tagen. Es ist möglich, dass Sie zahlen müssen, damit er freikommt.«

Sie entzog ihm ihre Hand.

»Kann die Polizei nichts tun?«, fragte sie.

»Interpol in Brüssel hat ein JIT gebildet, *Joint Investigation Team*, sie stellen Informationen über sämtliche Fälle zusammen und leiten sie an alle betroffenen Instanzen weiter. Die Kripo schickt zwei Leute als Verbindungsmänner nach Nairobi, die der schwedischen Botschaft zuarbeiten werden. Hans und Hans-Erik sind im Ministerium zuständig.«

Annika nickte. Sie wusste, dass die schwedische Polizei keine hoheitlichen Aufgaben in einem anderen Land wahrnehmen durfte.

»Und die kenianische Polizei?«

Er schwieg einen Moment.

»Die kenianische Polizei ist berüchtigt für ihre Gewalttätigkeit und ihre Korruption. Vor ein paar Jahren, als ich über Weihnachten dort unten war, kündigte die Polizei im Nordwesten Kenias Razzien nach versteckten Waffen an. Daraufhin wurden alle Frauen und Kinder aus dem ganzen Landstrich evakuiert. Die Polizei hat nämlich die Angewohnheit, alle zu vergewaltigen, die ihnen bei so einer Aktion in die Quere kommen. Das verursacht enorme Probleme, weil viele Polizisten HIV-positiv sind, so dass die Frauen nach einer Vergewaltigung von ihren Männern verstoßen werden. Wenn wir von uns aus die kenianische Polizei dazuholen, besteht das große Risiko, dass sie einen Teil des Lösegelds für sich fordern. Das würde die Sache nur gefährlicher und teurer machen …«

Annika hob die Hand.

»Keine kenianische Polizei. Was ist mit der somalischen?«

»Somalia hat seit 1991 faktisch keine Regierung und keine staatliche Verwaltung mehr. Es gibt eine sogenannte *Somali Police Force*, aber ich weiß nicht, ob die überhaupt aktiv ist.«

Sie ballte die Fäuste im Schoß.

»Wir sprechen noch mit ein paar anderen Organisationen«, fuhr Halenius fort, »aber Sie sollten sich Klarheit über Ihre finanzielle Situation verschaffen. Wir könnten in die Situation kommen, dass Sie eine Lösegeldsumme bezahlen müssen. Haben Sie ein bisschen Geld?«

Sie blickte zum Kinderzimmer hinüber.

Die Versicherungssumme von der Villa in Djursholm, dachte sie. Die Versicherung hatte das Geld schließlich doch gezahlt – fast zwei Jahre nach dem Brand. Rund sechs Millionen Kronen lagen auf einem Konto bei der Handelsbank, das entsprach wohl knapp einer Million Dollar. Auf einem anderen Konto hatte sie ungefähr 200 000. Geld, das sie während ihrer Jahre in den Staaten gespart hatte.

»Die Entführer melden sich frühestens morgen Abend wieder. Aber wenn es Ihnen recht ist, komme ich gleich am Morgen wieder her. Es sind eine Menge Dinge vorzubereiten.«

»Müssen Sie sich nicht um Ihren Job kümmern?«, fragte sie.

»Doch. Genau das tue ich.«

Der Bügel klapperte, als er seine Jacke herunternahm. Mit bleischweren Beinen erhob sie sich vom Sofa und stellte sich in die Tür zum Flur. Er sah müde aus. Sein Haar wirkte dünner, als sie es in Erinnerung hatte.

»Was muss vorbereitet werden?«

Er kratzte sich am Kopf, so dass seine braunen Haare abstanden.

»Das kommt ganz darauf an, was Sie vorhaben. Wollen Sie den Rest alleine machen, oder sollen wir Ihnen helfen?«

Ein Anflug von Panik durchzuckte sie.

»Nicht alleine«, sagte sie.

Er nickte.

»Wir müssen eine Zentrale einrichten, von der aus wir agieren können, wo wir Ausrüstung und Notizen lassen können …«

»Ginge mein Schlafzimmer?«

»In einem Logbuch halten wir alles fest, was passiert. Und wir müssen die Zuständigkeiten aufteilen. Ich schlage vor, dass ich die Verhandlungen führe und Sie die Logistik übernehmen. Ihr Job wäre dann, dafür zu sorgen, dass die Technik funktioniert, dass wir ausreichend Essen und Kaffee haben, dass die Handys geladen sind. Ist das okay?«

Ihr Nacken verspannte sich ein wenig. Von der Entführungs-Unterhändlerin zur Kaffeemamsell in null Komma nichts. Na toll.

»Falls Ihr Festnetztelefon klingelt, während ich weg bin, müssen Sie das Aufzeichnungsgerät einschalten, bevor Sie den Anruf annehmen«, sagte er. »Falls die Entführer dran sind, sagen Sie nicht, dass Sie Thomas' Frau sind. Sagen Sie, Sie sind die Babysitterin und alle sind für einen Moment außer Haus. Dann rufen Sie mich sofort an. Ich habe Ihnen alle meine Rufnummern in der Mail mitgeschickt.«

»Wissen Sie noch, was ich zu Ihnen gesagt habe, als wir uns das erste Mal begegnet sind?«, fragte sie. »Meine allerersten Worte?«

Jimmy Halenius zog den Reißverschluss hoch und klemmte sich die Aktentasche unter den Arm. Er zog sich sehr konzentriert die Handschuhe an, während er antwortete.

»Ich glaube, Sie sagten, dass nur Kleinkriminelle Namen hätten, die auf Ypsilon enden«, sagte er. »Das waren Ihre Worte. Und: ›Warum gibt es keine entflohenen Mörder, die Stig-Björn heißen?‹«

Er lächelte sie flüchtig an, öffnete die Wohnungstür und war weg.

TAG 3

Freitag, 25. November

SCHWEDISCHE
GEISELNAHME
IN NAIROBI
Familienvater Thomas entführt

Anders Schyman polierte seine Brille mit dem Hemdärmel und studierte die Titelseite mit ruhigem und angemessen neutralem Blick. Dieser Aufmacher war einer der besten des ganzen Jahres. Nicht nur, weil sie die Einzigen waren, die einen schwedischen Aufhänger hatten, sondern auch, weil Thomas Samuelsson so fotogen war. Blond, gutaussehend, sportlich, sympathisch lächelnd – ein Kerl, wie jeder Schwede gerne einer wäre und den jede Frau gern hätte.

Natürlich war die Schlagzeile frisiert, denn eigentlich wusste niemand genau, wo Thomas sich befand, aber die Typographen versuchten immer, die Schlagworte ungefähr auf die gleiche Länge zu bringen, und da passte Kenia nicht, die untere Zeile wäre zu kurz geworden. Aber das waren nur Details, nichts, wofür der Presseombudsmann sie an den Pranger stellen konnte. Und wenn man grammatisch spitzfindig war, hätte es »Schwede als Geisel genommen« heißen müssen, aber solche sprachlichen Kleinigkeiten wurden inzwischen allgemein verziehen.

Die Texte weiter hinten in der Zeitung stammten größtenteils von seinem Veteran Sjölander, der sowohl Chef der Kriminalredaktion, Chef vom Dienst, USA-Korrespondent und Web-Redakteur gewesen war. Er war einer der wenigen, die ohne

Schwierigkeiten mit der Zeit gegangen waren, und drehte mit gleichem Enthusiasmus kleine Fernsehbeiträge mit der Handykamera, wie er Superscoops schrieb.

Das Beiwerk zum Hauptartikel (Infokästen, Hintergründe, Zusammenfassungen und alles, was man irgendwie als Neuigkeit verkleiden konnte) hatten die Leute von der Abendschicht am Desk geschrieben. Allen voran Elin Michnik, ein begabtes Mädchen und offenbar mit Adam Michnik verwandt, dem Chefredakteur von Polens größter Zeitung *Gazeta Wyborcza*.

Glaubte man dem Artikel, war Thomas Samuelsson der absolut wichtigste Mitarbeiter der gesamten schwedischen Regierung: Analyst der internationalen Sicherheitspolitik mit Verantwortung für Europas äußere Sicherheit. Blieb die Frage, ob die Schweden sich überhaupt noch ins Bett trauten, solange Thomas Samuelsson nicht oben im Rosenbad saß und über sie wachte …

Die Texte enthielten wenige Fakten, waren aber korrekt, streckenweise allerdings so peripher, dass sie sich an der Grenze zur Belanglosigkeit bewegten. Insgesamt war alles gut gemacht, es gab, soweit er es beurteilen konnte, keine Fehler, der Hauptartikel über die Entführung war sogar mit dramaturgischem Geschick gestaltet, ohne albern zu werden.

Anders Schyman legte die Zeitung zur Seite und rieb sich die Augen. Heute würden sie tüchtig verkaufen, vielleicht nicht ganz so viele Exemplare wie in den guten alten Zeiten, aber nah dran. Er zog den Laptop zu sich heran, rief die letzte Quartalserhebung von *Tidningsstatistik AB* auf, die sogenannten TS-Zahlen, und ließ den Blick über die Tabelle wandern. Das *Abendblatt* war ein gutes Stück von den Auflagenzahlen der *Gazeta Wyborcza* entfernt, aber der Abstand zwischen den beiden größten Zeitungen Schwedens war nie geringer gewesen. Egal, wie sehr der *Konkurrent* auch die Zahlen verheimlichte, Gratisexemplare verteilte oder sich über die Berechnungen von *TS* beschwerte, es blieb ein Faktum: Seit ein paar Jahren schrumpfte die Auflagenkluft zwischen den beiden Giganten, sie lag inzwischen bei lediglich 6700 Exemplaren pro Tag. Wenn er nur noch ein bisschen aushielte, würde das *Abendblatt* aufholen und

Skandinaviens größte Zeitung werden, und er selbst eine historische Figur. Er kratzte sich am Schnurrbart.

Gut, er war außerdem der Erste, der zwei Mal mit dem Großen Journalistenpreis ausgezeichnet worden war, aber das sollte nicht seine einzige Hinterlassenschaft sein.

Anders Schyman würde in die Geschichte eingehen als der Redakteur, der Neuland erobert und einen neuen Tiefstand in der schwedischen Presseethik erreicht hatte. Aller Voraussicht nach würde er sein Ziel über Thomas Samuelsson erreichen. Auflage hieß das Zauberwort.

Er blickte über die Bürolandschaft.

Patrik Nilsson war schon am Platz. Er konnte nicht lange geschlafen haben. Schyman hatte den Redakteuren untersagt, im Pausenraum zu übernachten, er verlangte, dass sie wenigstens nach Hause fuhren und duschten, aber er bezweifelte, dass Patrik das befolgte. Wahrscheinlich ging er nur nach draußen und machte auf der Rückbank seines Dienstwagens für eine Weile die Augen zu. Jetzt kam auch Berit Hamrin in Mantel und mit Aktentasche herein, sie sah aus wie seine alte Englischlehrerin am Gymnasium. Sie hatte den Übergang zu bewegten Bildern und Tonaufnahmen nur mit Mühe geschafft. Wenn sie Kommentare sprach, klang ihre Stimme gleichgültig, und ihre Schnitttechnik war mangelhaft, aber wenn es um Fakten und Zusammenhänge ging, war sie ein wandelndes Lexikon. Außerdem arbeitete sie schon seit Ben Hur für die Zeitung, und eine Abfindung wäre viel zu teuer.

Sjölander würde in den nächsten Stunden nicht auftauchen, er war ein Mann, der seinen Schönheitsschlaf brauchte. Elin Michnik war in der Redaktion geblieben und hatte die Internetausgabe auf den neusten Stand gebracht, Anders Schyman hatte sie in der Drehtür getroffen, als er am Morgen kam.

Seit dreizehn Jahren arbeitete er hier. Erst als Redaktionsleiter und dann als Chefredakteur und Herausgeber. Man konnte über sein Engagement sagen, was man wollte, aber eines stand fest: Er hatte sich wirklich angestrengt. Er hatte getan, was von ihm erwartet wurde, ohne dabei lange zu überlegen oder mit sich ins Gericht zu gehen, und war auf mehreren Ebenen erfolgreich. Die Organisation funktionierte wie ein zähes, klopfendes Herz, die Vertriebskanäle und die Verkaufsstellen waren gesichert, die Zahlen rabenschwarz. Er hatte sich sogar eine Schar von potentiellen Nachfolgern herangezogen. Die quälende Leere in seinem Bauch wäre vermutlich ohnehin entstanden, jedenfalls redete er sich das ein. Er führte dieses Gefühl eher auf sein Alter zurück als auf seine Berufung. Sein Körper war behäbiger und sein Schwanz schlaffer geworden. Das fehlende Interesse an Erotik ging mit dem schrumpfenden Engagement in presseethischen Fragen einher, aber er brachte es nicht fertig, darüber nachzudenken, ob das etwas miteinander zu tun haben könnte.

Er schaute auf seine Armbanduhr.

Noch drei Stunden bis zur Elf-Uhr-Konferenz.

Genug Zeit, um Annika Bengtzon einen Besuch abzustatten und zu sehen, ob aus seinem Nachruf langsam etwas wurde.

*

Annika lag im Bett und starrte an die Decke. Ihr Körper fühlte sich bleischwer an.

Sie war von jeher mit der Fähigkeit gesegnet, immer und überall schlafen zu können, aber an diesem Morgen lag sie seit 4.18 Uhr wach. Ihr Redaktionshandy hatte geklingelt, es war der Redakteur von SVTs Frühstücksfernsehen, dem die Morgenausgabe des *Abendblatts* per Taxi direkt aus der Druckerei gebracht worden war. Er fragte an, ob sie bei ihm auf dem Morgensofa sitzen und sich über ihren entführten Gatten ausheulen wollte. (Okay, er hatte nicht »ausheulen« gesagt, aber er hatte es gemeint.) Eine Viertelstunde später rief TV4 an, danach schaltete sie das Telefon aus.

Sie setzte sich im Bett auf und schaute aus dem Fenster. Der Himmel war grau und das Wetter äußerst unentschieden.

Sämtliche schwedischen Medien würden heute bei ihr Sturm klingeln und versuchen, ein Interview mit ihr zu bekommen, am liebsten exklusiv für ihr Forum. Allein der Gedanke, heulend im

Fernsehen zu sitzen oder vor einem Kollegen mit Notizblock und Diktiergerät ihr Innerstes nach außen zu kehren, erfüllte sie mit tiefem Unbehagen, ein Gefühl, das unlogisch war und voller Doppelmoral. Nach der Journalistenhochschule, drei Jahren bei der Lokalzeitung von Kathrineholm und dreizehn Jahren bei der Regenbogenpresse in Stockholm war es so etwas wie ein Dienstvergehen, sich nicht zur Verfügung zu halten. Hatte sie nicht selbst unzählige widerwillige Interviewopfer überredet (oder ehrlicher: bedroht oder betrogen)? Sie zogen vor ihrem inneren Auge vorüber: Überfallopfer, Frauenmörder, Politiker, die mit der falschen Russin Sexchats führten, gedopte Sportler, faule Polizisten, Bauherren, die Steuern hinterzogen – unzählige wachsame oder sogar ängstliche Augen in einem reißenden Strom.

Sie wollte, wollte, wollte nicht.

Wollte nicht mit einem Kind in jedem Arm dasitzen, das mit großen Augen seinen Papa vermisste. Wollte nicht vom Tag vor seiner Abfahrt erzählen (sie war sauer und kratzbürstig gewesen), wollte nicht das arme Frauchen sein, das alle bemitleideten. Die Kinder schliefen noch. Besser, sie blieben zu Hause, bevor sie ein übermotivierter Fotograf in der Schule abfing und versuchte, sie dazu zu bringen, vor der Kamera zu weinen.

Ich darf nicht, dachte sie. Darf nicht, darf nicht.

Schon jetzt konnte sie das Getuschel hinter ihrem Rücken hören: »Guck mal, das ist sie. Ihr Mann sitzt bei den Piraten in Somalia, und das sind bestimmt ihre Kinder. Die Armen, sind sie nicht ein bisschen blass?« Und dann würden die Tuscheltanten weitergehen und etwas besser gelaunt sein, denn egal, was ihnen heute noch passieren würde – *das* blieb ihnen erspart.

Dann schämte sie sich für ihre beispiellose Egozentrik und die himmelschreiende Unfähigkeit, sich nur auf ihre Notlage zu konzentrieren. Sie wollte es besser machen und schloss fest die Augen, die Schatten an der Decke verschwanden. Sie dachte an Afrika und Liboi und versuchte, Thomas' Bild heraufzubeschwören, sich vorzustellen, wo er sich im Moment befand, wie es ihm ging, aber es gelang ihr nicht. Im Geiste flog sie über das verbrannt-gelbe Satellitenbild von Google Maps, aber sie hatte keine Bezugsgröße, hatte nichts, woran sie sich festhalten konnte. Sie hatte keine Ahnung.

In der nächsten Sekunde schreckte sie hoch, weil es klingelte. Verwirrt stieg sie aus dem Bett und schlang irgendwie den Bademantel um sich. Sie ging in den Flur und lauschte zaudernd an der Tür.

Vielleicht war es ein ambitionierter Reporter, der auf die Idee gekommen war, zu ihr nach Hause zu fahren und zu klingeln. *Sie* hätte es jedenfalls so gemacht.

Es war Halenius. Leicht hohläugig und ungekämmt betrat er den Flur. Sie zog den Bademantel fester um sich, fühlte sich nackt und beschämt und musste zudem unglaublich dringend aufs Klo.

Der Staatssekretär sah sie nur flüchtig an, schälte sich aus seinem Mantel, sagte »hübscher Schlafanzug« und verschwand mit seiner Aktentasche in ihrem ungelüfteten Schlafzimmer. Sie hörte ihn husten und rumoren. Die Situation war bizarr. Die Luft stand still, alles war ruhig. Als ob die ganze Welt in Wartestellung lauerte. Sie ging pinkeln, setzte Wasser auf und marschierte mit zwei Bechern Pulverkaffee zu Halenius. Einen für ihn, einen für sich. Er hatte seinen Laptop ausgepackt und klickte konzentriert auf dem Bildschirm.

»Wo sind die Kinder?«, fragte er und schob den Laptop weg, als sie hereinkam.

»Schlafen noch.«

Er griff nach seinen Unterlagen.

»Der Geiselnehmer von gestern Abend hat Ihre Festnetznummer angerufen. Hat er die von Thomas, oder kann er sie auch auf anderem Wege in Erfahrung gebracht haben?«

Sie blieb an der Schwelle stehen und zögerte. Es gab zwei Stühle im Raum. Auf dem einen saß der Staatssekretär und auf dem anderen türmten sich ihre Klamotten von gestern. Statt die Kleider wegzuräumen, ging sie zum Bett und kroch wieder unter die Decke. Ein Schluck Kaffee schwappte auf den Bettbezug.

»Die Visitenkarte«, sagte sie und versuchte den Fleck wegzu-reiben. »Er hat einen ganzen Stapel davon in der Brieftasche. Da stehen Handy- und Festnetznummer drauf. Wir hatten deswegen Streit, weil die Festnetznummer eine Geheimnummer ist und ich der Ansicht war, sie gehöre nicht auf die Karte. Wer ihn beruflich erreichen will, kann ja wohl in seinem Büro oder auf dem Handy anrufen …«

»Ihre Mobilnummer steht nicht auf der Karte?«

Auf seiner Visitenkarte? Warum sollte sie?

»Dann können wir davon ausgehen, dass die Gangster weiterhin die Festnetznummer anrufen. Und wir können mit ziemlicher Sicherheit sagen, dass wir mit den richtigen Leuten verhandeln.«

Er holte den Laptop wieder zu sich heran.

»Mit den richtigen Leuten?«, fragte sie.

Er sah sie an, und sie zog sich die Bettdecke bis unters Kinn.

»Es ist nicht ungewöhnlich, dass Leute sich als vermeintliche Geiselnehmer ausgeben. Es sind schon große Lösegeldsummen an die Verkehrten gezahlt worden. Aber wir haben die Zeugenaussage, dass Thomas gefangen genommen wurde, wir haben das offizielle Video, das die Aussage bestätigt, und sie haben seine Geheimnummer.«

Er wandte sich wieder dem Computer zu und klickte weiter. Annika trank einen Schluck Kaffee, er war stark und bitter.

»Was passiert heute?«, fragte sie.

»Eine ganze Menge«, sagte er, ohne die Augen vom Bildschirm zu heben. »Ich habe auf dem Weg hierher mit Kommissar Q von der Kriminalpolizei gesprochen. Das *Joint Investigation Team* von Interpol ist zusammengestellt und schon aktiv, und ab heute sind auch die Leute von der Kripo so weit. Hans und Hans-Erik regeln die Koordination im Ministerium, und bald rühren so viele Köche in diesem Brei, dass es nur so spritzt …«

Er sah sie wieder an.

»Sie sollten feststellen, wie viel Geld Sie lockermachen können. Wie viel können Sie sich leihen? Haben Doris oder Ihre Mutter noch Vermögen?«

Sie stellte den Kaffeebecher auf dem Nachttisch ab.

»Nachdem die Geschichte jetzt in den Medien ist, gibt es keinen Grund mehr, die Entführung zu verschweigen«, fuhr Halenius fort. »Sie müssen sich entscheiden, ob Sie den Massenmedien zur Verfügung stehen wollen. Wenn ja, müssen wir einmal durchgehen, was Sie im Interview sagen dürfen und was nicht. Zum Beispiel dürfen Sie nicht die kleinste Andeutung darüber machen, dass ich hier bin. Sie dürfen nicht sagen, dass wir mit den Entführern Kontakt hatten …«

Sie hob die Hand und unterbrach ihn.

»Ich glaube nicht, dass es dazu kommen wird. Noch etwas?«

»Vielleicht können wir gegen Abend mit einem Anruf rechnen, aber das ist nicht sicher. Sie müssen sich überlegen, wie es mit den Kindern weitergeht. Vor allem kurzfristig.«

»Wie meinen Sie das?«

»Sollen sie weiter in die Schule gehen? Gibt es jemanden, der sich um sie kümmert, falls wir wegfahren müssen?«

Sie erstarrte.

»Wohin denn? Wohin sollten wir denn fahren müssen?«

Er fuhr sich durch die Haare.

»Wir müssen den Fall einplanen, dass das Lösegeld gezahlt wird. Die Entführer kommen wohl kaum nach Stockholm geflogen, um das Geld abzuholen.«

Sie sah wieder das gelbbraune Satellitenfoto von Liboi vor sich. Die ganze Situation erschien ihr völlig absurd.

»Sie gehen einfach davon aus, dass wir diesen Verbrechern eine Menge Geld geben«, sagte sie. »Gibt es keine andere Möglichkeit?«

»Das Video steht ja im Netz, also sind die Briten und die Amerikaner vermutlich schon dabei, alternative Lösungen zu suchen.«

Annika blinzelte.

»Die Amerikaner haben nicht weit von Liboi entfernt eine riesige Militärbasis«, sagte Halenius. »Natürlich ist die auf keiner Karte eingezeichnet, aber sie haben über fünftausend Mann an der Grenze nach Süd-Somalia stehen. Die Engländer sind auch vor Ort. Ich versuche die Kontaktdaten zu finden, aber ich kann mich einfach nicht erinnern, wo ich die abgespeichert habe, verdammt noch mal ...«

Plötzlich musste sie lachen.

Er wusste, wo die USA ihre geheimen Armeestützpunkte hatten, konnte aber in seinem eigenen Computer die Telefonnummer nicht finden.

Sie griff nach dem Kaffeebecher und stieg aus dem Bett. Der Bademantel verrutschte und entblößte ihr Bein bis hinauf zur Hüfte, doch Halenius bemerkte es nicht. »Hübscher Schlafanzug«, hatte er gesagt. Ja, er war hübsch, aus fester cremefarbener Seide. Sie hatte ihn sich im Shoppingcenter Pentagon City selbst zum Geburtstag geschenkt. Von Thomas hatte sie einen verchromten Toaster im 50er-Jahre-Design bekommen. Er lief mit 110 Volt, deshalb hatten sie ihn dagelassen, als sie nach Europa zurückkehrten.

Man erinnert sich wirklich an die nutzlosesten Dinge, dachte sie und ging Richtung Bad, um zu duschen. Im Wohnzimmer machte sie kehrt und ging noch einmal zurück ins Schlafzimmer, genauer gesagt in die Entführungszentrale.

»Und was ist mit Ihren Kindern?«, fragte sie.

Zwillinge; sie hatten Zwillinge gehabt, ein Junge und ein Mädchen in Ellens Alter. Der Staatssekretär starrte weiter auf den Bildschirm.

»Meine Freundin kümmert sich um sie«, sagte er.

Die Worte brannten in ihrem Gesicht. Seine Freundin, er hatte eine Freundin, logisch, dass er eine Freundin hatte.

»Ich dachte, Sie wären geschieden«, hörte sie sich sagen.

»Neue Freundin«, sagte er. »Da ist die Nummer ja. Ich rufe sofort dort an.«

Sie drehte sich um und schwebte ohne richtigen Bodenkontakt zum Badezimmer.

Die Kinder wachten auf, während sie unter der Dusche stand. Mit einem Blick schwarz wie die Nacht stand Kalle im Flur, als sie mit einem Handtuch um den Kopf aus dem Bad kam.

»Warum ist er noch da?«, fragte er dumpf.

Durch die Wand hörte sie Halenius laut und schnell auf Englisch sprechen. Annika ging zu ihrem Sohn und umarmte ihn.

»Jimmy redet mit ein paar Leuten, die vielleicht helfen können, Papa zu befreien«, sagte sie. »Was möchtest du zum Frühstück?«

»Keine *scrambled eggs*«, sagte Kalle.

»In Ordnung«, sagte Annika und erhob sich. »Dann gibt es gekochte Eier. Oder griechischen Joghurt mit Walnüssen.«

Der Junge zögerte.

»Gibt es Himbeeren?«

Die letzten hatte sie Halenius gestern zum Schokoladenkuchen serviert.

»Du kannst Marmelade haben«, sagte sie und kapitulierte.

Ellen saß im Bett und spielte mit ihren Kuscheltieren. Sie hatte achtzehn Stück, und alle wohnten in ihrem Bett, obwohl nur Poppy (die neue Poppy – die alte war bei dem Brand umgekommen) mit ihr das Kissen teilen durfte. Annika kroch zu ihr und kitzelte sie am Bauch, dann einigten sie sich über das Frühstück, und Annika ging in die Küche, um den Tisch zu decken.

Da klingelte das Telefon im Schlafzimmer: Festnetz. Ihr Hausanschluss.

Annika hielt mitten in der Bewegung inne. Die Entführer sollten doch erst am Abend anrufen, wenn überhaupt. Sie spitzte die Ohren so gut sie konnte, um zu hören, was Halenius drüben im Schlafzimmer sagte, leises Gemurmel, das sie für Schwedisch hielt. Dann wurde aufgelegt.

»Sie müssen sich mit dieser Anne Snapphane in Verbindung setzen und ihr sagen, dass sie aufhören soll, den Festnetzanschluss anzurufen«, sagte Halenius und ging ins Bad. Durch die dünne Holztür konnte sie hören, wie er urinierte, während sie den Frühstücksjoghurt auf den Tisch knallte.

»Stellt die Teller auf die Anrichte, wenn ihr fertig seid«, sagte sie zu den Kindern und ging mit ihrem Redaktionshandy ins Wohnzimmer.

Seit TV4 angerufen hatte, war das Telefon abgeschaltet gewesen. Als es jetzt wieder eine Verbindung mit dem Provider herstellte, kamen siebenunddreißig neue Kurzmitteilungen herein. Sie drückte bei allen auf »als gelesen speichern« und wählte Annes Nummer.

»Mensch, Annika«, sagte Anne. »Das ist ja alles ganz entsetzlich. So abgrundtief scheußlich! Und wer war dieser Kerl, der an deinem Telefon war?«

»Ein Typ von der Telefongesellschaft«, sagte Annika und folgte ihm mit dem Blick. »Hast du die Zeitung gelesen?«

»Zeitung? Annika, du bist so altmodisch!«

Ihre Diskussion über die Internetrevolution und die sozialen Medien war genauso alt wie die Tagespresse selbst. Annika lachte.

»Na, was sagen die Zeugen der Wahrheit in ihren Blogs?«

»Also, weißt du, was die da unten mit Leuten machen, die gekidnappt werden? Das ist total entsetzlich!«

Annika erhob sich vom Sofa und trat ans Fenster. Das Außenthermometer zeigte fünfzehn Grad unter null.

»Weißt du«, sagte sie zu Anne, »ich bin mir nicht sicher, ob ich das wissen möchte. Ich bin so egoistisch, dass mich momentan nur mein eigener Mann interessiert. Weiß zufällig einer der Blogger, wo er ist?«

»Sei doch nicht so spöttisch. Die Facebook-Seite der kenianischen Regierung hat über 51 000 Likes. Wir sind überall.«

»Das gibt mir Sicherheit«, sagte Annika und hörte, dass sie wie eine Fernsehreklame für Babywindeln klang.

»Du«, sagte Anne, »mir ist da was eingefallen. Läuft die auf dich?«

Kalle kam ins Wohnzimmer, Joghurt auf der Oberlippe.

»Fertig!«, sagte er.

»Was?«, fragte Annika. »Was soll auf mich laufen? Geh und wasch dich, und putz dir die Zähne und zieh dir was an.«

»Die Wohnung. Ihr seid doch nicht verheiratet. Die Scheidung war durch, aber ihr habt doch nicht wieder geheiratet, oder wie sehe ich das?«

»Müssen wir heute nicht in die Schule?«, fragte Kalle.

»Die Vermieter sind völlig skrupellos«, sagte Anne Snapphane am Handy. »Wenn sie die Chance wittern, dich rauszuschmeißen, dann tun sie das auch und verschachern den Mietvertrag an den Meistbietenden. Das kennt man ja.«

Anne hatte selbst kürzlich erst einen Mietvertrag von einem Makler schwarz gekauft, sie wusste also vermutlich, wovon sie sprach.

»Ihr habt heute frei«, sagte Annika. »Vielleicht könnt ihr am Wochenende ja einen kleinen Ausflug zu Oma Barbro oder Doris machen.«

Ellen, die auch Joghurt an den Fingern hatte, klammerte sich an Annikas Bein.

»Ich will aber bei dir bleiben, Mama!«

»Ach du heiliger Bimbam, Annika, weißt du, was mir gerade noch einfällt? Also wenn ihr nicht verheiratet seid, dann erben sein Bruder und seine Mutter alles von ihm. Hast du daran schon gedacht? Am Ende wird das so eine Stieg-Larsson-Sache, wenn er kein Testament gemacht hat. Hat er das? Weißt du was davon?«

»Guck mal, Ellen, jetzt hast du meinen Bademantel beschmiert. Geh und wasch dich. Und zieh dich an. Abmarsch!«

Sie schob das Mädchen in den Flur.

»Weißt du, ob er einen Anwalt hat? Ein Bankschließfach? Du musst in seinem Computer nachsehen und in seinen privaten Unterlagen ...«

Es klingelte an der Tür.

Halenius kam ins Wohnzimmer und deutete zum Flur.

»Anders Schyman«, sagte er. »Ich mache auf.«

»Die Kinder beerben ihn«, sagte Annika ins Handy. »Ich muss jetzt auflegen, es hat an der Tür geklingelt.«

»Ach ja, genau. Ja, Stieg hatte ja keine Nachkommen.«

»Und du«, sagte Annika, »ruf bitte in Zukunft auf meinem Redaktionshandy an. Mit meinem Anschluss hier zu Hause stimmt was nicht. Muss los ...«

Schyman war nicht allein, er hatte Berit Hamrin mitgebracht.

Annika eilte ins Schlafzimmer, schloss die Tür und stieg in die Kleider vom Vortag.

Aus irgendeinem Grund fühlte es sich entschieden richtiger an, vom Staatssekretär des Justizministeriums halbnackt gesehen zu werden als von ihrem Chef.

Der Chefredakteur hatte einen ganzen Stapel Zeitungen mitgebracht: das *Abendblatt,* den *Konkurrenten,* beide Morgenzeitungen und ein paar Gratisblätter. Er ließ sie auf den Couchtisch fallen, wo sie staubend landeten. Das *Abendblatt* lag obendrauf. Von der Titelseite lächelte ihr Thomas entgegen, den Schlips fest um den Hals gebunden. Es war das offizielle Foto des Ministeriums. Selbst er fand, dass er darauf aussah wie ein Streber.

»Es gibt da etwas, das ich mit Ihnen besprechen möchte«, sagte Schyman zu Annika. »Es eilt nicht, Sie brauchen sich nicht vor morgen zu entscheiden.«

Annika griff nach der Zeitung. Schwedische Geiselnahme in Nairobi. Familienvater Thomas entführt.

Der Boden begann zu schaukeln, und sie ließ den Papierstapel fallen, als hätte sie sich die Finger verbrannt.

Berit kam zu ihr und umarmte sie, das hatte sie noch nie gemacht. Sie wusste, dass Annika keine Umarmerin war.

»Alles wird gut«, flüsterte Berit. »Du musst da jetzt durch.«

Annika nickte.

»Wollt ihr Kaffee?«, fragte sie.

»Gerne«, sagte Schyman.

»Für mich nicht«, sagte Berit. »Ich wollte fragen, ob Ellen und Kalle nicht Lust haben, ein bisschen mit mir in den Kronobergspark zu kommen?«

Beide Kinder jubelten Beifall und hatten es plötzlich eilig, sich anzuziehen. Annika ging in die Küche und stellte mit bebenden Händen den Wasserkocher an. Sie hörte die Männer sprechen, konnte aber keine einzelnen Worte verstehen. Berit half Ellen mit den Schuhen.

»Willst du vielleicht auch mit?«, fragte Berit.

Annika stellte sich in die Tür zum Flur.

»Ich traue mich nicht, die beiden hier allein zu lassen«, sagte sie und versuchte ein Lächeln in Richtung Wohnzimmer. »Ich will wissen, was sie aushecken.«

»Wir sind in ein paar Stunden wieder da«, sagte Berit. »Sind das eure Bobs, die da im Treppenhaus stehen?«

»Der blaue gehört mir!«, rief Ellen.

In ihren schweren Schuhen verschwanden sie vergnügt nach draußen.

Durch das Rauschen und Blubbern des Wasserkochers hörte Annika Schyman und Halenius mit gedämpften, aber gleichzeitig deutlichen Stimmen reden, wie mächtige Männer es tun, wenn sie zeigen wollen, dass sie entspannt, aber dennoch konzentriert sind.

»… natürlich ein großes Interesse von den anderen Medien«, sagte Schyman – gelassen und zufrieden.

Sie öffnete die Kühlschranktür und starrte in die feuchte Kälte, ohne den Inhalt wahrzunehmen.

»… und in Nigeria werden die Chefs der ausländischen Ölkonzerne *White Gold* oder einfach nur ATM, also Geldautomat, genannt«, sagte Halenius – sicher und informiert.

Sie holte Sahne und Milch und Leberwurst aus dem Kühlschrank, dann stellte sie die Leberwurst und die Milch wieder zurück.

»… wir wollen doch wissen, was wir erwarten können, welche Szenarien am wahrscheinlichsten sind«, sagte Schyman – wichtig.

Sie schaltete den elektrischen Mixer an und schlug die Sahne, obwohl es noch einen Rest vom Vortag gab. Die Stimmen ertranken im Krach des Rührgeräts. Sie schloss die Augen und öffnete sie erst wieder, als die Sahne schon beinahe zu Butter geworden war. Himbeeren gab es ja keine mehr, aber sie wärmte ein bisschen Kompott auf, das sie anschließend in eine Schüssel füllte. Den Pulverkaffee rührte sie gleich in den drei Bechern an, holte ein Tablett und stellte drei Teller und die Kaffeebecher darauf, dazu Kaffeelöffel, Milch, Zucker, Kompott, Sahne, einen

Tortenheber und drei Gabeln für den längst nicht mehr so saftigen Schokoladenkuchen. Die Kuchenplatte passte nur noch mit Mühe und Not auf das Tablett und kippelte gefährlich nah am Rand. Einen Augenblick blieb sie im Flur stehen.

»Wie sind die Chancen?«, fragte Schyman hinter der Wand.

»Die Prognose ist gut. Neun von zehn Entführungsopfern überleben, obwohl es Anzeichen dafür gibt, dass die Zahl der Todesopfer steigt.«

Jeder Zehnte schafft es also nicht, dachte Annika und hielt das Tablett fest umklammert.

»Und die kommen in manierlichem Zustand wieder?«

Manierlichem Zustand?!

»Weitere zwanzig Prozent der Opfer erleiden schwere physische Schäden …«

Halenius verstummte, als sie das Wohnzimmer betrat.

»Ah«, sagte er. »Dieser Kuchen ist lebensgefährlich.«

Sie stellte das Tablett auf dem Couchtisch ab und setzte sich, ohne weitere Umstände zu machen, in die hinterste Ecke des Sofas.

»Bedienen Sie sich«, sagte sie.

Schyman und Halenius langten zu. Allein der Gedanke an Süßes verursachte ihr Übelkeit, aber sie griff nach ihrem dunkelblauen Kaffeebecher mit dem Goldaufdruck »The White House«. Er stammte nicht aus dem Weißen Haus, sondern von einem Souvenirstand davor und war so echt wie ein chinesischer Volvo.

»Wir haben gerade allgemeine Entführungsfragen besprochen«, sagte Halenius und stopfte sich Sahne und Kompott in den Mund. »Interessiert es Sie?«

Als ob Worte einen Unterschied machten. Als ob die Situation noch schlimmer würde, wenn man sie genauer benannte.

Sie machte sich in ihrer Sofaecke klein. Halenius schluckte schließlich.

»Gewaltanwendung ist üblich«, sagte er dann, ohne Annika anzusehen, »obwohl natürlich keiner sagen kann, was in diesem speziellen Fall passiert.«

»Welche Szenarien halten Sie für möglich?«, fragte Schyman.

Es klingelte an der Wohnungstür. Hastig stand sie auf.

»Vielleicht Kollegen von anderen Medien«, sagte sie.

Zunächst erkannte sie keinen der Männer im Treppenhaus. Stumm und grau standen sie in ihren grauen Mänteln vor ihr und sahen sie mit Hundeaugen an.

Sie schloss die Tür ohne ein Wort, ging zurück ins Wohnzimmer und spürte, dass ihr Gehirn kochte.

»Was soll das?«, fragte sie. »Bin ich jetzt eine Außenstelle von Rosenbad geworden?«

Halenius erhob sich fragend.

»Da draußen steht das Doppelte Hänschen«, sagte Annika und zeigte auf die Wohnungstür. »Aber jetzt reicht es. Sagen Sie ihnen, dass sie verschwinden sollen.«

»Vielleicht wollten sie …«

»Sagen Sie ihnen, sie sollen eine Mail schicken«, erwiderte sie und ging ins Bad.

Sie hörte, wie Halenius im Treppenhaus kurz mit den Hansemännern sprach. Dann kam er wieder herein, schloss die Tür und ging zurück ins Wohnzimmer.

»Die Kollegen vom Ministerium«, sagte er entschuldigend zu Schyman.

»Wie würden Sie denn den Fall beschreiben?«, fragte der Chefredakteur.

»Kommt ganz darauf an, mit was für einem Verbrechen wir es hier zu tun haben. Kommerzielle Entführungsfälle sind meistens einfacher zu lösen. Politische sind deutlich komplizierter und oft mit Gewalt verbunden.«

»Daniel Pearl«, sagte Schyman.

Annika verriegelte die Badezimmertür.

Sie hatte während ihrer Zeit in Amerika eine Zusammenfassung über den Fall Pearl geschrieben. Der Journalist Daniel Pearl war Chef der Südostasien-Niederlassung des *Wall Street Journal* gewesen, als er im Januar 2002 von al-Qaida gekidnappt wurde. Neun Tage später wurde er geköpft. Das Video schwirrte noch Jahre später im Internet herum, vielleicht war es noch immer irgendwo zu finden. Drei Minuten und sechsunddreißig Sekunden durch und durch widerwärtige Propaganda. Sie hatte sich dazu gezwungen, es anzuschauen. Daniel Pearl sprach in die Kamera, von der Hüfte aufwärts unbekleidet, und sein Gesicht war von in das Video kopierten Bildern toter Muslime umgeben. Nach einer Minute und fünfundfünfzig Sekunden kam ein Mann ins Bild und schnitt ihm die Kehle durch. In der letzten Minute des Videos lief eine Liste mit politischen Forderungen über das Bild des abgeschnittenen Journalistenkopfes. Irgendwer hielt ihn an den Haaren in die Höhe.

»Weibliche Geiseln werden häufig vergewaltigt«, hörte sie Halenius' leise Stimme aus dem Wohnzimmer. »Männliche übrigens auch. In Mexiko schneidet man ihnen ein Ohr oder einen Finger ab und schickt das Körperteil an die Familie des Opfers. In der ehemaligen Sowjetunion riss man ihnen die Zähne aus …«

»Und in Ostafrika?«, fragte Schyman beinahe flüsternd.

Sie richtete sich auf und spitzte die Ohren. Halenius räusperte sich.

»Ich kenne die genaue Statistik nicht, aber die Sterberate ist hoch. Die Geiselnehmer sind gut bewaffnet, die Entführungsopfer werden auffallend häufig erschossen. Und Somalia ist ein Land, in dem Verstümmelung gesetzlich verankert ist. Traditionell werden den Mädchen die Genitalien verstümmelt …«

Sie drehte den Kaltwasserhahn am Waschbecken auf und ließ sich das Wasser über die Handgelenke laufen. Die Stimmen gingen im Plätschern unter. Am liebsten hätte sie geweint, aber sie war zu wütend.

Jetzt reichte es. Sie wollte nichts von verstümmelten Mädchen hören. Sie brauchte Hilfe, aber nicht um jeden Preis. Die Regierung durfte gerne ihre Hände in Unschuld waschen, aber sie weigerte sich, die Verantwortung für sämtliche Gewalt in der Welt auf sich zu nehmen. Sie hatte nicht vor, ihr Zuhause und ihr Schlafzimmer einem Haufen fremder Kerle zu überlassen.

Sie drehte den Wasserhahn wieder zu, trocknete sich die Hände ab, schloss die Tür auf und ging hinaus.

»Es hat doch den Anschein, als gäbe es in diesem Entführungsfall gegensätzliche Interessen, Geld und Politik«, sagte Schyman, als sie auf ihre Sofaecke zusteuerte.

Halenius zog die Beine an, um sie vorbeizulassen.

»Oder wir haben es mit einer Kombination von Interessen zu tun, die nicht unbedingt gegensätzlich sein müssen. Wenn man die politische Situation in Ostafrika bedenkt …«

Annika sank zwischen die Kissen und schaute hinaus in den Himmel, der durch die Kälte aussah wie Glas. Hoffentlich froren die Kinder draußen im Kronobergspark nicht. Annika hatte sich einmal Erfrierungen am Fuß zugezogen. An einem Wintertag draußen in Lyckebo, dem kleinen Gesindehaus auf dem Landsitz Harpsund, das ihre Oma gemietet hatte, als sie noch Hausdame in der Wochenendresidenz des Staatsministers war. Bis heute hatte Annika Probleme mit den Zehen an diesem Fuß, sie wurden beim kleinsten bisschen Kälte steif und blauweiß. Als Thomas das zum ersten Mal sah, hatte er sich so sehr erschreckt, dass er gleich einen Krankenwagen rufen wollte. Mit körperlichen Beschwerden konnte er ohnehin nie besonders gut umgehen. Im Moment würde er wohl kaum frieren. In Somalia war es sicher sehr heiß. Sie dachte an die verbrannte Erde auf dem Satellitenbild von Liboi …

»… geographischen und kulturellen Voraussetzungen«, sagte Halenius.

»Und die Kidnapper?«, fragte Schyman. »Was für Menschen sind das?«

»Diese Gruppen sind sich weltweit erstaunlich ähnlich«, sagte der Staatssekretär. »Meistens sind es nur acht bis zehn Leute, die einen starken Anführer haben. Die kommerziellen Geiselnehmer betrachten sich selbst als normale Tagelöhner, sie gehen zur Arbeit, nehmen Urlaub und verbringen ihre Freizeit mit der Familie. Tatsächlich sind es häufig Jugendfreunde oder Studienkollegen oder Mitglieder derselben religiösen Gemeinschaft. Normalerweise beginnen sie ihre Karriere als ganz gewöhnliche Kleinkriminelle, mit Ladendiebstählen und Banküberfällen und anderen illegalen Aktivitäten.«

Sie betrachtete Halenius, wie er dort in ihrem Sessel saß. Er wirkte so unerhört sicher und entspannt: in Strümpfen und mit am Hals aufgeknöpftem Hemd und hochgekrempelten Ärmeln. Das Haar stand in alle Richtungen ab.

Für Jimmy Halenius war auch dies nur ein Arbeitstag, vielleicht ein bisschen spannender als sonst, weil er die Gelegenheit bekam, sein Wissen anzuwenden, und huiuiui, er wusste viel, genau genommen wusste und konnte er alles.

»Die religiösen oder politischen Geiselnehmer sind ein bisschen anders«, sagte sein Mund. »Ihre Anführer sind oft gut ausgebildete Typen, die während ihrer Studienzeit Revolutionsluft geschnuppert haben. Vielleicht wollten sie anfangs sogar tatsächlich die Welt verändern, aber wenn sie dann erst mal Lösegeld wittern, erlischt die politische Glut schnell.«

»Und haben wir es jetzt mit so einem Typen zu tun?«, fragte Schyman.

Halenius trank seinen Kaffeebecher leer.

»Ich glaube, ja«, sagte er. »Der Kerl, mit dem ich am Telefon geredet habe, sprach klares ostafrikanisches Englisch, wie man es an der Universität von Nairobi hört.«

»Woher wollen Sie das wissen?«, fragte Annika und spürte, dass ihre Augen sich zu Schlitzen verengten.

Er sah sie direkt an, als er antwortete.

»Meine Exfrau hat dort studiert«, sagte er. »Die Universität in Südafrika war während der Apartheid für Leute wie sie nicht zugänglich.«

Sie fühlte sich ganz klein. Eine afrikanische Frau. Sie hatte nicht die geringste Ahnung gehabt. Sie stammelte »wie?« und »weshalb?«.

»Die SSU war 1989 Mitorganisator eines *ANC Youth League*-Kongresses in Nairobi«, sagte er. »Kenias damaliger Präsident Daniel arap Moi hatte gerade alle politischen Gefangenen freigelassen und eine Art Charmeoffensive gestartet. Dort sind wir uns begegnet. Sie ist in Soweto geboren und aufgewachsen.«

Er wandte sich an den Chefredakteur.

»Das war einer der Gründe, warum ich diesen Fall hier über-

112

nehmen sollte. Ich bin zwar kein Afrikaner, aber von allen aus-
gebildeten Leuten bin ich am ehesten mit der Sprache und den
Dialekten vertraut.«

»Sie kennen also Nairobi?«, fragte Schyman.

»Wir haben dort geheiratet. Und sind dann auf Söder zusam-
mengezogen, nachdem sie ihre Doktorarbeit abgeschlossen
hatte.«

»Aber inzwischen sind Sie geschieden?«

»Sie arbeitet für die südafrikanische Regierung«, sagte Halenius. »Sie hat ungefähr die gleiche Position wie ich, allerdings im
Wirtschaftsministerium.«

»Wie heißt sie?«, fragte Annika.

»Angela Sisulu.«

Angela Sisulu. Das klang wie ein Lied.

»Ist sie mit Walter Sisulu verwandt?«, fragte Schyman.

»Entfernt.«

Annika atmete mit offenem Mund. Sie wussten alles und
konnten alles. Und sie konnte nichts.

»Wer ist Walter Sisulu?«, fragte sie.

»Ein ANC-Aktivist«, sagte Halenius. »Nelson Mandelas rechte
Hand, könnte man sagen. Er wurde gemeinsam mit Mandela im
Rivonia-Prozess '64 verurteilt und hat all die Jahre mit ihm auf
Robben Island gesessen. Beim ersten legalen Kongress des ANC
'91 wurde er zum Vize-Präsidenten gewählt. Er ist 2003 gestor-
ben.«

Schyman nickte, und seine selbstgefällige Kopfbewegung traf
sie unmittelbar in ihrem angeknacksten Selbstbewusstsein. Weder wusste sie alle alten ANC-Führer auswendig, noch hatte sie
in Nairobi ihren Doktor gemacht. Sie war auch nicht in Soweto
aufgewachsen, sondern hatte mit Mühe das Journalistik-Stu-
dium an der Universität in Stockholm geschafft und war in der
Tattarbacken in Hälleforsnäs aufgewachsen. Sie saßen hier in
ihrem von Kinderhänden bekleckerten Wohnzimmer und
unterhielten sich allgemein und hypothetisch über Geiselnahmen. Aber all das war doch real, es war wirklich passiert, ihre
Familie war betroffen, und sie konnte nichts tun.

»Was wollen Sie eigentlich?«, fragte sie Anders Schyman. »Worüber wollten Sie mit mir sprechen?«

Er wandte sich ihr zu.

»Ich habe mit dem Vorstandsvorsitzenden über Ihre Situation gesprochen und grünes Licht bekommen, Ihnen zu helfen. Wenn ich es richtig verstanden habe, kommt man in solchen Fällen nicht um ein Lösegeld herum, und darum will die Zeitung Ihnen einen Deal vorschlagen, der Sie in die Lage versetzt, das Lösegeld zu zahlen und Thomas nach Hause zu holen.«

Sie öffnete den Mund, fand aber keine Worte. Stumm schloss sie ihn wieder. Wollte die Zeitung anbieten, für sie zu zahlen?

»Wie viel denn?«, brachte sie hervor.

»So viel, wie verlangt wird«, antwortete Schyman einfach.

»Sie wollen vierzig Millionen Dollar«, sagte Annika und erntete einen scharfen Blick von Halenius.

Sie biss sich auf die Lippe. Sie durfte ja keine Details der Verhandlungen nach außen tragen.

Schyman wurde leicht blass.

»Wenn wir es schaffen, über das Lösegeld mit ihnen zu verhandeln, wird die Summe beträchtlich geringer ausfallen«, sagte der Staatssekretär. »Ich muss Sie allerdings bitten, diese Information nicht weiterzugeben.«

Schyman nickte wieder.

»Und was soll ich dafür tun?«, fragte Annika.

»Das *Abendblatt* bekommt die Exklusivrechte an der Story«, sagte Schyman. »Entweder Sie schreiben und filmen selbst, oder Sie suchen sich einen Reporter aus, der die ganze Zeit an Ihrer Seite bleibt. Hinter den Kulissen, während der Verhandlungen, vielleicht auch in Afrika, wenn das nötig ist. Für den Fall, dass das Leben oder die Gesundheit anderer Leute in Gefahr gerät, können wir das natürlich auslassen, aber ansonsten soll es eine Dokumentation aller Ereignisse werden. Tränen, Sehnsucht, Schmerzen, Erleichterung und Freude.«

Sie lehnte sich auf dem Sofa zurück. Natürlich. Das hätte sie sich gleich denken können. Vielleicht lag es daran, dass sie nichts gegessen hatte, aber plötzlich merkte sie, wie übel ihr war.

»Muss ich auch ein Blog schreiben?«, fragte sie. »Ich könnte ›Geisel-Mama‹ heißen. Ein Fotoblog vielleicht?«

Sie stand auf, und Kaffee schwappte über den Couchtisch.

»Ich könnte jeden Tag ein Foto von den Kindern machen und zeigen, wie sie vor lauter Sehnsucht nach ihrem Papa immer dünner werden. Ich könnte beschreiben, wie sehr es mir in den Nächten fehlt, ein bisschen zu vögeln. Heißt es nicht, *sex sells*? Oder vielleicht besser ein Modeblog – die trendigsten Trauerkleider? Sind nicht Modeblogs am allerbeliebtesten?«

Sie ging zum Flur, fiel über Kalles Spielkonsole, blind vor beißenden Tränen. Schyman hob die Arme.

»Annika …«

Sie steuerte aufs Bad zu, riss die Tür auf, stolperte über die Schwelle, aber irgendwie gelang es ihr, die Tür hinter sich zuzumachen und abzuschließen. Dann stand sie vollkommen regungslos in der Finsternis und spürte, wie ihr Pulsschlag den gesamten Raum erfüllte.

»Annika …«, sagte Schyman und klopfte an die Tür.

»Gehen Sie«, sagte sie.

»Überlegen Sie es sich«, sagte der Chefredakteur. »Das ist bloß ein Angebot. Kein wie auch immer gearteter Zwang.«

Sie antwortete nicht.

※

Jeder Atemzug des Dänen zischte und rasselte, pfiff und gurgelte. Sein Rumpf hob und senkte sich unregelmäßig zuckend. Obwohl er unmittelbar neben mir lag, konnte ich seine Gesichtszüge nicht erkennen. Hier war es noch dunkler als in der letzten Hütte. Kein Fenster oder irgendeine andere Öffnung, das einzige Licht drang durch Risse und undichte Stellen im Blech. Die Tür hob sich wie ein blendendes Viereck vom Licht draußen ab. Eigentlich war es auch gar keine Tür, sondern nur ein Blech, das vor die Öffnung gestellt und mit einer Art Pfahl und ein paar Steinblöcken an Ort und Stelle gehalten wurde.

Mir war es geglückt, eine Position zu finden, in der ich nicht auf den Händen liegen und dennoch das Gesicht nicht auf die

Erde drücken musste. Mein Kopf lag auf einem Stein, den ich zufällig gefunden hatte. Ich verteilte mein Körpergewicht auf die rechte Schulter und das linke Knie, eine vornübergebeugte Seitenlage könnte man sagen, allerdings mit nach hinten gebundenen Händen und Füßen.

Ich hatte mich nicht noch einmal erleichtern müssen, an und für sich war das ein Trost, aber vermutlich nicht besonders gut, da es hauptsächlich darauf zurückzuführen war, dass ich weder Essen noch Wasser bekommen hatte. Mein Geisteszustand erschien mir leicht und flüchtig, ich glaube, die Ohnmacht kam und ging.

Der Spanier und der Rumäne bewegten sich nicht. Vielleicht schliefen sie. Die Hitze flimmerte innerhalb der Blechwände. Am Gaumen der Geschmack von Sand. Keiner von uns hatte den Franzosen erwähnt.

Ich dachte an Catherine, die zusammen mit der Deutschen in der anderen Hütte lag, jetzt hatte sie niemanden, bei dem sie sich anlehnen konnte, jetzt war sie vollkommen allein, oder war sie das sowieso schon die ganze Zeit gewesen? Eine große Stütze war ich wohl kaum.

In meinen Augen brannten Tränen, nicht nur wegen der Erde und des Sandes.

Annikas Bild schwebte in der Dunkelheit vor mir, sie schien so nah zu sein, sie lächelte mich an, wie sie es tat, wenn sie mich wirklich wahrnahm, so nah und verletzlich, dieses zögernde Lächeln, als ob sie bezweifelte, ein Anrecht auf Freude zu haben, als ob sie kein Existenzrecht hätte. Es fällt schwer, es ihr zu glauben, aber sie ist sehr scheu, und ich bin so herzlos gewesen, ich bin so gemein gewesen, ich habe gesehen, wie sehr ich sie verletzt habe, und das hat mich wütend gemacht und aufgebracht. Sie schafft es, dass ich mich ertappt fühle. Erwischt. Ich kann ihr gegenüberstehen, und sie schaut direkt in die Ewigkeit hinter mir. Sie hat das merkwürdige Talent, Menschen zu durchschauen, ihre Schwächen zu erkennen, und passt sich trotzdem an. Das kann anstrengend sein oder sogar peinlich. Ich sage nicht, dass ich deshalb zu anderen Frauen gegangen bin, damit würde ich die Schuld nur auf sie schieben, und das will ich nicht. Aber diese Frauen (viele sind es nicht, aber das ist keine Entschuldigung), was haben sie mir eigentlich gegeben? Bestätigung, in gewisser Weise. Zerstreuung. Adrenalin, Beuteglück und einen faden Nachgeschmack. Für einen kurzen Moment haben sie mich wahrgenommen, aber nicht wirklich.

Was stimmt nicht mit mir?

Warum verletze ich die, die ich am meisten liebe?

*

Polternd und mit Schnee an den Schuhen kamen Berit und die Kinder wieder.

Annika hatte Kabeljaueintopf mit Krabben, Sahne, Dill und Weißwein gemacht, dazu Reis. Das war zwar nicht Kalles Lieblingsessen, aber er aß es, wenn er die Krabben aussortieren durfte.

Halenius aß im Schlafzimmer (der Entführungszentrale), aber Berit saß mit ihnen am Küchentisch. Die Kinder erzählten vom Schnee und den Schlitten und wie merkwürdig es war, an einem ganz normalen Freitag nicht in der Schule zu sein. Gegen Ende der Mahlzeit, als sie alle auf Ellen warteten, verstummte Kalle und versank in sich selbst, wie er es gelegentlich tat.

»Was ist los, kleiner Mann?«, fragte Annika.

»Ich muss an Papa denken«, sagte Kalle.

Sie nahm ihn auf den Schoß, den großen Jungen, und wiegte ihn, bis Ellen ihren Teller auf die Anrichte gestellt hatte. Dann machte Kalle sich los, um ins Kinderzimmer zu gehen und einen Film zu gucken – ein unbestreitbarer Luxus an einem Freitagnachmittag, ungeachtet der Umstände.

»Hast du Zeit gehabt, mal einen Blick in die Zeitungen zu werfen?«, fragte Berit und spülte den Fischtopf unter heißem Wasser ab.

»Ich bin mir nicht sicher, ob ich das will«, sagte Annika.

»Ich habe über die Frau an der Kita in Axelsberg geschrieben. Hab gestern Abend einen redseligen Ermittler zu fassen bekommen.«

117

»Haben sie inzwischen den Vater festgenommen?«

»Scheint so, als hätte er ein Alibi. Er arbeitet bei einem Fuhr-unternehmen mit Stempeluhr. Er war den ganzen Vormittag in Upplands-Väsby unterwegs.«

»Sagt er«, sagte Annika.

»Seine Angaben werden durch sein Handy bestätigt.«

Annika hob die Arme, vom Spüllappen spritzte Wasser aufs Küchenfenster.

»Jetzt mal ehrlich! Es ist ja wohl nicht besonders schwierig, sein Handy in das Auto von irgendjemand anderem zu legen. Auch nicht, dafür zu sorgen, dass das Handy keine Signale an den Netzbetreiber funkt, während man seine Exfrau ersticht.«

Berit füllte den Wasserkocher.

»Das sind Verschwörungstheorien.«

»Gar nicht«, sagte Annika. »Diebe und Mörder sind norma-lerweise ziemlich verrückt, aber wenn du losfährst, um jeman-den umzubringen, würdest du dann in dieser Zeit nicht auch dein Handy ausschalten?«

Berit verharrte bewegungslos, den Löffel voll Pulverkaffee in der Hand.

»Da sagst du was«, sagte sie.

Annika stellte den Kindern auf deren Fernseher »Findet Nemo« an (sie hatten ein fast neues, dickes Fernsehgerät, das Thomas ab-scheulich fand. Bei ihrer Rückkehr aus den USA hatte er einen Flachbildfernseher gekauft, und das dicke Monstrum war ins Kinderzimmer gewandert) und ging zurück in die Küche, hinter sich die hüpfende Schreibtischlampe von Pixar.

»Schyman hat mir einen Vorschlag gemacht«, sagte sie, ließ sich am Küchentisch nieder und zog ihren Kaffeebecher zu sich heran. »Die Zeitung will das Lösegeld bezahlen, wenn ich ihnen dafür die Exklusivrechte an der Geschichte einräume und dar-über schreibe.«

Berit nickte.

»Ich weiß. Er hat mich gebeten, dich dazu zu überreden. Wirst du es tun?«

Annika ließ den Blick über die Anrichte schweifen, dies war

118

ihr Verantwortungsbereich im Entführungsfall: die Küche und die Stromversorgung. Sie war für die Logistik zuständig, sollte sich darum kümmern, dass es Essen gab und Wasser und geladene Handys.

»So wie er es gesagt hat, klang es wie eine Bevorzugung. Als ob ich es wollen müsste, als ob ich etwas davon hätte, meine eigene Tragödie auszuschlachten.«

»Er wollte dir vielleicht nur helfen.«

»Ich habe nicht vor, da mitzumachen. Nie im Leben.«

»Wenn du willst, kann ich ja den Aufmacher schreiben.«

Sie lächelte Berit an.

»Das wäre wirklich der einzige Grund, doch zuzusagen. Trotzdem. Nein, danke.«

Annika hörte, wie auf der anderen Seite der Wand Halenius' Handy klingelte. Er nahm das Gespräch an und redete in gedämpftem Ton in einer Sprache, die wie Englisch klang, aber sie konnte keine einzelnen Worte ausmachen. Annika stand auf und stellte den Kaffeebecher auf die Anrichte. Er war fast unberührt.

»Setzen wir uns ins Wohnzimmer, von den Stühlen hier kriege ich noch ein Holzmuster am Hintern.«

Berit folgte ihr steifbeinig.

»Wem sagst du das. Hast du nicht mal daran gedacht, neue zu kaufen?«

»Sie stammen aus Thomas' Elternhaus.«

»Aha«, sagte Berit und folgte ihr zum Sofa.

Halenius' Stimme war im Wohnzimmer schwächer zu hören, aber Annika vernahm noch immer die englische Satzmelodie.

Sie machte es sich auf dem Sofa bequem und zog das *Abendblatt* aus dem Zeitungsstapel. Die Artikel über Thomas – sechs Seiten und der Mittelteil samt Fotos von ihr und den Kindern, herzlichen Dank auch, darum hatte sie nun wirklich nicht gebeten – überblätterte sie schnell.

»Nicht schlecht«, sagte Annika säuerlich, »wenn man bedenkt, dass es so gut wie keine Informationen gibt.«

Sie brachten einen Artikel über die Konferenz in Nairobi, über die Stadt Nairobi, über das Kenyatta International Conference Centre, einen Text über Frontex, über Thomas, über seine wichtige, wichtige, *wichtige* Arbeit, über Schwedens EU-Kommissarin, die für Frontex verantwortlich war, über das Video, das auf einem Server in Mogadischu ins Netz gestellt worden war, über die Stadt Mogadischu, über Somalia, über die Kämpfe in Somalia und eine Übersicht über andere bekannte Entführungsvideos. Das von Daniel Pearl wurde nicht erwähnt.

»Diese Elin Michnik ist ein richtiger Star geworden«, sagte Berit. »Die gesamte Jungensmannschaft am Desk bildet sich ein, sie wäre mit Adam Michnik von *Gazeta Wyborcza* verwandt, aber das ist sie gar nicht.«

Annika hatte keine Ahnung, was *Gazeta Wyborcza* war, und sie hatte auch nicht vor, das herauszufinden.

»Daniel Pearl hat sie jedenfalls vergessen«, sagte sie und blätterte weiter.

Der Artikel über die tote Mutter hinter der Kita füllte die ganze Seite fünfzehn und auf Seite sechzehn hatte Berit die drei anderen Frauenmorde, die sich im Laufe des Herbstes in Stockholm ereignet hatten, noch einmal unter die Lupe genommen.

»Glaubst du an die Serienmörder-Theorie?«, fragte Annika und hielt die Seite mit der Überschrift DREI TOTE FRAUEN – DREI STICHE IN DEN RÜCKEN in die Höhe.

Berit, die ihren Kaffee mit ins Wohnzimmer genommen hatte, trank einen kleinen Schluck und stellte den Becher auf dem Couchtisch ab.

»Kein Stück«, sagte sie. »Und die Überschrift ist ja auch nicht ganz korrekt. Eine der Frauen, das junge Mädchen vom Badestrand in Arninge, ist mit 54 Stichen ermordet worden. Von hinten, von der Seite und von vorn und sogar von unten. Sie hatte Stichwunden im Unterleib.«

In der Entführungszentrale (Schlafzimmer) hatte Halenius sein Gespräch beendet, und im Kinderzimmer war Nemo im Aquarium des Zahnarztes in Sydney gefangen.

Annika überflog den Artikel über die junge Migrantin.

»Ihr Verlobter sitzt noch immer in Untersuchungshaft«, sagte Berit. »Wenn sie ihn verurteilen, wird er abgeschoben. Er ist als Flüchtling nach Schweden gekommen, als er fünfzehn war, hat aber keine Aufenthaltserlaubnis erhalten. Als er ausgewiesen werden sollte, ist er aus dem Asylantenheim abgehauen und untergetaucht. Vier Jahre hat er sich versteckt gehalten, bis vor knapp einem Jahr die Verlobung mit seiner Cousine offiziell wurde.«

Das Festnetztelefon klingelte. Annika erstarrte von Kopf bis Zeh. Ihr Gehör war so geschärft, dass das Tropfen des Küchenwasserhahns in ihren Ohren hallte und sie mitbekam, wie Halenius auf dem Computer klickte und dann »Hallo« sagte. Annikas Herzschlag übertönte die Geräusche, und sie konnte nicht verstehen, was er sagte, nicht, welche Sprache er sprach, sie hörte nicht, dass er auflegte, sie sah ihn nur mit zerraufter Frisur ins Wohnzimmer kommen.

»Sophia Grenborg will Sie sprechen«, sagte er durch ihren dröhnenden Pulsschlag. »Ich habe gesagt, Sie rufen zurück.«

Er legte ihr einen Zettel mit einer Telefonnummer in den Schoß und ging zurück in die Entführungszentrale (würde sie jemals wieder dort schlafen können?).

Ihr Herzschlag verlangsamte sich, jedoch kaum wahrnehmbar. Nach den Entführern war Sophia Grenborg der letzte Mensch auf der Welt, mit dem Annika sprechen wollte.

Sie angelte nach ihrem Redaktionshandy, vierzehn versäumte Anrufe.

»Annika?«, sagte Thomas' ehemalige Bettgespielin mit brüchiger Stimme.

»Was zur Hölle willst du?«, fragte Annika. Das Adrenalin rauschte durch ihren Kopf.

Sophia Grenborg weinte in den Hörer.

»Ich bin so unglücklich«, stieß sie hervor.

Dass diese Schlampe es wagte!

»Tja, tut mir sehr leid.«

»Entschuldige, dass ich störe, aber ich muss einfach wissen, was passiert ist. Ist das wirklich wahr? Wurde er entführt? Haben sie ihn gefangen genommen? Weißt du, wo er ist?«

»Ja, es ist wahr. Nein, wir wissen nicht, wo er ist.«

Sie stand vom Sofa auf, sie konnte nicht sitzen bleiben.

»Gibt es sonst noch was?«

Sophia Grenborg schnäuzte sich und holte tief Atem.

»Ich weiß, dass du wütend auf mich bist«, sagte sie, »aber schließlich hast du doch gewonnen.«

Annika war irritiert. Sie hatte die nächste Beleidigung schon fast auf der Zunge, schluckte sie aber überrascht runter.

»Er hat sich für dich entschieden«, sagte Sophia. »Dich und die Kinder. Ich war unwichtig. Ich denke jeden Tag an ihn, aber ich glaube, er denkt nie an mich. Nie. Ich habe nicht einmal das Recht, unglücklich zu sein.«

Und dann weinte sie noch mehr.

Annika blinzelte. Berit betrachtete sie nachdenklich.

»Doch, das hast du«, sagte sie.

»Hast du Hilfe? Was sagen Thomas' Kollegen? Haben die etwas gehört? Hast du etwas gehört?«

Annika schielte hinüber zum Schlafzimmer.

»Wir haben nichts gehört«, log sie und fühlte sich eigenartig schuldig.

Es wurde still in der Leitung. Sophia Grenborg hatte aufgehört zu weinen.

»Entschuldige, dass ich angerufen habe«, sagte sie. »Ich wollte mich nicht aufdrängen.«

»Ist schon in Ordnung«, sagte Annika und spürte, dass sie es auch so meinte.

»Wie geht es den Kindern? Was sagen sie? Sind sie sehr durcheinander?«

Jetzt ging Sophia *Dumme Schlampe* Grenborg wirklich zu weit.

»Sie gucken einen Film. ›Findet Nemo‹«, sagte Annika.

»Gut«, sagte Sophia Grenborg.

Wieder wurde es still. Annika wartete. Sophia räusperte sich.

»Wenn ich irgendwas tun kann«, sagte sie. »Wenn ich irgendwie helfen kann, ganz praktisch …«

Möchtest du vielleicht eine Hypothek auf deine Scheiß-Villa

auf Östermalm aufnehmen und das Lösegeld bezahlen?, dachte Annika.

»Ruf mich nicht mehr auf der Festnetznummer an«, sagte Annika. »Ich will die Leitung frei halten, falls Thomas anruft.«

»Natürlich«, flüsterte Sophia Grenborg. »Entschuldigung. Grüß die Kinder von mir.«

Wohl kaum.

Annika drückte das Gespräch weg.

»Dich will man wirklich nicht zur Feindin haben«, sagte Berit.

»Wenn man mir nicht meinen Mann wegnimmt, bin ich lammfromm«, sagte Annika.

»Hm«, erwiderte Berit. »Aber die Kinder würde ich dir abnehmen. Und vielleicht übers Wochenende mit ihnen aufs Land fahren, damit ihr hier ein bisschen Spielraum habt, um alles zu regeln.«

Berit wohnte auf einem Pferdehof außerhalb von Norrtälje (obwohl sie keine Pferde außer dem ihres Nachbarn hatte, nur eine Labradorhündin, die auf den Namen Soraya hörte). Kalle und Ellen war schon oft dort draußen gewesen. Als vor ein paar Jahren ihre Villa auf Djursholm abgebrannt war, hatten sie alle dort sogar eine Weile im Gästehaus gewohnt.

Annika spürte, wie ihre Schultern sich entspannten und heruntersanken.

Und im Kinderzimmer hatten sich gerade Nemo und sein Vater im Meer vor Sydney wiedergefunden.

*

Die Mücken auf Gällnö waren groß und laut. Wie kleine infernalische Düsenjets drehten sie nachts in meinem Kinderzimmer ihre Runden, biiiiisssszzz biiiissssszzz biiiissssszzz machten sie, aber das war nicht schlimm, denn wenn es irgendwann still wurde, dann machte man Licht und ging auf Mückenjagd. Und ich war ein guter Mückenjäger, ich erschlug die Mücken mit ihren blutgefüllten Bäuchen, die auf der Rosentapete zentimetergroße Flecken hinterließen. Mama schimpfte immer mit mir und sagte, dass ich die Wände kaputtmachte, und natürlich hatte sie recht, mit der Zeit färbte sich die Tapete rund um mein Bett mehr und mehr rostrot. Hier in der Wellblechhütte waren deutlich mehr Mücken als in der anderen, sie waren viel kleiner als die auf Gällnö und vollkommen lautlos. Wie Staubkörner wirbelten sie durch die Dunkelheit und waren nur zu hören, wenn sie sich in den Gehörgang verirrten, was ein paar Mal vorkam. Ich spürte nicht, wenn sie mich stachen. Spürte es erst später, wenn die Stellen anschwollen und halb so groß wie Tennisbälle wurden. Es juckte unglaublich. Ich versuchte, mich an der Erde zu scheuern, so gut es ging, und das half auch ein wenig.

Mir war unwahrscheinlich warm, und ich schwitzte stark. Es war eine Hitze, die von innen kam und aus den Poren dampfte.

»Gibt es hier Malaria?«, fragte der Rumäne. »Ist das hier Malariagebiet?«

Ich wusste noch immer nicht, wie er hieß, aber ich konnte ihn jetzt auch nicht fragen, dann hätte ich ja eingestanden, dass ich seinen Namen nicht mitbekommen oder, noch schlimmer, vergessen hatte.

»Ja«, sagte der Spanier, »aber die hier drinnen sind keine Malariamücken. Anopheles sind nicht tagaktiv, nur in der Morgen- und Abenddämmerung und im Dunkeln. Aber es gibt hier Malaria. Nicht so häufig vielleicht, es ist ein bisschen zu trocken, aber die Wärme reicht aus. Es gibt hier Malaria …«

Unsere Stimmung hatte sich gebessert. Wir hatten wieder etwas gegessen, Ugali, und auch Wasser bekommen und salziges gekochtes Gemüse, das entfernt an Spinat erinnerte. Es schmeckte richtig gut, auch wenn das Wasser nicht sauber war. Nur der Däne wollte nichts essen. Er trank ein bisschen Wasser und lag dann sehr still da. Seine Atmung war leicht und flach und rasselte zu unserer Erleichterung nicht mehr so schlimm.

Einem nach dem anderen von uns hatten sie aufgeholfen, damit wir Darm und Blase in einen Eimer in der Ecke entleeren konnten, es brannte beim Pinkeln und roch scharf. Wie in einer stillen Übereinkunft schaute keiner der anderen zum Eimer hin, solange jemand dort war.

»Das ist doch ein Parasit?«, fragte der Rumäne. »Ist Malaria ein Parasit im Blut?«

»Plasmodium«, bestätigte der Spanier. »Die Krankheit ist ein ausgeklügeltes Wechselspiel zwischen der Mücke und dem Menschen. Sie wird über die Spucke der Mücke übertragen und kommt hauptsächlich südlich der Sahara in ganz Afrika vor.«

»Wie lange dauert es, bis man krank wird?«, fragte ich und dachte an den heißen Dampf, den ich in mir hatte.

»Eine halbe Stunde nach dem Stich hat sich der Parasit in der Leber eingenistet. Aber es dauert mindestens sechs Tage, bis sich Symptome zeigen, und manchmal auch deutlich länger, es kann bis zu Jahren dauern …«

»*Hakuna majadiliano*«, rief einer der Bewacher vor der Tür, ich vermute, dass es der Lange war.

Wir sahen uns an. Keiner wusste, was das bedeutete, und Catherine war nicht zum Übersetzen da. Es hörte sich fast an wie *hakuna matata*, war das nicht irgendein Disney-Lied? Die Kinder hatten diesen Film auf DVD, war es vielleicht »König der Löwen«? *Hakuna matata, diesen Spruch sag ich gern, hakuna matata, gilt stets als modern.* In der Hütte war es absolut ruhig, sogar der Atem des Dänen war geräuschlos. Alle lagen still in der Dunkelheit.

Dann hämmerte und kratzte es hinter der Tür, das Lichtviereck verschob sich, und das Blech wurde fortgenommen. Wie ein quadratmetergroßer Laserstrahl fiel die Sonne herein, ich war vollständig geblendet, aber ich hörte, wie mehrere Aufpasser in die Hütte kamen. »*Hiyo ni moja*«, sagten sie, »*kunykua naye kwamiguu.*« Und am Luftzug spürte ich, wie sie den Rumänen ergriffen, ihn an Beinen und Armen packten und zum Ausgang schleppten. Er wimmerte leise, vielleicht vor Schmerzen, vielleicht auch vor Angst.

Wir hatten nicht über den Franzosen gesprochen. Überhaupt nicht. Mit keinem Wort. Als wäre es nie passiert.

Und jetzt war auch der Rumäne weg, und ich wusste noch immer nicht, wie er hieß.

Sie setzten die Blechtür wieder an ihren Platz. Die Dunkelheit war zurück, größer und schwerer als zuvor.

Ein Fieberschauer jagte durch meinen Körper.

*

Anders Schyman kratzte sich am Schnurrbart.

Sie durften jetzt nicht nachlassen. Sie hatten zwei gute Storys, und es galt, an beiden dranzubleiben. Zum einen natürlich an der Entführungssache, aber auch an der Geschichte über den potentiellen Serientäter in den Stockholmer Randbezirken. Patrik hatte selbst ein paar alte Kontakte wiederbelebt und einen Polizisten ausfindig gemacht, der meinte, »es gebe Parallelen« zwischen den drei erstochenen Frauen: Es waren Frauen, sie wurden draußen erstochen, und sie stammten aus dem Großraum Stockholm. Das Gespräch mit dem Polizisten war aufgezeichnet und auf dem großen Sicherheitsserver der Zeitung gespeichert worden. Schyman hatte es sich angehört und konnte nicht beurteilen, ob der Polizist sarkastisch oder so beschränkt war, dass er es tatsächlich ernst meinte. In jedem Fall aber war diese Aussage eine Absicherung, in der morgigen Ausgabe eindeutiger von einem Serienmörder zu sprechen. Und wenn sich in dem Entführungsfall nichts Spektakuläres ereignete, war der hypothetische Serienmörder eine denkbare Alternative für die Titelstory.

Der Chefredakteur schlürfte ein Schlückchen Kaffee. Bis vier Uhr nachmittags trank er normalen Kaffee, dann musste er es entweder sein lassen oder zu entkoffeiniertem übergehen, sonst konnte er nachts nicht schlafen.

Die Fortsetzung der Entführungsstory stellte ein Problem dar. Es ließ sich nicht leugnen, dass sie mit der aktuellen Ausgabe ihr bestes Pulver verschossen hatten. Eigentlich blieb ihnen nichts anderes übrig, als dieselben Sachen noch einmal durchzukauen, nur in anderer Form. Das war an sich nicht ungewöhnlich oder besonders kompliziert, aber man brauchte einen Aufhänger, der die Sache aufpeppte, irgendeine Neuigkeit.

Selbstverständlich konnte er sich nicht auf sein ausführliches

Gespräch mit Halenius berufen, das war absolut tabu. Sehr oft wussten Journalisten viel, viel mehr als das, was in den Zeitungen stand oder über den Äther ging: Politikerfrauen, die wegen Betrugs verurteilt waren, Promis, die Drogen nahmen, endlose Polizeiermittlungen …

Bei einem seiner ersten Aufträge, als er in der Redaktion des *Norrlands Sozialdemokrat* in Älvsbyn eine Sommervertretung angenommen hatte, hatte er über die Jagd auf eine Bande von Bankschließfach-Räubern geschrieben, die dort oben am Waldrand ihr Unwesen trieben. Kurz nachdem sie die ersten Schließfächer in die Luft gesprengt hatten, waren in den Läden und Restaurants in Norrbotten Geldscheine aufgetaucht, die merkwürdig verfärbt waren und unangenehm rochen. Das war allerdings nicht auf eine Farbpatrone in den Schließfächern zurückzuführen, sondern auf etwas ganz anderes. Die Polizei stand vor einem Rätsel, und dabei war das erst der Anfang. In den darauffolgenden Monaten wurden überall in Europa große Mengen brauner und stinkender schwedischer Banknoten entdeckt, unter anderem in Griechenland. Es dauerte beinahe ein Jahr, bis die Polizei in diesem Fall ihre Ermittlungen abschließen konnte. Aber am Ende hatte man es geschafft, die Ereignisse nachzuvollziehen: Die Schließfachsprenger, eine Gruppe, die der Polizei bereits bekannt war, hatten das Geld in Tierkadavern aufbewahrt, bevor sie es unter die Leute brachten. Die Farbe und der Gestank stammten von Blut und Körpersäften. Gegen das Versprechen, erst zu einem angemessenen Zeitpunkt über die Sache zu berichten, wurde der junge Reporter Anders Schyman während der Ermittlungen laufend informiert. Doch dieser Zeitpunkt kam nie. Die Geschichte kam nie an die Öffentlichkeit, weder durch ihn noch durch jemand anderen. Warum er so loyal gewesen war? Und warum wollte die Polizei nicht, dass er darüber berichtete? Wollten sie vertuschen, dass sie im Dunkeln getappt waren? Waren sie das? Falls ja, wieso? Weil sie die Räuber nie dingfest gemacht hatten?

Er schüttelte den Kopf. Warum in drei Teufels Namen kam ihm diese Geschichte ausgerechnet jetzt in den Sinn?

Er widmete sich wieder der Themenliste (oder dem Wunschzettel) der Redaktion für die morgige Ausgabe. Da waren natürlich die Geschichten über die weiteren Geiseln, die übrigen Teilnehmer der EU-Delegation, aber entführte Ausländer waren für die Leser des *Abendblatts* ungefähr so interessant wie aufgewärmter Haferbrei. Lediglich wenn einer der Ausländer starb, war das eine Titelseite wert, und dann auch nur in der Fragestellung, was dem armen Thomas Samuelsson drohte, dem Mann, auf dessen breiten Schultern die Sicherheit Europas ruhte.

Anders Schyman verschaffte sich einen Überblick über die Berichterstattung der anderen europäischen Medien. Vielleicht ließ sich aus der Geschichte von der Frau des Rumänen etwas zusammenstricken. Sie hatte sich zu einem Foto bereit erklärt, das nun über eine Bildagentur in Paris angeboten wurde. Man könnte es veröffentlichen und so tun, als handele es sich um Annika, bis die Leute dann die Bildunterzeile gelesen hatten. Darüber eine schmissige Überschrift, und schon hatte man die Innenseiten komplett.

Er schaute auf seine Armbanduhr.

Bis zur Deadline hatten sie noch ein paar Stunden, aber Schyman glaubte nicht an Wunder. Jetzt mussten sie dafür sorgen, dass sich etwas tat. Er trank seinen Kaffee aus, stand auf und ging zum Newsdesk.

*

Als sie auf den Bürgersteig hinaustrat, schnappte Annika nach Luft. Es war schneidend kalt. Der Himmel war tiefblau und vollkommen klar, und die Sonne verschwand langsam hinter dem Amtsgericht. Zwischen den Häusern herrschte schon Zwielicht.

Der Schnee knarzte unter ihren Schuhsohlen. Die Mütze juckte. Die Straßen waren noch immer nicht geräumt.

Die Filiale der Handelsbank war nur zwei Blocks von ihrer Wohnung entfernt, in der Fleminggatan, wo die Kinder in die Kita gegangen waren.

Ihr Konto war erst ein paar Jahre alt, und sie war nicht mehr in der Bank gewesen, seit sie es eröffnet hatte. Jetzt hatte sie für

15.15 Uhr einen Beratungstermin für eine private Vermögensplanung vereinbart. Anfangs hatte die Frau am Telefon sie ziemlich von oben herab behandelt und erklärt, man habe so kurzfristig keine Termine frei. »Na so etwas«, sagte Annika daraufhin.
»Dann muss ich mein Geld wohl zu einer Bank bringen, die
einen Termin mit mir machen kann«, und plötzlich wurde ihr
15.15 Uhr vorgeschlagen.

Die Einsicht, dass sie als Mensch keinen Deut wert war, ihr
fettes Sparkonto sie hingegen in der Beratungsschlange ganz
weit nach vorn brachte, ließ sie die Zähne zusammenbeißen.

Ich darf mich nicht zu laut beschweren, dachte Annika. Denn
wer hatte das verdammte Konto schließlich ins Spiel gebracht?
Und wer hatte es der armen Finanzberatertante um die Ohren
gehauen? Auf dem geräumten Fußweg auf der Rückseite des
Rathauses rutschte sie aus und wäre beinahe hingefallen. Es gab
einen kräftigen Ruck in der rechten Leiste.

Sie blieb stehen, bis der Schmerz allmählich verschwand, ihr
Atem stand wie eine Wolke um sie herum.

Woher kam all diese Wut? Warum war sie so ungerecht? Warum fasste sie Schymans Angebot als Beleidigung auf? Warum
wollte sie eine Tussi von der Handelsbank ermorden, die an einem Freitagnachmittag einfach nur müde war und keine Lust
auf einen weiteren Idioten und dessen private Vermögensplanung
hatte?

Sie zog ihren Handschuh aus und legte die Hand über die
Augen.

Sie durfte die Kontrolle nicht verlieren, sonst würde sie ka-
puttgehen.

Sie hatten noch immer nichts Neues gehört.

Halenius stand mit den Angehörigen und Arbeitgebern der
anderen Opfer in ständigem Austausch, aber es hatte keine weiteren Kontaktaufnahmen gegeben.

Aus ihren Fingern wich in der Kälte langsam das Gefühl. Sie
zog den Handschuh wieder an und ging vorsichtig weiter. Nach
wenigen Schritten blieb sie abrupt stehen. Plötzlich hatte sie
deutlich das Gefühl, beobachtet zu werden. Sie fuhr herum und

schaute sich um: der Eingang zur U-Bahn, Hausfassaden, die Einfahrt in ein Parkhaus, Baubaracken, parkende Autos, ein älteres Paar, das aus einem Café an der Ecke kam. Niemand sah zu ihr her. Niemand. Niemand. Niemand kümmerte sich um sie.

Sie schluckte und ging weiter zur Fleminggatan.

Die Bank lag an der vielbefahrenen Kreuzung von Scheelegatan und Fleminggatan, ein flaches braunes Backsteingebäude mit orangefarbenen Markisen. Ein Kandidat mit guten Chancen auf die Auszeichnung als »Stockholms scheußlichste Immobilie«.

Der Berater für private Vermögensplanung war ein Mann. Die Schnepfe am Telefon war wahrscheinlich nur die Telefonistin, oder sie wollte nichts mit Annika zu tun haben.

Annika konnte ihr keinen Vorwurf machen, nicht in Anbetracht ihrer heutigen Gefühlslage. Sie nahmen in einem Séparée in der großen Bürolandschaft Platz. Einen Kaffee lehnte Annika dankend ab, aber sie nahm das Angebot von einem Glas Wasser an, das der Mann ihr aus einem Spender holte.

Anscheinend waren nicht viele Kunden in der Bank, doch umso mehr Angestellte. Überall um sie herum saßen Leute in gutgebügelten Anzügen und Kostümen, die mit leisen Stimmen in ihre Headsets sprachen. Sie tippten sehr diskret auf ihren Computern herum, und gelegentlich stand jemand mit einem Blatt Papier in der Hand auf und bewegte sich vorsichtig auf hohen Absätzen oder mit leicht schwingendem Schlips zwischen den ziemlich schwer beladenen Schreibtischen hindurch.

»Es geht um einen Kredit, wenn ich das richtig verstanden habe«, sagte der Banker und stellte ihr einen Plastikbecher mit Wasser hin.

Er setzte sich auf die andere Seite des Schreibtisches und sah sie aus müden Augen an.

»Hm«, sagte Annika. »Ja. Eventuell.«

»Sie haben doch eine ganz ansehnliche Summe auf Ihrem Sparkonto«, sagte der Mann.

Sie studierte seinen Gesichtsausdruck, erkannte er sie wieder? Begriff er, dass sie die arme Frau war, deren Mann von Gangstern in Liboi, an der Grenze zwischen Kenia und Somalia, entführt worden war? Kapierte er, dass es hier um das Lösegeld ging?

Nein, nicht einmal ansatzweise.

»Ja«, sagte Annika, »ich bin mir über das Konto im Klaren. Es geht jetzt um ein Darlehen darüber hinaus.«

Der Mann räusperte sich und klickte auf seinem Computer.

»Außer Ihrem Sparkonto verfügen Sie ja auch noch über ein Girokonto mit Dispositionskredit«, sagte er. »Damit haben Sie einen gewissen Spielraum, falls unerwartete Ausgaben auf Sie zukommen. Eine kaputte Spülmaschine oder wenn Sie Ihr Sofa nicht mehr mögen … Meinen Sie, das reicht nicht aus?«

»Es geht um einen größeren Kredit«, sagte sie.

Er nickte.

»Dann schauen wir stattdessen doch mal hier drüben … Wir bieten einen Privatkredit für größere Anschaffungen an, Hausrenovierungen, eine neue Heizungstherme, Ausbaumaßnahmen …«

»Wie viel könnte ich aufnehmen?«, fragte sie.

»Das hängt ganz davon ab, was Sie uns als Sicherheit für den Kredit bieten können, Pfandbriefe, eine Immobilie, vielleicht kann jemand für Sie bürgen …«

Sie schüttelte den Kopf.

»Kein Bürge«, sagte sie, »und keine Immobilie. Nicht mehr. Wie viel kann ich dann bekommen?«

Der Mann schaute weiter auf seinen Bildschirm. Sein Gesicht war vollkommen ausdruckslos. Er las konzentriert. Das Personal schwebte um sie herum wie Fische, aus dem Augenwinkel schielte sie zu den Leuten hinüber.

Hier lebten sie ihre Leben. Sie kamen jeden Tag her und saßen viele Stunden an ihren Schreibtischen, legten ihre Papierchen von hier nach da und tippten auf ihren Computern herum, und wenn die Sonne längst hinter dem Amtsgericht verschwunden war, gingen sie hinunter in die U-Bahn und fuhren nach Hause, in irgendeine Wohnung außerhalb des Zentrums, und dann guckten sie die Nachrichten und »Let's Dance«, und vielleicht legten sie die Füße auf den Couchtisch, weil sie nach einem Tag,

an dem sie die ganze Zeit so vorsichtig über den harten Bankfuß-
boden getrippelt waren, so unglaublich weh taten. Diese Leute
musste man nicht mehr entführen, sie waren längst auf Lebens-
zeit eingesperrt, von Kopf bis Fuß gefangen in Konventionen
und Erwartungen und fruchtlosen Bemühungen …

»Dann hätten wir da noch unseren Freizeitkredit«, sagte der
Banker. »Bis zu 300 000 Kronen mit einer Kreditgarantie bis zu
vierundzwanzig Stunden. Vielleicht passt das besser für Sie, wenn
Sie beispielsweise ein Auto kaufen wollen oder ein Freizeitboot.
Dann können Sie das, was Sie kaufen, als Sicherheit bieten, und
der Zinssatz wird dann von uns hier in der Filiale individuell für
Sie angepasst. Sie füllen den Antrag aus, wir machen eine Boni-
tätsprüfung, Sie und der Verkäufer unterschreiben den Vertrag
für das Auto oder das Boot oder was auch immer Sie kaufen
wollen, und der Verkäufer bekommt das Geld auf sein Konto,
sobald er uns Ihren unterschriebenen Vertrag geschickt hat …«

Annika spürte, wie die Wände auf sie zukamen und sich um
sie herum schlossen. Sie griff nach dem Wasser und trank, es
schmeckte nach Geld und Schimmel und half nicht, es half nicht,
sie fiel und fiel.

»Und dann gibt es noch den Direktkredit. Bis zu 150 000 Kronen ohne Sicherheit, mit einer Kreditgarantie von …«

»Entschuldigen Sie«, sagte sie und stand auf. Der Stuhl
quietschte über den Bankboden. »Verzeihung, aber ich muss
mir die Sache noch mal überlegen, danke. Entschuldigung …«

Der Mann erhob sich halb hinter seinem Schreibtisch und
sagte etwas, aber sie stolperte schon aus der Bank und landete
wieder auf dem breiten Bürgersteig, an dem die Autos vorbei-
rasten, von der Barnhusbrücke zum Kungsholmstorg oder vom
Fridhelmsplan zum Hauptbahnhof und in die Stockholmer
City, sie versteckten Annika und verbargen sie mit ihren brül-
lenden Motoren und kreischenden Bremsen vor der Welt, und
Annika sog die eiskalten Abgase tief in ihre Lungen und merkte,
wie der Boden zur Ruhe kam.

Es war fast schon dunkel.

Als seinerzeit der Konsum Rådhuset an der Ecke Kungsholms-gatan-Scheelgatan seine Pforten öffnete, war Annika vom Service, Standard und Sortiment dort beeindruckt gewesen. Ihre Mutter war Kassiererin im Konsum in Hälleforsnäs (na ja, sie sprang gelegentlich ein und verdiente sich ein wenig dazu), und Annika meinte, sich mit dem Einzelhandel ein bisschen auszukennen, und der Konsum hier war ein Musterladen. War er nicht sogar mal zum »Geschäft des Jahres« auserkoren gewesen?

Seither war es nur noch bergab gegangen.

Die automatischen Türen glitten mit einem Stöhnen auseinander, und sie betrat den schneematschigen Eingang. Sie bog nach rechts ab, nahm sich einen Einkaufswagen und schaute geradewegs auf ein großes Plakat über der Gemüsetheke: Gurken, schwedisch, ergeben ein gutes Aioli! 19,90/Kilo.

Das war bezeichnend. Vielleicht konnten sie Tsatsiki nicht buchstabieren. Sie ließ den Blick über das Obst und Gemüse gleiten und versuchte, sich das Innere ihres Kühlschranks vorzustellen. Sie sah Leberwurst und Joghurt und Eier, aber das Milchfach war alarmierend leer, und Sahne und Himbeeren fehlten auch.

Was sollten sie heute Abend essen? Die Kinder waren ja mit zu Berit gefahren, aber sie und Halenius mussten doch auch etwas essen. Schließlich war sie die Logistikerin, sie trug die Verantwortung für Verpflegung und aufgeladene Handys.

Sie kannte die Regale in- und auswendig, fuhr mit ihrem quietschenden Einkaufswagen an Babywindeln und Hundefutter, Weihnachtskarten und Gefriertruhen vorbei. Sie kaufte ein Schweinefilet und Broccoli und Rucola und Cherrytomaten und französischen Ziegenkäse und Himbeer-Balsamicoessig. Karotten und neue Batterien in verschiedenen Größen und löslichen Kaffee und Textmarker.

An der Kasse fiel ihr auf, dass die Karotten schimmelig waren, und sie bat darum, sie umtauschen zu dürfen.

»Die sind bio«, sagte der Junge an der Kasse, als ob das die Sache besser machte.

Sie überprüfte die Cherrytomaten und tauschte sie ebenfalls um.

»Ich hoffe, das mit Ihrem Mann kommt in Ordnung«, sagte der Kassierer.

Sie zog sich die Mütze tiefer über die Ohren.

Die Tüten waren schwer, obwohl sie sich zurückgehalten hatte. Sie musste vorsichtig gehen, die Bürgersteige waren glatt. Das Gewicht fühlte sich in Armen und Schultern gut an, die schweren Einkaufstüten verliehen ihr eine Stabilität, die sie am Boden hielt.

Sie war im Rücken ganz verschwitzt, als sie die Wohnungstür in der Agnegatan aufstieß.

»Eigentlich ist der Scheiß-ICA am Kungsholmstorg näher«, sagte sie keuchend zu Halenius, der ihr im Flur entgegenkam, »aber ich weigere mich einfach, dort einzukaufen. Der Konsum am Rathaus ist zwar auch mies, aber die tun wenigstens nicht so, als wären sie ein Delikatessenladen für die Oberschicht …«

Als sie seinen Blick auffing, hielt sie inne, ihre Hände ließen die Griffe der Einkaufstüten los.

»Was?«, fragte sie.

»Nicht Thomas«, sagte Halenius, »aber ich habe schlechte Nachrichten von einer der anderen Geiseln.«

Annika hielt sich am Türrahmen fest.

»Wer?«

»Der Franzose. Kommen Sie erst mal rein und machen Sie die Tür zu. Geben Sie mir die Tüten. Wollen Sie Kaffee?«

Sie schüttelte den Kopf.

»Setzen Sie sich ins Wohnzimmer«, sagte er.

Annika zog ihren Mantel aus und tat, was er gesagt hatte.

Er hatte die Lämpchen im Fenster angemacht, und der Fernseher lief ohne Ton, Nachrichten in Gebärdensprache. Ein Panzer fuhr durch das Bild, vielleicht ging es in dem Beitrag um Libyen oder Afghanistan oder die Kämpfe im Jemen.

Sie setzte sich aufs Sofa. Halenius betrat das Zimmer mit einem Kaffeebecher in der Hand und setzte sich neben sie.

»Sébastien Magurie wurde tot aufgefunden«, sagte er.

Hatte Thomas den französischen EU-Parlamentarier irgendwann mal erwähnt? Er erzählte immer viel von den anderen Teilnehmern bei seinen Konferenzen, wenn er zu Hause anrief

134

(aber nie von den jungen und schönen Frauen), und das ging Annika meistens auf die Nerven. Was interessierte sie denn ein dünkelhafter Belgier oder ein brillanter Este?

»Thomas konnte ihn nicht leiden«, sagte Annika.

»Er lag in einer Straße in Mogadischu. In der Botschaft von Dschibuti ging ein Anruf ein, in dem mitgeteilt wurde, wo die Leiche lag.«

Dschibuti?

»Das Nachbarland nördlich von Somalia. Ich glaube, sie sind die einzige Nation der Welt, die in diesen Tagen noch eine Botschaft in Mogadischu offen hält. Die Botschaften des Westens sind verlassen und verfallen langsam, aber sicher. Schwedens Botschafter in Somalia sitzt in Nairobi.«

»Wie ist er ums Leben gekommen?«

Halenius zögerte, und sie stand auf, ohne eine Antwort abzuwarten.

»Annika …«, sagte er.

»Sie machen das immer so«, sagte sie und stolperte rückwärts. »Sie werden immer so still, wenn Sie etwas richtig Unangenehmes sagen müssen. Ich bin kein Porzellanpüppchen.«

Halenius blieb auf dem Sofa zurückgelehnt sitzen. Sein rechter Arm lag ausgestreckt auf der Rückenlehne.

»Die Leiche wurde in einem Müllsack auf der Straße gefunden, unmittelbar neben dem Gebäude, in dem früher die französische Botschaft war. Es liegt in der Nähe des Hafens im alten Teil von Mogadischu, offenbar ist die Gegend inzwischen völlig verwaist. Es sind nur ein paar Kilometer bis zu Dschibuti …«

»Sie haben meine Frage nicht beantwortet. Wie ist er ums Leben gekommen?«

Er holte tief Luft und seufzte auf.

»Vermutlich mit der Machete. Sein Körper war zerstückelt. Es ist noch nicht hundertprozentig sicher, dass es sich wirklich um den Franzosen handelt, aber alles deutet darauf hin.«

»Weil …?«

»Die Reste der Kleidung, die in dem Sack war, entsprechen der Beschreibung der Kleider, die er trug, als die Gruppe verschwand. Sein Ehering steckte noch an einer Hand. Und eine Blinddarmnarbe am Rumpf stimmt mit seiner Krankenakte überein.«

»Aber …?«

»Der Kopf fehlt.«

Sie sank auf das Sofa, keine Luft in den Lungen.

»Das verkompliziert die Lage«, sagte Halenius. »Alles deutet darauf hin, dass es sich doch um eine politisch motivierte Entführung handelt. Die Ehefrau des Franzosen war im Begriff, das Lösegeld von vierzig Millionen Dollar bereitzustellen, aber die Banditen wollten offenbar nicht warten. Und vermutlich befinden sich die übrigen Geiseln auch in Somalia und nicht in Kenia, was die Sache für uns zusätzlich erschwert. Kenia ist ein funktionierender Staat, Somalia ist eine Räuberhöhle …«

Annika schaute in das Halbdunkel im Wohnzimmer, betrachtete die warme Dekorationsbeleuchtung, die DVDs im Regal neben dem Fernseher, die Bücher, die sich vor der Heizung stapelten.

»Wie war er denn zerstückelt?«, fragte sie. »Und warum?«

Halenius sah sie forschend an.

»Arme, Beine, Rumpf«, sagte er.

»Bei Zerstückelungsmorden wird die Leiche meistens so zerteilt, dass der Mörder sie entsorgen kann, ohne aufzufallen«, sagte Annika. »Das ist hier wohl kaum der Fall.«

Halenius runzelte die Stirn.

»Wie meinen Sie das?«

»Warum hacken sie ihn also in Stücke? Deutet das nicht auf eine wahnsinnige Gewalt hin? Auf ungeheure Aggression?«

»Wer weiß, was diese Irren antreibt?«

»Wenn es normale Irre sind«, sagte Annika, » Irre wie die, die hier in Schweden Leute umbringen, bedeutet eine derartige Gewaltsamkeit üblicherweise, dass der Mörder von sehr persönlichen Motiven angetrieben ist. War der Franzose schon mal in Kenia?«

Halenius schüttelte den Kopf.

»Bevor er die politische Laufbahn einschlug, war er im Kernkraftwerk in Agen beschäftigt. Er ist vorher so gut wie nie im Ausland gewesen.«

Vielleicht mochte der Mörder keine Kernkraftwerke, dachte Annika, sagte aber nichts.

»Dass die Frau eines Angestellten in der Lage ist, vierzig Millionen Dollar aufzutreiben, ist ja nicht besonders realistisch«, erwiderte sie stattdessen. »Vielleicht haben die Entführer das eingesehen und beschlossen, nicht mit ihr zu verhandeln.«

Halenius schüttelte den Kopf.

»Dann hätten sie ihn nicht so schnell umgebracht«, sagte er.

Annika richtete sich auf dem Sofa auf.

»Haben die Entführer nicht sieben Geiseln in ihrer Gewalt? Vielleicht haben sie einen von ihnen geopfert, um die anderen unter Druck zu setzen? Vielleicht betrachten sie es als eine kluge Investition – wenn sie einen von ihnen spektakulär hinrichten, gehen die restlichen Verhandlungen schneller und besser über die Bühne.«

Halenius sah sie abwartend an.

»Sonst hätten sie doch nicht die Botschaft von Dschibuti angerufen und die Leiche erwähnt«, sagte Annika. »Sie wollten, dass man ihn findet, dass er zerstückelt wurde, der Anruf, all das erfüllt einen Zweck. Sie wollen uns etwas mitteilen. Und sie haben den Sack vor der ehemaligen französischen Botschaft abgeladen …«

Sie stand auf.

»Was hat der Mann mit dem Turban in dem Video genau gesagt? Dass Frontex und die Schutzzölle abgeschafft und die Grenzen geöffnet werden müssen? Spielt Frankreich eine besonders aktive Rolle bei Frontex?«

»Die Franzosen haben einen Präsidenten, der sagt, sie würden den Dreck von den Straßen fegen. Was im Klartext heißt, die Immigranten rauswerfen, und sie haben Le Pen, dessen Wahlkampf von rassistischer Ideologie getragen wird. Aber die Mittelmeerstaaten waren alle ungefähr gleich aktiv.«

»Und das Frontex-Hauptquartier ist in Warschau, das kann also auch nicht der Grund sein«, überlegte Annika laut und ging vor dem Fernseher auf und ab.

Sie setzte sich wieder.

»Diese Sache kann nicht nur rein politisch sein«, sagte sie. »Wissen wir, wer der Turbanmann ist?«

Halenius schüttelte den Kopf.

»Er ist in keinem Register verzeichnet, weder bei den Amis, den Engländern noch bei den Franzosen.«

»War er der Mann am Telefon?«

Halenius raufte sich die Haare.

»Keine Ahnung«, sagte er. »Schon möglich. Im Video spricht er Kinyarwanda, aber der Typ, der angerufen hat, spricht ein astreines Nairobi-Englisch. Obwohl die Stimme in beiden Fällen ziemlich hoch und ein bisschen quäkend klang. Es könnte derselbe sein.«

»Was sagen die Franzosen?«

»Ihre Regierung ist nicht involviert. Ich habe dort mit niemandem gesprochen, die Franzosen kochen immer ihr eigenes Süppchen. Ich weiß nicht, ob ihre Delegierten eine Entführungsversicherung haben, aber die EU-Parlamentarier haben jedenfalls keine.«

»Und die anderen?«

»Der Spanier hat jemanden, der verhandelt, die Deutsche ebenfalls. Beim Rumänen weiß ich es nicht, auch nicht beim Dänen. Irgendein Brite ist in Sky News aufgetreten und hat verkündet, dass sie grundsätzlich nicht mit Terroristen verhandeln, im Hinblick auf die Lage der Geisel nicht besonders geschickt. Was sagt die Bank?«

Sie versank im Sofa und legte die Füße auf den Tisch.

»Dass es ein bisschen schwierig werden könnte, vierzig Millionen Dollar zu leihen, wenn man keine Sicherheiten hat«, sagte sie. »Aber 150 000 Kronen würde ich kriegen, wenn Gott und der Bankvorstand eine Quittung und einen Kaufvertrag vorliegen haben, aus dem hervorgeht, was genau man zu kaufen gedenkt. Oder man hinterlässt eine Sicherheit in Form von Immobilien oder Autos oder man hat einen Bürgen …«

»Gibt es niemanden, der für Sie bürgen könnte? Thomas' Mutter?«

Annika schüttelte den Kopf.

»Wir haben sie gefragt, ob sie für uns bürgen könnte, als die Mietwohnung in eine Eigentumswohnung umgewandelt wurde, dann hätten wir uns nämlich einen riesigen Kredit sparen können. Aber sie sagte, das sei eine prinzipielle Entscheidung, niemals eine Bürgschaft zu übernehmen. Alvar, ihr Schwiegervater, hat anscheinend einmal für seinen nichtsnutzigen Bruder gebürgt, und es gab ein schreckliches Erwachen. Die Familie hat Haus und Hof verloren.«

»Schlimm. Und Ihre Mutter?«

»Die fragt mich einmal pro Jahr, ob ich eine Bürgschaft für *sie* übernehmen könnte. Meistens, weil sie im Internet irgendeine Superinvestition wittert ...«

Er hob die Hand.

»Verstehe. Also, wie viel Geld haben Sie?«

»Rund sechseinhalb Millionen«, sagte sie. »Also, Kronen.«

Halenius riss die Augen auf.

»Na, sieh mal einer an, darf man fragen, woher ...«

»Eine Versicherungssumme. Unsere Villa auf Djursholm ist abgebrannt, ja, Sie waren ja einmal bei uns.«

»Das Kätzchen«, sagte er.

»Ganz genau. Das Kätzchen.«

Die Profikillerin, die schließlich auch mit dem Brand in Annikas Haus in Verbindung gebracht werden konnte, war mit einer fadenscheinigen Begründung an die USA ausgeliefert worden (jedenfalls sah Annika das so), und danach war letztlich (endlich! Es war an der Zeit!) die Versicherungssumme fällig geworden. Damals waren Annika und Thomas bereits auf dem Weg in die USA, das Geld musste also so lange auf dem neueröffneten Konto liegen.

»Weiß Thomas, wie viel Geld auf diesem Konto ist?«

»Nein, nicht genau. Das weiß ich auch nicht. Nicht bis auf die letzte Krone. Warum?«

»Aber weiß er es ungefähr? Dass dort eine Million Dollar liegt?«

»Ja, ich glaube schon.«

Halenius machte sich auf einem Block Notizen.

»Haben Sie sonst irgendwelche Wertgegenstände, die man verkaufen könnte? Irgendwas, das Thomas gehört?«

»Er hatte ein Segelboot, aber das hat seine Exfrau bekommen. Und dann hat er mit Sophia Grenborg zusammen ein Motorboot gekauft, aber das hat sie behalten, als er sie verlassen hat. Als Trostpflaster … Warum fragen Sie?«

»Warum die Handelsbank?«, fragte Halenius.

»Die zahlen ihren Direktoren die niedrigsten Erfolgshonorare«, sagte Annika.

Halenius lachte auf, kurz und herzlich.

»Ich habe auch gewechselt«, sagte er. »Aus demselben Grund.«

Die Finanzleute hielten ihr Recht auf Milliarden-Boni nach wie vor für selbstverständlich, obwohl die ganze Finanzkrise doch ihre Schuld war.

»Erst wollen sie ein Jahresgehalt von ein paar Millionen, nur weil sie zur Arbeit gehen. Dann verlangen sie dafür, dass sie ihre Arbeit machen, noch einmal so viel als Bonus«, sagte Annika.

»Für Leute in der Finanzbranche ist Geld etwas rein Hypothetisches«, sagte Halenius. »Sie kapieren nicht, dass irgendjemand immer bezahlen muss, und das sind meistens arme Typen am Ende der Nahrungskette.«

»Oder die Frauen«, sagte Annika.

Sie lächelten sich an.

»Eine Million Dollar also«, sagte Halenius. »Das ist unser Einsatz.«

»Eine Million Dollar«, bestätigte Annika.

*

Sie war strahlend weiß wie Engelsflügel, die Andreaskyrkan in Vaxholm, die Kirche der Missionsgemeinde: Ich war eines von Paul Petter Waldenströms vielen kleinen Lämmern, ein weißes und unschuldiges Lämmchen (zumindest am Anfang).

Es war so toll in der Sonntagsschule. Im Gemeindesaal schien immer die Sonne, ganz gleich, welches Wetter draußen herrschte.

Zuerst sangen wir Lieder und beteten gemeinsam, und dann hatten die größeren Kinder im Hinterzimmer Bibelstunde. Aber es war nicht einfach irgendein Bibelunterricht: Die Bibel war in Comicform! Jeden Sonntag erhielten wir ein neues Blatt, in der Mitte gefaltet, sah es aus wie vier Zeitungsseiten. Das Papier war so schlecht, dass die kleinen Holzsplitter darin zu erkennen waren, und es zerbröselte beim Versuch, einen Bleistiftstrich auszuradieren. Hatte man richtig Glück, waren Comics auf allen vier Seiten, aber das kam nur selten vor. Auf der vierten und letzten Seite, und manchmal auch auf der dritten, standen immer Fragen, die beantwortet werden mussten, Kreuzworträtsel zu christlichen Begriffen, die gelöst werden sollten, Glaubensbekenntnisse, die es zu diskutieren galt, und das war natürlich langweilig, aber ich ging trotzdem hin, jeden Sonntag, denn die Comics waren wie eine unerschöpfliche Serie, die anscheinend nie zu Ende ging.

Obwohl sie natürlich zu Ende ging, alles geht irgendwann zu Ende.

Alles geht mal zu Ende. Sogar das hier.

Mittlerweile haben sie auch den Spanier geholt. Alvaro Ribeiro heißt er, ich erinnere mich an seinen Namen, weil mein Großvater Alvar hieß, und es gab mal einen recht vielversprechenden Tennisspieler namens Francis Ribeiro, er trainierte eine Weile in Finnland. Wo der wohl abgeblieben ist?

Sie haben den Spanier geholt, als es richtig dunkel war. Er sagte kein Wort, als sie kamen und ihn wegtrugen. Nicht *good-bye* oder sonst irgendwas.

Der Rumäne tauchte nicht wieder auf.

Ich horchte in mich hinein, in die Dunkelheit.

Waren die Lämmer dreizehn und in der Bibelstunde immer schön fleißig gewesen, durften sie Hirten für die kleinen Lämmchen werden. Eigentlich wurde jeder Hirte, nur ich nicht. Ich weiß nicht, warum ich kein Hirte werden durfte, es ist lange her, dass ich darüber nachgedacht habe. Aber ich weiß, dass ich mir damals Gedanken darüber machte, warum alle außer mir Hirten werden durften. Vielleicht war ich nicht fromm genug. Vielleicht spielte ich zu viel Eishockey. Vielleicht wussten die großen Hirten, dass Linus und ich immer heimlich hinter den Bootsschuppen rauchten und dass wir die Bierflaschen austranken, die Linus' Vater im Kofferraum vergessen hatte.

Es kamen immer mehr Mücken. Sie stachen mich unaufhörlich, in die Finger, die Arme, die Ohren, die Wangen, die Augenlider.

Annikas Lachen erklang im Raum um mich herum. Sie glaubt nicht an Gott. Sie sagt immer, er ist ein chauvinistischer Bluff, geschaffen von Männern, um den Pöbel und die Weiber in Schach zu halten. Ich weiß, dass es irrational ist, aber jedes Mal, wenn sie solche Sachen sagt, bekomme ich Angst. Ich finde, es ist so unnötig. Wenn es ihn wirklich gibt, glaube ich nicht, dass es ihm gefällt, so als chauvinistischer Bluff abgetan zu werden. Wem würde das schon gefallen? Einmal habe ich ihr das gesagt, und da sah sie mich mit einem ganz eigenartigen Ausdruck in den Augen an. Sie sagte: »Wenn Gott existiert, dann weiß er sowieso, was ich denke, oder etwa nicht? Sonst wäre ja nicht viel mit ihm los. Vielleicht schätzt er es, dass ich nicht heuchle.«

Nun waren nur noch der Däne und ich übrig. Er lag ganz still neben mir. Zum Glück röchelte und stöhnte er nicht mehr. Sein Brustkorb war ganz still und reglos. Es war stockdunkel. Die Wachen hatten vor der Hütte ein Feuer gemacht, ich sah das Licht der Flammen durch die Ritzen in der Tür.

Wir hatten nichts mehr zu essen bekommen. Ich hatte meine Blase einmal auf den Fußboden entleert.

Ich fragte mich, ob Gott mich jetzt wohl sehen konnte.

*

Das Festnetztelefon klingelte um 23.44 Uhr.

Annika war auf dem Sofa fast eingeschlafen und fuhr zusammen, als hätte ihr jemand einen Tritt versetzt. Reflexartig setzte sie sich auf und drehte den Kopf zum Licht.

»Wollen Sie mithören?«, fragte Halenius. Seine Augen waren gerötet und seine Haut fahl, das Hemd hing aus der Hose.

Vielleicht sollte sie es tun. Sie könnte als Verstärkung im Schlafzimmer dabei sein, könnte auf die Zettel an der Wand zeigen und Halenius an verschiedene Aspekte und Stichwörter erinnern, auf die sie sich geeinigt hatten, könnte darauf achten, dass das Aufnahmegerät richtig funktionierte und dass alles ordnungsgemäß auf der Festplatte gespeichert wurde.

Annika schüttelte den Kopf.

»Lieber nicht«, sagte sie.

Das Telefon klingelte zum zweiten Mal.

Halenius erhob sich schwerfällig, ging ins Schlafzimmer und schloss die Tür hinter sich. Jetzt schaltete er das Aufnahmegerät ein. Jetzt kontrollierte er, ob die Signale eingingen. Jetzt wartete er auf das nächste Klingeln, und dann würde er abnehmen.

Das dritte Klingelsignal kam, und richtig – mittendrin brach es ab. Annika hörte Halenius' Stimme; eine Satzmelodie ohne Worte.

Die Zeitanzeige auf dem Display des DVD-Players sprang auf 23.45, was dem exakten Neigungswinkel der Erdachse entsprach.

Sie hatte den ganzen Abend damit verbracht, sämtliche SMS, Sprachnachrichten und Mails der Journalisten zu beantworten, die sie interviewen wollten. Alle hatten die gleiche Antwort bekommen: »Vielen Dank für Ihre Bitte um ein Interview zur Situation meines Mannes. Zurzeit gebe ich jedoch keinen Kommentar dazu ab. Sollte ich meine Meinung ändern, werde ich mich bei Ihnen melden. Bitte respektieren Sie meine Entscheidung.«

Bosse vom *Konkurrenten* war der Einzige, der sich daraufhin noch einmal meldete. In einer langen, störrischen SMS bestand er darauf, wenigstens zu erfahren, was vor sich ging, auch wenn er keinen Artikel für die morgige Ausgabe schreiben würde. Er meinte, sie könnten die Sache doch immerhin diskutieren, eventuell einen Deal machen? Annikas Antwort bestand aus einer einzigen Zeile: »Sehe ich aus wie ein Teppichhändler?«

Vielleicht ein bisschen unnötig flapsig formuliert, dachte sie, als sie so dasaß und auf das Display des DVD-Players starrte.

Aber sie hatte noch eine alte Rechnung mit Bosse vom *Konkurrenten* offen. Schließlich war er derjenige, der damals versucht hatte, ihre Wangenküsschen mit Halenius vor dem Restaurant zum Skandal aufzubauschen, und das war wiederum möglicherweise ein Racheakt seinerseits, weil sie vor ungefähr hundertfünfzig Jahren einen aufkeimenden Flirt zwischen ihnen abrupt beendet hatte.

Halenius redete und redete und redete da drinnen.

Anders Schyman war der Einzige, dem sie nicht geantwortet hatte. Sie sah ein, dass ihre Reaktion auf seinen Vorschlag kindisch und irrational gewesen war. Immerhin hatte er ihr kein schlechtes Angebot gemacht. Die Frage war nur, um wie viel es wirklich ging. Wohl kaum um vierzig Millionen Dollar, aber wenn Halenius' Theorie stimmte, war ja auch nicht zu erwarten, dass die Lösegeldsumme wirklich so hoch blieb.

23.51 Uhr. Jetzt telefonierte er schon seit sechs Minuten mit dem Entführer. Ungefähr so lange hatte das erste Gespräch auch gedauert. Halenius hatte die Aufzeichnung am Abend mehrfach abgehört und eine Abschrift angefertigt. Er hatte sie gefragt, ob sie den Text lesen wolle. »Später mal«, hatte sie geantwortet, und das war die Wahrheit. Sie wollte nicht wissen, wie der Entführer klang, aber sie konnte vielleicht schriftlich an seinen Worten teilhaben, konnte sich die Argumente anhören, ohne sich auf die Person einlassen zu müssen. Doch nicht jetzt, nicht heute Abend.

Im Augenblick war es still in der Entführungszentrale, aber das Telefon hatte keinen Piep von sich gegeben, also war das Gespräch noch nicht beendet. Was machte er da drinnen? Wartete er auf irgendwas? Worauf? War etwas schiefgegangen?

»*Yes*«, hörte sie ihn im selben Moment sagen und atmete erleichtert aus.

Sie musste noch mal mit Anders Schyman sprechen und in Erfahrung bringen, was sein Angebot eigentlich umfasste. Wie viel Geld war die Zeitung bereit zu investieren? Wie viel würde sie dafür über ihre und Thomas' Beziehung preisgeben müssen? Den Sex, das Kochen, die Fernsehabende? Musste sie die Kinder einbringen?

Sie ging in die Küche, von Halenius' gedämpfter Stimme ein-
gehüllt wie von einem Nebel. Sie hatten gebackenen Ziegenkäse
auf Rucolasalat mit Pinienkernen, Cherrytomaten, Honig und
Himbeer-Balsamico als Vorspeise gegessen (ein alter Klassiker)
und als Hauptgericht Schweineschnitzel mit Kartoffelspalten
und Pfifferlingsauce (sie hatte eigenhändig gesammelte und bereits blanchierte Pfifferlinge im Gefrierschrank). Zum Nach-
tisch verdrückte Halenius das letzte Stück Klitschkuchen.

»Ich rolle nachher hier raus«, sagte er, als er den schokolade-
verschmierten Teller von sich schob.

Annika stellte das Geschirr in die Spülmaschine, ohne zu antworten.

Zwischen sechs und sechzig Tagen, so lange dauerte eine Entführung aus finanziellen Beweggründen normalerweise. Eine
politische Geiselnahme konnte sich noch wesentlich länger hinziehen. Terry Anderson, Chefkorrespondent der Nachrichtenagentur AP in Beirut, war fast sieben Jahre von der Hisbollah
festgehalten worden. Ingrid Betancourt saß ebenso lange bei der
FARC-Guerilla in Kolumbien fest.

Hinter der angrenzenden Wand hörte sie Halenius immer
noch leise reden. Was gab es denn da bloß alles zu besprechen?
Sie wischte die Spüle noch einmal ab. Die Edelstahloberfläche
glänzte. Sie öffnete den Kühlschrank, nahm sich eine Tomate
heraus und biss in die kleine Kugel, die mit einem leisen Plopp in
ihrem Mund zerplatzte.

Wieso redete er so lange?

Sie ging zurück ins Wohnzimmer und setzte sich aufs Sofa.

23.58 Uhr. Schon fast eine Viertelstunde.

Der Fernseher lief ohne Ton, sie schaltete ihn aus.

Alle Nachrichtensendungen des Abends hatten über den in
Kenia entführten Schweden Thomas Samuelsson berichtet. Die
übrigen Geiseln wurden kaum erwähnt. Dass man den Franzosen tot aufgefunden hatte, war noch nicht an die Öffentlichkeit
gedrungen, aber das war nur eine Frage der Zeit. Im Laufe der
Nacht, spätestens aber morgen früh würde die Meldung wie eine
Bombe bei den Medien einschlagen. Dann würden alle Kolle-

gen, denen sie heute Abend abgesagt hatte, wieder bei ihr Sturm laufen und fragen, ob sie sich nicht dazu äußern wolle, dass die Hinrichtung der Geiseln begonnen hatte.

Sie schloss die Augen.

Was sollte sie machen, falls Thomas starb? Falls sie ihn umbrachten? Wie würde sie reagieren? Würde sie zusammenbrechen? Durchdrehen? Erleichtert sein? Sollte sie sich hinstellen und öffentlich trauern? Vielleicht würde Letterman anrufen – sollte sie dann hinfliegen? Oder Oprah? Hatte die überhaupt noch eine Show, oder war sie eingestellt worden? Wen sollte sie zur Beerdigung einladen? Sollte es eine kleine Trauerfeier im engsten Familienkreis geben oder ein großes Event mit Fernsehen und allen Zeitungen und seiner alten Studentenorganisation aus Uppsala und Sophia Grenborg und der stinkvornehmen Bankdirektorin Eleonor, seiner ersten Frau?

Sie schlug die Augen auf.

Er war nicht tot.

Er lebte und atmete, sie konnte seinen Atem ganz nah neben sich spüren.

Oder bildete sie sich das ein? Wie alte Leute, die ihren Partner verlieren und plötzlich Gespenster sehen, sich das Bild ihres verstorbenen Seelenverwandten vor Augen rufen und durch Worte und Gedanken mit ihm kommunizieren?

00.07 Uhr.

Wie unglaublich lange das dauerte. Dreiundzwanzig Minuten jetzt schon. Worüber redeten die nur?

Sie versank in sich, versuchte das Gefühl von jenem Morgen im südspanischen Puerto Banús heraufzubeschwören, als sie wieder mit Thomas zusammengekommen war, die Erkenntnis, dass sie trotz der Scheidung mit ihm zusammenleben konnte, wie hatte sich die angefühlt? Konnte sie den Tod besiegen?

Das Telefon piepste. 00.11 Uhr. Siebenundzwanzig Minuten hatte das Gespräch gedauert.

Die Stille dröhnte durch die ganze Wohnung. Sie atmete kurz und flach.

Jetzt kontrollierte er, ob der Mitschnitt geklappt hatte, jetzt sicherte er ihn auf dem Server, jetzt beendete er das Programm und fuhr den Rechner herunter.

Ihre Beine waren bleischwer. Halenius kam durch die Tür, Annika sah, wie er durch den Raum schwamm.

»Er lebt und ist ansprechbar«, sagte der Staatssekretär und ließ sich in den Sessel fallen.

»Konnten Sie mit ihm reden?«, fragte Annika und merkte, dass ihr Mund staubtrocken war. Ein Tomatenkern klemmte zwischen zwei Backenzähnen.

Halenius schüttelte den Kopf und fuhr sich mit den Fingern durchs Haar. Er wirkte völlig erledigt.

»Entführer rufen selten vom selben Ort an, an dem sich die Geisel befindet. Sie haben so viele Fernsehkrimis gesehen, dass sie glauben, Polizei und Behörden bräuchten nur auf einen Knopf zu drücken, und im Nu ließen sich die Telekommunikationswege zurückverfolgen.«

»Gibt es in Somalia Fernsehkrimis?«

»Der Typ am Telefon steht offenbar in irgendeinem Kontakt mit den Bewachern der Geiseln, vermutlich via Mobiltelefon. Ich habe die vereinbarte Kontrollfrage gestellt: ›Wo wohnte Annika, als ihr euch kennengelernt habt?‹, und wenige Minuten später kam die Antwort: *Across the yard from Hanvergata 32.*«

Im Hinterhof des Hauses Hantverkargatan 32.

Blitzartig sah sie ihre Bruchbude wieder vor sich, ganz oben unterm Dach, ohne Warmwasser und Badezimmer, mit dem Himmel und den zugigen, undichten Fenstern in der Küche als einzigen Lichtquellen. Auf dem Sofa im Wohnzimmer hatten sie zum ersten Mal Sex gehabt, sie rittlings auf ihm.

»Kann man das Gespräch zurückverfolgen? Weiß man, woher die anrufen?«

»Die Briten haben das unter Kontrolle. Das Gespräch kam zum Teil über Liboi und zum Teil über einen Sendemast auf der anderen Seite der Grenze, in Somalia. Das Gebiet, das die beiden Sender abdecken, ist gigantisch.«

»Und wo ist Thomas? Weiß man, in welchem Land?«

Er schüttelte den Kopf.

»Das lässt sich dem Übertragungsweg des Anrufs nicht entnehmen.«

»Der Franzose wurde ja in Mogadischu gefunden«, sagte Annika.

»Es ist nicht gesagt, dass er dort getötet wurde. Der Verwesungsprozess schreitet in der Hitze dort unten sehr schnell fort, aber ein Arzt von der Botschaft in Dschibuti meinte, dass der Mann mindestens vierundzwanzig Stunden tot war, als man ihn fand. Und wir wissen, dass die Entführer über ein Auto verfügen. Oder mehrere Autos. Mindestens drei.«

»Den Lastwagen und die beiden Toyotas«, sagte Annika.

Über Halenius' Gesicht huschte ganz flüchtig ein Lächeln.

»Sie haben also doch zugehört.«

»Toyota Take Aways«, sagte Annika. »Worüber haben Sie so lange gesprochen?«

Er rieb sich die Augen.

»Ich habe Vertrauen aufgebaut«, sagte er. »Wir haben über Politik diskutiert. Ich habe mehr oder weniger allem beigepflichtet, was der Kerl sagte, und Tatsache ist, dass ich kaum zu lügen brauchte. Ich finde, Frontex ist eine Schande, aber das ist meine private Meinung. Wir könnten die Armut in der Dritten Welt von einem Tag auf den anderen beseitigen, wenn wir wirklich dazu entschlossen wären, aber wir wollen es gar nicht. Wir verdienen viel zu gut daran.«

Annika schwieg.

»Ich habe gesagt, dass Sie nicht imstande sind, vierzig Millionen Dollar Lösegeld zu beschaffen. Ich habe ihm erklärt, dass Sie in einer Mietwohnung wohnen und zwei kleine Kinder haben und ganz normal arbeiten gehen, aber auch, dass Sie ein bisschen Geld von der Versicherung erhalten haben, nachdem Ihr Haus abgebrannt ist, und dass Sie am Montag zur Bank gehen und sehen wollen, wie viel Sie zusammenkratzen können.«

Annika richtete sich auf.

»Warum zum Teufel haben Sie das gesagt? Jetzt weiß er doch, dass wir Geld haben!«

»Man wird Thomas nach Ihren gemeinsamen Ersparnissen ausfragen, und er wird es verraten.«

»Glauben Sie?«

Halenius sah sie an.

»Garantiert.«

Annika stand auf und ging in die Küche. Halenius folgte ihr.

»Sie dürfen uns niemals bei einer Lüge erwischen. Dann fangen die Verhandlungen von vorn an – aber nicht etwa bei null, sondern bei minus hundert.«

Sie lehnte sich an die Spüle und verschränkte die Arme vor der Brust.

»Jetzt sind Sie und der Entführer also dicke Freunde, oder wie sehe ich das?«

Halenius trat dicht an sie heran. Seine Augen waren ganz rot.

»Ich würde einen Kopfstand machen und die ›Marseillaise‹ rückwärts singen, wenn ich damit erreichen könnte, dass Thomas zu Ihnen und den Kindern zurückkommt«, sagte er, ging in den Flur hinaus und zog sich Jacke und Schuhe an.

»Den Rechner lasse ich hier«, sagte er. »Morgen früh bin ich wieder da.«

Und ehe sie noch etwas sagen oder sich entschuldigen oder sich bedanken konnte, war er verschwunden.

TAG 4

Samstag, 26. November

Ich wachte von dem Gestank auf. Er war mit nichts zu vergleichen, was mir je in die Nase gestiegen war, nicht mit verfaultem Hering, nicht mit alten Krabben, nicht mit Müll: dick und schwer und stechend mit einem Hauch von Ammoniak.

»Hallo«, flüsterte ich dem Dänen zu. »Riechen Sie das auch? Was ist das?«

Er antwortete nicht.

Draußen vor der Hütte war es hell, das Rechteck um die Tür herum war blendend klar und deutlich. Ich fragte mich, wie spät es wohl war. Am Äquator wird es früh hell, es mochte vielleicht sechs oder sieben sein. Zu Hause war es noch zwei Stunden früher, erst vier oder fünf. Annika schlief sicher noch. Vielleicht lagen die Kinder bei ihr in unserem großen Bett. Eigentlich hatten wir abgemacht, dass die Betten Privatsphäre waren, jeder von uns schlief in seinem eigenen Bett, aber ich wusste, dass Annika manchmal, wenn ich weg war, eine Ausnahme machte, besonders für Kalle. Er hat ab und zu schlimme Alpträume, und dann holt sie ihn zu sich ins Bett und wiegt ihn in ihren Armen, bis er wieder eingeschlafen ist.

Der Flüssigkeitsmangel pochte wie eine Dampframme hinter meiner Stirn. Mein Mund war voller Erde. Meine Hände waren beide wie abgestorben, ich rollte mich auf den Bauch, um sie wieder zum Leben zu erwecken. Gestern Abend hatten sie mich mit einem Strick gefesselt, vielleicht waren ihnen die Kabelbinder ausgegangen.

Mitten in der Nacht war der Lange plötzlich in der Hütte erschienen, hatte mir mit einer Taschenlampe ins Gesicht geleuchtet, mich hochgezerrt, bis ich saß, und geschrien *kusoma, kusoma*, und dann gab er mir einen Zettel mit dem Text: *Where did Annika live when you met her?*

»*What?*«, sagte ich und merkte, wie mein Puls hochschnellte, die Lampe blendete mich, und ich sah nur flimmernde Punkte, wie konnte dieser Mensch von Annika wissen, was war das hier, ein Trick? Was wollte er?

Ich wandte mich zu dem Dänen um, konnte ihn aber durch das Geflimmer nicht erkennen.

»*Kuandika*«, schrie der Lange. »*Kuandiak jibu.*«

Mit einem langen Messer in der Hand beugte er sich zu mir herunter. Mir wurde schwarz vor Augen, aber er stach nicht zu, er schnitt meine Handfesseln durch und warf mir einen Bleistift in den Schoß.

»*Kuandiak jibu*«, sagte er wieder und hielt mir den Zettel hin.

Wollte er, dass ich die Antwort aufschrieb?

Meine Hände gehorchten mir nicht, ich versuchte, den Stift zu halten, aber er rutschte mir aus den Fingern. Der Lange schrie über meinem Kopf *haraka juu, haraka juu*, ich schaffte es, den Stift zwischen Daumen und Zeigefinger zu klemmen, und krakelte die Antwort mühsam hin. Danach fesselte mir der Kerl die Hände mit einem dicken Seil, knipste die Lampe aus und verschwand in einer Dunkelheit, die schwärzer war denn je.

»Was war das denn?«, flüsterte ich dem Dänen zu, aber er antwortete nicht.

Ich war vollkommen erschöpft und schlief fast sofort wieder ein.

Am nächsten Morgen zerbrach ich mir immer noch den Kopf.

Woher wussten sie von Annika? Ich hatte nie ein Wort über sie gesagt, weder zu unseren Bewachern noch zu den anderen Geiseln. Wie konnten sie von ihr wissen? Mein Handy war abgeschaltet gewesen, als sie es mir wegnahmen, und ich hatte ihnen meine PIN nicht gegeben, daher konnten sie also keine Informationen haben. Vielleicht aus meiner Brieftasche?

Ich stöhnte auf. Natürlich. Fotos von ihr und den Kindern,

mit Namen und Datum auf der Rückseite, waren darin. Aber warum wollten sie wissen, wo Annika wohnte, als wir uns kennenlernten? Was für eine vollkommen merkwürdige Frage. Das hatte doch gar nichts mit dieser Sache zu tun, das war etwas, was kaum jemand wusste, und …

Mir stockte der Atem. *Sie hatten mit ihr gesprochen.* O Gott, sie hatten mit ihr gesprochen, und sie wollte einen Beweis, dass ich am Leben war, dass ich wirklich ihre Geisel war … So musste es sein! Erleichterung überkam mich, und ich lachte laut.

Aber woher hatten sie ihre Telefonnummer? Alle unsere Nummern waren doch geheim, außer meiner Handynummer, und über die konnten sie Annika ja nicht erreichen.

Ich starrte in das Licht, das unter einer der Wellblechwände hereindrang. Mein Blickfeld endete genau auf Höhe einer kleinen Spinne. Eine Minute starrten wir einander im Halbdunkel an, die Spinne und ich, ehe sie sich eilig auf mein Gesicht zubewegte und über einen kleineren Stein lief. Ich schloss die Augen und spürte ihre winzigen Füße über meine Lider hasten. Nachdem sie mein Ohr passiert hatte und in meinen Haaren verschwunden war, spürte ich sie nicht mehr. Ich ging nicht davon aus, dass sie giftig war, wollte aber nichts riskieren und schüttelte heftig den Kopf, damit sie herunterfiel.

Danach lag ich ganz still und horchte nach draußen. Ich hörte die Bewacher herumgehen, der eine sagte etwas zu dem anderen. Der Gestank hier drinnen war wirklich kaum auszuhalten.

»He«, flüsterte ich in Richtung des Dänen und setzte mich mühsam auf. »Was stinkt denn hier so?«

Von meiner neuen Position aus konnte ich den Dänen (Per hieß er, glaube ich) besser sehen. Er lag auf dem Rücken und starrte an die Decke, seine Augen wirkten grau verschleiert, sein Gesicht war grau, der ganze Körper grau. Seine grauen Lippen waren weit geöffnet, als riefe er etwas zum Himmel hinauf, in seinem Mund krabbelte es, etwas bewegte sich in seinem Mund, und er schrie, ein Schrei stieg zum Dach hinauf und durch die Ritzen an der Tür und quer über die ganze Manyatta und weiter bis zum Horizont, aber nicht der Däne schrie, nicht Per schrie, sondern ich, und ich schrie und schrie, bis die Blechtür aufging und das Licht auf seinen Körper fiel wie eine Explosion und ich die Ameisen sah.

*

Annika betrachtete ihr Gesicht im Badezimmerspiegel und zeichnete mit den Fingern die dunklen Ringe unter den Augen nach. Die Einsamkeit saß dort, die Trennung von den Kindern, die Unfähigkeit zu arbeiten, die Untreue ihres Mannes …

Sie lauschte auf die Geräusche des Hauses, Nachbar Lindström drehte auf der anderen Seite der Wand den Wasserhahn auf, der Ventilator im Bad sauste, der Fahrstuhl im Treppenhaus rumpelte.

Selbst die Geräusche gehörten ihr nicht mehr, ihr Zuhause war okkupiert von Entführern und Regierungsbeamten.

Obwohl, ein richtiges Zuhause war es ja gar nicht, wenigstens nach Thomas' Ansicht. Er fand die Wohnung zu klein und zu vollgestellt, aber das war sie erst, nachdem er eingezogen war und andere Möbel um sich herum haben wollte als die von IKEA. Am allermeisten verabscheute er das Badezimmer, den PVC-Boden, den Duschvorhang, das billige kleine Waschbecken. In Vaxholm hatten er und Eleonor ein Spa mit Sauna und Jacuzzi gehabt.

Annika strich mit der Hand über den Spiegel, als wollte sie sich entschuldigen.

Die Wohnung traf keine Schuld, und sie auch nicht.

Es war Thomas' Entscheidung gewesen, in dieses Flugzeug zu steigen, sich in diesen Toyota zu setzen. Seine Entscheidung, und jetzt musste sie dafür bezahlen.

Sie duschte, eiskalt.

Zog sich an, machte die Betten, frühstückte.

Als Halenius an der Tür klingelte, hatte sie gerade klar Schiff in der Küche gemacht. Sein Haar war feucht, als wäre er ebenfalls gerade aus der Dusche gekommen, er trug dieselben Jeans wie gestern, aber ein hellblaues, frisch gebügeltes Hemd.

Würde gern mal wissen, ob er seine Hemden selbst bügelt

oder ob seine Freundin das macht, schoss es ihr durch den Kopf, als er seine Jacke aufhängte.

»Entschuldigung«, sagte sie. »Ich werde Ihre Vorgehensweise oder Ihr Urteil nicht mehr in Frage stellen. Ohne Sie wäre ich vollkommen verloren. Danke, dass Sie das für mich tun. Ich weiß das sehr zu schätzen, wirklich. Falls Sie die Hansemänner dazuholen wollen, meinetwegen gern. Mir ist es recht.«

Sie holte Luft und schwieg. Ihr Vortrag hörte sich bei weitem nicht so gut an wie das, was sie in Gedanken geübt hatte. Da hatte es viel demütiger und melodischer und verletzlicher geklungen. Aber als sie die Sätze aussprach, klang ihre Stimme gepresst und ein klein wenig schrill, die Worte rieben sich aneinander und wollten zu schnell und in der falschen Reihenfolge heraus.

Sie schlug die Augen nieder und biss sich auf die Lippe, aber sie bekam noch mit, dass er lächelte.

»Schon gut«, sagte er. »Man kann mich mit Kaffee und Kuchen bestechen.«

Erstaunt darüber, wie erleichtert sie war, erwiderte sie sein Lächeln.

»Ich habe mich wie eine blöde Zicke gefühlt, nachdem Sie gegangen waren«, sagte sie, lief in die Küche und füllte den Wasserkocher. »Schwarz, richtig?«

Er stellte sich in die Küchentür.

»Die Angehörigen des Rumänen und des Spaniers haben einen *proof of life* erhalten«, sagte er. »Jeweils einen Videofilm, der direkt an die Familie gemailt wurde.«

Er sagte es leichthin und ohne besondere Betonung, aber Annika spürte, wie sie ganz steif wurde.

»Ich habe meine Mails heute noch nicht gecheckt«, sagte sie.

»Das habe ich für Sie getan«, sagte Halenius. »Sie haben nichts bekommen.«

Sie verzichtete darauf zu fragen, wie er sich Zugang zu ihrem Mailfach verschafft hatte.

»Außerdem ist heute Morgen ein französisches Passagierflugzeug über dem Atlantik abgestürzt«, ergänzte Halenius. »Keine Schweden an Bord.«

»Terroristen?«, fragte Annika.

»Gewitter«, antwortete Halenius und verschwand im Schlafzimmer. Sie hörte, wie er den Rechner hochfuhr und mit dem Mobiltelefon hantierte. Sie lehnte sich an die Spüle und ließ die Information sacken.

Proof of life. Lebenszeichen. Gab es nicht einen Film, der so hieß, mit Meg Ryan und Russell Crowe? Der war ziemlich gut, wenn sie sich recht erinnerte. Hatten Meg und Russell während der Dreharbeiten nicht sogar eine Affäre miteinander gehabt? Und hinterher hatte sie sich von Dennis Quaid scheiden lassen?

Sie schaltete den Backofen auf 175 Grad, gab ein großes Stück Butter zum Schmelzen in die Mikrowelle, holte eine Schüssel heraus und schlug ein paar Eier auf, verrührte Zucker, Vanillezucker, etwas Salz, Sirup, Kakao und die geschmolzene Butter, gab zum Schluss eine ordentliche Portion Mehl dazu.

Der Spanier und der Rumäne lebten also. Was hat der Franzose wohl falsch gemacht?, dachte sie.

Sie streute die Springform mit Paniermehl aus, ließ den Teig hineinlaufen und stellte sie in den Ofen. Wartete eine Viertelstunde, bis der Kuchen fertig war, nahm Vanilleeis aus dem Gefrierschrank, machte Himbeeren warm und ging mit Kaffee, Eis und Himbeeren ins Schlafzimmer, oder besser gesagt in die Entführungszentrale.

»Ich habe Sie beim Wort genommen und einen Kuchen gebacken«, sagte sie. Halenius blickte auf und sah sie verwirrt an, offenbar war er tief in etwas ganz anderes als ihr Backwerk versunken gewesen. Auf einmal kam sie sich unglaublich blöd vor. Nirgends war Platz, um das Tablett abzustellen, der ganze Schreibtisch war bedeckt mit Aufzeichnungsgerät und Computerzubehör und Notizen, und auf dem zweiten Stuhl lagen immer noch haufenweise Klamotten (wieso räumte sie nie ihre Sachen weg? Was war nur los mit ihr?). Sie schluckte verlegen und merkte, wie die Schamröte ihr den Hals hinaufkroch.

»Wir essen drüben«, sagte Halenius und stand auf.

Sie drehte sich dankbar um und stellte das Tablett auf den Wohnzimmertisch, drückte sich mit ihrem falschen »The White

House«-Becher in die Sofaecke und ließ die Haare vors Gesicht fallen.

»Was waren das für Videos?«, fragte sie.

»Ich habe sie nicht gesehen«, sagte Halenius und ließ sich in ihrem Sessel nieder. »Die Angehörigen wollten sie nicht veröffentlichen, aber ich will versuchen, ob ich die Videos nicht unter der Hand beschaffen kann. Es sind offenbar schlechte Aufnahmen, auf denen die Geiseln in einem dunklen Raum sitzen, das Gesicht von einer Lampe angeleuchtet, und sagen, dass sie gut behandelt werden und dass die Familien schnellstmöglich das geforderte Lösegeld bezahlen sollen. Das Übliche eben.«

Annika spürte ihren Puls im Körper singen, *proof – of – life* pochte er, *proof – of – life*.

»Wie sahen sie aus?«, fragte sie.

»Offenbar nicht anders als zu erwarten, bärtig und verdreckt, aber ansonsten in guter Verfassung. Keine Anzeichen von Misshandlungen, soweit man sehen konnte.«

Sie holte tief Luft.

»Glauben Sie, wir bekommen auch ein Video?«

»Wahrscheinlich.«

»Wann?«

»Im Laufe des Tages oder vielleicht morgen. Diese Geiselnehmer scheinen die Dinge der Reihe nach anzugehen. Sie waren die Letzte, die den Erpresseranruf bekam. Vielleicht ist Thomas die Nummer sieben auf ihrer Liste.«

Sie nickte und biss sich auf die Innenseite der Wange.

»Was wird noch passieren?«

»Ich vermute mal, dass sie heute nicht mehr anrufen«, sagte Halenius. »Die wissen, dass Sie nicht vor Montagfrüh zur Bank gehen können, und sie wollen uns ein bisschen zappeln lassen.«

Annika blies in ihren Kaffee.

»Herumzusitzen und auf einen Anruf zu warten ist viel schlimmer, als einen zu bekommen.«

Er nickte.

»Entführer verfügen über zwei Waffen: Gewalt und Zeit. Dass sie von Gewalt Gebrauch machen, haben sie schon bewiesen, also werden sie wahrscheinlich nicht zögern, auch die Zeit für sich zu nutzen.«

Sie sah aus dem Fenster. Gewalt und Zeit. Wie lange würde es Halenius möglich sein, jede wache Stunde des Tages in ihrem Schlafzimmer zu verbringen? Wie lange würden die Medien so etwas wie Interesse an dem Fall zeigen?

»Ich muss mich heute mit Schyman treffen«, sagte sie.

»Sicher eine gute Idee«, entgegnete Halenius.

»Ist die Nachricht über den Franzosen schon durchgesickert?«

»Nicht, soweit ich weiß, aber das passiert bestimmt im Laufe des Tages.«

Ihr fiel ein, woran sie gedacht hatte.

»Ich frage mich«, sagte sie, »was der Franzose wohl falsch gemacht hat.«

»Dass sie ihn umgebracht haben? Gar nichts, nehme ich an. Vielleicht lag es am Unterhändler, vielleicht an den Angehörigen, vielleicht an beiden. Oder er hat versucht zu fliehen. Oder vielleicht gibt es überhaupt keinen Grund. Die Geiselnehmer wollten möglicherweise nur ein Exempel statuieren.«

Sie schob ihm den Kuchen hin.

»Nun essen Sie schon«, sagte sie.

Er lehnte sich im Sessel (ihrem Sessel) zurück und lachte. Er hatte so ein breites Lachen, von einem Ohr zum anderen, und die Augen wurden dabei zu kleinen Schlitzen.

»Sie sind wirklich ganz anders, als ich dachte«, sagte er.

»Ist das gut oder schlecht?«

Er lächelte, schüttelte den Kopf und trank seinen Kaffee aus. Sie ging in die Küche, goss mehr Pulverkaffee auf, suchte einen Packen Servietten heraus und ging zurück ins Wohnzimmer.

»Was bedeutet es für uns, wenn die Sache mit dem Franzosen publik wird?«, fragte sie, stellte die Kaffeetasse hin und legte die Servietten daneben.

»Die Sache wird heißer«, sagte der Staatssekretär. »Die Suche nach den Entführern wird verstärkt, die Amis und die Engländer sind schon mit Feuereifer dabei.«

Er schnitt sich ein ordentliches Stück von dem dampfenden Kuchen ab. In der Mitte war der Teig fast noch flüssig.

»All die eifrigen Journalisten, die sich gestern bei mir gemeldet haben, werden heute erneut einen Kommentar von mir wollen«, sagte Annika.

Halenius nickte, er hatte den Mund voll.

»Mann, ist das lecker mit dem Eis dazu«, sagte er.

Sie warf einen Blick auf das Eis und überlegte, ob sie es wieder in den Gefrierschrank stellen sollte oder ob es noch eine Weile stehenbleiben konnte, ohne breiig und eklig zu werden, und plötzlich ging ihr auf, wie absurd ihre Überlegung war: Sie verwandte ihre Kraft und ihre Zeit darauf, über eine Packung Eis nachzugrübeln; sie saß hier und rätselte herum, ob der Mann auf der anderen Seite des Tisches fertig gegessen hatte oder nicht, anstatt ihn zu fragen; ihr Mann war in Ostafrika verschwunden, und sie sorgte sich, wie ihre Backkünste wohl eingeschätzt wurden. Ein Zittern durchlief sie, und sie schlug die Hände vors Gesicht. Halenius hielt inne.

»Entschuldigung«, stieß sie hervor. »Entschuldigung, es ist nur ...«

»Sie müssen ihnen ja nicht antworten, wenn Sie nicht wollen«, sagte er.

Sie blinzelte ihn an.

»Den eifrigen Journalisten«, sagte er.

Sie versuchte zu lächeln, griff nach einer Serviette und schnäuzte sich.

»Das alles ist so absurd«, sagte sie.

Er nickte und aß seinen Kuchen weiter. Sie blickte auf die Uhr auf ihrem Handy.

»Anne hat um zwölf Yoga.«

»Gehen Sie Schymans Angebot gründlich mit ihm durch«, sagte er. »Ich höre mir noch mal das Gespräch von gestern an und mache eine Abschrift. Anschließend rufe ich Q an, wollen Sie mit ihm sprechen?«

Sie stand auf, die Eispackung in der Hand.

»Warum sollte ich?«

Halenius zuckte die Schultern. Sie ging in die Küche, stellte das Eis in den Gefrierschrank. Dann zog sie sich im Flur an.

»Ihre Kinder«, sagte sie und streifte sich Handschuhe über, »was sagen die dazu, dass Sie so oft weg sind? Machen die sich keine Gedanken?«

»Doch«, antwortete Halenius. »Aber sie fliegen heute Abend zu Angie, da unten sind jetzt Sommerferien. Sie ist dran mit Weihnachten.«

Sie blieb in der offenen Tür stehen.

»Reisen sie ganz allein?«

Er deutete ein Lächeln an und stand auf, den Kuchenteller und die Kaffeetasse in der Hand.

»Meine Freundin fliegt mit«, sagte er, ging in die Küche und stellte Teller und Tasse in den Geschirrspüler.

Sie versuchte zu lächeln, drehte sich um, schloss die Wohnungstür auf und verließ die Wohnung.

Anne Snapphane wartete im Café Kafferepet in der Klarabergsgatan bei Saft und belegtem Baguette. Sie hatte offenbar alle Zeitungen dabei, die ihr unterwegs in die Finger gekommen waren, der Stapel auf dem wackeligen kleinen Cafétisch war noch dicker als der, den Schyman gestern mitgebracht hatte.

»Schlimm, das mit dem Serienmörder«, sagte Anne und hielt Annika das *Abendblatt* hin. »Und hast du von dem Flugzeug gehört, das über dem Atlantik abgestürzt ist? Mein Gott, überall Terroristen heutzutage …«

Annika stellte ihren Kaffee auf das letzte freie Fleckchen des Tisches, ließ die Umhängetasche auf den Boden fallen und schälte sich aus der Daunenjacke.

»War das nicht ein Gewitter?«, sagte sie und griff nach der Zeitung.

Drei Frauengesichter lächelten ihr vom Titelblatt entgegen. Darüber die Alibi-Zeile »Polizei vermutet:« komplett mit Doppelpunkt und allem. Das bedeutete, dass darunter jede beliebige reißerische Schlagzeile stehen konnte, Hauptsache, man hatte irgendeinen Polizisten aufgetrieben, der etwas in der gewünschten Richtung gemutmaßt hatte. Tatsächlich prangte da in Riesenlettern

SERIEN-
KILLER

»Gleich lange Zeilen und alles«, sagte Annika und blätterte die Seiten sechs und sieben auf.

Elin Michnik, die begabte Volontärin, hatte den Artikel geschrieben. Eine anonyme Polizeiquelle hatte angeblich die Theorie des *Abendblatts* von gestern bestätigt, dass nämlich die Morde in den Stockholmer Vororten »gewisse Ähnlichkeiten« aufwiesen und man »vorbehaltlos in alle Richtungen ermittle«.

Das bedeute, schrieb Elin Michnik, dass die Polizei möglicherweise die Ermittlungen in den drei Mordfällen zusammenfassen und nach Gemeinsamkeiten suchen könnte.

»Du lieber Himmel«, murmelte Annika. »Schwammiger kann man es kaum formulieren.«

»Was meinst du?«, fragte Anne Snapphane und schob sich eine Gabel Krabben in den Mund.

»Es versteht sich ja wohl von selbst, dass es Ähnlichkeiten zwischen den Morden gibt, alles Frauen, alle aus der Gegend um Stockholm, und alle wurden erstochen, und welche polizeiliche Ermittlung wird nicht vorbehaltlos betrieben, gut, außer dem Mord an Olof Palme, natürlich. Und es ist auch keine Frage, dass die Polizei *möglicherweise* die Ermittlungen zusammenfassen *könnte,* meine Güte …«

Anne Snapphane runzelte die Stirn.

»Was hat denn jetzt Olof Palme damit zu tun?«

Annika seufzte und blätterte um.

»Die Ermittlungen im Palme-Mord sind komplett in die Hose gegangen, weil der Stockholmer Polizeichef am Schreibtisch beschloss, dass der Ministerpräsident von Kurden umgebracht worden war. Was sich als kompletter Unsinn herausstellte, aber da war bereits ein Jahr vergangen und alles zu spät.«

Sie blätterte weiter.

Die Acht und die Neun konzentrierten sich auf die Angehörigen der toten Frauen. »Mama, wir vermissen dich«, lautete die Headline quer über beide Seiten. Thomas hatten sie auf Seite zehn verschoben. Ein anderes Foto, eins aus seiner Zeit als Eishockeyspieler, das sie vermutlich noch im Archiv hatten, wurde durch den nichtssagenden Text ergänzt, dass man »weiter fieberhaft auf der Suche« sei. Die Elf war eine ganzseitige Werbeanzeige.

Die nächste Seite war allerdings interessanter.

Eine hübsche blonde Frau saß, Tränen in den Augen und zwei kleine Knirpse im Arm, auf einem geblümten Sofa und blickte direkt in die Kamera. Darüber prangte die Schlagzeile »Papa, komm nach Hause!« Die Unterzeile lautete: »Zusammen mit dem Schweden Thomas S. in Ostafrika entführt«.

Annika seufzte innerlich und kniff die Augen zusammen, um die winzige Bildunterschrift lesen zu können. Die Frau des Rumänen. Sie schlug die Zeitung zu und legte sie weg.

»Wie kommt Miranda zurecht?«

Anne Snapphane hatte eine Tochter, die ein Jahr älter war als Ellen.

»Ich halte mich aus der Sache raus«, sagte Anne kurz. »Wenn es ihr gutgeht, geht es mir auch gut. Sie ist ganz vernarrt in Mehmets neue Kinder.«

»Ihre kleinen Geschwister, meinst du?«

»Und da bin ich nicht diejenige, die ihr die Suppe versalzt. Es wird ein bisschen mehr Ruhe hineinkommen, wenn sie unter der Woche dort sein kann, aber wir haben ein gutes Verhältnis, ich und Mehmet und seine Neue auch, auf jeden Fall, wir unterstützen und helfen uns, falls es nötig sein sollte. Immer.«

Annika blinzelte.

»Wow«, sagte sie.

»Was ist?«, fragte Anne Snapphane.

Annika räusperte sich.

»Du wolltest etwas Wichtiges mit mir besprechen?«

Anne Snapphane beugte sich vor, und ihre eine Brust landete in der Mayonnaise auf dem Baguette. Sie hatte sich vor einem halben Jahr auf Körbchengröße D operieren lassen und war noch nicht an den neuen Vorbau gewöhnt.

»Ich habe eine phantastische Programmidee, die ich am Montag den Chefs von Media Time vorstellen will.«

Annika hatte bei all den neuen digitalen Fernsehsendern, die während ihrer Abwesenheit aus dem Boden geschossen waren, noch nicht richtig den Überblick.

»Das ist ein seriöser Sender«, sagte Anne Snapphane. »Sie betreiben auch eine Nachrichtenagentur im Netz, mediatime.se. Mein Programmvorschlag ist eine Sendung mit Interviews, die in die Tiefe gehen, keine Unterhaltung, sondern wirklich ernst und daher umso unterhaltender, wenn du weißt, was ich meine.«

»In der Art von Oprah oder Skavlan?«, fragte Annika und schob den Kaffee von sich.

»Genau!«, sagte Anne Snapphane und wischte sich die Mayonnaise vom Schafswollpulli. »Könntest du mir dabei helfen?«

Annika strich sich die Haare aus der Stirn.

»Anne«, sagte sie, »du hast doch gehört, was mit Thomas passiert ist.«

Ihre Freundin hob abwehrend die Hände.

»Natürlich«, sagte sie. »Das ist wirklich schrecklich, und ich glaube, du solltest auf das Schlimmste gefasst sein. Ich meine, die Entführer haben ja wohl kaum die Bodyguards und die Dolmetscher abgeknallt, um die anderen anschließend zu einem Kaffeeklatsch bei Starbucks einzuladen.«

Annika nickte, zuckte mit den Schultern und schüttelte den Kopf, alles gleichzeitig. Was sollte sie auch dazu sagen?

»Sag einfach, dass du mitmachst«, sagte Anne. »Dass du für mich da bist und mich unterstützt.«

»Na klar.«

Anne Snapphane griff zu ihrem Handy.

»Wieso bist du so sicher, dass es ein Gewitter war?«, fragte sie, während sie nebenbei ihren Status bei Facebook aktualisierte. Annika ließ den Blick durch das enge kleine Café schweifen. Die Tische standen dicht nebeneinander, es roch nach nasser Wolle, die Fenster zur Straße waren streifig vor

Dreck. Niemand sah sie an. Niemand bemitleidete sie. Sie war nur 54 Kilo Mensch in einem Lokal voll von DNA und Botenstoffen, nicht mehr und nicht weniger, sie war versteckt hinter schmutzigen Glasscheiben und sandigen Teppichen.

»Vielleicht hat ja eine Terroristin den Flieger mit ihrem Mörderlipgloss in die Luft gesprengt«, fuhr Anne Snapphane fort und legte das Handy weg. »Oder mit Lidschatten oder irgendeinem anderen lebensgefährlichen Zeug, das man zum Fliegen in kleine durchsichtige Plastiktüten tun muss.«

Annika schüttelte den Kopf.

»Air France hat schon öfter Probleme mit ihren Maschinen gehabt«, sagte sie. »Da stimmt irgendwas mit den Geschwindigkeitsmessern nicht, oder Höhenmesser sind es wohl, ich weiß nicht genau …«

»Du hast immer so eine gute Meinung von den Leuten«, sagte Anne. »Al-Qaida will wahrscheinlich auch nur die Welt verbessern.«

»McDonald's hat wesentlich mehr Menschen auf dem Gewissen als bin Laden, ganz zu schweigen vom Straßenverkehr. Oder der Umweltverschmutzung.«

»Und guck dir an, wie es bin Laden ergangen ist«, sagte Anne. Sie nahm die Zeitungen vom Tisch und hielt sie Annika hin. »Willst du die haben?«

Annika schüttelte den Kopf. Anne Snapphane stopfte den Zeitungspacken in ihre Sporttasche.

»Willst du nicht mitkommen? Ashtangayoga, Atemtechnik, Körperkontrolle und Konzentration. Würde dir guttun. Bandhas, Dristi und Vinyasa …«

Annika sah auf die Uhr.

»Ich muss in die Redaktion und mit Anders Schyman reden.«

Anne Snapphane erstarrte.

»Über was denn?«

Annika deutete mit einem Kopfnicken auf die Sporttasche.

»Die Serienmorde«, log sie und zog sich die Jacke an.

*

Der Geruch hing noch an den Blechwänden und steckte im Fußboden, obwohl sie den Dänen längst weggebracht hatten. Ich hatte das Gefühl, dort, wo er gelegen hatte, wäre ein dunkler Fleck auf dem Lehmboden. Vielleicht Spuren von Körperflüssigkeit, oder vielleicht waren genau dort auch nur die Schatten dunkler. Auf der Seite liegend, schob ich mich mit der Hüfte voran und rutschte weiter weg, in die entgegengesetzte Ecke. Meine Insektenstiche juckten, ein Auge war ganz zugeschwollen, die Erde kratzte angenehm am Wundschorf an den Armen.

Ein Luftzug drang durch die Ritzen zwischen den Blechplatten.

Ich hatte mich ein bisschen mit dem Dänen (Per?) unterhalten, bevor wir zu unserer Erkundungsfahrt aufbrachen, er hatte sich in der Hotelbar neben mich gesetzt, ehe wir losfuhren, und erzählte mir von seinen Kindern und Enkeln, sein Sohn hatte gerade eine kleine Tochter bekommen. Er zeigte mir die Fotos und ich versuchte, ihn irgendwie loszuwerden, denn rechts neben mir saß Catherine, und wir hatten anderes zu bereden …

Ich hatte nichts mehr von Catherine oder der Deutschen gehört, seit sie uns in diese Blechhütte gebracht hatten; keine Gespräche, keine Schreie oder andere Geräusche. Ich starrte in die Dunkelheit, ignorierte den von Körperflüssigkeit dampfenden Fleck und versuchte, mir aus dem Gedächtnis Catherines Gesicht vorzustellen, aber es klappte nicht, ich konnte mich nicht erinnern, wie sie aussah. Stattdessen hatte ich plötzlich Ellen vor Augen, meine kleine Tochter, die mir so ähnlich war; es schnürte mir den Hals zu, und ich merkte kaum, dass das Blech vor der Türöffnung entfernt wurde.

Der Lange zerrte mich vom Boden hoch und schleifte mich zu dem Körperfleck des Dänen hinüber. Instinktiv sperrte ich mich dagegen, nicht dahin, nicht zu der dunklen Nässe, aber der Lange verpasste mir eine Ohrfeige und ich hörte auf zu strampeln. Er legte mich mit dem Rücken an die Blechwand, der Gestank hüllte mich ein und ich merkte, wie die Feuchtigkeit durch das Stück Stoff drang, das sie mir um den Unterleib gewickelt hatten. »*Kusubiri hapa*«, sagte der Lange und ging wieder nach draußen, ohne die Türöffnung zu verschließen. Das grelle Rechteck füllte den ganzen Raum aus und jagte mir Blitze durchs Hirn. Der Raum wurde weiß, und ich blinzelte zur Decke.

Dann verdunkelte sich die Öffnung, und der Himmel verschwand, ein massiger, untersetzter Kerl beugte sich ins Dunkel und rümpfte die Nase.

»*You stink*«, sagte er.

Es war der Mann mit der Machete, *Kiongozi Ujumla*. Er war so klein, dass er aufrecht in der Hütte stehen konnte. Sein Gesicht verschwand im Staub unter dem Dach, aber ich konnte das Weiße in seinen Augen leuchten sehen.

»*Who Yimmie?*«, sagte er.

Mein Atem wurde schneller. Er stellte mir eine Frage, was wollte er? Yimmie? Was war Yimmie? Ein Mensch? Ich kannte keinen Yimmie.

»Wer?«, fragte ich.

Er versetzte mir einen Tritt gegen den Brustkorb, ich hörte, dass eine Rippe brach, und krümmte mich zur Seite.

»*Yimmie Allenius*«, sagte der Mann mit der Machete.

Yimmie Allenius? Meinte er Jimmy Halenius?

»Sekretär?«, fragte ich. »Staatssekretär? Aus meinem Büro?«

Eine Reihe Zähne blitzte über mir auf.

»*Very good! Colleague at work. You secretary, research secretary.*«

Er bückte sich und drückte auf die Stelle, wo er mich getreten hatte. Ich hörte, dass ich aufstöhnte.

»*You rich man?*«, flüsterte er zur Wand hinter mir.

»Nein«, murmelte ich, »überhaupt nicht.«

Er drückte mit dem Finger fester auf meinen Brustkorb.

»*You rich man?!*«, brüllte er mir ins Ohr, und die ganze Welt brüllte zurück.

»Ja«, rief ich, »ja ja, *I'm rich man.*«

Er richtete sich auf und wandte sich zur Türöffnung um, »*picha vifaa*«, sagte er, und der Lange drängte sich mit einer großen Lampe und einer Videokamera in die Hütte, und mir fiel dieser

Journalist ein, über den Annika in den USA geschrieben hatte, dieser Amerikaner, dem sie in einem Internetvideo vor laufender Kamera den Kopf abgeschlagen hatten, und die Luft war erfüllt von blutroter Panik.

*

Die heutige Papierausgabe der Zeitung war keine Glanzleistung, das musste er zugeben.

Der potentielle Serientäter, den sie für die Titelseite erfunden hatten, war fast überstrapaziert, aber was tat man nicht alles als Chefredakteur mit Auflagenambitionen?

Außerdem hatte sich in den Morgenstunden die Katastrophe schlechthin ereignet. Der Newsflash über die abgestürzte französische Passagiermaschine war exakt zwei Minuten zu spät gekommen, um die Rotationsmaschinen noch anhalten und neue Seiten in die Zeitung einbauen zu können. Zwar wäre es möglich gewesen, für die Innenstadtausgabe eine neue Auflage zu drucken, was sie beim *Konkurrenten* vermutlich taten, aber nach Schymans Einschätzung war ein Serienmörder in den Stockholmer Vororten, mochte er auch noch so potentiell sein, mindestens ebenso verkaufsträchtig wie ein abgestürztes Flugzeug ohne Schweden an Bord. Natürlich machten sie in der Online-Ausgabe mit dem Flugzeugabsturz auf, und in der Blogosphäre hatten die selbsternannten Experten schon ihre Absturzursachen parat: Islamistische Fundamentalisten hatten die Maschine in die Luft gesprengt oder besser gesagt ins Meer. Offenbar hatten die Blogger aus der Sache in Norwegen nichts gelernt.

Die Online-Ausgabe der Zeitung hatte die Spekulationen aufgegriffen und in einem Infokasten neben dem Absturzartikel eine Zusammenstellung der größten Terroranschläge veröffentlicht. Um sich vom Webmob zu distanzieren, waren dort sowohl Osama bin Laden als auch Anders Breivik aufgeführt.

Schyman bezweifelte die Terroristentheorie stark. Er hatte seinen Militärdienst bei der Luftwaffe abgeleistet, auf der F21 in Luleå (zwar nur als Rekrut, aber immerhin), und verfügte über fragmentarische Grundkenntnisse auf dem Gebiet. Immerhin hatte der Wehrdienst sein Interesse für die Luftfahrt und für Flugzeugabstürze geweckt. An diesem Tag war Air France nun zum zweiten Mal seit der Jahrtausendwende von einer vergleichbaren Katastrophe betroffen. Vor einigen Jahren war ein Airbus A330 mit 228 Passagieren an Bord auf der Route von Rio de Janeiro nach Paris ins Meer gestürzt. Erst im vergangenen Sommer war es gelungen, die Black Box auf dem Meeresgrund zu orten. Bis heute wusste man nicht genau, was den Absturz verursacht hatte – vielleicht ein Pilotenfehler oder möglicherweise ein schweres Gewitter, Turbulenzen, Blitze, kräftige Scherwinde. Dass diesmal ein verwirrter Muslim mit Sprengstoff in den Stiefelabsätzen oder, was das betraf, ein norwegischer Christ das Unglück verursacht haben sollte, hielt er für höchst unwahrscheinlich.

Aus dem Augenwinkel sah er, wie ein bekanntes Gesicht auf dem Bildschirm erschien, der an der gegenüberliegenden Stirnwand hing und ohne Ton lief. Es war die allseits beliebte schwedische EU-Kommissarin – eine begabte junge Politikerin von den Liberalen, die fünf Sprachen fließend beherrschte und für die Einwanderungspolitik und innere Sicherheit Europas verantwortlich war. Sie wurde im Studio von Sky News interviewt. Er griff nach der Fernbedienung und stellte den Ton lauter.

»Absolut«, antwortete sie auf eine Frage, die ihm entgangen war. »Die Konferenz in Nairobi war ein großer Erfolg. Die Übereinkommen sind zwar noch nicht ratifiziert, aber unsere Zusammenarbeit mit der Afrikanischen Union wurde intensiviert und das Verständnis für unsere jeweiligen Bedürfnisse und Unternehmungen vertieft.«

»Es gibt also keine Pläne, der Forderung der Entführer nach einer Öffnung der Außengrenzen Europas Gehör zu schenken?«

»Nach den Unruhen in Nordafrika und im Nahen Osten brauchen wir Frontex mehr denn je«, sagte sie. »Nicht nur, um die europäische Bevölkerung zu schützen, sondern um den Flüchtlingen in den betroffenen Ländern zu helfen und sie zu unterstützen. Frontex wurde geschaffen, um Leben zu retten. Ohne Frontex würden die Flüchtlingsströme …«

»Leben retten? Aber in diesem Fall drohen die Entführer doch damit, die Geiseln hinzurichten …«

»Die Grenzen nach Somalia müssen verstärkt werden, das ist eine unserer nachdrücklichen Forderungen …«

Sein Hausapparat schnarrte, ein durchdringendes Geräusch, bei dem er jedes Mal zusammenzuckte.

»Besuch für Sie im Anmarsch«, sagte der Pförtner. Dieser neue Mann war offenbar nicht auf den Kopf gefallen.

»Danke«, erwiderte Schyman und drückte den Knopf, von dem er glaubte, dass er gedrückt werden müsse, griff wieder zur Fernbedienung und schaltete die EU-Kommissarin ab.

Er blickte in die Redaktion und sah, wie Annika Bengtzon in ihrer üblichen dahingleitenden Art im Großraumbüro auftauchte, als schwebte sie einige Zentimeter über dem Boden. Vielleicht bewegte sie sich so, um nicht aufzufallen, erreichte aber damit das Gegenteil. Als sie die Redaktion betrat, blieb die Zeit für eine Weile stehen, um sie herum entstand eine Art Vakuum, das Licht wurde intensiver, und alle hoben den Kopf: ein hastiger Blick, um nachzusehen, was die Normalität störte, was den Geräuschteppich zerriss.

Annika klopfte an seine Glastür, als hätte er sie nicht längst bemerkt.

Er winkte sie herein.

»Hat man überall in Schweden das kommunale Schneeräumen aufgegeben oder nur in Stockholm?«, fragte sie, zog ihre Steppjacke aus und ließ sie achtlos zu Boden fallen.

»In einer Demokratie zu leben bedeutet, dass man immer nur die Hälfte von dem bekommt, was man will«, sagte Schyman. »Es war die Allgemeinheit, die in ihrer unendlichen Weisheit diese politische Ordnung gewählt hat.«

Sie ließ sich auf seinen Besucherstuhl fallen. Ihre Haare waren auf dem Kopf zu einem Vogelnest zusammengefriemelt.

»Ich habe nachgedacht«, sagte sie. »Ich glaube, es war etwas übereilt, Ihr Angebot gestern abzulehnen.«

Sie hatte dunkle Schatten unter den Augen, aber ihr Blick war klar und fest. Und sie hatte sich umgezogen: rote Strickjacke und schwarze Jeans.

»Ich habe ja gesagt, dass Sie es sich noch überlegen können«, sagte er.

Sie wand sich auf dem Stuhl.

»Es kommt mir so schäbig vor, über die Sache öffentlich zu berichten«, sagte sie. »Als würde man sich nackt auf den Marktplatz stellen, damit die Leute was haben, worüber sie sich aufregen können.«

Er nickte und wartete. Wenn ihm jemand anderes gegenübergesessen hätte, ziemlich egal wer, hätte er diese Bemerkung als Eröffnung einer zähen Verhandlung über Betrag und Bedingungen aufgefasst. Aber Annika hatte selten etwas in der Hinterhand. Es lag ihr irgendwie nicht, sich zu verstellen und zu abstrakten Zielen durchzulavieren. In ihrer Arbeitsweise glich sie eher einem Panzer: mit voller Kraft drauflos, bis sich kein Widerstand mehr regt.

»Ich weiß noch nicht, ob ich das Geld brauche«, sagte sie. »Wie viel Zeit habe ich, um mich zu entscheiden?«

»Der Vorstand erwartet Ihre Entscheidung Montag früh«, erwiderte er.

Das entsprach nicht der Wahrheit. Er konnte mit dem Geld machen, was er wollte, er brauchte den Vorstand nicht einmal zu informieren.

Das Geld war im Budget eingeplant (als sonstige externe Kosten), und der Vorstand wusste von nichts. Vierzig Millionen Dollar hatte er allerdings nicht zur Verfügung. Die Obergrenze für derartige Ausgaben war auf drei Millionen Kronen festgelegt, das war der Maximalbetrag für verschiedene besonders sensationelle Exklusivstorys.

Annikas Blick war auf die aktuelle Ausgabe der Zeitung gefallen, die mit der Titelseite nach oben auf seinem Schreibtisch lag.

»Glauben Sie das Zeug da etwa selbst?«, fragte sie.

Er merkte, wie seine Laune ins Bodenlose sank.

»Annika …«

Sie zeigte auf das Foto von Linnea Sendman.

»Sie hat ihren Mann vier Mal wegen Misshandlung angezeigt, wussten Sie das? Zwei Mal hat sie Besuchsverbot beantragt, es aber nicht durchbekommen, war Ihnen das bekannt?«

»Vielleicht gibt es einen Grund, warum die Anzeigen eingestellt wurden«, sagte Schyman und hörte, wie gereizt er klang. Er wollte es nicht, aber aus irgendeinem Grund ließ er sich immer von Bengtzon provozieren. Jetzt war sie ganz an die Stuhlkante gerutscht, hatte sich über seinen Schreibtisch gelehnt und war richtig in Fahrt.

»Der Staatsanwalt hielt sie für eine hysterische Zicke, die lieber versuchen sollte, mit ihrem Mann auszukommen, als sich über Kleinigkeiten aufzuregen. Also das Übliche, mit anderen Worten.«

»Und was, meinen Sie, hätten wir tun sollen? Wir können den Mann doch nicht für etwas anprangern, was wir nicht belegen können«, sagte Schyman und merkte, dass er sich aufs Glatteis begeben hatte. Und richtig, Annika Bengtzon verdrehte die Augen, wie sie es immer tat, wenn ihr nicht in den Kopf wollte, wie man nur so dumm sein konnte.

»Aber das abgestürzte Flugzeug wurde von Terroristen in die Luft gesprengt, ja?«, fragte sie.

Schyman erhob sich ärgerlich. Was hatte das mit seinem Angebot zu tun, ein Lösegeld für ihren entführten Mann zu zahlen?

»Wir schießen uns nicht auf Einzelpersonen ein, das wissen Sie«, sagte er.

Sie lehnte sich zurück.

»Haben Sie vor ein paar Jahren den Bericht von Europol über den Terrorismus in Europa gelesen?«

Er schloss für einen Moment die Augen und sammelte Kraft.

»Innerhalb eines Jahres wurden in Europa 498 Terroranschläge verübt«, fuhr sie fort. »Hunderte von Leuten wurden wegen des Verdachts festgenommen, an diversen Terrorakten beteiligt gewesen zu sein. Die Mehrheit von ihnen waren Muslime. Und wissen Sie, wie viele von diesen 498 Terroranschlägen auf das Konto von islamistischen Terroristen gingen?«

»Annika …«

»Einer.«

Er sah sie an.

»Einer?«

»Einer. Die anderen 497 Terroranschläge wurden vorwiegend von Separatisten verübt, von der ETA und den Idioten auf Korsika, von ein paar Kommunisten und dann noch von einer Reihe komplett Verrückter. Aber praktisch jedes Mal, wenn wir von Terroristen sprechen, meinen wir damit Muslime.«

»Das ist eine Sache, die …«

»Sehen Sie sich nur an, was nach der Bombe in Oslo und den Erschießungen auf Utøya passiert ist. Sogar in den ganz seriösen Morgenzeitungen hieß es, dass der internationale Terrorismus nun Norwegen erreicht habe und dass das alles kein Wunder sei. Wenn man sich in Afghanistan einmische, passiere eben so was.«

Schyman antwortete nicht, was hätte er auch sagen sollen?

»Wir verbreiten Mythen und Schrecken, die zum größten Teil völlig unbegründet sind«, sagte Annika. »Aber wenn es um eine ermordete Frau geht, ist der Beweisanspruch plötzlich dermaßen hoch, dass wir nicht mal eine Notiz bringen können, ohne dass ein Urteil des Obersten Gerichtshofs vorliegt. Es sei denn, wir schaffen es, einen erfundenen Serienmörder aus dem Ärmel zu zaubern. Auf den können wir dann einschlagen.«

Schyman setzte sich wieder, er fühlte sich plötzlich nicht gut.

»Der letzte Kontakt mit dem Flugzeug bestand in einer automatisch gesendeten Fehlermeldung über einen elektrischen Kurzschluss«, sagte er. »Nichts deutet auf irgendeine Art von Explosion oder ein terroristisches Attentat hin.«

Sie blickte ihn lange schweigend an. Er ließ es zu, wollte gar nicht erst versuchen zu verstehen, was in ihrem kantigen Schädel vorging. Vor vielen Jahren einmal hätte er sich vorstellen können, dass sie möglicherweise seine Nachfolgerin würde. Er musste verrückt gewesen sein.

»Der Franzose ist tot«, sagte sie. »Zerstückelt. Sein Körper wurde vor der Botschaft von Dschibuti in Mogadischu gefunden. Vom Kopf fehlt immer noch jede Spur.«

Er spürte, wie sich seine Nackenhaare sträubten.

»Hingerichtet?«

Sie antwortete nicht.

»Davon höre ich zum ersten Mal«, sagte er.

»Ich habe keine Ahnung, warum die Meldung zurückgehalten wird«, sagte sie. »Sicher gibt es einen guten Grund dafür, nahe Angehörige, die man bisher nicht erreicht hat – etwas in der Art. Aber damit haben Sie jetzt einen Vorsprung. Ich habe eine Frage.«

»Eine Frage?«

»Um wie viel Geld geht es bei Ihrem Angebot?«

Ohne zu überlegen, antwortete er genau so, wie sie ihre Frage gestellt hatte, geradeheraus und ohne taktische Mätzchen:

»Drei Millionen.«

»Kronen?«

Sie klang misstrauisch und enttäuscht.

»Höchstens«, erwiderte er.

Sie nagte eine Weile an der Unterlippe.

»Könnte ich das Geld als Darlehen bekommen?«

»Und es zurückzahlen, indem Sie bis zu meiner Rente mein presseethisches Gewissen spielen?«

Er sah, wie sie auf dem Stuhl in sich zusammensank. Was war nur mit ihm los? Warum hatte er das Bedürfnis, eine Journalistin niederzumachen, deren Mann entführt worden war und die jetzt vor ihm saß und um den Preis ihrer Ehre kämpfte?

»Entschuldigung«, sagte er. »Ich wollte nicht …«

»Wann würden die Artikel und die Internetgeschichten veröffentlicht werden? Sofort? Oder hat das Zeit, bis alles vorbei ist?«

»Das kann warten«, hörte er sich sagen, obwohl er eigentlich gegenteilige Pläne gehabt hatte.

»Müssen die Kinder mit hineingezogen werden?«

»Ja«, sagte er, »das ist eine Bedingung.«

»Nur, wenn es gut ausgeht«, sagte sie. »Wenn er stirbt, bleiben sie außen vor.«

Er nickte, das war vertretbar.

»Ich schreibe selbst. Ein Tagebuch, das damit beginnt, dass ich von Thomas' Verschwinden erfahre. Eine Videokamera habe ich nicht, die müsste ich gestellt bekommen. Ich schreibe und filme erst mal drauflos, und wenn alles vorbei ist, redigieren wir das Material gemeinsam. Was den Dienstplan angeht, stellen Sie mich bis auf weiteres von meiner Arbeit frei.«

Er konnte nur nicken.

»Ich lasse mir von Bilder-Pelle eine Kamera geben«, sagte sie und hob ihre Jacke vom Fußboden auf. »Ich sage ihm, dass Sie das genehmigt haben.«

Sie stand auf.

»Ich maile Ihnen meine Bankverbindung. Wie schnell können Sie das Geld überweisen?«

Die Verhandlungen über die Höhe der Summe waren unbemerkt an ihm vorübergegangen.

»Einen Banktag oder zwei wird es wohl dauern«, sagte er.

Sie verließ sein Aquarium, ohne sich noch einmal umzudrehen, und Schyman wusste nicht, ob er zufrieden sein oder sich über den Tisch gezogen fühlen sollte.

*

Sie holte Essen im Indian Curry House und kam mit roten Wangen und dampfenden Schalen in der Wohnung an. Halenius nahm ihr das Essen ab, während Annika sich Jacke und Stiefel auszog.

»Ist ein Video gekommen?«, fragte sie.

»Nichts. Wie ist es gelaufen?«, fragte er aus der Küche zurück.

»Schyman durchschaut mich nicht«, sagte Annika und hängte ihre Daunenjacke an einen Haken. »Er hält mich für ziemlich dumm, für so weibchenmäßig impulsiv und gefühlsgesteuert. Ich habe genau das erreicht, was ich wollte.«

Er erschien in der Küchentür.

»Glückwunsch. Wie viel Geld will er rausrücken?«

»Mehr, als ich dachte«, sagte Annika. »Drei Millionen.«

Halenius stieß einen Pfiff aus.

»Haben Sie Hunger? Wir sollten essen, solange es heiß ist«, sagte Annika und drängte sich an ihm vorbei in die Küche. Ihr Oberarm berührte seine Brust.

Es war ein merkwürdiges Gefühl, dass er hier bei ihr in der Wohnung war, dass er in ihrer Küche herumwerkelte und das Badezimmer benutzte, während sie sich im Café mit Anne traf, dass er in ihrem Schlafzimmer saß, während sie in der Redaktion war. Seine Anwesenheit war so spürbar, so als würde er Wärme ausstrahlen, beinahe wie ein Kamin.

»Ich weiß nicht, was Schyman bezahlt hat, als vor ein paar Monaten die Geliebte des Königs in der Zeitung ausgepackt hat«, sagte sie und nahm zwei Teller aus dem Oberschrank, ohne Halenius anzusehen, »aber das muss auch in der Größenordnung gewesen sein.«

Er stand immer noch da, an den Türrahmen gelehnt; sie spürte, wie er sie beobachtete, als sie den Tisch deckte.

»Glauben Sie, dass die Zeitung für Interviews bezahlt?«, fragte er.

Sie hielt inne und sah ihn an.

»Ich weiß es ja nicht mit Sicherheit«, sagte sie, »ich war zu der Zeit in Washington. Aber warum sollte sie es sonst getan haben?«

»Aufmerksamkeit?«, schlug er vor.

»Wenn sie darauf aus gewesen wäre, im Rampenlicht zu stehen, wäre sie wohl in allen Talkshows und Klatschblättern aufgetaucht, nicht nur im *Abendblatt*. Die Dame ist ja nicht blöd. Chicken Tandoori oder Korma-Lamm?«

Er beugte sich über die Aluschalen.

»Welches ist was?«

Sie glaubte nicht, dass sie etwas essen konnte, setzte sich aber trotzdem hin und kratzte ein bisschen von dem Huhn auf ihren Teller. Er nahm ihr gegenüber Platz, ihre Knie stießen unter dem Tisch aneinander.

»Sie hatten recht«, sagte er. »Thomas hat sich freiwillig für die Erkundungsreise nach Liboi gemeldet. Woher wussten Sie das?«

Sie kaute eine Weile auf dem Hähnchen herum, der Bissen

wurde im Mund immer größer. Die Nachricht brachte sie nicht unbedingt aus der Fassung, sie hatte es sich schon gedacht.

»Thomas ist kein Naturbursche«, antwortete sie. »Er schätzt guten Wein und erstklassiges Essen. Es gibt nur drei Gründe, warum er so eine Fahrt mitmacht: Prestige, Zwang oder eine Frau.«

Prestige hatte Halenius schon im Ministerium ausgeschlossen, nun war auch der Zwang entfallen. Aus irgendeinem Grund schien diese Erkenntnis den Staatssekretär verlegen zu machen.

»Was ist?«, fragte sie und biss in ein Stück Naan-Brot.

Er schüttelte wortlos den Kopf.

Sie ließ das Brot sinken.

»Das ist doch nicht Ihre Schuld«, sagte sie. »Thomas ist nicht monogam. Ich denke, er versucht es, aber es klappt nicht.«

»Muss irgendwer Schuld haben?«, fragte er mit einem kleinen Lächeln.

Plötzlich schrecklich müde, schüttelte sie den Kopf. Sie steckte den letzten Bissen Hähnchen in den Mund, wischte den Rest Reis mit dem Brot auf und erhob sich.

»Ich denke, ich lege mich eine Weile hin«, sagte sie.

Sie schlief in Kalles Bett. Als sie aufwachte, war es draußen dunkel, eine graue, mondlose Nacht ohne Sterne.

Ihr Kopf war bleischwer. Halenius saß im Schlafzimmer und sprach leise in sein Handy. Nur in T-Shirt und Slip schlich sie ins Bad und warf zwei Panodil ein, pinkelte, putzte sich die Zähne und hockte eine Weile auf dem Klo, um in die Wirklichkeit zurückzukehren. Als sie wieder herauskam, stand Halenius im Flur, mit zerwühlten Haaren und einem Becher Kaffee in der Hand.

»Kommen Sie«, sagte er. »Die Geiselnehmer haben ein neues Video online gestellt.«

»Thomas?«

»Nein. Der Typ mit dem Turban.«

Sie tappte ins Kinderzimmer, zog Jeans und Strickjacke an und folgte ihm barfuß. Er saß am Computer, auf dem Monitor war ein Standbild des Videos zu sehen.

»Die Nachricht über den Franzosen ist raus«, sagte Halenius. »Anscheinend haben die Entführer die Veröffentlichung abgewartet, denn gleich nach der Eilmeldung von AFP wurde dieses Video hochgeladen.«

Annika lehnte sich über Halenius' Schulter. Das Bild zeigte den Mann in Militärkleidung und Turban, der schon im letzten Video zu sehen gewesen war, auch der dunkelrote Hintergrund und die übrige Umgebung schienen unverändert zu sein.

»Haben sie auch denselben Server benutzt?«, fragte Annika.

Der Staatssekretär fuhr sich übers Haar.

»Da fragen Sie den Falschen, ich kann mich ja kaum in meinen eigenen Rechner einloggen … Offenbar gibt es zwei, drei Internetprovider in Somalia, der größte heißt Telcom, aber dessen Server haben sie nicht benutzt, sondern den eines kleineren Providers … Wollen Sie es sehen?«

»Versteht man, was er sagt?«

»Der Link hier kommt von der BBC, sie haben den Film untertitelt. Vielleicht nehmen Sie sich einen Stuhl …«

Als sie sich aufrichtete, merkte sie, dass ihr Haar über seine Schulter fiel. Rasch nahm sie die Kleider vom Stuhl am Fenster, warf sie aufs Bett und zog den Stuhl zum Schreibtisch, wo sie ihn in deutlichem Abstand zu dem (ihrem) Drehstuhl hinstellte, auf dem Halenius saß. Er klickte auf den Bildschirm, und der Film startete. Annika musste sich recken, um etwas sehen zu können. Halenius rollte ein Stück zur Seite, und sie rutschte näher heran. Der Mann mit dem Turban starrte in die Kamera, seine Augen waren ganz klein. Wieder verkündete er seine Botschaft in derselben Sprache wie beim letzten Mal. Er sprach genauso langsam und deutlich, der Inhalt war ähnlich, aber seine Forderungen waren nun schärfer.

»Die Bosheit und Ignoranz der westlichen Welt können nicht ungestraft bleiben. Die Stunde der Rache ist gekommen. Fiqh Jihad hat den französischen Hund wegen seiner Sünden getötet. Aber noch ist eine Absolution möglich. Unsere Bedingungen sind einfach: Öffnet die Grenzen nach Europa. Schafft Frontex ab. Verteilt die Ressourcen der Erde. Schafft die Schutzzölle ab.

Die anderen werden das Schicksal des Franzosen teilen, falls die Welt nicht hört. Freiheit für Afrika! Allah ist groß!«

Das Bild erzitterte, als berührte jemand die Kamera, um sie abzuschalten. Das Bild wurde schwarz. Halenius schloss den Browser.

»Das Video ist achtunddreißig Sekunden lang, genau wie das erste«, sagte er.

»Spielt das eine Rolle?«, fragte Annika.

»Keine Ahnung«, erwiderte Halenius.

Stumm saßen sie nebeneinander und starrten auf den dunklen Monitor.

»Und was bedeutet das jetzt?«, fragte Annika.

»Wir können gewisse Schlüsse ziehen«, sagte der Staatssekretär. »Die Gruppe bekennt sich zum Mord an dem Franzosen, so viel ist klar. Die Begründung, dass er gesündigt haben soll, ist schwerer nachzuvollziehen.«

»Hat er sich in der EU für Frontex starkgemacht?«

Halenius schüttelte den Kopf.

»Er war ganz neu auf dem Gebiet, die Konferenz in Nairobi war sein erster Einsatz in diesem Bereich. Auch privat hat er keine rassistischen oder ultranationalen Tendenzen gezeigt. Außerdem ist seine Frau eine gebürtige Algerierin.«

Annika beugte sich zum Bildschirm vor.

»Spielen Sie den Film noch mal ab«, sagte sie.

Halenius klickte suchend herum, aber schließlich begann das Video von vorn. Annika beobachtete die Augen des Mannes, während er sprach. Er schielte ein paar Mal nach links, als suchte er Unterstützung in einem geschriebenen Text.

»Er ist gebildet«, sagte Annika. »Zumindest kann er lesen.«

Das Bild wackelte und wurde schwarz.

»Sie sind mindestens zu zweit«, fuhr sie fort. »Außer dem Turbanmann ist da noch einer, der hinter der Kamera steht und sie abschaltet. Kann man nicht bei dem Internetprovider in Erfahrung bringen, wer den Server benutzt?«

»Die rechtliche Lage ist unklar«, sagte Halenius. »Internetprovider können Informationen über ihre Kunden nicht einfach an irgendwen rausgeben. Da sind sicher schon eine Reihe Rechtswidrigkeiten begangen worden, aber der Antrag zur Überlassung der Kundendaten muss von einer Behörde kommen, und so was gibt es in Somalia nicht mehr …«

»Die Engländer oder die Amis nehmen doch wohl kaum auf so was Rücksicht, oder?«

Halenius nickte.

»Stimmt. Die Amis hatten den Verdacht, dass bin Laden Anfang der 2000er somalische Server für Geldtransaktionen benutzte, also wurde kurzerhand ganz Somalia monatelang vom Internet abgeschnitten.«

Annika biss sich auf die Unterlippe.

»Er redet von ›Hunden‹ und ›Absolution‹. Ziemlich hochgestochen, was? Vielleicht symbolisch gemeint? Die Sünden des Franzosen stehen vielleicht für etwas anderes? Die Sünden Frankreichs oder ganz Europas?«

»Da ist noch ein anderer Aspekt in der Botschaft, der viel ernster ist«, sagte Halenius.

Annika sah zum Fenster hinaus. Ja, sie hatte den Aspekt sehr wohl erkannt.

»Er droht damit, die übrigen Geiseln ebenfalls zu töten, wenn seine Bedingungen nicht erfüllt werden.«

Halenius nickte.

Annika stand auf.

»Ich gehe mal und schalte mein Handy auf stumm.«

Der erste Anruf ging vier Minuten später auf dem Redaktionshandy ein. Sie ließ ihn auf die Mailbox umleiten. Die Nachrichtenagentur Tidningarnas Telegrambyå wollte einen Kommentar zur jüngsten Entwicklung des Geiseldramas in Ostafrika haben.

Anstatt den Rest des Medienansturms abzuwarten, legte Annika das Handy in den Flur und setzte sich mit ihrem Laptop ins Kinderzimmer. Sie hatte den bestbezahlten Artikel ihres Lebens zu schreiben: So war es, als mein Mann entführt wurde. Irgendwelche Ambitionen, politisch korrekt zu sein, hatte sie nicht. Wahrheitsgetreu, das schon, auch detailliert und genau sollte der

Text sein, aber auf eine Weise, die sie selbst bestimmte. Sie beschloss, im Präsens zu schreiben, ein Kniff, der in der Boulevardpresse generell unter Totalverbot stand, aber in diesem Format konnte er funktionieren, und sei es nur, um mit der gängigen Struktur zu brechen. Sie schrieb ohne Hemmungen, ließ die Worte ohne Einschränkungen fließen, denn wer weiß, ob dieser Text je gelesen würde, und wenn, dann von wem. Es gab in dieser Situation keinen Grund für Rücksichtnahmen, sie ließ einfach heraus, was sich seit Donnerstag in ihr aufgestaut hatte, teilte die Abschnitte nach Tagen und Stunden und manchmal sogar Minuten auf.

Annika schrieb so lange, bis sie merkte, dass sie Hunger bekam. Dann montierte sie die Videokamera auf ein Stativ, richtete sie auf Ellens Bett aus und drückte Record. Sie setzte sich zwischen die Kuscheltiere und machte einen Toncheck, eins-zwei, eins-zwei. Als sie die Aufnahme kontrollierte, sah sie, dass sie zu hoch im Bild saß. Der Fokus lag irgendwo auf ihrem Bauch. Also richtete sie die Kamera ein wenig weiter nach oben, war aber jetzt zu tief im Bild. Nach einigem Hin und Her war sie endlich in der Mitte zu sehen, genau wie der Mann mit dem Turban.

»Heute ist Samstag, der 26. November«, sagte sie in die schwarze Linse. Die starrte ihr entgegen wie das Auge eines Zyklopen, eines Außerirdischen oder eines Urzeittiers, eiskalt und lauernd. »Mein Name ist Annika Bengtzon. Mein Mann ist entführt worden. Thomas heißt er. Wir haben zwei Kinder. Er ist vor vier Tagen in der Nähe von Liboi im Nordosten Kenias verschwunden …«

Ohne dass ihr klarwurde, wie es gekommen war, weinte sie plötzlich. Sie verschloss die Augen vor dem blanken Kameraobjektiv und ließ den Tränen freien Lauf.

»Ich habe gerade erfahren, dass die Geiseln hingerichtet werden sollen, wenn die Forderungen der Entführer nicht erfüllt werden«, flüsterte sie.

Sie saß eine Weile da und ließ die Kamera laufen, dann wischte sie sich mit dem Handrücken die Tränen ab. Die Wimperntusche war zerflossen und brannte in den Augen.

»Öffnung Europas für die Dritte Welt«, fuhr sie in Richtung der Linse fort, »Verzicht auf unsere Privilegien, Bekämpfung der Ungerechtigkeit in der Welt: Das sind völlig unangemessene Forderungen. Jeder weiß das. Die Regierungen Europas werden ihre Bunkerpolitik nicht aufgeben, nur weil ein paar kleine Delegierte vom Tod bedroht sind.«

Ihre Nase war inzwischen verstopft, sie atmete durch den Mund. »Vielleicht müssen wir jetzt bezahlen«, sagte sie zum Fenster gewandt. »Wir in der alten, freien Welt, wir auf der richtigen Seite der Mauer. Warum sollte für uns alles gratis sein?«

Sie blickte verwirrt in die Kamera. Das hier entsprach wohl kaum Schymans Erwartungen. Andererseits hatte er ihr keine Vorgaben gemacht oder eine Auftragsbeschreibung mitgegeben. Da sollte sie doch freie Hand haben, um den Job nach eigenem Gutdünken zu gestalten, oder?

Sie erhob sich vom Bett und schaltete die Kamera aus, was vermutlich das gleiche Wackeln auslöste wie im Film des Turbanmannes.

An der Flurtür klingelte es.

Sie sah auf ihre Armbanduhr, kein Wunder, dass ihr Magen knurrte.

Halenius öffnete die Kinderzimmertür einen Spalt.

»Erwarten Sie jemanden?«

Annika strich sich die Haare aus der Stirn.

»Samstagabends um halb neun? Zu meiner Ü30-Party? Ist ein neuer Film gekommen?«

»Nein. Ich mache mich mal unsichtbar«, sagte Halenius und verschwand im Schlafzimmer.

Annika atmete tief durch. Per Ausschlussverfahren kam sie zu der Überzeugung, dass nur der *Konkurrent* draußen im Treppenhaus stehen konnte. Man hatte mehrere Stunden Zeit gehabt, einen Artikel über die erste Geiselhinrichtung in Ostafrika zusammenzuschustern, jetzt fehlte ihnen nur noch ein Foto von der verzweifelten Frau des entführten Schweden. Im selben Moment, in dem sie die Wohnungstür öffnete, würde sie geknipst werden. Und wenn sie auch zehn Mal auf den Schutz ihres Privatlebens und die Presse-Ethik hinwiese, in der morgigen Ausgabe würde ein großes Porträtfoto von ihr erscheinen. Falls es der *Konkurrent* war. Und wenn sie öffnete.

Mist, dass sie nie dazu gekommen war, einen Spion in die Tür einbauen zu lassen.

Sie ging in den Flur und legte das Ohr an die Tür. In ihrem Kopf sauste und brauste es wie im Wald bei Sturm.

Wieder klingelte es.

»Annika?«, hörte sie Bosse von draußen sagen.

Er klopfte an die Tür, genau dort, wo ihr Ohr lag, und sie trat einen kleinen Schritt zurück.

»Annika? Ich habe Licht bei dir gesehen. Wir wollen nur einen kurzen Kommentar. Machst du mal auf?«

Woher wusste er, welche Fenster zu ihrer Wohnung gehörten? Gingen Bosses Versuche, sie zu kontaktieren, nicht ein bisschen zu weit?

»Annika? Ich weiß, dass du da bist.«

Er klingelte und hielt den Knopf gedrückt. Das Schrillen zerriss die Luft und füllte die ganze Wohnung. Annika zwang sich zur Ruhe und Beherrschung. Sie wollten provozieren, dass sie die Tür aufriss und schrie, dass sie aufhören sollten. Sie wollten sie aufgebracht und mit aufgerissenen Augen und richtig schön fotogen untröstlich.

Halenius steckte den Kopf in den Flur, seine Haare standen zu Berge.

»Wollen Sie nicht aufmachen?«, mimte er mit den Lippen.

Annika schüttelte nur den Kopf.

»Was ist denn da los?«, brüllte eine Bassstimme im Treppenhaus. Lindström, der Nachbar von nebenan. Er war pensionierter Polizeikommissar, mit ihm legte man sich besser nicht an.

Das Klingeln endete abrupt.

Annika drückte wieder das Ohr an die Tür.

»Wir sind von der Presse …«, sagte Bosse kleinlaut.

»Was ihr da tut, ist Erregung öffentlichen Ärgernisses, Paragraph sechzehn, Abschnitt sechzehn Strafgesetzbuch. Verschwindet, bevor ich euch einbuchten lasse!«

Schuhe knirschten auf sandigem Steinboden, die Fahrstuhltür ging auf und wieder zu, und dann setzte sich der Aufzug rumpelnd in Bewegung. Die Tür zur Wohnung Lindström fiel ins Schloss.

Sie atmete auf und blickte Halenius an.

»Hunger?«, fragte sie und ging in die Küche.

*

Anders Schyman war schon fast aus der Tür und auf dem Nachhauseweg, als die Meldung über den toten Franzosen offiziell bestätigt wurde und das neue Entführungsvideo im Internet erschien. Sofort schoss die Temperatur in der Redaktion in die Höhe, und Anders Schyman machte kehrt und zog die Jacke wieder aus. Ehrlich gesagt, hatte er nichts dagegen. Seine Frau war mit ihrem Weiberclub für ein Wellnesswochenende verreist, und außer einem tiefgefrorenen Fischgratin und Henrik Berggrens Biographie über Olof Palme, »Vor uns liegen wunderbare Tage«, erwartete ihn zu Hause nichts. Zwar gab das Buch am Beispiel der Familie Palme im Allgemeinen und Olofs im Besonderen ein äußerst treffendes Bild vom Schweden des 20. Jahrhunderts wieder, aber das lief ihm ja nicht weg.

Er saß am Schreibtisch und verschaffte sich einen Überblick darüber, was die internationalen Redaktionen über die zweite Botschaft der Entführer schrieben, während er darauf wartete, dass Sjölander von einem Todesfall auf Kungsholmen zurückkam. Eine ältere Frau war tot im Waschkeller aufgefunden worden. Das klang zwar nicht so, als könnten sie das mit ihrem Serienmörder in Verbindung bringen, aber man gewann keinen Auflagenkrieg, wenn man die Dinge dem Zufall überließ.

Im selben Moment, als er den Reporter in der Sportredaktion auftauchen sah, erhob er sich und schob die Glastür auf.

»Sjölander? Kommen Sie doch mal kurz.«

Der Reporter hängte Laptoptasche und Jacke über einen Stuhl neben dem Desk und kam auf Anders Schymans Glaskasten zu.

»Das wird nicht so einfach«, sagte er und schloss die Tür hinter sich. »Die Frau war 75, keine Spuren äußerer Gewalteinwirkung. Sie hatte schon zwei Infarkte. Die Leiche war bereits abtransportiert, als wir kamen, aber wir haben ein Foto vom Waschkeller mit einer besorgten Nachbarin im Vordergrund ...«

Schyman hob die Hand.

»Haben Sie mitgekriegt, dass die somalischen Entführer angefangen haben, die Geiseln hinzurichten?«

Sjölander nickte und setzte sich auf den Besucherstuhl.

»Am Abend haben die Leute im nördlichen Sudan und in Nigeria demonstriert und die Forderungen der Geiselnehmer unterstützt. Offenere Grenzen und Reduzierung oder komplette Abschaffung der Schutzzölle«, sagte Schyman und deutete auf den Computer. »Die Konzentrationslager in Libyen sollen aufgelöst werden und Frontex auch.«

»Was für ein Mist«, sagte Sjölander und stand auf, um sich mit eigenen Augen davon zu überzeugen. Schyman drehte den Bildschirm, damit der Reporter lesen konnte.

»Bis jetzt ist es noch keine Revolte, aber weiß der Henker, wie das endet«, sagte Schyman.

Schweigend las Sjölander einige Pressemeldungen.

»Der Rebellenbewegung fehlt eine Galionsfigur, seit bin Laden tot ist«, sagte er und sank wieder auf den Besucherstuhl. »Der Typ hier könnte das Zepter übernehmen.«

Skeptisch holte Schyman Luft.

»Meinen Sie? Den kennt doch keiner, nicht mal die Jungs in Langley. Heilige Krieger tauchen normalerweise nicht aus dem Nichts auf. Bin Laden war Lehrling von Abdullah Azzam, er hat im Krieg zwischen der Sowjetunion und Afghanistan Schlachten angeführt, bevor er al-Qaida gegründet hat ...«

Sjölander schob sich eine Portion Snus-Tabak unter die Oberlippe.

»Der Typ könnte auch ein Krieger sein«, sagte er. »Dass wir noch nie von ihm gehört haben, bedeutet doch gar nichts. In Afrika gibt es haufenweise bewaffnete Konflikte, für die sich

183

keiner auch nur ansatzweise interessiert. Und die Rhetorik muss er ja irgendwo gelernt haben.«

»Ich habe vorhin die EU-Kommissarin im Fernsehen gesehen«, sagte Schyman. »Sie scheint nicht besonders geneigt zu sein, Frontex abzuschaffen.«

Sjölander gluckste und pulte an dem Snusklumpen unter seiner Lippe.

»Das wäre ja auch ein Witz. Frontex ist doch ihre Basis, und das zu Recht. Stellen Sie sich mal das Chaos im Mittelmeerraum während der Revolten in Nordafrika ohne die Seepatrouillen von Frontex vor. Mann, da wären Sie auf dem Flüchtlingsstrom trockenen Fußes rüber nach Libyen gekommen. Es ist für uns alle ein verdammtes Glück, dass die Kommissarin mit so harten Bandagen kämpft.«

Ein Johlen draußen in der Redaktion ließ Schyman und Sjölander aufschauen.

Patrik steuerte auf das Aquarium zu und schwenkte über dem Kopf einen Computerausdruck wie eine Fahne im Krieg.

»Ihr glaubt es nicht«, rief er und riss die Glastür auf. »Wir haben eine ermordete junge Mutter auf einem Fußweg in Sätra. Mit einem Messer im Nacken.«

*

Meine erste Erinnerung ist das Meer. Ich schaukelte darin, lag darin wie in einer Wiege. Weiße Wolkenfetzen glitten über mich dahin, ich lag auf dem Rücken in einem Körbchen und schaute zu ihnen hinauf, ich fand, dass sie lustig aussahen, und ich wusste, dass ich auf dem Meer war. Ich weiß nicht, wie alt ich gewesen sein mag, aber mir war bewusst, dass ich mich in einem Boot befand, warum auch immer. Vielleicht war es der Geruch von Brackwasser, das Geräusch der Wellen, die gegen den Rumpf schlugen, oder das Licht, das sich in der Wasseroberfläche brach.

Die Erinnerung reichte bis in die Dunkelheit der Wellblechhütte. Die Brandung dröhnte, und um meine Füße schlangen sich Algen.

Ich habe vergessen, wie sehr ich das Meer liebe.

Aus irgendeinem Grund brachte dieser Gedanke mich zum Weinen.

Ich habe so viel versäumt, so viel Liebe und Freude.

Wie oft habe ich Verrat begangen? Und nicht an mir selbst, wie ich mir einbildete, sondern auch an allen, die mir nahestanden.

Und ich habe von dem Geld erzählt, Annika. Ich weiß, dass du geplant hast, es in eine Wohnung zu investieren, aber ich hatte so schreckliche Angst, und meine ganze rechte Seite, in die er mir die Fußtritte versetzt hat, tut so weh. Ich weiß, dass du von der Versicherungssumme für uns alle eine Zukunft schaffen wolltest, aber du musst mir helfen, Annika, o Gott, ich halte das hier nicht länger aus, hilf mir … hilf mir …

Und plötzlich war ich wieder auf dem Meer, im Boot unterwegs nach Gällnö, in der alten Jolle, die mein Vater von Onkel Knut geerbt hatte. Das Segel roch nach Waschmittel und flatterte im Wind. Hinter mir verschwanden der Steg und der Schotterpfad in den Ort, der ungestrichene Kuhstall, der verrostete Bootsschuppen. Die niedrigen rotgrauen Häuser, die sich aneinanderlehnten, um Schutz vor dem Wind zu finden. Die grauen Klippen, die vielen Kiefern und die Schreie der Möwen in der Luft. Der Bauernhof Söderby gård, die Wiesen und Gärten, Kühe auf der Weide und Fliegen, die den Himmel bedeckten. Ich schaukelte dem Horizont entgegen, weich und endlos, und spürte, wie meine Tränen am Kinn trockneten.

Draußen brannte langsam das Feuer der Bewacher nieder. Einer von ihnen schnarchte. Es war so kalt. Ich fror wie ein Schneider. Bekam ich Fieber? Hatte die Malariamücke *Anopheles gambiae* ihren Parasiten in meine Leber gesetzt? Waren das schon die ersten Symptome?

Ich fing wieder an zu weinen.

Ich hatte solchen Hunger.

Abends hatten sie mir Ugali mit einem Stück Fleisch gegeben, aber im Fleisch krochen weiße Würmer, und ich brachte es nicht fertig, das zu essen, und der Lange schrie mich an und zwang mir das Fleisch in den Mund, und ich biss die Zähne zusammen, und dann hielt er mir die Nase zu, bis ich ohnmächtig wurde. Als ich wieder zu mir kam, war er verschwunden und mit ihm das Ugali.

Wie ein fetter Wurm wand sich der Hunger in meinem Bauch.

Ich atmete in die Dunkelheit hinein und schmeckte Brackwasser auf der Zunge.

*

Im Fernsehen lief eine romantische Komödie mit Meg Ryan, aus der Zeit, als sie noch wirklich süß und normal aussah, vor *Lebenszeichen – Proof of life,* wo sie längst auf das Hollywoodmärchen reingefallen war, sich die Lippen aufgespritzt und zu einem Knochengerüst runtergehungert hatte.

Annika saß neben Jimmy Halenius auf dem Sofa und schaute auf den Fernseher, ohne wirklich mitzubekommen, was sich dort ereignete. Der Staatssekretär hingegen schien die Handlung zu verfolgen, er gluckste und seufzte, und wenn es zwischendurch traurig wurde und die Geigenmusik kam, wackelte er ein wenig mit dem Kopf.

Die Entführer hatten sich nicht gemeldet. Kein Video, kein Anruf. Dafür hatten sämtliche Medien Schwedens sowie einige ausländische ununterbrochen auf ihrem Handy angerufen, seit die Nachricht vom Tod des Franzosen die Runde gemacht hatte. Erst hatte das Telefon auf der Kommode im Flur gelegen und lautlos vibriert. Aber nach ein paar Stunden hatte es sich auf den Boden gebrummt und lag jetzt vermutlich irgendwo zwischen den Schuhen. Sie schielte zu Halenius hinüber. Er hatte sich vorgebeugt, wahrscheinlich passierte etwas Spannendes. Es war unglaublich, wie er sich für sie und Thomas einsetzte. Absolut phantastisch. Hätte einer ihrer Chefs sich genauso verhalten? Schyman oder Patrik Nilsson? Sie musste kichern. Wie Halenius wohl als Vater war? Sie hatte nie gehört, dass er mit seinen Kindern telefonierte. Vermutlich tat er das, wenn er im Schlafzimmer war und die Tür hinter sich schloss. Sie wusste, dass die Maschine nach Kapstadt am frühen Abend gestartet war, aber er hatte nichts gesagt, und sie wollte nicht neugierig erscheinen. Sie fragte sich, wer wohl seine Freundin war. Eine der Juristinnen aus dem Ministerium wahrscheinlich. Wo, wenn nicht am Arbeitsplatz, sollte ein alleinstehender Vater von zwei Kindern in so einer Spitzenposition jemanden kennenlernen?

Ob sie wohl schön ist oder intelligent?, dachte Annika. Eine Kombination aus beidem hielt sie für eine Seltenheit.

Der Film war anscheinend zu Ende, denn Halenius stand auf und sagte etwas. Fragend hob sie die Augenbrauen.

»Kaffee?«

Sie schüttelte den Kopf.

»Ist es in Ordnung, wenn ich mir noch eine Tasse mache?«

Sie sprang auf.

»Setzen Sie sich«, sagte sie. »Ich bin hier die Logistikerin.«

Sie legte auch noch ein paar von den Hefeteilchen, die sie auf ihrer Tour durch den Konsum am Vortag erstanden hatte, auf einen Teller. Dann sah sie schweigend zu, wie er aß und trank. Der Fernseher lief ohne Ton. Sie zeigten die Wiederholung einer englischen Krimiserie.

»Sind Sie nicht eigentlich zu jung, um Staatssekretär zu sein?«, fragte sie.

Er schluckte.

»Fragen Sie sich, mit wem ich geschlafen habe, um diesen Job zu kriegen?«

Sie verdrehte die Augen. Er grinste leicht.

»Dafür kommt nur eine Person in Frage. Der Minister selbst. Er bestimmt seinen Staatssekretär. Nicht die Partei.«

Sie erwiderte sein Lächeln.

»Und was machen Sie da so? Also, wenn nicht gerade Ihr Personal entführt wird?«

»Einfach ausgedrückt, kann man sagen, dass der Minister das Ministerium nach außen vertritt und der Staatssekretär nach innen. Man muss wirklich zusammenhalten. Wenn das nicht funktioniert, kann es ziemlich gruselig werden …«

»Sie müssen tatsächlich ein Herz und eine Seele sein. Gerade klingen Sie wie er. Aber was *tun* Sie denn?«

Er lachte auf und biss wieder in sein Teilchen.

»Manchmal stelle ich mich der Presse, aber nur, wenn es nötig ist, etwas richtig Vertracktes und Schreckliches runterzuspielen.«

Er lächelte breit.

»Und warum hat der Minister Sie ausgewählt?«

Er spülte mit einem großen Schluck Kaffee nach.

»Ich kannte ihn nicht besonders gut. Wir waren uns auf ein paar Partys begegnet und hatten ein oder zwei Mal Fußball zusammen gespielt, aber er brauchte anscheinend jemanden mit meinen Kompetenzen.«

»Und die wären?«

»Ich habe mit achtundzwanzig über Verwaltungsrecht promoviert und damals am Obersten Gerichtshof gearbeitet, als seine Sekretärin anrief und mich zu einem Vorstellungsgespräch einlud.«

Sie sah ihn an und blinzelte, versuchte ihn sich als Juristenbürokraten am OG vorzustellen. Das war nicht so einfach. Sie hatte immer gedacht, die Männer dort seien angestaubt, hätten Schuppen und trügen fadenscheinige Anzüge, keine Punkfrisuren und abgewetzte Jeans.

»Müssen Sie abtreten, wenn Ihre Partei die Wahl im nächsten Jahr verliert?«

»*Yes.*«

»Und dann werden Sie Generaldirektor in irgendeiner merkwürdigen Fabrik?«

Halenius erstarrte, reckte den Hals und schaute in Richtung Flur.

»War das gerade der Aufzug?«, fragte er leise.

Annika erhob sich, ihr Körper war gespannt wie eine Sprungfeder. Auf Socken ging sie hinüber zur Tür in den Flur und hielt die Luft an. Tatsächlich klang es ganz so, als bewegte sich da draußen jemand. Es raschelte und murmelte. Im nächsten Moment klingelte es. Sie ging zur Wohnungstür und lauschte ins Treppenhaus.

»Anni?«

Vor Überraschung machte sie einen Schritt zurück.

»Wer ist das?«, flüsterte Halenius.

Annika starrte die Tür an.

»Meine Schwester«, sagte sie. »Birgitta.«

Wieder klingelte es. Es rüttelte an der Türklinke.

»Ich ziehe mich in die Entführungszentrale zurück«, sagte Halenius.

Annika wartete, bis er verschwunden war, dann öffnete sie. Ihre kleine Schwester, etliche Zentimeter größer als sie, stand schwankend im dunklen Treppenhaus. Bei ihr war ein großer Mann in Jeansweste.

»Hallo, Annilein«, sagte Birgitta. »*Long time no see*. Darf man reinkommen?«

Sowohl ihre Schwester als auch der Typ, vermutlich ihr Mann Steven, den Annika noch nicht kannte, hatten ordentlich einen in der Krone. Sie zögerte.

»Oder soll ich draußen auf die Treppe pinkeln?«, fragte Birgitta.

Annika trat einen Schritt zurück und zeigte auf die Tür zum Badezimmer. Birgitta verdrückte sich rasch und pinkelte, dass es nur so rauschte. Annika schloss die Tür hinter ihnen. Der große Mann füllte beinahe die ganze Diele aus, er schwankte leicht in alle Richtungen. Annika ging um ihn herum und baute sich mit verschränkten Armen in der Küchentür auf. Eine Geste, die Abwehr und Misstrauen signalisierte, aber sie konnte nicht anders. Wortlos standen sie da, bis Birgitta wieder herauskam. Trotz des Dämmerlichts im Flur konnte Annika sehen, dass ihre Schwester noch immer nicht die Pfunde losgeworden war, die sie während der Schwangerschaft zugelegt hatte. Ihre Haare waren länger als je zuvor, sie reichten bis über die Hüfte.

»Das ist jetzt ein bisschen überraschend«, sagte Annika. »Was verschafft mir die Ehre?«

»Wir waren auf einem Konzert«, sagte Birgitta. »Rammstein. Im Globe. Total super.«

Sie hat die gleiche Stimme wie ich, fuhr es Annika durch den Kopf. Wir klingen genau gleich. Sie ist blond, und ich bin dunkel, aber wir ähneln uns. Ich bin ihr dunkler Schatten.

»Ich dachte, du müsstest am Wochenende arbeiten«, sagte

Annika. »Mama hat gesagt, sie müsste sich um … deine Kleine kümmern.«

Plötzlich war sie sich nicht mehr sicher, wie der Name lautete. Destiny? Oder Crystal? Oder Chastity?

»Ich arbeite doch nicht abends. Und wenn Steven schon mal billig zwei Tickets schießt, dann muss ich doch die Gelegenheit nutzen.«

Der Mann, Steven, ging ins Wohnzimmer. Annika fuhr zusammen und folgte ihm schnell. Bei ihrem Glück latschte er sonst noch ins Schlafzimmer und stieß auf Halenius mit seinen Computern und den Aufnahmegeräten und Unmengen an Post-it-Zetteln an den Wänden, mit Gedankenstützen für den Fall, dass die Entführer anriefen. Da lagen Vorschläge über die Lösegeldsumme, verschiedene Verhandlungsalternativen, Fakten, die Halenius gesammelt hatte, und die Abschriften der Telefonate mit den Geiselnehmern …

»Was wollt ihr eigentlich?«, fragte Annika und stellte sich dem Kerl in den Weg. Er war einen Kopf größer als sie, mit schütterem Haar und Leberflecken auf der Stirn. Bisher hatte er noch keinen Ton gesagt.

»Wir dachten, wir könnten vielleicht hier schlafen«, sagte Birgitta. »Der letzte Zug nach Flen ist schon weg, und wir haben kein Geld für ein Hotel.«

Annika sah ihre Schwester an und überlegte, wie sie reagieren sollte. Sie hatten sich ewig (wie lange? Drei Jahre? Vier?) nicht gesehen, und jetzt platzte die mitten in ein Geiseldrama, *weil sie den Zug verpasst hatte*?!

»Ich weiß nicht, ob du es gehört hast«, sagte Annika und spürte, wie sie stockte, »aber mein Mann ist entführt worden. Er wird irgendwo in Ostafrika gefangen gehalten. Sie drohen damit, ihn umzubringen.«

Birgitta ließ den Blick durchs Wohnzimmer wandern.

»Mama hat so was erwähnt. Das ist ja wirklich saublöd. Du Arme.«

Der Mann ließ sich schwer aufs Sofa fallen. Sofort bekam sein Oberkörper bedenklich Schlagseite. Er war kurz davor, im Sit-

zen einzuschlafen, und in Annikas Gehirn gab es einen Kurzschluss.

»Ihr könnt nicht hierbleiben«, sagte sie laut. »Nicht jetzt,
nicht heute Nacht.«

Der Mann machte es sich auf dem Sofa bequem, legte die Füße
mit Schuhen auf die Armlehne und stopfte sich ein Zierkissen
unter den Kopf. Birgitta setzte sich neben ihn.

»Was macht es denn schon, wenn wir …«

Für ein paar Sekunden hielt sich Annika fest, ganz fest die
Ohren zu.

»Haut ab«, sagte sie dann und zog am Arm des Mannes. »Raus
mit euch, alle beide!«

»Reg dich ab«, sagte Birgitta und klang plötzlich klein und
verängstigt. »Hör auf, so an ihm rumzuzerren. Er kann sehr böse
werden.«

»Habt ihr keinen Anstand im Leib?«, fragte Annika mit einer
Stimme, die zu kippen drohte. »Was fällt euch ein, euch hier
mitten in der Nacht in meine Wohnung zu drängeln, nur weil ihr
im Suff den letzten Zug nach Hause verpasst habt? Raus hier!«

»Du darfst so nicht mit Steven reden, das ist nicht gut«, fiepte
Birgitta. Der Mann schlug die Augen auf und starrte Annika an.

»Du, du blöde …«, begann er.

Annika spürte den Luftzug, als die Schlafzimmertür aufging
und Jimmy Halenius sich unmittelbar hinter sie stellte. Sie fühlte
seinen Brustkorb am Rücken.

»Hast du einen Kerl im Schlafzimmer?«, fragte Birgitta.

»Andersson, Kriminalpolizei«, sagte Halenius und hielt seine
Codekarte von der Regierungskanzlei hoch. »Diese Wohnung
gilt als Tatort, wir ermitteln hier in einem schweren Verbrechen.
Ich muss Sie bitten, sich umgehend zu entfernen.«

Der Effekt auf den großen Mann war beeindruckend. Er
wurde auf der Stelle wieder nüchtern und erhob sich einigermaßen geschmeidig vom Sofa.

»Steven, komm«, sagte Birgitta und hakte ihn unter.

Das passiert ihm nicht zum ersten Mal, dachte Annika. Diesen Spruch hat er schon mal von der Polizei zu hören bekom-

men, und das hat Spuren hinterlassen. Spuren, die sogar einen Vollrausch durchdringen.

»Hier entlang bitte«, sagte Halenius und griff nach dem anderen Arm des Mannes.

Annika sah sie im Flur verschwinden, hörte, wie die Wohnungstür geöffnet und wieder geschlossen wurde und der Aufzug sich in Gang setzte. Sie stand noch immer im Lichtschein des Fernsehers und spürte ihr Herz klopfen.

Birgitta, die Lieblingstochter, das Nesthäkchen, die süße Blonde. Mamas kleines Herzchen, die mäßig begabte Prinzessin, die immer zur Lucia der Schule gewählt wurde.

Annika war ein Papakind. Schon als Kind dunkel und kantig, aber sie bekam früh Busen und große Augen und in allen Fächern Bestnoten, ohne auch nur ein Lehrbuch aufzuschlagen.

Halenius kehrte ins Wohnzimmer zurück.

»Andersson, Kriminalpolizei?«, sagte Annika.

Er seufzte und setzte sich auf ihren Sessel.

»Amtsanmaßung«, sagte er. »Ich gestehe es. Zehn Tagessätze, wenn ich verurteilt werde. Das waren also Ihre Schwester und Ihr Schwager.«

Annika spürte, dass ihr die Knie weich wurden, und sie sank auf das Sofa.

»Danke für die Hilfe«, sagte sie.

»Ich kann mich noch vom Schulfoto an sie erinnern«, sagte der Staatssekretär. »Sie ist eine Klasse unter Ihnen gewesen, stimmt's? Rolle war auch ein bisschen in Ihre Schwester verknallt. Aber nicht so wie in Sie.«

»Alle waren in Biggan verknallt«, sagte Annika und lehnte den Kopf gegen die Wohnzimmerwand. »Ich glaube, in der Oberstufe war sie sogar mal kurz mit Rolle zusammen.«

»Ja«, sagte Halenius. »Aber nur, weil er Sie nicht kriegen konnte.«

»Das da ist ihre echte Haarfarbe«, sagte Annika. »Gesträhnt in verschiedenen Blondtönen. Es gibt Leute, die bezahlen ein Vermögen, um so auszusehen.«

»Wie alt ist sie? Siebenunddreißig? Sie sieht älter aus.«

Annika hob den Kopf und sah Halenius an.

»Wieso in aller Welt erinnern Sie sich daran, dass Birgitta mit Rolle zusammen war? Ich glaube kaum, dass Biggan das selbst noch weiß.«

Er lächelte und schüttelte den Kopf.

Sie beugte sich ihm entgegen.

»Wie gut kannten Sie Rolle eigentlich?«, fragte sie. »Hatten Sie viel miteinander zu tun?«

»Sehr viel.«

»Und er hat von uns gesprochen? Von Biggan und mir?«

»Ehrlich gesagt, hauptsächlich von dir. Die ganze Zeit.«

Annika sah Halenius an. Er hielt ihren Blick fest.

»Ich bin mit dir aufgewachsen«, sagte er. »Du warst eine Utopie, eine Fata Morgana, das unerreichbare Traummädchen. Warum glaubst du wohl, bin ich zu diesem Essen zu euch nach Djursholm gekommen?«

Ihr Mund war plötzlich wie ausgetrocknet.

»Ich wollte sehen, wer du warst«, sagte er leise. »Wollte wissen, wie du als Erwachsene warst.«

»Um das Traumbild zu zerstören?«, fragte sie heiser.

Er sah sie ein paar Sekunden an, dann stand er auf.

»Wir sehen uns morgen«, sagte er, zog seinen Mantel an und verließ die Wohnung.

TAG 5

Sonntag, 27. November

Ich wachte davon auf, dass der Lange in die Hütte kam. Sein Geruch überspülte mich wie die Wellen um Gällnö. Für ein paar Sekunden verfiel ich in absolute Panik, dann begriff ich, was er wollte.

Er hatte Tee, Wasser und Ugali und eine frische Tomate bei sich. Er lächelte und redete ungewöhnlich viel, *kula ili kupata nguvu, siku kubwa mbele yenu, wewe Ike hii moja*. Er beugte sich über mich und löste den dicken Strick, mit dem meine Hände hinter dem Rücken gefesselt waren. Es war ein Segen, dass ich mir die Handgelenke massieren und ein bisschen Blut in die Finger zurückholen konnte.

Als ich vorsichtig versuchte, nach der Tomate zu greifen, nickte er aufmunternd. Er sagte etwas wie *kula vizuri* und ging. Er ließ meine Hände ungefesselt, aber das war immer so, wenn ich aß.

Der Tee war stark und süß und schmeckte nach Minze. Das war das Beste, was ich bekommen hatte, seit ich hier war. Das Wasser war kühl und schmeckte frisch, und das Ugali war noch warm.

Vielleicht machte ich ja irgendetwas richtig. Vielleicht hatten sie begriffen, dass ich ihnen keine Probleme bereiten wollte, dass ich wirklich willig war zu kooperieren – und das war die Belohnung dafür, von jetzt an würden sie mich viel besser behandeln.

Der Gedanke erfüllte mich mit Zuversicht.

Vielleicht hatte Annika etwas damit zu tun. Ich wusste, dass sie Kontakt zu ihr aufgenommen hatten, und ich wusste, dass sie alles tun würde, um mich freizubekommen. Möglicherweise war das Lösegeld bereits gezahlt. Bald würden sie mit dem großen Toyota vorfahren und mich zurück zum Flugzeug auf der Landebahn in Liboi bringen.

Ich muss gestehen, dass ich vor Erleichterung weinte.

Genau genommen, hatten die Bewacher mir nicht wirklich Leid zugefügt. *Kiongozi Ujumla*, der Dicke mit dem Turban, hatte mich heftig getreten, aber doch nur, weil ich log. Natürlich bin ich in ihren Augen ein reicher Mann, etwas anderes zu behaupten ist selbstverständlich völlig unsinnig. Die rechte Seite meines Brutkorbs tat ziemlich weh. Jedes Mal, wenn ich ein bisschen tiefer Luft holte, gab es einen Stich, aber so ist das eben. Für den Dänen konnten sie nichts. Er hatte schließlich Asthma. Und der Franzose, ja, was soll ich dazu sagen? Es gab Momente, da hätte ich ihm selbst gerne den Kopf abgehackt.

Vom Spanier und vom Rumänen hatte ich nichts mehr gehört oder gesehen, seit sie aus der Hütte geschleppt worden waren. Vielleicht würden sie ja zusammen mit mir im Toyota zur Landebahn gebracht. Vielleicht hatten unsere Regierungen gemeinsame Sache gemacht und unsere Freiheit gegen irgendein politisches Zugeständnis eingehandelt.

Die Tomate verschlang ich als Erstes. Dann aß ich das Ugali bis zum letzten Krümel auf, trank das Wasser und leckte den Teebecher aus, um auch den kleinsten Rest Zucker zu bekommen. Mein Magen fühlte sich voll an. Wären da nicht die vielen Insektenstiche und die schmerzende rechte Seite gewesen, hätte ich mich richtig gut gefühlt.

Ich setzte mich in die Ecke, lehnte mich gegen die Blechwand, schräg gegenüber des dunklen Flecks, wo der Däne gestorben war. Ehrlich gesagt, hatte ich diese Ecke der Hütte zur Toilette gemacht. Nicht weil ich respektlos war, sondern nur aus sanitären Gründen.

Das Blech an meinem Rücken war noch kühl. Im Laufe des Tages würde es glühend heiß werden.

Dann hörte ich draußen in der Manyatta ein Geräusch und Stimmen, Männer- und Frauenstimmen, ja, es war Catherine, sie sprach mit lauter, eindringlicher Stimme Englisch.

Ich setzte mich auf und horchte angespannt. Waren da nicht noch andere Stimmen? Die des Spaniers und des Rumänen?

Vielleicht würde Catherine ebenfalls mit uns zum Flugplatz gebracht.

»*Please, please*«, hörte ich sie sagen. Es klang, als weinte sie.

Ich stand auf, soweit es die niedrige Hütte zuließ, und drückte den Kopf gegen das Dach.

Ganz oben an der Wand, gleich unter dem Dach, war ein ziemlich breiter Spalt. Ich kniff ein Auge zu, drückte das andere an den Schlitz und schirmte es mit den Händen ab, um besser sehen zu können. Der Wind blies Sand und vertrockneten Kuhdung herein, ich musste zwinkern und es erneut versuchen. Ich sah drei Hütten, nicht aus Wellblech, sondern aus rissigem Lehm, außerdem stieg mir der Geruch von Feuer und Schimmel in die Nase. Die Sonne stand noch tief, die Schatten waren lang und schwarz. Die zu den Stimmen gehörigen Menschen konnte ich nicht sehen, aber sie mussten irgendwo da draußen sein, ihre Worte wurden vom Wind herübergeweht, wahrscheinlich waren sie irgendwo hinter einer der anderen Hütten. Ich spähte in alle Richtungen, sah aber nichts. Also setzte ich mich wieder und versuchte zu verstehen, was Catherine sagte, was sie wollte, sprach da nicht auch ein Mann? Antwortete er ihr? Und dann rief sie *no, no, no,* und dann begannen die Schreie.

*

Die Frau war mit vier Stichen in den Nacken getötet worden. Sie lag am Waldrand, in der Nähe eines Fußwegs, auf der Rückseite der Häuser im Kungsätravägen im südlichen Stockholm. Nicht weit entfernt war ein Spielplatz. Sie war gegen sechs Uhr von einem Mann gefunden worden, der seinen Hund ausführte.

Die Parallelen zum Mord an Linnea Sendman waren, laut *Abendblatt*, augenfällig. Sicherheitshalber führten sie die Entsprechungen noch einmal Punkt für Punkt und mit großen Fotos auf:

- Die Mordwaffe: Ein Messer (dazu das instruktive Foto eines Fahrtenmessers. Aus der Bildunterschrift ging hervor, dass es sich bei dem abgebildeten Messer nicht um die Mordwaffe handelte).
- Der Todesstoß: Von hinten, ins Genick (illustriert von einem anonymen Frauennacken, wahrscheinlich der von Elin Michnik).
- Der Tatort: Neben einem Spielplatz (Foto einer verlassenen Schaukel).
- Die Vorstadt: Zwischen beiden Tatorten lagen nur fünf Kilometer (dazu eine Karte mit Pfeilen).

Die ermordete Frau hieß Lena Andersson, sie war 42 Jahre alt, alleinerziehend, mit zwei Töchtern im Teenageralter. Sie lachte Annika von der Zeitungsseite entgegen, ihr rotes Haar flatterte im Wind.

Inzwischen war die Serienmördertheorie sogar bei der Polizei auf fruchtbaren Boden gefallen. Zwei namentlich genannte Ermittler bestätigten, dass die Nachforschungen in den Fällen Lena und Linnea (die Zeitung war mit den beiden ermordeten Frauen bereits per Vornamen) zusammengelegt würden.

»Woher habt ihr bloß immer all diese Fotos von ermordeten Leuten?«, fragte Halenius und kaute sein Vollkornbrötchen. »Ich dachte, wir hätten die Archive alle geschlossen.«

Annika faltete die Zeitung zusammen und legte sie weg. Sie hatte nicht die Kraft, über die beiden Teenagermädchen nachzudenken, die die Frau hinterlassen hatte. Ob sie am Samstagabend aufgeblieben waren, um auf Mama zu warten? Ob sie auf ihre Schritte im Treppenhaus gehorcht hatten? Oder waren sie mit ihrer Clique unterwegs gewesen, ohne einen Gedanken an Mama, ja, vielleicht sogar ohne zu merken, dass Mama weg war, bis die Polizei an der Tür klingelte und »Es tut uns sehr leid« sagte?

»In mancher Hinsicht ist es schwieriger geworden, seit du das Archiv dichtgemacht hast«, sagte Annika, »aber in der digitalen Welt gibt es unendlich viele Quellen, die man anzapfen kann.«

»Welche zum Beispiel …?«

»Blogs, Twitter, Internetzeitungen, Diskussionsforen, Internetseiten von Firmen und Ämtern und natürlich Facebook. Sogar der Selbstmordattentäter von der Drottningsgatan hatte einen Facebookaccount.«

»Und was ist mit dem Urheberrecht?«, fragte Halenius. »Ich dachte, so etwas gilt auch für euch?«

»Grauzone«, antwortete Annika und versuchte, etwas zu essen.

Das Bild der rothaarigen Frau schwebte vor ihr über dem Frühstückstisch. Laut Elin Michnik hatte sie seit drei Jahren allein mit ihren Töchtern gelebt, als Chiropraktikerin in einer Praxis in Skärholmens Zentrum gearbeitet. Sie war nach dem Yogakurs auf dem Heimweg, als sie in der Winternacht ihrem Mörder begegnete.

Annika trank einen Schluck Orangensaft und biss in ihr Brötchen.

Heute sah Halenius nicht so frischgebügelt aus. Ihr Verdacht, dass seine Freundin für ihn wusch, verstärkte sich.

»Sind deine Kinder gut angekommen?«, fragte sie.

Er bewegte sich schwerfällig und warf einen Blick auf seine Armbanduhr.

»Sie sind vor einer Stunde gelandet. Kann ich die Zeitung haben?«

Annika schob sie über den Tisch und stand auf. Er musste nicht über seine Kinder sprechen, wenn er nicht wollte.

»Ich ruf mal eben bei meinen an«, sagte sie, griff nach ihrem Handy, ging ins Kinderzimmer und schloss lautlos die Tür hinter sich.

Sie machte kein Licht.

Draußen herrschte graue Dämmerung, das Licht schaffte es nicht, die Schatten zu besiegen. Sie rollte sich auf Kalles Bett zusammen, nahm sein Kissen in den Arm und atmete seinen Geruch ein. Der war, ehrlich gesagt, ein bisschen zu stark. Sie musste das Bettzeug wechseln – seit dem letzten Mal waren zwei Wochen vergangen. Mindestens. Und sie musste auch mal die Kleiderschränke durchsehen. Das hatte sie noch nicht geschafft, seit sie nach Hause gekommen waren. Sie hatte die Klamotten aus den Koffern einfach zu den alten Sachen gestopft, aus denen die Kinder längst herausgewachsen waren.

Sie setzte sich auf.

Sie musste nachsehen, ob sie auch aus ihren Lucia-Kostümen herausgewachsen waren, garantiert waren sie das, und in den Tagen vor dem 13. Dezember war ganz Schweden wie leergefegt von Lucia-Kleidern und Trollkostümen. Sie musste daran denken, so bald wie möglich neue zu kaufen. Aber vielleicht wollte Kalle dieses Jahr gar kein Troll mehr sein? Und vielleicht feierte man in der amerikanischen Schule Lucia gar nicht wie in schwedischen Schulen?

Sie nahm ihr Handy und rief Berits Festnetznummer an. Ihr Mann, Thord, war am Telefon.

»Komm nicht zu früh, um sie abzuholen«, sagte er. »Wir wollen fischen gehen!«

Dann kam Kalle an den Apparat.

»Weißt du, ob es bei euch in der Schule einen Lucia-Umzug gibt?«, fragte Annika.

»Mama«, sagte Kalle. »Papa hat mir hundert Mal versprochen, mit mir nach Norwegen zu fahren und im Randsfjord Forellen zu angeln. Wenn er nicht wieder nach Hause kommt, kann ich dann mit Thord fahren?«

Sie schnappte nach Luft.

»Natürlich«, antwortete sie.

»Juchuuuu!«, rief er in den Hörer und ließ Ellen an den Apparat.

»Mama, kann ich einen Hund haben? Einen gelben, der Soraya heißt?«

»Ist es schön bei Berit und Thord?«, fragte Annika.

»Biiiiiittte! Nur einen klitzekleinen Hund!«

»Ich komme nachher und hole euch ab, jetzt sei schön lieb und kuschel ein bisschen mit Soraya. Wir können sie ja öfter mal besuchen.«

»Wir gehen jetzt angeln«, sagte die Kleine und ließ mit einem Knall den Hörer fallen.

Annika hörte Schritte und dann ein Rascheln, als der Hörer hochgenommen wurde.

»Hier ist Highlife«, sagte Berit.

»Wie soll ich dir nur danken?«, fragte Annika matt.

»Wie läuft es bei euch?«

»Weiß nicht«, sagte Annika. »Wir haben nichts mehr gehört. Ich habe mit Schyman ausgemacht, dass ich alles aufschreibe und filme, und wenn alles vorbei ist, können wir entscheiden, was wir davon veröffentlichen.«

»Klingt wie ein fairer Deal«, sagte Berit. »Sag Bescheid, wenn du meine Hilfe brauchst.«

Sie hörte, wie jemand mit Kreide auf der Tapete malte.

»Wo gehen sie denn fischen? Ist der See nicht zugefroren?«

»Thord hat ein kleines Eisloch draußen am Flussbarschgrund, das hält er den ganzen Winter über offen.«

Sie legten auf, und Annika blieb noch eine Weile mit dem Telefon in der Hand sitzen. Dann stand sie mit schweren Beinen auf und ging hinüber zum Kleiderschrank, öffnete die Türen und machte sich daran, das Chaos in Angriff zu nehmen. Alle alten Kinderkleider waren verbrannt, aber Ellen und Kalle waren seither ziemlich gewachsen. Zuerst fand sie ein kleines Batman-Kostüm. Sie nahm es heraus und hielt es hoch. Dass es das noch gab! Sie legte es auf Kalles Bett und taufte den Haufen »Behalten«. Dann ein Pulli mit einer Eisenbahn darauf, den Birgitta zu Kalles drittem Geburtstag gestrickt hatte. Birgitta war unglaublich geschickt in diesen Dingen. Der Pulli hatte bei den Großeltern in Vaxholm gelegen und deshalb den Brand überlebt. Er landete ebenfalls auf dem »Behalten«-Haufen. Ein Prinzessinnenkleid, das Sophia Grenborg gekauft hatte, warf sie weg. Alte Schlafanzüge, kaputte Strümpfe und ausgewaschene T-Shirts wanderten auch auf den »Müll«-Haufen, nur ein paar Sachen kamen auf Bügel und in die Fächer.

Sie hatte den ersten Kleiderschrank gerade zur Hälfte geschafft, da klopfte Halenius an die Tür.

»Es ist da«, sagte er.

Er dirigierte sie auf den Bürostuhl im Schlafzimmer, den Computer stellte er vor ihr auf den Schreibtisch. Der Bildschirm war schwarz. Ein kleines Dreieck in einem Kreis in der Mitte zeigte an, dass das Video geladen, aber auf Pause gestellt war.

»Es ist nicht schlimm«, sagte Halenius. »Ich habe es mir angesehen. Standard 1 A. Kurz und knapp. Nichts Merkwürdiges oder Unangenehmes. Es ist gestern aufgenommen worden, das kannst du sehen.«

Annika hielt sich an der Tischplatte fest.

»Es ist genau das, was wir erwartet haben«, fuhr er fort und hockte sich neben sie. »Unsere Entführer haben Unterricht in der Geiselnehmer-Schule genommen. Sie machen das nicht zum ersten Mal. Thomas hat jetzt fast eine Woche draußen oder in sehr einfachen Hütten geschlafen, und das ist nicht zu übersehen. Erschrick nicht, wie unrasiert er ist. Die Botschaft an sich ist völlig unwichtig. Von Bedeutung ist allein, dass er lebt und einigermaßen anständig aussieht. Soll ich es abspielen?«

Sie nickte.

Das Bild ruckelte, ein Lichtkegel streifte die Kamera, und dann erschien ein verschrecktes Gesicht auf dem Bildschirm.

Annika keuchte.

»Um Gottes willen! Was haben sie mit ihm gemacht?«, rief sie und zeigte auf sein linkes Auge. Es war vollkommen zugeschwollen, das Augenlid war so dick wie eine Wurst und knallrot.

Halenius klickte auf das Bild und hielt den Film an.

»Sieht aus wie ein Insektenstich«, sagte er. »Vielleicht Moskitos oder irgendwelche anderen Insekten. In seinem Gesicht sind keine Spuren von Gewaltanwendung zu erkennen. Siehst du, er darf sich nicht rasieren.«

Annika nickte wieder. Sie streckte die Hand aus und berührte den Bildschirm, strich Thomas über die Wange.

»Er hat das Tuntenhemd an«, sagte sie, »er wollte sie wirklich beeindrucken.«

»Soll ich es weiterlaufen lassen?«

»Warte«, sagte Annika.

Sie schob den Stuhl zurück und lief ins Kinderzimmer, holte

die Videokamera der Zeitung und kam schnell ins Schlafzimmer zurück.

»Du musst mich filmen, während ich das Video anschaue«, sagte sie zu Halenius und hielt ihm die Kamera hin. »Kannst du das tun?«

Halenius blinzelte.

»Warum?«

»Wegen drei Millionen.«

»Gib mir die Kamera.«

Sie setzte sich wieder vor dem Computer zurecht, strich sich die Haare glatt und starrte in Thomas' verstörte Augen. Er schien Todesangst zu haben. Seine Haare waren ganz dunkel vor Schweiß, sein Gesicht glänzte, die Augen waren blutunterlaufen und weit aufgerissen. Den Hintergrund bildete eine dunkelbraune Wand mit Streifen. Eine Tapete? Ein Wasserschaden?

»Er erinnert sich an Daniel Pearl«, sagte Annika. »Er glaubt, dass sie ihm den Kopf abschlagen wollen. Läuft die Kamera?«

»Äh, ich weiß nicht so genau, wie das geht …«

Annika nahm die Kamera und drückte auf Record.

»Einfach draufhalten und abdrücken«, sagte sie und wandte sich wieder dem Bildschirm zu.

Sie begegnete Thomas' Blick.

Ich tue das für uns, dachte sie.

»Sonntagmorgen«, sagte sie ins Leere. »Wir haben soeben eine Videobotschaft von den Entführern erhalten, einen sogenannten *proof of life*, einen Beweis, der zeigen soll, dass mein Mann noch am Leben ist. Ich habe den Film noch nicht gesehen. Jetzt lasse ich ihn laufen …«

Sie beugte sich vor und klickte den Film an.

Das Bild wackelte ein bisschen. Thomas blinzelte in die starke Lampe, die ihm ins Gesicht leuchtete. Er schielte nach oben, nach rechts. Vielleicht stand dort jemand, möglicherweise hielten sie eine Waffe auf ihn gerichtet. In der Hand hielt er einen Zettel. Seine Handgelenke waren rot und geschwollen.

»Heute ist der 26. November«, sagte Thomas auf Englisch. Sie beugte sich vor und regelte die Lautstärke nach oben. Der

Ton war schlecht, man konnte kaum hören, was Thomas sagte. Es rauschte und knisterte, als ob es sehr windig wäre. Sie hörte das Surren der Videokamera neben sich.

»Heute Morgen ist ein französisches Flugzeug über dem Atlantik abgestürzt«, fuhr Thomas fort.

Halenius hielt das Bild an.

»Die Geiselnehmer haben offenbar keine Möglichkeit, an Tageszeitungen zu kommen. Das ist sonst das gängige Mittel, um zu beweisen, dass die Geisel zu einem bestimmten Zeitpunkt noch am Leben ist. Stattdessen lassen sie ihn etwas erzählen, das er sonst nicht hätte wissen können.«

»Filmst du?«

»Ja doch«, sagte Halenius.

Das Video lief weiter.

»Mir geht es gut«, sagte Thomas mit heiserer Stimme. »Ich werde gut behandelt.«

Annika deutete auf einen Punkt auf Thomas' Stirn.

»Da kriecht irgendwas, ich glaube, das ist eine Spinne.«

Er hantierte mit dem Zettel, während die Spinne zu seinem Haaransatz weiterspazierte, und las für ein paar Sekunden still.

»Ich möchte alle Regierungen Europas dazu aufrufen, die Forderungen von …« – er hielt den Zettel dichter ans Gesicht und blinzelte ins helle Licht – »… Fick … Fiqh Jihad, die Forderungen nach Öffnung und Rohstoffverteilung zu erfüllen. Eine neue Zeit bricht an.«

»So weit die politische Botschaft«, murmelte Halenius.

»Und ich betone die Wichtigkeit schneller Lösegeldverhandlungen. Wenn Europas Führer nicht hören, sterbe ich. Wenn ihr nicht bezahlt, sterbe ich. Allah ist groß.«

Er ließ den Zettel sinken und schaute von unten hinauf, nach rechts. Das Bild wurde schwarz.

»Da steht einer«, sagte Annika und deutete auf Thomas' rechte Seite.

»Kann ich jetzt aufhören zu filmen?«

»Nur noch ein bisschen«, sagte Annika und drehte sich zu Halenius um.

Sie fühlte sich durch das Kameraobjektiv eigenartig bestärkt, das schwarze Loch saugte sie in sich hinein und brachte sie in eine Parallelwelt, dort lag es nicht in den Händen somalischer Piraten, wie die Sache ausging, sondern in ihren, und dort war ihre Fähigkeit zu Konzentration und Zielstrebigkeit entscheidend.

»Er sagt, er würde gut behandelt«, sagte sie leise, »aber ich glaube ihm nicht. Sie haben ihn gezwungen, das zu sagen. Ich glaube, er geht durch die Hölle.«

Sie sah Halenius an.

»Jetzt kannst du ausmachen.«

Er ließ die Kamera sinken. Annika schaltete sie aus.

»Die Engländer werden den Film analysieren«, sagte Halenius. »Sie versuchen, Sachen herauszufiltern, die man zunächst nicht sieht oder hört. Hintergrundgeräusche, Details im Bild, so was alles.«

»Wann haben sie es geschickt?«, fragte Annika.

»Es ist um 11.27 Uhr gekommen. Vor zwanzig Minuten. Ich habe es angeschaut, weitergeleitet und dich geholt.«

Sie legte die Kamera weg.

»Ich hole die Kinder ab«, sagte sie.

*

Die Elf-Uhr-Konferenz ging zu Ende. Für Schymans Geschmack war die Stimmung ein bisschen zu gelöst, zu viel Schulterge-klopfe, zu viele schlechte Witze, aber so war es eben, wenn man meinte, etwas richtig Handfestes erreicht zu haben. Und das be-zog sich nicht auf die gediegene Berichterstattung über große Weltereignisse und tragische Naturkatastrophen, sondern auf die Knaller, die in der Redaktion erfunden wurden – im Kopf des Nachrichtenchefs oder beim Brainstorming in Konferenzen wie dieser. Natürlich war der immer konkreter werdende Verdacht auf einen Serientäter der Grund für die allgemeine Hochstim-mung. Natürlich nicht, weil Frauen ermordet wurden, sondern weil die Zeitung Gas gegeben und recht behalten hatte. Der *Kon-kurrent* hatte sich noch nicht drangehängt, aber das war nur eine

Frage der Zeit. Da drüben auf der anderen Seite der Stadt saßen sie und rauften sich die Haare und suchten verzweifelt einen Einstieg in die Geschichte, ohne dabei eingestehen zu wollen, dass sie hoffnungslos im Hintertreffen waren.

»Okay«, sagte er und versuchte barsch zu klingen. »Kurze Wiederholung. Womit toppen wir?«

Um ihn herum saßen Unterhaltung und Sport, die Webredaktion und das Web-Fernsehen, Kommentar und Politik und dann der Nachrichtenchef und seine Leute. Er zeigte auf die Unterhaltung.

»Mit dem Gerücht, dass Benny Andersson der neue Chef des ›Eurovision Song Contest‹ wird«, sagte das Mädchen, an dessen Namen er sich ums Verrecken nicht erinnern konnte.

Schyman nickte und seufzte innerlich. Warum in aller Welt sollte ABBA-Benny so einen Job übernehmen, den momentan übrigens der ehemalige Sport-Chef des *Abendblatts* innehatte?

Er sah Hasse, den Kollegen vom Sport, auffordernd an.

»Heute Abend spielt Mailand gegen Juventus und Zlatan Ibrahimovic ist aufgestellt, da passiert also auf jeden Fall was.«

Vage, aber in Ordnung.

»Nachrichten?«

Patrik ergriff das Wort.

»Außer dem Serientäter haben wir noch den Mann, der drei Jahre tot in seiner Wohnung lag, ohne dass es jemand gemerkt hat oder er vermisst wurde. Und dann noch den Tipp, dass der Finanzminister seine Luxuswohnung mit illegalen Schwarzarbeitern renoviert hat.«

Er schlug mit dem stellvertretenden Nachrichtenchef ein, ein junges Talent mit dem Spitznamen Brutus, und Schyman klopfte auf den Tisch.

»Wir müssen auch etwas über die Geiselnahme in Ostafrika bringen«, sagte er, und Patrik stöhnte.

»Da bewegt sich doch nichts«, sagte er. »Die lassen ja nichts raus, keine Fotos, keine Infos, das Schweigen im Walde.«

Schyman erhob sich, verließ den Konferenzraum und ging in sein Aquarium.

Die Sache mit den ermordeten Frauen bereitete ihm Kopfzerbrechen.

Gleich heute Morgen, als er zur Arbeit gekommen war, noch bevor er sich die Jacke ausgezogen hatte, klingelte sein Telefon: Es war die Mutter der ermordeten Lena. Die Frau war wütend, schockiert und aufgebracht. Sie weinte, aber sie war nicht hysterisch, sie sprach mit unsicherer Stimme, aber deutlich und in zusammenhängenden Sätzen.

»Das war kein Serienmörder«, sagte sie. »Das war Gustaf, der Faulpelz, mit dem sie zusammen war. Er hat sie verfolgt, seit sie Schluss gemacht hat, und das ist ja schon Monate her, seit Juli, seit Ende Juli.«

»Es ist also der Vater der beiden Mädchen, der …«

»Nein, nein. Nicht Oscar. Gustaf ist der Typ, den sie in der Praxis kennengelernt hat, er war arbeitsunfähig geschrieben, Probleme mit dem Rücken … Er hat nicht kapiert, als es reichte. Hat einfach nicht eingesehen, dass Schluss war. Was hätte Lena auch mit ihm anfangen sollen? Ein weiterer Kostenfaktor war er, sonst nichts …«

»Hat er sie geschlagen?«, fragte Schyman. Ein bisschen wusste schließlich auch er über Frauenhäuser.

»Das hätte er bloß wagen sollen«, sagte die Frau, »dann hätte Lena ihn gleich einbuchten lassen. Mit Lena legte man sich besser nicht an.«

»Hat sie den Mann bei der Polizei angezeigt?«

»Weshalb?«

»Haben Sie nicht gesagt, er hat sie verfolgt?«

Die Mutter schniefte.

»Sie hat das alles einfach abgetan und gesagt, dass er schon irgendwann aufhören würde, dass man sich nicht darum kümmern sollte. Und jetzt sehen Sie, was passiert ist!«

Die Frau weinte untröstlich. Schyman hörte zu. Verzweifelte Menschen rührten ihn nicht sonderlich. Vielleicht hatte sich seine Fähigkeit zur Empathie mit Betroffenen über die Jahre abgenutzt. Eine Berufskrankheit, weil er viel zu lange Leute ausgefragt, ausgebeutet und vorgeführt hatte.

»Wir tragen lediglich den Polizeiermittlungen Rechnung«, sagte er. »Natürlich wird in alle Richtungen ermittelt. Wenn dieser Mann schuldig ist ...«

»Er heißt Gustaf.«

»... dann wird er vermutlich festgenommen und angeklagt, aber wenn es ein anderer war, wird eben diese Person verurteilt ...«

Die Frau schnäuzte sich.

»Meinen Sie?«

»Die meisten Morde werden aufgeklärt«, sagte Schyman mit selbstsicherer Stimme und hoffte, dass er recht hatte. Und dann legten sie auf, aber das Unbehagen saß ihm nach wie vor in den Knochen.

Wenn nun diese Frauenmorde ganz gewöhnliche Dutzendstorys waren? Die Statistik ließ das definitiv vermuten. Das Opfer, die Waffe, die Vorgehensweise, das Motiv: Ein Mann kann nicht mehr über seine Frau verfügen, ersticht sie zu Hause oder in unmittelbarer Umgebung mit einem Brotmesser. Schyman brauchte nicht einmal Annika Bengtzons Moralkeule, um ins Zweifeln zu geraten.

Aus unerfindlichen Gründen sah er schon jetzt das Zitat von Stig-Björn Ljunggren vor sich, einem der namhafteren und diskussionsfreudigen Politikwissenschaftler: »Eine gängige Klage in der politischen Debatte gilt der Tatsache, dass die Medien die Realität verzerren. Diese endlose Litanei geht darauf zurück, dass die Medien als eine Art Spiegel der Gesellschaft fungieren sollen. Doch das ist eine falsche Voraussetzung. Die Medien sind ein Teil der Unterhaltungsindustrie und sollen eher für Zerstreuung als für Information sorgen ... Ihre Aufgabe ist es nicht, die Wirklichkeit darzustellen, sondern sie zu dramatisieren ...«

Anders Schyman sah auf die Uhr.

Wenn er sich jetzt auf den Weg machte, würde er gleichzeitig mit seiner Frau zu Hause sein, die heute aus dem Wellnessurlaub zurückkam.

*

Die Einfahrt war geräumt und der ganze Hof mit Sand gestreut. Annika parkte neben dem Landhaus, drehte den Zündschlüssel um und blieb noch ein paar Minuten im Wagen sitzen. Draußen auf dem zugefrorenen See, weit im Süden, konnte sie drei Punkte erkennen. Einen großen und zwei kleine. Sie hoffte, dass sie ein paar Flussbarsche gefangen hatten. Die würden sie dann gemeinsam in Butter braten und mit Knäckebrot essen. Die Fische waren unglaublich lecker, aber schrecklich zu entgräten. Annika ging hinüber zur Veranda und klopfte an. Eine Klingel gab es nicht.

Sie wandte sich um und schaute noch einmal auf den See hinaus.

Als ihre eigenen Kinder aus dem Haus waren, hatten Berit und Thord ihr Haus in Täby verkauft und sich den Hof zugelegt. Annika wusste, dass es noch einen weiteren Grund für diesen Neuanfang gab: Berit hatte eine Affäre mit Kommissar Q gehabt, und der Umzug schien die letzte Chance zu sein, ihre Ehe zu retten. Es hatte offensichtlich funktioniert.

Berit öffnete die Tür.

»Warum stehst du denn hier draußen? Wieso kommst du nicht einfach rein?«

Annika lächelte schwach.

»Weil ich zu verstädtert bin?«

»Sie sind noch draußen beim Angeln. Ihr werdet die ganze Woche Barsch essen. Kaffee?«

»Ja, gerne«, sagte Annika und betrat die große Landhausküche, die wie aus *Schöner Wohnen* oder *Haus und Garten* entlehnt wirkte. Breite Bodendielen aus gelaugter Fichte, Holzfeuerherd, Wandpanele, ein ausklappbarer Esstisch, eine Mora-Standuhr, ein Ilve-Gasherd und ein Kühlschrank mit Eiswürfelmaschine.

Annika ließ sich am Tisch nieder und sah Berit an der Kaffeemaschine zu.

Die trug die gleichen Kleider wie bei der Arbeit, schwarze Hose, Bluse und darüber eine Strickjacke. Sie bewegte sich ruhig und zurückhaltend, natürlich und besonnen, immer bescheiden.

»Du verstellst dich nie«, sagte Annika. »Du bist immer … authentisch.«

Berit sah sie verwundert innehaltend an, den Kaffeelöffel in der Luft.

»Ach, doch«, sagte sie. »Manchmal tue ich schon so als ob. Allerdings im Moment nicht so oft bei der Arbeit. Das habe ich hinter mir.«

Sie befüllte die Maschine, dann drückte sie auf einen Knopf und setzte sich mit zwei Löffeln und sauberen Bechern an den Tisch.

Annika fingerte an den Zeitungen herum, die auf dem Tisch lagen – es waren die aktuellen Ausgaben des *Abendblatts* und des *Konkurrenten* sowie die beiden großen Morgenzeitungen mit den dicken Sonntagsbeilagen –, brachte es aber nicht fertig, in eine davon hineinzuschauen.

»Wir haben ein Video bekommen«, sagte sie tonlos. »*Proof of life*. Er sah grauenhaft aus.«

Sie schloss die Augen und sah sein Gesicht wieder vor sich. Das zugeschwollene Auge, dieser vollkommen verstörte Blick und sein verschwitztes Haar. Plötzlich begannen ihre Finger zu zittern, und sie spürte Panik in sich aufsteigen. *Wenn Europas Führer nicht hören, sterbe ich.* Er stirbt, er stirbt, er stirbt, und ich kann nichts tun.

»O Gott«, sagte sie. »O Gott …«

Berit kam um den Tisch herum, zog sich einen Stuhl heran und nahm sie in den Arm, ganz fest.

»Es geht vorbei«, sagte Berit. »Der Tag kommt, an dem es vorüber ist. Du wirst es überstehen.«

Annika zwang sich, normal zu atmen, damit ihr Blut nicht übersäuerte. Sie wollte dieses Stechen in den Händen und im Kopf nicht, ebenso wenig den Schwindel und das Herzrasen.

»Es ist so schrecklich«, flüsterte sie. »Ich bin so schrecklich machtlos.«

Berit hielt ihr ein Stück Küchenpapier hin, und Annika schnäuzte sich geräuschvoll.

»Ich kann es mir vielleicht vorstellen«, sagte Berit, »aber nicht nachfühlen.«

Annika presste die Knöchel gegen die Augen.

»Ich gehe kaputt«, sagte sie. »Ich werde nie wieder dieselbe sein. Selbst wenn ich es schaffe, mich zusammenzureißen, werde ich nie wieder dieselbe sein.«

Berit stand auf und ging hinüber zur Kaffeemaschine.

»Weißt du was«, sagte sie, »in Cardiff im Nationalmuseum von Wales steht ein japanischer Teller, der absichtlich zerbrochen und wieder zusammengesetzt worden ist. Die alten japanischen Teemeister haben häufig wertvolles Porzellan zerschlagen, weil sie der Ansicht waren, es würde schöner, wenn es repariert war.«

Sie goss Kaffee in die Becher und nahm gegenüber von Annika Platz.

»Ich wünschte wirklich, dir wäre diese Erfahrung erspart geblieben, aber sie wird dich nicht umbringen.«

Annika wärmte ihre Finger am Kaffeebecher.

»Aber vielleicht bringt sie Thomas um.«

»Vielleicht«, sagte Berit.

»Er ist freiwillig mitgefahren«, sagte Annika. »Er ist aus freien Stücken mit nach Liboi gefahren.«

Sie schaute aus dem Fenster. Von hier aus hatte sie keinen Blick auf den See.

»Der Grund heißt Catherine. Engländerin.«

Sie hatte Fotos von ihr im Internet gesehen. Blond, schlank, zierlich. Wie Eleonor und Sophia *Dumme Schlampe* Grenborg. Genau sein Typ und das krasse Gegenteil von ihr.

Sie sah wieder zu Berit hinüber.

»Ich weiß, dass es weitergeht. Ich weiß …«

Berit deutete ein Lächeln an. Annika rührte mit dem Löffel im Kaffee.

»Eigentlich wollten wir umziehen. Aber jetzt ist die Versicherungssumme weg. Ist vielleicht auch besser so. Es war ja wirklich nicht mein Geld, sondern Ragnwalds …«

Als Annika den Roten Wolf entlarvte, hatte sie in einem Stromhäuschen in der Nähe von Luleå einen Sack voll Geld gefunden. Der Finderlohn in Höhe von zehn Prozent hatte gereicht, um die Villa auf Djursholm und eine Wohnung für Anne Snapphane zu kaufen – beides war längst dahin (abgebrannt und verkauft).

»Willst du bei ihm bleiben?«, fragte Berit. »Wenn er zurück-kommt?«

Annika schlug sich die Hand vor den Mund und spürte, wie die Tränen liefen. Berit riss noch ein Stück Küchenpapier ab und trocknete ihr die Wangen.

»Na, na«, sagte sie, »noch gibt es keinen Grund zur Trauer. Und über die Trennung kannst du dich grämen, wenn es so weit ist. Willst du eine Kleinigkeit essen? Ich dachte, ich könnte Frika-dellen mit Zwiebeln machen.«

Annika schaffte es zu lächeln.

»Hört sich phantastisch an.«

Berit ging an den Kühlschrank und holte Kartoffeln und fer-tiges Hackfleisch heraus. Sie schälte die Kartoffeln und legte sie in einen Topf, den sie auf dem Gasherd aufsetzte. Dann nahm sie eine Pfanne und zündete eine zweite Flamme an.

Unfähig, sich zu rühren, saß Annika einfach da. Draußen riss der Wind an einer nackten Birke. Eine Kohlmeise pickte Futter in einem Vogelhäuschen. Bald würde es wieder dunkel werden. In der Pfanne auf dem Herd brutzelte die Butter. Annika zog sich das *Abendblatt* herüber.

»Hast du das mit dem neuen Mord mitbekommen? Sie hatte zwei Töchter.«

»Langsam wird es unheimlich«, sagte Berit. »Ich glaube noch immer nicht an einen Serientäter, aber die letzte Tat war eindeu-tig kein Ehefrauenmord. Der Exmann war auf Dienstreise in Deutschland, in Düsseldorf, glaube ich, und musste sie abbre-chen, um nach Hause zu fahren und sich um die Mädchen zu kümmern. Keine Geschichte, die mit Bedrohung oder Gewalt zu tun hat.«

Annika las den Text noch einmal und schüttelte den Kopf.

»Das stimmt nicht. Sie war kein Zufallsopfer. Früh am Abend, gleich hinter einer Wohnsiedlung, ein kräftiger Stich ins Ge-nick – das ist zu heimtückisch, zu persönlich.«

Berit wusch sich die Hände und fing an, aus dem Hackfleisch Frikadellen zu formen.

»Der Mann, der vor ein paar Jahren in Umeå Frauen vergewaltigt hat, wählte seine Opfer auch zufällig aus. Und das ist sowohl gewalttätig als auch heimtückisch. Und manchmal ist es auch in einer Wohngegend passiert …«

Sie schaltete die Dunstabzugshaube ein und briet die Frikadellen.

»Oder es ist ein Trittbrettfahrer«, sagte Annika. »Irgendeiner, der sich von Patrik Nilssons Idee inspiriert fühlte und sie jetzt umgesetzt hat.«

»Wenn ich mich richtig erinnere, war es deine Idee«, sagte Berit und lächelte sie über die Schulter an.

Annika kratzte sich am Kopf.

»Ich hab ihn doch nur ein bisschen hochgenommen. Muss man seine Witze jetzt schon kennzeichnen?«

»Ich glaube, da kommen unsere Angler«, sagte Berit und sah hinüber zum Hausflur.

Die Wangen der Kinder waren rot wie Weihnachtsäpfel, und ihre Augen strahlten. Sie hatten vierzehn Flussbarsche und eine Forelle gefangen und alle fein säuberlich an einem Birkenast aufgehängt. Sie redeten durcheinander und schwenkten ihre Beute so wild, dass Annika eine Schwanzflosse ins Auge bekam. Sie einigten sich darauf, den Fang zu teilen, sieben Fische für Kalle und Ellen und sieben für Thord, und außerdem durfte er die Forelle behalten, weil er die Angelruten und die Würmer besorgt hatte.

Die Frikadellen waren himmlisch.

In der Dämmerung schlug das Wetter um. Es wurde milder und feucht. Regen hing in der Luft.

Die Kinder saßen mit Thord und Soraya im Wohnzimmer und schauten sich einen Film an. Berit löste ein Kreuzworträtsel, und Annika machte ein Nickerchen auf dem Gästebett in der Dienstmädchenkammer.

Als sie aufwachte, nieselte es.

»Bis zur Stadt sind die Straßen eine einzige Rutschbahn«, sagte Thord warnend, als sie aus dem heruntergekurbelten Autofenster winkte.

Zum Glück habe ich ein Mörderauto, dachte Annika. Als sie aus den USA gekommen waren, hatte Thomas einen gebrauchten Jeep Grand Cherokee gekauft. Der große amerikanische Stadtjeep war für sämtliche anderen Verkehrsteilnehmer lebensgefährlich, für die Insassen aber so sicher wie kaum ein anderes Auto.

»Mama, kann ich einen Hund haben?«

Sie ignorierte die Frage und konzentrierte sich darauf, den Wagen auf der Straße zu halten.

Sie hielten bei McDonald's in Hägernäs und kauften zwei Happy Meals und zwei Big Mac & Co und rollten dann weiter Richtung Stockholm. Sie erreichte Norrtull ohne weitere Zwischenfälle und fand sogar einen Parkplatz direkt vor dem Haus in der Bergsgatan, wahrscheinlich weil in dieser Nacht die Straßenreinigung kam. Sicher würde sie einen dicken Strafzettel kassieren, wenn sie das Auto nicht vor Mitternacht noch umparkte.

Halenius telefonierte, als sie die Wohnung betraten.

»Hat jemand angerufen?«, fragte sie lautlos, und er schüttelte den Kopf. Sie stellte ihm ein Hamburgermenü auf seinen Computer und setzte sich mit den Kindern in die Küche. Die beiden waren so übermüdet, dass sie kaum ihre Pommes frites schafften.

Vor dem Einschlafen weinte Kalle.

»Kommt Papa wieder nach Hause?«

»Wir tun alles dafür«, sagte Annika und strich ihm übers Haar. »Wenn ich Bescheid weiß, bist du der Erste, dem ich es verrate.«

»Wird er in Afrika sterben?«

Sie küsste ihn auf die Stirn.

»Ich weiß es nicht«, sagte sie. »Ich glaube nicht. Die Leute, die ihn gefangen halten, wollen Geld dafür haben, dass sie ihn freilassen. Und wir haben ja ein bisschen Geld auf der Bank, ich werde so schnell wie möglich bezahlen. Was hältst du davon?«

Der Junge drehte sich von ihr weg.

»Soll ich das Licht anlassen?«

Er nickte zur Wand.

213

»Das war ein echt widerlicher Hamburger«, sagte Halenius und kam mit der Papiertüte voll Müll aus dem Schlafzimmer.

»Ja, stimmt«, sagte Annika. »Gibt es was Neues?«

»Eine ganze Menge«, sagte der Staatssekretär.

»Ihr sollt nicht so laut sprechen!«, rief Kalle aus dem Kinderzimmer.

Sie gingen ins Schlafzimmer und schlossen die Tür hinter sich. Halenius setze sich auf seinen angestammten Platz (den Bürostuhl), Annika öffnete das Fenster, um ein bisschen Luft hereinzulassen, und machte es sich dann im Schneidersitz auf dem Bett bequem. Draußen regnete es leise, ein stiller Winterregen, der die Stadt grauer und die Dunkelheit noch undurchdringlicher machte. Halenius sah müde aus. Seine Haare standen in alle Richtungen vom Kopf ab, und sein Hemd war weit aufgeknöpft.

»Der Mann mit dem Turban ist identifiziert«, sagte er. »Grégoire Makuza. Tutsi, in Kigali in Ruanda geboren. Du hattest recht, er ist gut ausgebildet. Er hat Biochemie an der Universität in Nairobi studiert. So sind sie ihm auf die Schliche gekommen.«

Annika kaute auf der Unterlippe.

»Und?«

»Die Engländer haben das rausgefunden, und es sind ja nicht wirklich viele Fakten, aber man kann aus diesen sparsamen Informationen trotzdem diverse Schlüsse ziehen, und das wirft noch mehr Fragen auf …«

»Der Völkermord in Ruanda«, sagte Annika. »Wo war er damals? Wie heißt er, Gregorius …?«

»Grégoire Makuza«, sagte Halenius und nickte. »Genau. Ein Tutsi-Teenager in Kigali 1994 …«

»Wenn er denn wirklich dort war«, sagte Annika. »Vielleicht lebte er ja bereits in Kenia.«

»Möglich.«

Annika fröstelte. Sie stand vom Bett auf und machte das Fenster wieder zu.

»Ein Biochemiker«, sagte sie. »Was hat ihn dazu veranlasst, Kidnapper zu werden?«

Sie setzte sich auf den Hocker.

»Er hat keinen Abschluss gemacht«, sagte Halenius. »Aus irgendeinem Grund hat er sein Studium abgebrochen, als er nur noch ein Semester vor sich hatte. Er war kein Ass, aber hatte gute Noten und Zeugnisse. Einer Zukunft als Wissenschaftler in der Pharmaindustrie stand nichts im Weg.«

Annika erhob sich und ging an Halenius' Computer.

»Zeig mir ein Bild von ihm«, sagte sie.

Halenius suchte in Ordnern und Mails. Annika stand hinter ihm und schaute in sein Haar. Er hatte ein paar graue Strähnen, auch einige ganz weiße. Seine Schultern waren wirklich unglaublich breit und massiv. Sie fragte sich, ob er Gewichte stemmte. Und dann musste sie die Fäuste ballen, um den Impuls zu unterdrücken, ihn zu berühren, zu fühlen, ob die Schultern tatsächlich so fest waren, wie sie durch das Hemd wirkten.

»Hier«, sagte der Staatssekretär und spielte den Film ab. Annika zog den Hocker heran und setzte sich neben ihn.

Er hatte den ersten der beiden Filme ausgewählt, die ins Internet gestellt worden waren. Das Gesicht des Mannes tauchte auf dem Bildschirm auf, undeutlich und ziemlich wackelig. Halenius hielt den Film an.

»Er wurde Anfang der 80er Jahre geboren«, sagte er.

»Dann ist er jetzt um die dreißig«, sagte Annika.

»Er könnte auch älter sein«, erwiderte Halenius und legte prüfend den Kopf ein wenig schräg.

»Oder jünger«, sagte Annika.

Schweigend starrten sie auf die groben Züge des Mannes.

»Tutsis«, sagte Annika. »Der andere Stamm sind die Hutus, stimmt's? Was ist eigentlich der Unterschied?«

»Das weiß keiner mehr. Die Definitionen haben sich andauernd geändert. Es ist wohl mehr oder weniger eine Klassifizierung.«

»Und die Tutsis waren die Privilegierten?«

»Die Belgier bekamen Ruanda 1916 als Protektorat. Sie verstärkten die Kluft noch, indem sie Pässe einführten, in denen die Stammeszugehörigkeit angegeben werden musste, und sie gaben den Tutsis die besseren Jobs und einen höheren Status.«

Er ließ den Film weiterlaufen. Die helle quäkende Stimme ertönte.

»Als Strafe für die Ignoranz und Bosheit der westlichen Welt hat Fiqh Jihad sieben EU-Delegierte als Geiseln genommen ...«

Annika schloss die Augen. Ohne die englische Übersetzung hatten die Worte keinen Inhalt. Es war ein Lied in einer Bantusprache, die sie vermutlich nie wieder in ihrem Leben hören würde, eine Ode an das Verbrechen, das sie bis in alle Ewigkeit verfolgen würde.

»*Allahu akbar*«, endete der Gesang, und die Stille hielt Einzug.

»Das ist nicht Kinyarwanda, sondern Arabisch«, sagte Halenius.

»Allah ist groß«, sagte Annika.

»Eigentlich bedeutet es ›der Größere‹ oder ›der Größte‹. Es ist der erste Satz aller islamischen Gebete, wie es der Prophet Mohammed befohlen hat.«

Annika blinzelte auf den schwarzen Bildschirm.

»Die Leute in Ruanda sind doch keine Muslime?«

Halenius rollte mit dem Stuhl zurück und fuhr sich durchs Haar.

»Vor dem Völkermord gab es nur wenige, aber die christlichen Anführer haben dafür gesorgt, dass sich das änderte. Massenweise Priester, Mönche und Nonnen haben an den Massakern an den Tutsis teilgenommen, die Moslems sie hingegen geschützt.«

»Aber die sind doch verurteilt worden?«, fragte Annika.

»Einige, aber das hat nicht dazu beigetragen, das Vertrauen ins Christentum wiederherzustellen. Viele sind zum Islam übergetreten. Heute sind ungefähr fünfzehn Prozent der Bevölkerung Ruandas Muslime.«

»Spul den Film noch mal ein Stück zurück«, sagte Annika.

»Hm«, sagte Halenius. »Ich weiß nicht genau, wie das geht ...«

Annika beugte sich vor und griff nach der Maus. Als hätte er sich verbrannt, zog er die Hand weg. Sie klickte auf ein Bild ein paar Sekunden vor Ende des Films, als der Mann mit kleinen ausdruckslosen Augen direkt in die Kamera blickte.

War dies das Böse, eindeutig und unverhüllt? Eine Waffe der Macht und Unterdrückung, die von gewalttätigen Ehemännern, Diktatoren und Terroristen mit demselben größenwahnsinnigen Glauben an ihr Recht auf Einfluss eingesetzt wurde? Du tust, was ich sage, und wenn du es nicht tust, bringe ich dich um. Oder sah sie dort etwas anderes? Eine Art Gleichgültigkeit gegenüber dem Leben, irgendeine Tat, die einfach begangen wurde, um überhaupt etwas zu tun? So wie Osama bin Laden, dieser mickrige Sohn eines reichen Mannes, endlich ein bisschen Bestätigung bekam, als er in den afghanischen Bergen kurz vor Ende des Krieges noch eine Schlacht gegen die Sowjetunion für sich entscheiden konnte? Er war ein Kriegsheld ohne Krieg, darum musste er sich einen neuen suchen. Und das tat er, proklamierte eigenständig einen Krieg gegen einen Feind, über den er nicht besonders viel wusste, und taufte diesen Feind »Großen Satan«. Und andere junge Männer ohne Ziel und Bestimmung hatten plötzlich einen Grund, morgens aufzustehen, sie hatten etwas, das ihnen wichtig war, sie kämpften für einen Gott, den sie selbst erfunden hatten, um sich an irgendetwas festhalten zu können.

»War dieser Film auch auf dem Server in Mogadischu?«

»Nein«, sagte Halenius. »Er kommt aus Kismayo, einer somalischen Stadt am Indischen Ozean. Ungefähr zweihundert, vielleicht zweihundertfünfzig Kilometer von Liboi entfernt.«

»Wie das? Und was macht das für einen Unterschied? Ich meine, was bedeutet das rein praktisch? Haben die Geiselnehmer die Filme von verschiedenen Orten aus hochgeladen? Oder kann man so etwas aus der Entfernung bestimmen? Welche Kommunikationsmittel verwenden sie? Satellitentelefone oder Handys oder irgendeine Art drahtloses Internet?«

Wieder raufte sich Halenius die Haare.

»Das ist mir erklärt worden, aber ehrlich gesagt kann ich es nicht wiedergeben ...«

Sie musste gegen ihren Willen lachen.

»Mir reicht die Analyse.«

»Über die Server kann man die Geiselnehmer nicht ausfindig

machen. Nach meinen Informationen konnte auch das Gespräch nicht aufgezeichnet werden. Ehrlich gesagt, glaube ich nicht, dass die Amis alles preisgeben, was sie wissen. Sie neigen ja dazu, Dinge für sich zu behalten …«

Ein anhaltendes Klingeln draußen im Flur unterbrach ihn. Annika strich sich die Haare aus der Stirn.

»Und Action«, sagte sie.

Halenius sah ihr fragend nach.

Sie ging hinaus in den Flur, die Klingel hörte nicht auf. Es gab nur zwei Sorten Menschen, die sich an einem Sonntagabend um halb elf Uhr so arrogant und aufdringlich benahmen: Reporter eines gesellschaftskritischen Fernsehmagazins oder Journalisten der Regenbogenpresse, und sie bezweifelte, dass an diesem Abend ausgerechnet Erstere hinter ihr her waren. Die Klingel schrillte noch immer. Annika warf einen schnellen Blick zum Kinderzimmer. Es war nur eine Frage der Zeit, bis die beiden aufwachten. Sie holte tief Luft und betrat das Treppenhaus. Ein Blitz traf sie und ließ sie Sterne sehen.

»Annika Bengtzon«, sagte Bosse, »wir wollen Ihnen die Möglichkeit geben, einen Artikel in der morgigen Ausgabe unserer Zeitung zu kommentieren, der von …«

»Verpiss dich, Bosse«, sagte sie. »Du brauchst gar nicht so zu tun, als wolltet ihr mir eine Chance für einen Kommentar geben, ihr wollt doch bloß ein frisches Foto von mir, auf dem ich schön verzweifelt aussehe.« Sie wandte sich an den Fotografen, der irgendwo hinter dem Blitzlicht schwebte.

»War ich aufgewühlt genug?«, fragte sie.

»Äh«, sagte der Fotograf, »hätte ich noch einen Schuss frei?«

Annika sah Bosse an. Seine Kiefer waren bleich vor Anspannung. Innerlich war sie eigenartig kalt.

»Ich kommentiere hier überhaupt nichts«, sagte sie. »Ich will, dass ihr mich in Frieden lasst, du und deine Zeitung. Meinungsfreiheit bedeutet, dass ich das Recht habe, meine Meinung zu sagen, aber auch mich zu enthalten. Klar?«

Als sie sich umdrehte und zurück in die Wohnung ging, blitzte es hinter ihrem Rücken.

»Journalisten haben die Pflicht, den Dingen auf den Grund zu gehen«, rief Bosse aufgebracht.

Sie blieb stehen, warf einen Blick über die Schulter und bekam einen weiteren Blitz ins Gesicht.

»Journalisten sind die Einzigen, die heutzutage damit durchkommen, andere Leute zu verfolgen und zu belästigen. Willst du mich vielleicht noch heimlich filmen? Polizisten und allen anderen ist das verboten, aber du darfst es!«

Er blinzelte verwirrt. Jetzt habe ich ihn auf eine Idee gebracht, dachte sie. Dass ich auch nie die Klappe halten kann.

Sie ging in die Wohnung und machte die Tür hinter sich zu.

Halenius kam in den Flur. Er war kreidebleich im Gesicht.

Annika spürte, wie ihr das ganze Blut aus dem Kopf in die Füße lief.

»Was?«, fragte sie und stützte sich an der Wand ab. »Was?!«

»Die Engländerin«, sagte er. »Catherine Wilson. Sie ist tot aufgefunden worden. Irgendwo in der Nähe des Flüchtlingslagers in Dadaab.«

Ihr Herz schlug wie wild. Hatte Bosse darauf abgezielt? Hatte er gehofft, dass sie das kommentierte?

Halenius vergrub das Gesicht in den Händen, ließ dann plötzlich die Arme fallen.

»Sie wurde aufgeschlitzt. Von innen.«

*

Die Geräusche waren nachts viel lauter als tagsüber. Sie hallten hier drinnen von den Blechwänden wider, es raschelte und schabte, heulte und bohrte. Das Feuer der Wächter prasselte wie ein Wasserfall, die Falten ihrer Kleider knisterten, ihre Schritte ließen die Erde erbeben. Fieberhaft suchte ich nach einer Ecke, in der ich davon verschont blieb, wo die Geräusche mich nicht erreichten. Sie hatten mir Hände und Füße gefesselt, aber ich wand mich durch die Hütte, robbte und kroch vorwärts, doch die Töne jagten mich, sie verfolgten mich, ich konnte nicht entkommen. Irgendwann lag ich erschöpft auf dem dunklen Fleck, wo der Däne gestorben war, der Gestank der Latrine benebelte mich, aber dort schien es ein bisschen leiser zu sein, der Abstand zu den Geräuschen war größer, es war weiter bis zum Türloch, bis zu den Hütten draußen in der Manyatta und bis zu dem Blut, das die Erde sofort aufgesogen hatte, das braun und geronnen war. Die Erde hier ist so trocken, dass sie sich anfühlt wie Gestein, aber sie ist nicht aus Stein, sie lebt, denn sie schluckt alles, was man ihr gibt, Blut und Urin und Erbrochenes. Sie schluckt alles und versteckt es in ihrem Inneren. Nichts bleibt zurück. Die Erde sammelt alles in ihren Eingeweiden und macht es zu Gift und Galle. Sie haben versucht, mich zum Essen zu zwingen, aber ich habe das Essen auf die Erde geworfen. Sie werden mich nicht mehr zwingen, zu gar nichts. Gar nichts. Gar nichts. Ich habe das Wasser und das Essen der Erde zurückgegeben, es ihren stinkenden Gedärmen überlassen, nie wieder werde ich ihre Ausscheidungen berühren, ihre Schändlichkeiten. Catherines Augen verfolgten mich, glasig vor Schmerz, aber sie waren voller Verachtung und verurteilten mich. Sie sahen mich in jeder Ecke. Und die Geräusche waren so laut, dass ich ihnen nicht entkam.

TAG 6

Montag, 28. November

Annika war im Flur, als das Festnetztelefon klingelte. Die Hand am Türknauf, erstarrte sie und lauschte zum Schlafzimmer.

»Wir wollten doch gehen, Mama!«

Die Kinder drängelten ungeduldig um ihre Beine herum. Sie schwitzten schon unter ihren Jacken. Warum wartete er immer so lange, bis er abnahm?

Es klingelte zum zweiten Mal.

»Ja, natürlich, sofort …«

War das eine bewährte Geiselnahme-Verhandlungstaktik: Man wartet bis zum dritten Klingeln, dann verringert sich das Lösegeld und alles geht schneller?

»Heute gehen wir in die Schwimmhalle, Mama. Muss ich da keinen Badeanzug mitnehmen?«

Verdammt. Das Schwimmtraining. Sie ließ den Türknauf wieder los.

Das dritte Klingeln.

»Klar«, sagte sie und lief zurück ins Kinderzimmer, riss die Kleider aus Ellens Schrank und fand den Badeanzug zwischen den Socken.

Vier. Jetzt ging Halenius an den Apparat. Sie hielt inne, und die Zeit rauschte in ihren Ohren.

Annika hatte in der vergangenen Nacht schlecht geschlafen. Ein für sie unbekanntes und unangenehmes Gefühl. Sie war mehrfach aufgewacht, war zu den Kindern hineingegangen und hatte still im Dunkeln dagesessen und ihren Atemzügen gelauscht. Sie hatte am Wohnzimmerfenster gesessen und versucht, Sterne zu erkennen. Aber da waren keine. Die Müdigkeit wogte wie Seegang durch ihren Körper, eine Art ruckartige Gleichgewichtsstörung.

»Darf ich die Tüte nehmen, Mama?«

Ellen hatte eine Plastiktüte vom Konsum am Rathaus gefunden. Schwitzend und zappelig stand sie vor ihr, eine kleine Zeitfetischistin, die es hasste, zu spät zu kommen. Draußen im Treppenhaus trat Kalle ungeduldig gegen die Aufzugtür.

»Natürlich«, sagte Annika. Sie stopfte den Badeanzug und ein Handtuch aus dem Badezimmer in die Tüte und hoffte inständig, dass kein Menstruationsblut am Frotteetuch und keine matschigen Essensreste in der Tüte waren.

Halenius telefonierte leise auf Englisch. Sie zog die Wohnungstür hinter sich ins Schloss und drehte das Gesicht zum Licht.

Das Wetter war so hoffnungslos grau und schwer wie Granit. Der Schnee auf den Bürgersteigen hatte sich in Eis verwandelt, aber einige Ladenbesitzer in der Hantverkargatan hatten auf eigene Faust die Eisdecke weggehackt und hier und da Sand gestreut, so dass der Weg ein bisschen weniger lebensgefährlich war.

»Heute haben wir Erdkunde«, sagte Kalle. »Wusstest du, dass Stockholm auf dem 59. Grad nördlicher Breite und 18. Grad östlicher Länge liegt?«

»Genau«, sagte Annika. »Auf demselben Breitengrad wie Alaska. Und warum ist unser Klima hier besser?«

»Wegen dem Golfstrom!«, sagte der Junge und sprang mit beiden Beinen gleichzeitig in den Schneematsch.

Liboi lag direkt auf dem Äquator. Heute würde es dort achtunddreißig Grad warm werden, das hatte Annika im Verlauf ihrer schlaflosen Nacht nachgesehen.

Als sie die Straße überquerten, nahm sie die Kinder an die Hand. Es ging ein bisschen bergauf, und sie hatten die ganze Zeit Gegenwind. Am Schultor ging Annika in die Hocke und zog die beiden an sich. Kalle wehrte sich verlegen, aber sie hielt ihn fest.

»Wenn euch jemand nach Papa fragt, braucht ihr nicht zu antworten«, sagte sie. »Wenn ihr drüber sprechen wollt, ist das natürlich in Ordnung, ihr müsst aber nicht. Okay?«

Kalle machte sich los, aber Ellen drückte sie fest. Annika reckte den Hals, um die beiden im Auge zu behalten, als sie mit dem Strom der anderen Kinder im Schulhaus verschwanden, doch gleich hinter dem Tor verloren sie sich im Wald aus Mützen und Rucksäcken. Die Blicke der anderen Eltern prallten von ihr ab, wie der Wind glitten sie an ihr vorbei.

Sie rannte zurück zur Agnegatan. Der Aufzug war besetzt, also nahm sie die Treppe und erreichte die Wohnung mit Seitenstechen und schmerzender Luftröhre. Halenius saß mit abwesendem Blick am Schreibtisch im Schlafzimmer, ein Headset im Ohr. Als sie den Raum betrat, klickte er auf den Bildschirm, zog den Stöpsel aus dem Ohr und drehte sich zu ihr um. Keuchend sank sie aufs Bett und studierte sein ernsthaftes Gesicht.

»Sie lassen sich auf ein geringeres Lösegeld ein«, sagte Halenius. »Das ist definitiv ein Durchbruch.«

Sie schloss die Augen.

»Lebt er?«

»Sie haben keinen *proof of life* geliefert.«

Sie ließ sich fallen und landete mit dem Rücken zwischen den Kissen. Die Zimmerdecke schwebte über ihr, grau vom Tageslicht. Es war schön, sich einfach hinzulegen, die Beine über den Matratzenrand baumeln zu lassen und dem Atem des Hauses zu lauschen.

Wann hatten sie eigentlich zuletzt miteinander geschlafen? Es war natürlich in diesem Bett gewesen, Sex in der Dusche, auf dem Sofa und dem Küchentisch gehörten längst der Vergangenheit an.

»Du solltest dich informieren, wie man eine größere Geldsumme auf ein Konto bei einer Bank in Nairobi überweist«, sagte Halenius, »und ich glaube, du solltest das noch heute tun.«

Sie hob leicht den Kopf und sah ihn fragend an.

»Sowohl die Deutschen als auch die Verhandlungsführer des Rumänen und des Spaniers sagen, dass sie kurz vor dem Abschluss stehen. Sie marschieren zügig voran, aber nicht zu schnell.«

Annika setzte sich wieder auf.

»Normalerweise dauert es zwischen sechs und sechzig Tagen«, sagte sie.

Er schaute sie an, als sei es bemerkenswert, dass sie ihm zuhörte und sich an Dinge erinnerte, die er gesagt hatte.

»In den anderen Fällen liegt die Summe jeweils um rund eine Million Dollar«, sagte er. »Darunter werden sie es bei uns wohl auch nicht machen.«

»Glaubst du, dass der Anrufer der Mann aus dem Video ist?«

»Die Amis haben die Stimmen digital analysiert. Sie sagen, es ist derselbe.«

»Welche Technik benutzen sie dafür?«

Halenius hob die Augenbrauen.

»Das fragst du mich?«

»Warum spricht er in den Videos nicht Englisch?«

Halenius stand auf und ging hinüber zur Fensternische, wo er einen kleinen Laserdrucker aufgestellt hatte.

»Das Gespräch war ziemlich kurz«, sagte er, »neuneinhalb Minuten. Ich habe es übersetzt und ausgedruckt. Willst du es lesen?«

Er hielt ihr einen Ausdruck von knapp zwei A4-Seiten hin. Sie schüttelte den Kopf. Er legte die Blätter auf den Schreibtisch und setzte sich wieder.

Annika ließ den Blick über die Baumkronen wandern.

»Die Engländerin ist tot, der Franzose ist tot«, sagte sie. »Die Rumänen, die Spanier und die Deutschen verhandeln, und wir verhandeln. Aber da war doch noch einer, ein Däne?«

»Die Dänen verhandeln auch. Sie sind ungefähr so weit wie wir.«

Heute schien er unter Druck zu stehen. Wirkte müder als sonst. Er war in der Nacht nicht lange zu Hause gewesen, und außerdem musste er ja jetzt allein schlafen. Seine Freundin war schließlich in Südafrika. Vielleicht konnte er nicht gut einschlafen, wenn sie nicht in der Nähe war. Vielleicht rollte er auf ihre

Seite hinüber und wickelte sich in ihre Decke, ihre Kissen, ihren Duft und ihre Haarsträhnen. Vielleicht hatten sie jede Nacht Sex, vielleicht morgens, vielleicht ging es ihm körperlich schlecht, wenn er morgens nicht kommen konnte.

»Wie geht es dir?«, fragte sie.

Überrascht sah er zu ihr auf.

»Gut«, sagte er. »Alles gut. Und wie geht es dir?«

Sie spürte, wie das Bett schwankte.

»Die Bank hat jetzt auf«, sagte sie, ging ins Wohnzimmer und packte die Videokamera und das Stativ ein.

Sie hatte keinen Termin für private Vermögensplanung vereinbart, und zwischen den Augenbrauen der Kundenberatungstussi in der Handelsbank erschien eine Falte. Annika musste einen Moment warten, während die Frau sich umhörte, ob sich jemand Annikas erbarmen könnte – was an und für sich nicht allzu kompliziert sein konnte, da sie die einzige Kundin in der Bank war. Sie fummelte an der Videokamera herum und stellte auch diesmal wieder fest, wie zurückhaltend sich die Angestellten bewegten, wie diskret ihr Goldschmuck glänzte und wie deutlich alle Fehler hervortraten: Falten auf einem Hemdrücken, eine Laufmasche in der Strumpfhose. Den Mann mit den müden Augen, der sie beim letzten Mal bedient hatte, konnte sie nirgends entdecken. Vielleicht hatten ihre Fragen ihm den Rest gegeben. Vielleicht war er in einen schwerwiegenden Erschöpfungszustand gefallen, weil sie nicht mit dem entsprechenden Enthusiasmus auf seine Angebote eingegangen war.

Ihre Beine schmerzten vor Müdigkeit, sie stampfte mit den Füßen auf, um den Schmerz zu verjagen.

Die Frau tauchte wieder auf und winkte sie zu sich. Sie durchquerte die Bürolandschaft und begab sich in eine Ecke, wo ein anderer müder Mann mit Nickelbrille hinter einem ziemlich unordentlichen Schreibtisch saß. Er war ein wenig jünger als der Kollege vom vergangenen Freitag.

»Ignorieren Sie das einfach«, sagte Annika und baute das Stativ neben dem Besucherstuhl auf, befestigte die Kamera darauf und richtete sie auf den verblüfften jungen Banker. Sie startete die Aufnahme.

»Ähm«, sagte der Mann, »worum geht es hier eigentlich?«

Annika setzte sich ihm gegenüber.

»Ich will nur sicher sein, dass mir nichts entgeht«, sagte sie. »Sie haben doch nicht etwa was dagegen?«

Der Mann sah sie ausdruckslos an.

»Es ist unter keinen Umständen erlaubt, in unseren Geschäftsräumen Ton- oder Bildaufzeichnungen vorzunehmen. Tun Sie das weg, okay?«

Sie seufzte, erhob sich wieder, montierte die Kamera ab und packte sie in ihre Tasche.

»Ich muss wahrscheinlich Geld nach Nairobi überweisen«, sagte Annika. »Ich will wissen, wie das geht.«

»Nach Nairobi? In Kenia?«

»Gibt es noch andere Nairobis?«

»Und was ist der Grund der Überweisung?«

Annika beugte sich über den Schreibtisch zu dem Brillenmann und senkte die Stimme.

»Entweder Sie beantworten meine Fragen, oder ich kündige meine Konten bei der Handelsbank. Okay?«

Der Mann holte tief Luft und klickte auf seinen Bildschirm, es blitzte in seinen Brillengläsern.

»Ich muss das fragen«, sagte er. »Je nach Höhe des Betrags muss ein Kontrollbescheid an die schwedische Finanzaufsicht gehen. Da müssen wir einen Code eintragen, der die Art der Transaktion bezeichnet, zum Beispiel Import von Waren. Wird kein Code angegeben, können wir die Überweisung nicht ausführen. Mit Code geht der Kontrollbescheid automatisch an die Finanzaufsicht, wenn die Überweisung ausgeführt wird …«

Plötzlich erschöpft, lehnte sie sich auf dem Stuhl zurück.

»Erklären Sie mir einfach, wie das vonstattengeht«, sagte sie.

»Sie brauchen eine IBAN-Nummer und den BIC-Code der Bank, auf die das Geld transferiert werden soll, und natürlich ein Konto.«

»Ein Konto? Auf einer Bank in Nairobi?«

»Sie können natürlich Geld überweisen, an wen Sie wollen, vorausgesetzt, dass die Codes korrekt angegeben sind. Eine normale Überweisung dauert drei Tage und kostet 150 bis 200 Kronen. Eine Expressüberweisung dauert einen Tag, ist aber teurer.«

»Wie viel kann ich überweisen?«

Er lächelte säuerlich.

»Das kommt ganz darauf an, über wie viel Sie verfügen.«

Wieder lehnte sie sich über den Schreibtisch und hielt dem Banker ihren Führerschein unter die Nase.

»Ich will die komplette Summe von meinem Sparkonto nach Nairobi überweisen, aber ich habe bei keiner Bank dort ein Konto. Und in Nairobi will ich unmittelbar Zugang zu meinem Geld haben, in amerikanischen Dollar. Kleine Scheine.«

Der Mann tippte ihre Personennummer ein und klimperte ein paar Mal mit den Augenlidern. Offenbar war er nicht auf die Höhe der Summe vorbereitet gewesen. Schymans Geld war im Laufe des Vormittags eingegangen, darum lagen auf dem Konto jetzt fast neuneinhalb Millionen Kronen.

»Und das wollen Sie nach Kenia schicken? Das ganze Geld?«

»Wie viel Dollar sind das?«, fragte sie.

»Amerikanische Dollar? 9 452 890 schwedische Kronen, inklusive anfallender Zinsen …«

Er klapperte auf der Tastatur.

»Eine Million vierhundertvierundneunzigtausenddreihundertvierzehn Dollar und achtzig Cent, wenn Sie zum Tageskurs von sechs Kronen und dreiunddreißig Öre kaufen.«

Fast eineinhalb Millionen Dollar. Ihr wurde fast schwarz vor Augen.

»Aber wenn ich kein Bankkonto in Kenia habe, wie kann ich dann dort das Geld abheben? Könnten Sie es woanders hinschicken? Zu einem Western-Union-Büro zum Beispiel?«

Die Wangen des Mannes hatten sich ein wenig gerötet.

»Es ist nicht möglich, Geld von der Handelsbank zur Western Union in Kenia zu transferieren. Wenn Sie dorthin Geld überweisen wollen, müssen Sie einen Bevollmächtigten beauftragen, aber für eine Summe dieser Größenordnung ist das nicht besonders geeignet. Sie dürfen nur 75 000 Kronen auf einmal schicken und das höchstens zwei Mal pro Tag …«

Sie hielt sich am Schreibtisch fest, um nicht umzukippen.

»Also muss ich ein Konto haben«, sagte sie. »Bei einer Bank in Nairobi.«

Er sah sie ausdruckslos an.

»Kann ich das Geld mitnehmen?«, fragte sie. »In einer Tasche?«

»Ein Dollarschein wiegt ein Gramm, egal, welchen Wert er hat. Eine Million Dollar in Zwanzig-Dollar-Scheinen wiegt also fünfzig Kilo.«

Das hatte er im Kopf ausgerechnet. Beeindruckend.

»Außerdem dürfen Sie so viel Geld nicht aus der EU ausführen, ohne es beim Zoll anzumelden«, sagte der Banker. »Sie müssen ein spezielles EU-Formular ausfüllen, in dem Sie den Grund der Ausfuhr erklären, wem das Geld gehört und wer es ausführt, wo das Geld herkommt, um welche Art Bargeld und welche Währung es sich handelt …«

»Fünfzig Kilo«, sagte Annika. »Schwierig, das als Handgepäck mitzunehmen.«

Bei ihrem letzten Flug war der Mann am Check-in-Schalter eisern geblieben und ließ nur sechs Kilo Handgepäck zu, ihre Tasche wog aber sieben. Die glasklare Logik der Fluggesellschaft gestattete ihr jedoch, einen Roman von Jonathan Franzen herauszunehmen und das Buch in die Jackentasche zu stecken. Damit war alles in Ordnung.

»Ich würde Ihnen nicht empfehlen, das Geld einzuchecken«, sagte er. »Die Taschen werden durchleuchtet. Aber es gibt einen anderen Weg.«

Annika beugte sich vor.

»*Cash cards*«, sagte er laut, beinahe verächtlich. »Das ist die gleiche Vorgehensweise wie bei Prepaid-Karten fürs Handy, nur eben für Geld.«

Sie hatte das Gefühl, die Frau am Nebenschreibtisch schaute zu ihnen herüber.

»Wie eine Prepaid-Karte«, wiederholte er. »Eine Nummer,

aber kein registrierter Besitzer. Sie überweisen das Geld auf das Konto der Karte und können es dann überall in der Welt an normalen Geldautomaten wieder abheben.«

»An Geldautomaten?«

»Ja«, sagte er, »Sie müssen ja eine Reihe Abhebungen vornehmen. Die lichtscheuen Gestalten, die diesen Dienst üblicherweise in Anspruch nehmen, verfügen meistens über einen Stab von Leuten, die ein paar hundert Abhebungen tätigen. Aber wenn man nicht gesehen werden und von Bankkameras gefilmt werden will, ist das wohl die einzige Alternative …«

Lichtscheue Gestalten. War sie schon dazu geworden? Eine Schattenfigur, die sich am Rande der Wirklichkeit bewegte und versuchte, die echten Menschen und ihr Leben nachzuahmen? Die echten, wirklichen Menschen, die beispielsweise hier in dieser Bank arbeiteten, die sich um ihre Kleider und ihren Schmuck kümmerten und bestimmt mit guten Freunden zu Abend aßen und dazu günstigen Rotwein tranken?

Sie erhob sich auf wackeligen Beinen und griff nach dem Stativ, um Halt zu finden. Sie schraubte es auseinander und schulterte ihre Tasche.

»Ich muss Ihnen sehr danken«, sagte sie. »Das war unwahrscheinlich informativ.«

Sie spürte die Eisblicke im Rücken brennen, während sie auf den Ausgang zuwankte. Irgendwo unterwegs fegte das Stativ einen Kaffeebecher zu Boden, aber sie tat so, als merkte sie es nicht.

*

Schyman faltete auch die letzte Morgenzeitung zusammen und lehnte sich auf seinem Bürostuhl zurück. Der Stuhl knackte beunruhigend, aber das hatte er schon immer getan.

Er betrachtete den ansehnlichen Zeitungsstapel vor sich, all diese Publikationen, die er jeden Tag im Jahr las, sommers wie winters, alltags wie feiertags, während der Arbeitsmonate ebenso wie im Urlaub. In den letzten Jahren war das Tempo zusehends gestiegen und die Intensität gesunken, das musste er zugeben. Er las nicht mehr so sorgfältig. Ehrlich gesagt, überflog er die Zeitungen inzwischen nur noch, besonders die Morgenzeitungen. Heute hatte er allen Grund, nach dem Überfliegen zufrieden zu sein.

Ihr Serienmörder war inzwischen von sämtlichen überregionalen Zeitungen aufgegriffen worden, auch wenn der Mörder mal mehr, mal weniger hypothetisch dargestellt wurde, je nachdem, welche Linie das Blatt verfolgte. Dass die Polizei die Ermittlungen zusammengelegt hatte, war jedenfalls Fakt, und damit, dachte der Chefredakteur, konnte er durchaus zufrieden sein. Er hatte seine Leser auch heute wieder nicht getäuscht.

Die Entführungsgeschichte verlor bereits an Interesse. Dass der Geiselnehmer vor die Kamera getreten war und wieder einmal etwas Unverständliches auf Kinyarwanda von sich gegeben hatte, war natürlich eine Nachricht, aber keine, die den Blätterwald rauschen ließ. Der *Konkurrent* hatte die Nachricht von dem neuen Video mit einem ziemlich grässlichen Foto von Annika Bengtzon garniert, die mit weit aufgerissenen Augen vor ihrer Wohnungstür stand und in die Kamera starrte, den Mund halb offen und die Haare zerzaust. »Ich habe keinen Kommentar abzugeben«, wurde sie zitiert.

Wahninnig informativ, ja. Ein Triumph für den investigativen Journalismus.

Schyman seufzte.

Doch nicht alles bei der heutigen Medienausbeute waren oberflächliche Spekulationen. In einer der Zeitungen stand auch ein Bericht, der ihn tief berührte. Es war der Fall des alten Mannes, der jahrelang tot in seiner Wohnung gelegen hatte, ohne dass ihn jemand vermisste. Er wurde erst gefunden, als in dem Mietshaus, in dem er wohnte, Breitbandkabel verlegt werden sollten. Die Wohnungstür war nicht abgeschlossen, der Techniker stieg über einen Berg Post und fand den Mann auf dem Fußboden im Badezimmer. Die Lebensmittel im Kühlschrank, die Poststempel auf den Briefen im Flur und die weit fortgeschrittene Verwesung ließen darauf schließen, dass der Mann seit mindestens drei Jahren tot war. Seine Rente war aufs Girokonto überwiesen worden, und die Rechnungen wurden abgebucht. Niemand hatte ihn vermisst, nicht die Nachbarn, nicht der Sohn, nicht die alten Arbeitskollegen. Die Polizei schloss ein Verbrechen aus.

Drei Jahre mit offener Tür, dachte Schyman. Er war nicht einmal einen Einbruch wert.

Es klopfte an der Glastür. Schyman hob den Blick.

Draußen standen Berit Hamrin und Patrik Nilsson und sahen alles andere als heiter aus. Das verhieß nichts Gutes. Er winkte sie herein, und die beiden bauten sich vor seinem Schreibtisch auf, die Hände voll mit Computerausdrucken und Notizen.

»Wir brauchen Ihren Rat in einer Sache«, sagte Berit.

»Im Moment muss offenbar alles schwierig gemacht werden«, maulte Patrik.

Schyman deutete auf die Besucherstühle.

»Es geht um die angebliche Luxusrenovierung der Luxuswohnung des Finanzministers, die er von Schwarzarbeitern hat durchführen lassen«, sagte Berit. »Das ist ein dickes Ding, wenn es stimmt, aber es gibt da einige offene Fragen.«

Patrik verschränkte die Arme. Schyman bedeutete ihr, fortzufahren.

»Erstens«, sagte Berit, »hat überhaupt nicht der Minister die Luxusrenovierung in Auftrag gegeben, sondern eine Consultingfirma, an der er beteiligt ist.«

»Das spielt ja wohl keine Rolle«, sagte Patrik.

Berit ignorierte ihn.

»Zweitens war es keine Luxuswohnung, sondern ein Büro für die fünf Angestellten der Consultingfirma.«

»Na und?«, sagte Patrik.

»Drittens war es keine Luxusrenovierung, sondern eine Kernsanierung des ganzen Hauses. Die Abflussrohre in sechsunddreißig Büros wurden erneuert, alle auf einmal.«

»Das sind doch nur Details«, sagte Patrik.

»Viertens hatte die Consultingfirma einen Vertrag mit einem Bauunternehmer, und die Bezahlung erfolgte ordnungsgemäß nach Rechnungstellung. Der Bauunternehmer seinerseits ließ kleinere Abrissarbeiten von einem Subunternehmer ausführen, und auch hier lief die Bezahlung über die Bücher. Der Subunternehmer ist ein von der Gewerkschaft, dem Bauunternehmerverband und dem Finanzamt kontrolliertes und anerkanntes Unternehmen.«

»Alles eine Frage der Formulierung«, sagte Patrik.

Berit legte ihren Notizblock auf den Schoß.

»Nein, Patrik«, sagte sie. »Das hier ist blanker Unsinn.«

»Aber mediatime.se hat doch einen Typen interviewt, der sagt, er hätte seinen Lohn schwarz erhalten, als er in der Luxuswohnung des Ministers gearbeitet hat!«

Schyman schlug sich an die Stirn.

»Mediatime.se! Lieber Himmel, Patrik, wir haben doch über diese Klatschseiten gesprochen …«

»*Falls* die Quelle von mediatime.se die Wahrheit sagt, wäre das eine Geschichte«, sagte Berit. »Wie kommt es, dass Leute gezwungen werden, schwarzzuarbeiten, obwohl alle beteiligten Unternehmen Rechnungen ausstellen? Wer verdient an den Missständen? Und wer sind die Schwarzarbeiter? Sind es Schweden, und wenn ja, kassieren sie gleichzeitig Arbeitslosenunterstützung? Oder sind es illegale Einwanderer, die in Kellerwohnungen hausen und für Sklavenlöhne schuften?«

Patrik nagte frenetisch an der Spitze seines Kugelschreibers.

»Wie kann er eine Consultingfirma besitzen und gleichzeitig Minister sein?«, fragte er schließlich. »Wie passt das zusammen? Da müssen sich doch jede Menge Interessenkonflikte ergeben. Wir könnten überprüfen, ob er seiner eigenen Firma Regierungsaufträge zugeschanzt hat. Ich wittere einen Skandal, wir müssen nur tief genug graben …«

Berits Blick war vollkommen ausdruckslos.

»Die Renovierung wurde vor sieben Jahren durchgeführt, also drei Jahre bevor Jansson Minister wurde. Als er sein Amt antrat, hat er seinen Anteil an der Firma verkauft.«

»Aber vielleicht begünstigt er sie trotzdem? Schiebt seinen alten Kumpels Aufträge zu …?«

Schyman hob die Hand und lehnte sich über den Schreibtisch.

»Patrik«, sagte er. »Wir sollten die Sache fallen lassen. Es gibt keine Story über Janssons Luxusrenovierung. Eine Artikelserie über das Gemauschel in der Baubranche wäre dagegen keine schlechte Idee. Wie oft und in welchem Ausmaß werden beispielsweise Steuersubventionen für Bauarbeiterlöhne erschlichen?«

Patrik pfefferte den speichelblanken Kuli auf Schymans Schreibtisch und stand so abrupt auf, dass der Stuhl an die Wand knallte. Er verließ wortlos das Aquarium.

»Manchmal kann man die Realität eben nicht ins Boulevardformat quetschen«, sagte Berit. »Meinten Sie das ernst mit der Artikelserie über die Baubranche?«

Schyman rieb sich das Gesicht.

»Ich meine, es ist eine gute Idee, ja«, sagte er, »aber wir haben keine Leute, die sich dahinterklemmen könnten.«

Berit erhob sich.

»Ich mach mich mal auf die Suche nach jemandem, der vom *Alien Hand Syndrome* betroffen ist«, sagte sie und verließ sein Büro.

Schyman starrte den beiden hinterher.

Falls seine Frau vor ihm sterben sollte – würde er dann auch drei Jahre lang tot in seinem Badezimmer liegen, bevor ihn jemand fand? Oder gäbe es Leute, die ihn vermissen würden? Alte Arbeitskollegen vielleicht?

*

Annika stellte das Stativ ab und warf die Tasche mit der Videokamera auf die Couch. Draußen war es heute ein wenig heller, hinter der Wolkendecke konnte man tatsächlich die Sonne erahnen. Leise schlich sie ins Schlafzimmer.

Halenius war auf ihrem Bett eingeschlafen. Er lag auf der Seite, ein Knie angezogen und die Hände unter einem der Zierkissen. Er atmete lautlos und gleichmäßig.

Plötzlich schlug er die Augen auf und sah sie verwirrt an.

»Schon da?«, fragte er und setzte sich auf.

Er kratzte sich die Kopfhaut, ein Knopf an seinem Hemd war lose.

»Es gibt nur eine Möglichkeit, das Geld da runter zu schaffen«, sagte Annika. »Eine Auslandsüberweisung auf ein Konto in Nairobi. Alle anderen Alternativen können wir vergessen.«

Halenius erhob sich leicht schwankend.

»Gut«, sagte er und ging aus dem Zimmer. »Dann organisieren wir das.«

Sie setzte sich aufs Bett und hörte, wie er ins Bad ging und die Klobrille hochklappte. Er musste die Tür aufgelassen haben, so deutlich war das Geräusch des Strahls. Auf dem Fußboden neben dem Bett lag ein Haufen Zeitungen, vermutlich hatte er gelesen und war dabei eingeschlafen. Der Wasserhahn wurde aufgedreht, dann ging die Klospülung. Er wusch sich also hinterher die Hände.

Seine Haare hatten sich ein wenig gelegt, als er zurückkam, er musste sich bemüht haben, sie vor dem Spiegel zu bändigen. Dort, wo der Knopf nun fehlte, stand das Hemd offen.

»Wie soll das gehen?«, fragte Annika. »Ich habe kein Bankkonto in Kenia.«

Er setzte sich neben sie aufs Bett, nicht auf den Bürostuhl.

»Entweder du fliegst hin und eröffnest eins, oder wir finden jemanden, an den wir das Geld überweisen können.«

Annika musterte sein Gesicht. Seine blauen, blauen Augen waren rotgerändert.

»Du kennst jemanden«, sagte sie. »An wen denkst du?«

»Frida Arokodare«, antwortete er. »Sie war Angies Zimmergenossin im Studentenwohnheim. Sie ist Nigerianerin, arbeitet in Nairobi für die UN.«

Er hatte die blausten Augen, die sie je gesehen hatte. Wieso waren sie jetzt so gerötet? Hatte er geweint? Warum sollte er? Oder war er allergisch? Gegen was? Sie streckte die Hand aus und berührte seine Wange. Er erstarrte, und seine Reaktion übertrug sich auf die Matratze unter ihr. Sie zog die Hand weg.

»Können wir das wirklich tun?«, fragte sie.

Er sah sie an.

»Was?«, fragte er leise zurück.

Sie öffnete den Mund, blieb aber stumm. Nicht, weil sie es nicht gewusst hätte. Sie wusste genau, was sie nicht tun konnten, sie spürte es, die Schmetterlinge im Bauch, spürte, was sie nicht tun konnten, sie wusste es ganz genau.

O nein, dachte sie. O nein, so ist das also?

Er stand auf und ging hinüber zum Computer, sie hatte den Eindruck, er versuchte, mit der Hand seinen Schritt zu verbergen.

»Grégoire Makuza hat vor fünf Jahren einen Kommentar in *The Daily Nation* geschrieben. Es war ein unerhört kritischer Artikel gegen Frontex, darüber, wie die einzelnen Länder das Thema von sich weisen und die geschlossenen Grenzen zu einer Art Auflage von oben machen, und über die bodenlose Heuchelei, mit der Westeuropa illegale Einwanderer in einem Maß ausbeutet, das ohnegleichen in der Weltgeschichte ist.«

»*Daily Nation?*«

»Die größte Zeitung Ostafrikas. Und der Artikel hat wirklich etwas für sich. Makuzas Argumente werden heute von vielen Kritikern geteilt, auch in Europa. Er hätte eine Zukunft als Kommentator gehabt, wenn er das gewollt hätte.«

Halenius setzte sich auf den Bürostuhl und schob ihn zurück, so dass er bis an die Türschwelle rollte.

»Stattdessen hat er sich entschieden, der neue bin Laden zu werden«, sagte Annika, beugte sich zu dem Zeitungshaufen auf dem Fußboden hinunter und hielt die aktuelle Ausgabe des *Konkurrenten* hoch. Die Titelseite zierte ein Standbild aus einem der Videos, auf dem der Turbanmann finster in die Kamera starrte.

»Der Vergleich hinkt ein bisschen«, sagte Halenius. »Bin Laden kam aus einer steinreichen Bankiersfamilie. Grégoire Makuzas Familie waren Tutsi, aber sie scheinen keine besondere gesellschaftliche Position innegehabt zu haben. Sein Vater war Lehrer an einer Dorfschule und seine Mutter Hausfrau. Er war der Jüngste von vier Geschwistern, beide Eltern und zwei Brüder sind im Zusammenhang mit dem Völkermord verschwunden. Sie liegen wohl in irgendeinem Massengrab.«

»Soll ich jetzt Mitleid mit ihm haben?«, fragte Annika.

Halenius' Augen waren jetzt wieder etwas klarer.

»Es ist keine Entschuldigung, aber möglicherweise eine Erklärung. Er ist völlig durchgeknallt, aber nicht dumm.«

Er reichte ihr die Ausdrucke und sie nahm die Seiten vorsichtig und zögernd entgegen, als wären sie giftig.

»Da hast du ihn. Sieh das Gespräch als das, was es ist. Ich habe ja nun ein paar Mal mit ihm gesprochen, und so war das, wir hatten diesen Dialog häufiger.«

Sie warf einen Blick auf die Seiten.

»Wofür steht ›U‹ und ›E‹?«

»Unterhändler und Entführer. Denk dran, mein Ziel ist es, die Lösegeldsumme herunterzuhandeln und so schnell wie möglich eine Einigung zu erreichen. Gegen Ende lenkt er plötzlich ein. Lies von hier an.«

Er zeigte auf eine Stelle weiter unten im Text.

E: Wart ihr bei der Bank?

U: Ich will erst einen *proof of life*.

E: Strapazieren Sie meine Geduld nicht. Was sagt die Bank?

U: Annika, Thomas' Frau, ist gerade dort. Woher sollen wir wissen, ob Thomas lebt?

E: Sie müssen mir ganz einfach vertrauen. Was sagt die Bank?

U: Annika ist noch nicht zurück. Hier in Schweden ist es noch früh am Tag. Aber wenn wir keinen neuen *proof of life* bekommen, können wir überhaupt nichts zahlen, das verstehen Sie sicher …

E (schreit): Vierzig Millionen Dollar, oder wir schlagen dem Kerl (er benutzt das Wort »*asshole*«) den Kopf ab.

U (deutlicher Seufzer): Sie wissen, dass sie nicht in der Lage ist, so viel Geld zu bezahlen, das ist schlicht und einfach unmöglich. Sie hat einen normalen Beruf, sie arbeitet und hat zwei kleine Kinder und lebt in einer Mietwohnung …

E (ruhiger): Sie hat Geld von der Versicherung bekommen, nach einem Brand.

U: Ja, das stimmt. Aber das ist nur ein Tropfen auf den heißen Stein. Woher soll sie den Rest nehmen?

E: Dann muss sie sich eben ein bisschen anstrengen.

U: Wie meinen Sie das?

E: Sie hat ja wohl eine Fotze wie alle anderen? Sie soll rausgehen und sie benutzen. Wie sehr wünscht sie sich ihren Mann eigentlich zurück?

U (deutlicher Seufzer): Sie ist achtunddreißig. Haben Sie gesehen, wie sie aussieht?

E (glucksendes Lachen): Ganz recht, mein Freund, auf diesem Weg kommt bestimmt nicht viel Geld rein. Gut, dass sie Arbeit hat, sonst müssten ihre Kinder wohl hungern …

Annika blickte vom Text auf und sah Halenius an.

»›Haben Sie gesehen, wie sie aussieht?‹«

Er war sehr ernst.

»Für mich bist du schön«, sagte er. »Immer gewesen.«

U: Sie will ihn wirklich wiederhaben. Sie ist traurig und verzweifelt, dass er weg ist. Und die Kinder vermissen ihren Papa. Nach meiner Einschätzung ist sie auf jeden Fall bereit, so viel Lösegeld zu bezahlen, wie sie nur kann, aber ihre Mittel sind begrenzt.

E (schnaubt): Das ist nicht mein Problem. Habt ihr mit der Polizei gesprochen?

U: Nein, Sie wissen, dass wir nicht mit der Polizei sprechen. Ich verstehe Ihr Dilemma, aber vielleicht sollten Sie versuchen, sich auch in die Lage der Frau zu versetzen. Sie hat keine vierzig Millionen Dollar. Es gibt nicht die geringste Möglichkeit, dass sie eine derartige Summe aufbringt.

E (aufgebracht): Entweder sie beschafft das Geld, oder der Kerl stirbt. Sie hat die Wahl.

U: Sie wissen es doch besser. Falls Sie nicht mit der Summe runtergehen, bekommen Sie überhaupt nichts. Wir wollen eine Lösung. Wir sind bereit, Ihnen entgegenzukommen, aber die Forderung nach vierzig Millionen Dollar müssen Sie aufgeben.

(Stille)

E (sehr sachlich): Wie viel ist sie bereit zu zahlen?

U: Wie ich schon sagte, sie ist eine Frau, die einer normalen Arbeit nachgeht, hat keine weiteren Einkünfte …

E: Wie viel hat sie auf der Bank?

U: Überhaupt nicht viel, aber sie ist bereit, Ihnen alles zu geben, was sie hat. Sie ist keine Großverdienerin, um es mal so zu sagen.

E: Kann sie sich nichts leihen?

U: Gegen welche Sicherheiten? Sie kennen doch das kapitalistische Bankensystem. Sie hat kein Haus, keine Aktien, kein dickes Auto, sie ist eine normale schwedische Arbeiterin, sie gehört zur Arbeiterschicht, alle beide gehören zur Arbeiterschicht …

E: Die Regierung, kann die schwedische Regierung nicht bezahlen? Er arbeitet doch für die Regierung.

U (schnaubt): Ja, als kleiner Beamter. Das kann ich Ihnen sagen, die schwedische Regierung interessiert sich nicht für ihre Bürger, ob sie nun für sie arbeiten oder für sie stimmen. Die Regierung ist sich selbst am nächsten, die kümmert sich nur um ihre eigene Macht und ihr eigenes Geld.

E: Das ist überall dasselbe. Der Staat vergewaltigt das eigene Volk, immer.

U: Die Regierung scheißt doch darauf, ob Leute sterben.

E: Sie pissen auf ihre Gräber.

U: Wohl wahr.

(Stille)

E: Wie viel hat sie? Ein paar Millionen?

U: Dollar? Lieber Himmel, nein, wesentlich weniger.

E: Der Kerl sagt, sie hat ein paar Millionen.

U: Schwedische Kronen, ja. Das ist was ganz anderes. Das ist mehr als kenianische Shillinge, aber das sind nicht Dollar.

(kurzes Schweigen)

E: Was war das für ein Brand?

U: Für den sie das Geld bekommen hat? Sie hatten ein kleines Haus, das ist abgebrannt und sie hat Geld von der Versicherung dafür bekommen. Nicht viel, aber es ist alles, was sie hat. Und wie gesagt, es ist nicht viel …

(Stille)
E: Wir melden uns wieder.
(Ende des Gesprächs)

Sie ließ die Blätter sinken und spürte, wie ihr übel wurde. Sie
wusste nicht, wo sie hinsehen sollte. Es war, als hätte er sie verkauft, sie erniedrigt und klein gemacht, als hätte er seinen Chef
und seine Regierung und praktisch ganz Schweden verraten. Er
hatte sich mit dem Schwein verbrüdert und sie zu einer alten,
hässlichen Fotze gemacht, die kein Geld verdiente und keine
Möglichkeit hatte, sich welches zu beschaffen, eine richtige Ver-
liererin, die nur herumjammerte und darauf hoffte, dass das
Schwein irgendeine Form von Menschlichkeit zeigte, und das
war nicht sehr wahrscheinlich.

»Vergiss nicht, was das Ziel des Gespräches war«, sagte Halenius. »Du weißt, was wir erreichen wollen.«

Sie konnte den Blick nicht heben, spürte, wie ihre Hände
anfingen zu zittern, fühlte sich elend und fiebrig. Die Blätter
rutschten auf den Zeitungshaufen.

Halenius stand von seinem Stuhl auf und setzte sich neben sie
aufs Bett, legte ihr den Arm um die Schultern und zog sie an sich.
Ihr Körper spannte sich wie eine Stahlfeder, und sie schlug ihm
hart in die Seite.

»Wie zum Teufel konntest du nur?«, sagte sie mit erstickter
Stimme und merkte, wie alle Dämme brachen. Die Tränen schossen ihr in die Augen, und sie versuchte, ihn wegzustoßen. Er
hielt sie fest.

»Annika«, sagte er, »Annika, hör mir zu, hör zu …«

Sie schluchzte an seiner Schulter.

»Ich habe doch gelogen«, sagte er. »Ich habe kein einziges
Wort von alldem gemeint, das weißt du doch. Annika, sieh mich
an …«

Sie bohrte ihr Gesicht in seine Achsel, er roch nach Waschmittel und Deo.

»Das ist doch nur Strategie«, sagte er. »Ich würde alles Mögliche sagen, um dir zu helfen.«

Sie atmete einige Sekunden mit offenem Mund.

»Warum hast du mir die Abschrift gezeigt?«, fragte sie. Ihre Worte verloren sich im Stoff seines Hemds.

»Ich bin auf deinen Wunsch hier. Es ist wichtig, dass du weißt, was ich mache und sage. So hört es sich eben an. Annika …«

Er wich zurück, und sie sah schräg zu ihm auf. Er strich ihr eine Haarsträhne aus dem Gesicht und lächelte leicht.

»Hey«, sagte er.

Sie schloss die Augen und konnte sich ein kleines Lachen nicht verkneifen. Er ließ ihre Schulter los und rückte von ihr ab, um sie herum wurde es hell und kalt.

»Ich hasse das hier«, sagte sie.

Er stand auf und ging zum Rechner, setzte sich vor den Monitor und las. Es wurde sehr still im Zimmer, so still, dass sie es nicht ertragen konnte. Sie nahm den Zeitungsstapel vom Fußboden und stand auf.

»Ich bringe mich auf den neuesten Stand im Weltgeschehen«, sagte sie und verließ das Zimmer.

Die Frauenmorde in den Stockholmer Vororten füllten die Tageszeitungen, und jetzt ging es plötzlich um die Gewalt – bis ins letzte Detail. Linnea Sendmans Mörder hatte an einer Fichte am Fußweg hinter der Kita gewartet, las sie. Das Opfer war vermutlich bergauf geflüchtet, und der Täter hatte ihr mit enormer Kraft in den Nacken gestochen. Die Wirbelsäule war am zweiten Halswirbel durchtrennt.

Annika versuchte die Szene vor sich zu sehen, aber es gelang ihr nicht, das Bild in ihrer Erinnerung schob sich davor: der Stiefel im Schnee, mit dem in den Himmel ragenden Absatz.

Sandra Eriksson, 54, aus Nacka floh über einen Parkplatz, als sie von hinten niedergestochen wurde, der Stich traf sie genau ins Herz. Das Messer drang nur wenige Zentimeter tief zwischen den Rippen ein, traf aber die Herzspitze. Sie war innerhalb von Sekunden tot. Von ihren vier Kindern war das jüngste Mädchen dreizehn. Eva Nilsson Bredberg, 37, aus Hässelby wurde mit vierzehn Messerstichen getötet, von denen die meisten den Körper durchbohrten. In den Zeitungen hieß es, die Mordwaffe sei lang und stabil gewesen. Die Frau hatte vermutlich noch versucht, ihr Reihenhaus zu erreichen, stürzte jedoch und wurde vor dem Haus auf der Straße niedergestochen.

Sicherheitshalber waren die Analogien in einem Infokasten aufgelistet: die Mordwaffe, die Vorgehensweise, die Nähe zu Kindern und Spielplätzen sowie die Tatsache, dass in allen Fällen Zeugen fehlten. Auch wenn es nicht direkt da stand, so begriff doch jeder halbwegs aufmerksame Leser, dass man hier einen besonders verschlagenen und gefühlskalten Täter jagte.

Annika nahm ihr Handy, ging ins Kinderzimmer und schloss die Tür hinter sich. Sie tippte Berits Durchwahl in der Redaktion ein, und Berit nahm sofort ab.

»Das willst du nicht wirklich wissen«, antwortete Berit auf Annikas Frage, was in der Welt passiere. »Ich habe den halben Tag mit einer blödsinnigen Geschichte von mediatime.se vergeudet, die behauptet, der Finanzminister habe seine Luxuswohnung mit Schwarzarbeitern luxusrenoviert.«

»Hört sich nach einem echten Knüller an«, sagte Annika.

»Glaubst auch nur du«, sagte Berit. »Jetzt haben sie mich wieder auf deinen Serienmörder angesetzt.«

»Sorry«, sagte Annika. »Deshalb rufe ich an. Hast du vielleicht vom Einwohnermelderegister die Adressen der fünf ermordeten Frauen besorgt?«

»Wieso?«

»Die Tatorte sind der Knackpunkt«, sagte Annika.

»Wie kommst du darauf?«

»Die Frauen in Sätra, Hässelby und Axelsberg wurden direkt vor ihren Wohnungen ermordet. Aber wie war das in Nacka und Täby? Liegen die Tatorte in der Nähe der Wohnungen?«

Berit raschelte mit Papier.

»Im Nacka-Fall schon, die Frau starb mehr oder weniger vor ihrer Haustür. Aber nicht die in Täby.«

Annika holte tief Luft.

Am sichersten und leichtesten war es für einen Mann, seine Frau in der Wohnung umzubringen. Dort kam er einfacher an sie heran, und es gab keine Zeugen. Aber wenn der Mann keinen Zugang mehr zur Wohnung hatte, war er gezwungen, die Tat nach draußen zu verlegen.

So hatte Sven es getan. Annika hatte ihn nicht mehr hereingelassen, also wartete er im Wald auf sie. Er hetzte sie zur Fabrik in Hälleforsnäs, bis zum Schmelzofen, wo er sie einholte und ihr Kater ihm in die Quere kam, der kleine Whiskas …

Sie strich sich die Haare aus dem Gesicht und sah das gelbe Fell des Katers vor sich, hörte sein kehliges Miauen und sein sanftes Schnurren.

»Je weiter von zu Hause entfernt eine Frau stirbt«, sagte Annika, »desto weiter weg scheint sie vom Täter zu sein, rein beziehungsmäßig …«

»Ich weiß«, sagte Berit. »Ich habe mir die Statistiken angesehen. Es gibt zwar ein paar Faktoren, die wissenschaftlich betrachtet die Theorie stützen, dass wir es mit einem verrückten Serienmörder zu tun haben, aber genau wie du sagst, deuten die erdrückenden Erfahrungen in dieser Problematik darauf hin, dass es sich um reine Beziehungstaten handelt.«

»Mikael Ryings Untersuchungsbericht?«

»›Die Entwicklung tödlicher Gewalt gegen Frauen in nahen Beziehungen‹«, bestätigte Berit. »Die Zahlen haben zwar schon ein paar Jahre auf dem Buckel, aber sie sind eindeutig. Ab 1990 und danach kannten in 94 Prozent aller aufgeklärten Fälle die weiblichen Opfer ihren Mörder.«

Annikas Handy piepste, sie hatte eine neue SMS erhalten. Sie ignorierte die Nachricht, lehnte sich zurück in die Kissen auf Ellens Bett und zog die Beine an. Sie kannte diese Zahlen auswendig. In nahezu der Hälfte der Fälle war der Mörder der Ex-mann. Sie hatte solche Fälle jahrelang verfolgt, oft unter dem unverhohlenen Stöhnen und Augenverdrehen der Redaktionsleitung. In 38 Prozent der Fälle wurde die Tat mit einem Messer begangen. Danach kamen Erwürgen, Erschießen, Erschlagen mit Äxten und anderen Hiebwaffen, tödliche Misshandlung durch Tritte und Schläge und schließlich obskure Methoden wie Tötung durch Stromschläge und Bolzenschussgeräte.

»Taten von wahnsinnigen Mördern werden in drei Kategorien aufgeteilt«, sagte Berit. »Massenmord, Sexualmord oder Mord als Folge eines anderen Verbrechens, meistens Raub.«

»Das passt in diesen Fällen aber nicht«, sagte Annika.

Sie griff nach der *Morgenzeitung* und studierte die Fotos der fünf getöteten Frauen: Sandra, Nalina, Eva, Linnea und Lena. Normale, durchschnittliche Gesichter von Frauen unterschiedlichen Alters, Frauen, geschminkt und mit verschiedenen Frisuren, vermutlich hatten sie alle mit irgendwelchen Diäten gekämpft, um ihr Gewicht zu halten, und sich mit Job und Kindern und unglücklichen Beziehungen abgeplagt.

Konnten sie einem verrückten Mörder zum Opfer gefallen sein? Wenn sie nun tatsächlich mit ihrem eher sarkastisch gemeinten Kommentar gegenüber Patrik ins Schwarze getroffen hatte?

»Was willst du schreiben?«, fragte Annika.

Berit seufzte.

»Ich habe Anweisung bekommen, die Exmänner der Frauen zu interviewen, außer dem einen, der hinter Gittern sitzt. Unter dem Gesichtspunkt, dass die Polizei nun endlich den tatsächlichen Mörder jagt.«

»Sollte nicht besonders schwierig sein«, sagte Annika.

»Überhaupt nicht. Bisher habe ich mit dem Mann in Nacka und dem in Hässelby gesprochen, und beide haben erschreckend frei von der Leber weg erzählt.«

»Warum überrascht mich das nicht?«, sagte Annika.

»Sie haben keine Scheu, sich ausführlich darüber auszulassen, was für Schlampen ihre Exfrauen waren. Natürlich sind sie am Boden zerstört, dass die Ex tot ist, aber wenn man bedenkt, wie sie sich aufgeführt hat, war eigentlich nichts anderes zu erwarten.«

»Und dass sie ihre Frauen früher geschlagen und bedroht haben sollen, ist natürlich nichts als Lüge und üble Nachrede«, sagte Annika.

»Selbstverständlich. Der Mann, der wegen Körperverletzung verurteilt wurde, hat sich natürlich nie was zuschulden kommen lassen, und wenn er ihr wirklich mal eine gelangt hat, war das längst nicht so schlimm, wie sie immer behauptet hat.«

»Im Grunde war sie natürlich selbst schuld«, sagte Annika.

Ihr Handy piepste wieder, noch eine SMS. Draußen verschwand langsam das Tageslicht – vielleicht weil die Wolkendecke dichter wurde oder der Tag zu Ende ging. Sie wusste es nicht mit Sicherheit.

»Die Frage ist, was ich eigentlich schreiben soll. Ich kann doch die Männer nicht darüber schwadronieren lassen, was für Unschuldslämmer sie sind. Dann müsste man die ganze Problematik erklären, und dafür ist kein Platz.«

»Das Hauptproblem bei allen Mordfällen«, sagte Annika. »Wir haben immer nur eine Version.«

»Ich lasse die Leser ihre eigenen Schlüsse ziehen«, sagte Berit.

»Die Mehrheit wird den Männern glauben«, sagte Annika und schlug die Zeitung auf. »Wie viele von ihnen sitzen, sagst du?«

»Nur Barham Sayfour, Nalina Barzanis Cousin. Wenn er entlassen wird, schieben sie ihn ab, denn jetzt ist ja seine Familienverbindung weg.«

»Hoppla«, sagte Annika. »Daran habe ich nicht gedacht.«

Es piepste in der Leitung, ein wartendes Gespräch.

»Da ruft jemand an«, sagte Annika. »Ich muss Schluss machen.«

»Und ich muss schreiben«, sagte Berit. »Der nächste Drahtseilakt …«

Annika drückte Berit weg und nahm das wartende Gespräch an. Anne Snapphane.

»Ich stehe hier unten vor dem Haus. Kann ich raufkommen?«

Es blitzte und funkelte um Anne Snapphane, als sie in den Flur trat, Glitzerpulli und Strassarmband und jede Menge Glanzspray im Haar.

»Es hat geklappt!«, jubelte sie und umarmte Annika. »Endlich ist es durch!«

Annika erwiderte die Umarmung und lächelte.

»Glückwunsch. Was ist durch?«

»Jetzt könnte ich wirklich einen Drink vertragen, aber ich begnüge mich mit einer Tasse Kaffee.«

Anne Snapphane war seit vielen Jahren trockene Alkoholikerin.

Annika ging in die Küche und schaltete den Wasserkocher ein.

»Wenn ich die erste Rechnung für meine neue Interviewserie gestellt habe, kaufe ich dir eine richtige Kaffeemaschine«, sagte Anne und ließ sich am Küchentisch nieder.

Annika sah sie verwundert an.

»Mach nicht so ein skeptisches Gesicht«, sagte Anne. »Sie haben meinen Pitch angenommen.«

Annika kramte fieberhaft in ihrem Gedächtnis, hatte Anne davon etwas erwähnt? Ihre Freundin breitete die Arme aus.

»Du hast ein Gedächtnis wie ein Sieb. Media Time! Du hast versprochen, mir zu helfen. Sag jetzt nicht, du hast das vergessen.«

»Natürlich nicht«, sagte Annika und löffelte Pulverkaffee in die Becher. Anne griff nach ihrer Handtasche, einem grellbunten Ding mit Goldnieten und einem sehr teuren Logo, angelte einen Spiegel und Lipgloss hervor und frischte ihre Lippen auf. Annika goss Wasser in die Becher und stellte sie auf den Tisch.

»Die Chefs von Media Time waren Feuer und Flamme. Sie wollen, dass ich sofort anfange. Ist das okay für dich?«

Annika lächelte sie an und holte Milch aus dem Kühlschrank, Anne machte eine GI-Diät und nahm weder Zucker noch Gebäck zu sich.

»Das hört sich doch toll an. Was ist das für eine Firma?«

»Ein modernes Medienunternehmen, sie haben einen digitalen Fernsehkanal, der im Internet sendet, einen digitalen Radiokanal mit Musik und Nachrichten und eine Nachrichtenagentur im Web.«

Annika hielt jäh inne, die Milch in der Hand.

»Mediatime.se?«

»Die haben wirklich frischen Wind in die Berichterstattung

gebracht! Sie trauen sich, Sachen zu veröffentlichen, die sonst niemand anpacken will.«

»Haben die Angaben veröffentlicht, nach denen der Finanzminister seine Luxuswohnung von Schwarzarbeitern renovieren ließ?«

Anne breitete wieder die Arme aus.

»Ich hab's ja schon immer gesagt, diese Sozi-Regierung macht doch nichts als Mauscheln und Mogeln.«

Annika setzte sich vorsichtig auf einen Stuhl am Küchentisch. Auf einmal hatte sie das Gefühl, einen Elefanten in der Küche zu haben, etwas Großes, Graues, das ihr allen Sauerstoff raubte.

»Anne«, sagte sie, »was ist das für ein Pitch, den du verkauft hast?«

»Die Interviewserie«, sagte Anne. »Eine seriöse Sendung mit interessanten Leuten. ›Anne deckt auf‹ soll die Sendung heißen, ist das nicht toll? Ich mache Interviews und decke auf. Du bist mein erster Gast.«

Annika legte die Hände um den Becher und spürte, wie das kochend heiße Porzellan an den Handflächen brannte.

»Was meinst du damit?«, fragte sie, obwohl sie es längst ahnte.

»Du erzählst von der Entführung«, sagte Anne. »Wir haben jede Menge Zeit, fünfundzwanzig Minuten. Du erzählst nur so viel, wie für dich vertretbar ist, ich dränge dich zu nichts.«

Sie lehnte sich über den Tisch und nahm Annikas Hände.

»Wir machen es so, wie du willst«, sagte sie. »Ich richte mich ganz nach dir. Wir müssen es nicht in einem anonymen Fernsehstudio aufzeichnen, wir könnten es hier tun, bei dir zu Hause. Hier am Küchentisch oder im Kinderzimmer …«

Annika zog ihre Hände zurück. Der Elefant nahm allen freien Raum ein, Schränke und Schubladen, Kühlschrank und Gefrierschrank und Mikrowelle, er drohte sie an der Wand zu zerquetschen und die Fenster zur Bergsgatan zu zertrümmern.

»Anne«, sagte sie, »das kann nicht dein Ernst sein.«

Der Elefant hörte auf zu atmen. Die Stille war zum Schneiden.

»Das ist doch auch für dich supergut«, sagte Anne Snapphane leichthin, aber die Leichtigkeit klang erkämpft und unecht.

»Bessere Voraussetzungen kriegst du nirgends, du siehst das Endergebnis und gibst deine Zustimmung, ich kann heikle Fragen herausschneiden oder Antworten, die du bereust ...«

Annika fasste sich an die Stirn.

»Ich kann nicht glauben, dass du das getan hast.«

Anne Snapphane riss die Augen auf.

»Interviewt zu werden ist schließlich keine Strafe, oder? Das ist doch eine Anerkennung. Wie viele Länder und Kulturen gibt es, in denen man nicht sagen kann, was man denkt. Du solltest lieber dankbar sein, dass die Leute Anteil nehmen. Stell dir vor, alle würden auf dich und Thomas und euer Problem pfeifen!«

Euer Problem? *Euer Problem?!*

Auf einmal stand Annika wieder mit ihren rußverdreckten Kindern an der Hand in Anne Snapphanes Treppenhaus in Östermalm und bat, hereinkommen zu dürfen, weil ihr Haus abgebrannt war und sie kein Geld hatte und nicht wusste, wohin, sie hatte ihre Kinder aus den Flammen abgeseilt und war selbst aus dem Obergeschoss gesprungen, und das Taxi stand unten und wartete, und Anne sagte nein, Anne hatte einen Typen kennengelernt, Anne konnte nicht verstehen, wie Annika so rücksichtslos sein konnte und ausgerechnet in dieser pikanten Situation erwartete, hereingelassen zu werden, wollte sie Anne etwa jede Chance auf eine Zukunft verderben?

»Du bist wirklich eiskalt«, sagte Annika. »Du hast mich verschachert, um Fernseh-Promi zu werden.«

Anne Snapphane zuckte zurück, als hätte sie eine Ohrfeige erhalten. Ihre Augen wurden dunkel, und ihre Hand an der Kaffeetasse zitterte.

»Lässt du mich jetzt im Stich?«, flüsterte sie. »Jetzt, wo ich endlich eine Chance bekommen habe?«

»Ich nehme dir wirklich alles weg«, sagte Annika immer verwunderter. »Deinen Mann und deinen Erfolg und deine Tochter vielleicht auch noch? Dass Miranda bei Mehmet wohnt, ist das auch meine Schuld?«

Anne Snapphane stockte vor Verblüffung der Atem.

»Dein Egoismus ist wirklich grenzenlos«, sagte sie. »Aber diesmal kommst du mir nicht davon. Du hast versprochen, dass du für mich da bist, du hast versprochen, dass du mir hilfst. Ich ziehe das durch, mit dir oder ohne dich.«

Annika schob den Kaffeebecher weg.

»Du kannst natürlich tun und lassen, was du willst«, sagte sie. »Ich bin absolut für Demokratie und Meinungsfreiheit.«

Anne Snapphane stand auf, der Kaffee schwappte über, und der Stuhl schrammte über die Holzdielen. Sie rannte in den Flur und zog mit zitternden Händen die Jacke an. Die ganze Zeit ließ sie Annika nicht aus dem Blick.

»Ich habe dich so unterstützt«, sagte sie mit erstickter Stimme. »Immer habe ich dir zugehört und dir geholfen und dich getröstet. Wenn ich nicht alles darangesetzt hätte, um dir zu helfen, wäre ich jetzt viel weiter, ganz woanders wäre ich dann, aber ich habe meine Interessen zurückgestellt, um dir zu helfen, und das ist jetzt der Dank?«

Annika schluckte.

»Das hast du schon mal gesagt, wahrscheinlich glaubst du es selbst. Das hat beinahe schon was Trauriges.«

»Das wird dir noch leidtun«, sagte Anne Snapphane und rauschte aus der Wohnung.

Annika saß am Küchentisch und hörte, wie der Fahrstuhl nach unten fuhr. Dumpfes Unbehagen rumorte in ihrem Bauch, wurde stärker und größer. Ihre Hände und Füße wurden taub. Konnte Anne das ernst gemeint haben? Würde sie ihr wirklich bewusst schaden?

Sie schloss die Augen, zwang sich, ganz rational zu denken.

Anne besaß keine Macht. Niemand interessierte sich für sie. Sie klammerte sich am Rand der Mediengesellschaft fest, ohne jemals irgendeinen Einfluss zu gewinnen. Sie war keine Gefahr.

Annika atmete aus und ließ die Schultern sinken, schüttelte die tauben Hände.

Wieder setzte sich der Fahrstuhl in Bewegung. Hatte Anne etwas vergessen? Wollte sie sich entschuldigen?

Es waren Kalle und Ellen, die aus dem Hort kamen.

»Mama, ich hab das Seepferdchen gemacht! Können wir das Abzeichen kaufen, bitte?«

Sie schloss die beiden in die Arme und drückte sie fest.

»Wie war der Tag?«

»Gut«, sagten die Kinder mechanisch.

»Hat jemand nach Papa gefragt?«

Ellen schüttelte den Kopf.

»Können wir das Seepferdchen-Abzeichen kaufen? Das gibt's im Internet.«

»Nur dieser Mann«, sagte Kalle, zog sich die Mütze vom Kopf und warf sie auf den Fußboden.

Das Unbehagen meldete sich wieder.

»Was für ein Mann?«

»Von der Zeitung. Er hatte eine riesengroße Kamera.«

Halenius tauchte in der Wohnzimmertür auf, und Kalles Kinn spannte sich.

»Na, ihr zwei?«, sagte er zu den Kindern und blickte dann Annika an. »Kannst du mal kommen?«

Sie konnte sich nicht rühren.

»Sag es«, sagte sie. »Sag es, sofort.«

Halenius warf einen Blick zu den Kindern.

»Der Spanier«, sagte er. »Er ist frei.«

*

Schyman klickte verbissen zwischen den Übersetzungsprogrammen hin und her. Zum ersten Mal in seinem Leben bereute er, dass er seine Frau nicht zu ihren ewigen Spanischkursen begleitet hatte. Im Laufe der Jahre hatte sie ABF und Instituto Cervantes und Enforex besucht, aber er hatte immer Arbeit vorgeschützt, keine Zeit, keine Zeit. Und nun saß er hier und versuchte, *El País* mit Hilfe von Babelfish zu lesen, und das funktionierte nicht besonders gut. Also testete er auch noch Google translate, das ging etwas besser, *Mann der Spanier ist zu entdecken in der Stadt Kismayo an diesem Nachmittag* war ja immerhin das richtige Jahrhundert.

Offenbar gingen die Geiseln dort unten durch die Hölle. Der Franzose war zerstückelt worden, und nun hatte man auch noch die Engländerin tot aufgefunden. Dass sie den Spanier freigelassen hatten, war die erste positive Nachricht in all dem Elend.

Mit einem Auge verfolgte er die Meldungen der Nachrichtenagenturen, während er sich mit den Übersetzungsprogrammen abmühte, und als die Reuters-Meldung reinkam, *Urgent – Hostage Free in Kismayo*, ließ er das Übersetzungsprogramm sein und klickte sie auf.

Alvaro Ribeiro, 33, war am Montagnachmittag halb verdurstet und völlig erschöpft vor der Universität der somalischen Hafenstadt Kismayo aufgefunden worden. Er hatte zwei gebrochene Rippen und zeigte Anzeichen von Unterernährung, war aber ansonsten in verhältnismäßig guter Verfassung. Er hatte sich von einem Studenten ein Handy geborgt und gleich seine Familie und einen Reporter von *El País* angerufen. Die Reuters-Meldung schien eine direkte Übersetzung des spanischen Zeitungsartikels zu sein (wie gut, dass andere Leute ihre Spanischlektionen gelernt hatten). Nach einer kurzen Zusammenfassung der Ereignisse (Delegation der Frontex-Konferenz in Nairobi durch Straßensperre an der somalischen Grenze gestoppt) wurde der Bericht des Spaniers in ganzer Länge wiedergegeben. Er beschrieb, wie sie überfallen und entführt worden waren, wie man sie willkürlich durch die Gegend gefahren und sie gezwungen hatte, durch die Nacht zu marschieren, wie sie in einer verdreckten Wellblechhütte gefangen gehalten worden waren und man ihnen Essen, Wasser und die Benutzung eines Abtritts verweigert hatte. Schyman wand sich unbehaglich, Exkremente und dergleichen waren ihm ein Graus.

Die Gefangenschaft in der Hütte wurde als unerträglich beschrieben, die Geiseln litten unter Hitze und Hunger, und sie mussten mit ansehen, wie der französische Delegationsteilnehmer getötet und zerstückelt wurde.

Wie grotesk, dachte Schyman, als er den Bericht vom Grauen in der Hütte überflog. Der Spanier war in eine andere Hütte gebracht worden und hatte danach nie wieder etwas von dem

Dänen oder von der Deutschen Helga Wolff gesehen. Die übrigen Geiseln allerdings sah er am Sonntagmorgen, dem 27. November wieder, als sie auf den offenen Platz inmitten der Hütten geführt wurden. Catherine Wilson, die Engländerin, lag nackt auf der Erde vor einer der Lehmhütten. Man hatte ihr lange Nägel durch Hände und Füße geschlagen und sie buchstäblich gekreuzigt. Als Erstes wurde sie von drei Bewachern vergewaltigt, nicht jedoch vom Anführer, dem Großen General. Anschließend wurden die männlichen Geiseln einer nach dem anderen zu ihr geführt und gezwungen, sich an ihr zu vergehen. Als die Männer sich weigerten, drohte man, ihnen die Hände abzuhacken. Alle männlichen Geiseln entschieden sich daraufhin, die Engländerin zu vergewaltigen; ihm selbst war es allerdings nicht gelungen, da er mit einem Mann zusammenlebte und noch nie einen Hang zu Frauen oder sadistischen Praktiken gehabt hatte, aber aus Angst um sein Leben tat er so, als würde er sie schänden. Danach brachte der Große General die Frau um. Er vergewaltigte sie mit seiner Machete.

Der Spanier beschrieb dann seine Freilassung, wie man ihn in einem großen Auto durch die Gegend gefahren und schließlich hinausgeworfen hatte. Schyman wandte den Blick vom Bildschirm ab und sah hinüber zum Newsdesk. Was man der britischen Delegationsteilnehmerin angetan hatte, erschien ihm in seiner Grausamkeit unwirklich. Konnte er solche Details veröffentlichen? Das machte den armen schwedischen Familienvater Thomas zu einem Vergewaltiger. Andererseits waren die Details schon bekannt, von Reuters über die ganze Welt verbreitet worden. Und jemanden zu einer Vergewaltigung zu zwingen, war das nicht auch eine Art Vergewaltigung?

Er zupfte sich am Bart. Aus dem Bericht ging nicht hervor, ob ein Lösegeld gezahlt worden war, doch das war anzunehmen. Die Ermordung der Engländerin war absolut bestialisch, aber stand es ihm zu, Todesursachen zu bewerten? Wäre es »besser« gewesen, wenn sie an einem Wespenstich oder einem Herzinfarkt gestorben wäre?

Seine Schuld war es nicht, dass die Welt so schlecht war, und auch nicht sein Problem. Im Gegenteil, er hatte die Pflicht zu berichten, wie die Realität aussah, wie die Welt tatsächlich beschaffen war. Er studierte die Meldung noch einmal. Sie war eigenartig geschmack- und geruchlos, mechanisch, beinahe steril. In dieser Form konnte man sie im *Abendblatt* nicht bringen. Sie würden sie ein wenig aufpeppen und ein bisschen mehr Dramatik in die Handlung bringen müssen.

Er hörte Patrik draußen am Newsdesk aufschreien und wusste, dass jetzt auch der Nachrichtenchef den Text gelesen hatte.

Er biss die Zähne zusammen.

Titelseite und Aufmacher für morgen waren jedenfalls schon mal im Kasten.

*

Thomas war immer so behutsam, wenn sie miteinander schliefen. Am Anfang hatte Annika es wunderbar gefunden, dass er so zärtlich und gefühlvoll war, vielleicht vor allem deshalb, weil es so anders war als bei Sven mit seiner Rohheit. Aber mit der Zeit wurden ihr Thomas' federleichte Berührungen zunehmend gleichgültiger, und sie ertappte sich bei dem Wunsch, dass er sie mal so richtig nehmen sollte, fest und hart, als Zeichen, dass er sie wirklich wollte.

Sie holte tief Luft und berührte das »Anrufen«-Icon auf dem Handydisplay. Es klingelte in der Villa draußen in Vaxholm, lange Signale, die über den Parkettboden hallten und die Prismen im Kristallkronleuchter erzittern ließen.

»Doris Samuelsson«, meldete sich Thomas' Mutter. Sie klang leiser als sonst, zögernder, als hätte ihre selbstverständliche Überlegenheit, Doris Samuelsson zu sein, einen Knacks bekommen.

»Hallo, hier ist Annika. Störe ich?«

Doris räusperte sich.

»Hallo, Annika«, sagte ihre Schwiegermutter. »Nein, nein, du störst nicht. Wir haben gerade zu Abend gegessen, du kommst also nicht ungelegen. Hast du etwas von Thomas gehört?«

»Nicht seit dem Video, von dem ich dir am Samstag erzählt habe«, sagte Annika. »Aber es gibt Neuigkeiten, die mit ihm zusammenhängen. Eine der anderen Geiseln, der Spanier Alvaro Ribeiro, wurde von den Entführern freigelassen und ist wohlauf.«

Doris atmete hörbar aus.

»Das wurde aber auch Zeit, dass diese Leute Vernunft annehmen. Wie gut, dass sie offenbar begriffen haben …«

Annika legte die Hand an die Stirn.

»Doris«, fiel sie ihr ins Wort, »Alvaro Ribeiros Bericht über die Situation der Geiseln ist nur schwer zu ertragen. Sie sind Gewalt und Hunger und Übergriffen ausgesetzt. Thomas … wurde auch bedroht und gezwungen, schlimme Dinge zu tun.«

Doris schwieg einen Moment.

»Erzähl«, sagte sie.

Lautloses Atmen.

»Sie haben gedroht, ihm beide Hände abzuhacken, wenn er nicht tut, was sie sagen.«

Ein Keuchen am anderen Ende.

»Haben sie es getan? Haben sie ihn verstümmelt?«

»Nein«, sagte Annika. »Nicht, soweit wir wissen. Der Spanier hat nichts davon gesagt. Ich weiß nicht, wie detailliert die Zeitungen morgen davon berichten, aber …«

Sie verstummte, konnte es nicht über die Lippen bringen zu sagen: Dein Sohn hat eine gekreuzigte Frau vergewaltigt, genau die Frau, wegen der er nach Liboi mitgefahren ist, weil er sie verführen wollte.

»Sie wurden zu sexuellen Übergriffen gezwungen«, sagte sie. »Sie wurden misshandelt, dem Spanier haben sie mit Fußtritten zwei Rippen gebrochen. Man hat sie gezwungen, Essen voller Maden zu sich zu nehmen …«

»Das reicht«, sagte Doris leise. »Ich verstehe. Wenn du mich jetzt entschuldigen würdest, ich muss …«

»Da ist noch etwas«, sagte Annika schnell. »Ich kann die Kinder nicht hier in der Stadt behalten. Die Reporter werden ihnen keine Ruhe lassen, und ich will nicht, dass sie in der Schule sind, wenn der Bericht des Spaniers veröffentlicht wird.«

»Ähurm«, sagte Doris auf ihre unnachahmliche, verdrießliche Art.

»Außerdem hoffen wir, dass wir uns bald auf eine Lösegeldsumme einigen können«, fügte Annika hinzu, »Und das bedeutet, dass wir nach Kenia fliegen müssen …«

»Lösegeld? Ist das dein Ernst? Du willst diesen Mördern wirklich Geld zahlen?«

Annika schluckte.

»Der Lebensgefährte des Spaniers ist gerade in Kenia. Er hat gestern Abend eine Million Dollar in einem Müllcontainer am Stadtrand von Nairobi deponiert. Das ist der Grund, warum sie den Spanier freigelassen haben. Wir rechnen damit, dass wir hinfliegen müssen, hoffentlich noch diese Woche.«

»Ich habe so viel zu tun«, sagte Doris. »Wir erwarten Mittwoch und Freitag Gäste zum Essen, und ich muss das ganze Haus auf Vordermann bringen. Ich hoffe, du verstehst das.«

Annika schloss die Augen.

Um Eleonors Kinder hättest du dich gern gekümmert, dachte sie, aber Eleonor wollte keine, Eleonor wollte ihre Figur nicht ruinieren und ihre Karriere auch nicht, aber das hat sie dir ja nie erzählt. Sie hat nur ein bisschen traurig gelächelt, wenn du gefragt hast, wie es denn mit Kindern aussähe und ob sie und Thomas darüber gesprochen hätten, und deshalb hast du gedacht, sie könnte keine bekommen, und dann warst du so voller Mitgefühl. Deshalb hast du zu Thomas gesagt, »für Nachwuchs sorgen kann jeder Hund, aber sich darum kümmern, das ist was ganz anderes«. Das bin ich in deinen Augen, eine Hündin, oder? Und deine eigenen Enkelkinder sind nicht fein genug, um auf deinen Perserteppichen zu spielen …

»Natürlich«, sagte Annika. »Das verstehe ich gut. Ich melde mich wieder, wenn es etwas Neues gibt.«

Sie drückte das Gespräch weg, ihre Finger zitterten vor Wut.

»Kein Glück gehabt bei Doris?«, fragte Halenius aus dem Schlafzimmer. Da hatte jemand gelauscht.

»Und rate mal, wie mich das überrascht«, sagte Annika und wählte die Nummer ihrer Mutter.

Barbro klang nüchtern, aber müde.

»Ich schufte die ganze Woche wie ein Ackergaul«, sagte sie, »von neun bis sechs.«

Wie ein Ackergaul? Bei normaler Vollzeit? Annika ließ die Übertreibung unkommentiert.

»Mama, könnte ich dich um einen Gefallen bitten?«

»Ich beschwere mich ja gar nicht, so kurz bevor Weihnachten kann man das Geld ja gut gebrauchen.«

Es heißt »vor Weihnachten«.

»Wir haben Neuigkeiten im Zusammenhang mit Thomas«, sagte sie. »Die Geiseln werden sehr schlecht behandelt. Wir müssen versuchen, ihn so schnell wie möglich da rauszuholen, und deshalb dachte ich, du könntest Kalle und Ellen vielleicht für ein paar Tage nehmen.«

»Und abends muss ich Destiny babysitten, weil Birgitta Extraschichten im Supermarkt macht, Spätschicht …«

Annika schlug drei Mal mit der Stirn auf den Couchtisch, was hatte sie eigentlich erwartet?

»Okay«, sagte sie. »Hast du Birgittas Nummer?«

»Willst du dich endlich bei ihr entschuldigen?«

Sie setzte sich auf und atmete tief durch.

»Ja«, sagte sie.

Ihre Mutter gab ihr die Nummer, und damit war das Gespräch beendet.

Sie fröstelte. Die Kälte im Zimmer hatte sich in ihren Körper gefressen, ihre Finger und Füße waren eiskalt, sie zitterte. Halenius kam ins Wohnzimmer.

»Ist es sehr kalt hier drinnen?«, fragte sie.

»Wir müssen vielleicht schon morgen, spätestens Mittwoch fahren«, sagte er. Sie hob eine Hand.

»Ich weiß«, sagte sie. »Ich versuche es ja. Ich bin bereit, mich bis zum Gehtnichtmehr zu erniedrigen, nur um die Kinder unterzubringen. Okay?«

Er drehte sich um und ging zurück ins Schlafzimmer.

Sie wählte die Handynummer ihrer Schwester. Birgitta nahm sofort ab.

»Zuallererst«, sagte Annika und blickte in die Videokamera, die aufgebaut neben dem Fernseher stand und alles aufnahm, was sie sagte und tat. »Zuallererst möchte ich mich bei dir entschuldigen, weil ich nicht zu deiner Hochzeit gekommen bin. Es war falsch von mir, der Arbeit den Vorrang zu geben. Menschen sind immer wichtiger als Zeitungsartikel, das weiß ich jetzt.«

Und als sie das aussprach, wusste sie, dass es die Wahrheit war.

»Wow«, sagte Birgitta. »Madame Unfehlbar ist zur Einsicht gekommen. Worauf willst du jetzt hinaus?«

Es hatte keinen Zweck, um den heißen Brei herumzureden.

»Ich brauche Hilfe«, sagte Annika. »Jemand muss sich um die Kinder kümmern, wenn ich nach Ostafrika fliege und versuche, meinen Mann da rauszuholen. Kannst du mir helfen?«

»So wie du mir am Samstag geholfen hast, meinst du?«

Sie legte die Hand über die Augen.

»Birgitta«, sagte sie, »wir haben eine Entführungszentrale in meiner Wohnung. Hier sind Leute vom Justizministerium, die versuchen, mit den Geiselnehmern zu verhandeln, damit sie Thomas freilassen. Wir haben Computer und Aufzeichnungsgeräte und weiß der Himmel was alles hier, und wir halten Kontakt zu den anderen Unterhändlern und ihren jeweiligen Regierungen …«

»Soll ich jetzt beeindruckt sein, wie toll du bist und wie bemerkenswert?«

Das brachte Annika zum Schweigen. Ganz unrecht hatte Birgitta nicht. In den letzten dreißig Jahren hatte sie konsequent versucht, Birgitta zu übertrumpfen, indem sie tüchtiger und besser war als sie, und sie hatte es geschafft, erst Sven und dann die Journalistenschule und danach all die guten Stellen, gekrönt von dem Korrespondentenjob in den USA, ein Mann, der in der Regierungskanzlei arbeitete, und zwei Kinder auf einer internationalen Privatschule. Das Statusrennen hatte sie gewonnen, daran bestand kein Zweifel.

Aber Birgitta hatte noch alle ihre Freunde. Birgitta fuhr nach Hause zu Mama und sah sich den »Eurovision Song Contest«

an, *sie* hatte die alte Kate bei Lyckebo gekauft, und *ihr* war es gelungen, eigene Apfelbäume anzupflanzen.

»Entschuldige«, sagte Annika. »Entschuldige, dass ich angerufen habe. Mein Fehler. Ich verdiene keine Hilfe, nicht von dir.«

»Quatsch«, sagte Birgitta. »Ich arbeite diese und die nächste Woche von zwölf bis Ladenschluss, sonst hätten sie schon herkommen können.«

Es war nicht mehr ganz so kalt im Zimmer. Ihre Schultern hörten auf zu beben. Sonst hätten sie schon herkommen können. Sonst. Hätten sie schon.

»Weihnachtsgeschäft?«, fragte Annika.

»Und die Zulage, die ich verdiene, geht für Weihnachtsgeschenke drauf, alles ist ein einziges Karussell …«

Annika lachte leise, dass es so einfach war.

»Eigentlich könnten sie ja bei Steven bleiben, aber der kann nicht besonders gut mit Kindern.«

Annika blickte auf die Sofakissen und hatte wieder Birgittas kleine und ratlose Stimme im Ohr, als Steven am Samstagabend nicht vom Sofa aufstehen wollte. Zerr nicht so an ihm, da kann er böse werden. Sag so was nicht zu Steven, das mag er nicht.

Nein, es war wohl besser, wenn sie die Kinder woanders unterbrachte.

»Schon okay«, sagte Annika. »Ich finde eine andere Lösung. Danke trotzdem …«

»Was macht ihr Weihnachten? Kommt ihr nach Hälleforsnäs?« Birgitta klang froh und erleichtert.

»Kommt drauf an«, erwiderte Annika. »Mal sehen, ob Thomas …«

»Du musst doch endlich Destiny kennenlernen. Sie ist so ein süßer Schatz.«

Sie beendeten das Telefonat, und Annika ließ das Handy in den Schoß sinken. Sie konnte nicht schon wieder Berit fragen, das ging zu weit. Sie und Thord arbeiteten beide Vollzeit und pendelten nach Stockholm.

Halenius steckte den Kopf wieder ins Wohnzimmer.

»Darf man?«, sagte er.

257

Sie antwortete nicht.

»Kannst du die Kamera ausschalten?«, fragte er und setzte sich neben sie aufs Sofa.

»Warum? Ich soll doch dokumentieren, was hinter den Kulissen passiert.«

»Bitte«, sagte er.

Sie stand auf und drückte den Pausenknopf.

»Ich glaube, die Entführer melden sich heute Abend«, sagte Halenius. »Sie wollen das jetzt hinter sich bringen. Wie läuft's bei dir?«

Sie schluckte.

»Noch niemanden gefunden«, sagte sie.

»Das hier ist wichtig«, sagte Halenius und beugte sich zu ihr hinüber. »Im Zweifelsfall musst du bis an die Schmerzgrenze gehen. Gibt es Lehrer in der Schule, einen Nachbarn, Mitarbeiter im Hort?«

Sie wand sich.

»Es gibt also Universitäten in Somalia«, sagte sie.

Er schwieg einen Moment.

»Es handelt sich offenbar um eine kleine Privatuniversität, die Krankenpflegepersonal und Lehrer ausbildet. Wie gut das funktioniert, kann ich nicht sagen.«

»Nimmt man an, dass Thomas dort ist? In Kismayo?«

Halenius lehnte sich zurück und schloss die Augen.

»Das ist überhaupt nicht gesagt. Von Liboi nach Kismayo sind es zweihundert, vielleicht zweihundertfünfzig Kilometer. Der Spanier meint, dass er mindestens acht Stunden in dem Auto gelegen hat, sie haben ihn also über eine ziemliche Strecke transportiert. Wir reden ja nicht gerade von Autobahnen …«

»Wo ist er jetzt?«

»Der Spanier? Auf der Militärbasis der Amis im Süden Kenias. Sie haben ihn mit einem Black Hawk abgeholt.«

Sie fragte nicht, wer den Amerikanern erlaubt hatte, mit einem Kriegshubschrauber in den somalischen Luftraum einzudringen, um einen ausländischen Bürger auszufliegen. Gar keiner, vermutlich.

Annika räusperte sich.

»Ich muss noch einen Anruf machen«, sagte sie.

Halenius erhob sich vom Sofa und ging zurück ins Schlafzimmer.

Sie atmete ein paar Mal tief durch, sie wusste die Nummer auswendig, und als sie die Ziffern eintippte, brannten ihre Finger.

Drei Rufsignale, vier, fünf.

Dann wurde abgenommen.

»Hallo, hier ist Annika. Annika Bengtzon.«

*

Als ich ein kleiner Junge war, habe ich hinter dem Söderby-Hof Drachen steigen lassen, auf der Wiese, wo im Herbst die Kühe grasten. Mein Drachen hatte die Umrisse eines Adlers. Er war auf die dünne Plastikfolie gemalt, die Flügel und der Kopf und der Schnabel in Gelbbraun. Die Vögel, die auf der Wiese brüteten, wurden durch den Drachen ganz nervös, sie hüpften aus ihren Nestern, flatterten aufgeregt und machten Spektakel, um ihren Nachwuchs vor dem vermeintlichen Adler zu schützen.

Es war ein phantastischer Drachen. Er flog hoch, hoch oben zwischen den Wolken, war manchmal nur noch ein kleiner Punkt am blauen Himmel, und ich war geschickt, ich konnte ihn herabstürzen und im letzten Moment wieder aufsteigen lassen. Er hatte Schwung und Kraft wie ein großes, kräftiges Tier, folgte aber stets dem kleinsten Wink von mir.

Holger bettelte andauernd darum, meinen Drachen leihen zu dürfen, aber ich hatte ihn mir zum Geburtstag gewünscht und hütete ihn wie einen Schatz. Ich passte sehr mit den Schnüren auf und wischte den Drachen hinterher immer schön sauber.

Einmal, als ich Masern hatte und im Bett bleiben musste, hat Holger sich meinen Drachen einfach geholt. Er lief mit ihm zum Wald hinter der Jugendherberge, denn dort war er von unserem Haus aus nicht zu sehen. Der Drachen blieb an der Spitze einer Kiefer hängen, die Plastikfolie zerriss, und die Schnur ging ab.

Ich habe Holger nie verziehen, dass er mir meinen Drachen

kaputtgemacht hat. Nie habe ich mich freier gefühlt, als wenn ich ihn steigen ließ. Das Weltall war hell und weiß und unendlich, ich sehe es immer noch vor mir, ich sehe meinen Drachen zwischen den Wolken, er fliegt und tanzt und kommt immer näher. Auf der Erde ist alles schwarz, aber um den Drachen leuchten die Sterne, sie funkeln und glitzern, er öffnet eine Tür zur Wahrheit, und bald ist er hier.

TAG 7

Dienstag, 29. November

DIE HÖLLE
AUF ERDEN
Ein Inferno von Brutalität, Hunger und
Vergewaltigung – sensible Leser seien gewarnt

Anders Schyman nickte, der Balanceakt war geglückt. Sjölander und die junge Michnik hatten jedes einzelne groteske Detail aus dem Bericht des Spaniers untergebracht, ohne sich am Elend zu weiden (zumindest wurde es nicht allzu offensichtlich). »Alvaro Ribeiro, 33, ist ins Leben zurückgekehrt. Er hat eine Reise in die Hölle und zurück gemacht. Zusammen mit den übrigen Geiseln in Ostafrika, unter ihnen der schwedische Familienvater Thomas Samuelsson, musste er Grausamkeiten erdulden, die jenseits aller Vorstellungskraft liegen …«

Schyman kratzte sich am Bart. Das hier war zwar nicht pulitzerpreisverdächtig, aber es ging. Besonders gelungen war der Kniff, sensible Leser vor dem Inhalt des Artikels zu warnen, das machte neugierig und wirkte vertrauensbildend. Die Gruppenvergewaltigung und der Mord an der Engländerin wurden als »ein sadistischer und mit teuflischer Grausamkeit ausgedachter Übergriff« beschrieben. Auch die Fotos waren gut: eine unterbelichtete Aufnahme vom verdreckten, von Mückenstichen zugeschwollenen Gesicht des Spaniers, vermutlich mit einer Handykamera geschossen (sie hatten die Rechte für Schweden von *El País* gekauft), und ein Archivfoto einer staubigen Straße in Kismayo (das wiederum war fast gratis gewesen). Der Artikel ging über vier Seiten: die Sechs, die Sieben, die Acht und die

261

Neun. Auf der Zehn und der Elf prangte ein Videostandbild, das den Entführer Grégoire Makuza zeigte.

DER SCHLÄCHTER VON KIGALI

lautete die Überschrift.

Der Artikel enthielt kaum Fakten über den Mann selbst (aus dem einfachen Grund, dass sie, außer dass er aus einem Vorort der Hauptstadt Ruandas kam, nichts über ihn wussten), sondern konzentrierte sich auf den Völkermord in dem zentralafrikanischen Staat vor fast zehn Jahren. Also häuften sich auch in diesem Artikel die Grausamkeiten. Das war unvermeidlich und auch begründet. Damit die Leser verstanden, wie dieser Mann zu einem solchen Monster werden konnte, musste sein Leben in einen sozialen und historischen Zusammenhang gestellt werden.

Schyman las den Artikel noch einmal. Bei dem Text wurde ihm jetzt noch genauso schlecht wie am Abend zuvor, als er ihn in der Druckfahne gelesen hatte.

937 000 Menschen, die meisten davon Tutsi, waren vom 6. April bis Anfang Juli 1994 von den Hutu-Milizen ermordet worden. Die Mehrzahl davon wurde mit Macheten erschlagen. Vergewaltigungen waren eher die Regel als die Ausnahme. Rund eine halbe Million Frauen und Mädchen (zum Teil noch Kinder) waren während der Unruhen vergewaltigt worden – und das nicht nur von der Miliz. Teil des Terrors war, Familienmitglieder zu zwingen, sich gegenseitig zu vergewaltigen. Deshalb tauschten Nachbarn in den Nächten oft ihre Plätze, um wenigstens die Vergewaltigung der Mädchen durch die eigenen Väter und Brüder zu verhindern (eine Google-Suche mit den Stichworten *Rwanda forced incest* ergab über 5,6 Millionen Treffer). Familienmitglieder wurden sogar gezwungen, einander zu essen (das hieß *forced cannibalism* und ergab mit dem Zusatz *Rwanda* 2,7 Millionen Treffer). Verstümmelungen waren an der Tagesordnung. Sie hackten den Leuten Hände, Füße, Arme und Beine, aber auch Brüste und Penisse ab, Vaginas wurden herausgeschnitten und schwangere Frauen aufgeschlitzt. Sie spießten

vergewaltigte Frauen auf, bis sie verbluteten … Er schob die Zeitung beiseite, matt vor Ekel. Stattdessen griff er nach der Morgenausgabe des *Konkurrenten* und blätterte ihn rasch durch.

Sie hatten ungefähr den gleichen Aufmacher mit ähnlichen Headlines (sie nannten Grégoire Makuza die »Bestie von Ruanda«), aber am Ende des Themenblocks hatten sie etwas exklusiv: ein Foto von Annikas Kindern auf einem Schulhof (die mangelnde Tiefenschärfe verriet, dass die Aufnahme mit einem großen Teleobjektiv gemacht worden war) und darüber einen Text, wie traurig sie waren, dass ihr Papa nicht da war. Angeblich hatte Kalle, elf, gesagt: »Ich hoffe, er kommt Weihnachten nach Hause«, und das war auch die Überschrift. (In Wirklichkeit hatte der Junge natürlich nichts dergleichen gesagt, sondern der Reporter hatte gefragt: »Hoffst du, dass dein Papa zu Weihnachten nach Hause kommt?«, und der Junge hatte »mhmm« geantwortet.)

Der Chefredakteur raufte sich den Bart. Das würde für Wirbel sorgen. Dass afrikanische Frauen zu Tausenden von Macheten aufgespießt wurden, ging in der Regel ziemlich spurlos an der schwedischen Öffentlichkeit vorbei, aber dass zwei (schwedische) Kinder heimlich fotografiert wurden, würde die Hüter des anständigen Journalismus auf die Palme bringen. Zwar hatte er diesen Fehler nicht begangen, aber Kommentatoren wie auch gewöhnlichen Lesern fiel es unerhört schwer, die beiden großen Boulevardzeitungen auseinanderzuhalten. In ein paar Wochen würde die Hälfte der Leserschaft jeden Eid schwören, dass das Foto im *Abendblatt* erschienen war. Aus dem Grund war es sinnlos, den *Konkurrenten* zu kritisieren. Man konnte sich genauso gut selbst ins Knie schießen. Gewöhnlich vermied er das.

Eventuell die Aufmerksamkeit von dem Paparazzifoto mit den Kindern ablenken könnte die Tatsache, dass der Junge gesagt hatte, »Jimmy aus Papas Büro« sei bei ihnen zu Hause und helfe dabei, Papa freizubekommen. Der Text erklärte den Lesern dazu, dass es im ganzen Justizministerium nur einen Jimmy gab, und zwar Staatssekretär Jimmy Halenius, die rechte Hand des Ministers, und dass man wohl fragen müsse, ob der sozialdemokratische Justizminister sich nicht einer Ministerdirektive schuldig mache, wenn er seinen höchsten Ministerialbeamten eigenmächtig dazu abstelle, mit Terroristen zu verhandeln …

Schyman lehnte sich zurück.

Vermutlich würde irgendein Parlamentsabgeordneter der Moderaten den Minister noch heute Nachmittag bei der Verfassungskommission anzeigen, und die bürgerlichen Kommissionsmitglieder würden lauthals über die Frage streiten, bis man zu dem Ergebnis kam, eine Gruppe von Entführern sei keine Behörde und deshalb könne keine Rede von einer Ministerdirektive sein.

Und genau in dem Moment, als die hochroten Gesichter von den Mitgliedern der Verfassungskommission vor seinem inneren Auge auftauchten, brach die Rückenlehne seines Bürostuhls ab, und er stürzte kopfüber in das Bücherregal hinter ihm.

*

Der Aufzug glitt lautlos durch das Marmortreppenhaus und hielt mit einem sanften Ruck im obersten Stockwerk, der »Penthouse-Etage«, wie die Eigentümerin der Wohnung sie zu nennen pflegte.

Annika hätte nie gedacht, dass sie jemals wieder den Fuß in dieses Haus setzen, jemals wieder diesen Aufzug betreten, jemals wieder an dieser Tür klingeln würde. Alles war ihr in seiner eleganten Kühle unangenehm vertraut, obwohl sie seit über drei Jahren nicht mehr hier gewesen war: weißer Steinfußboden, gemaserte Holztüren, dicke Teppichläufer.

»Mama«, sagte Ellen und zog an ihrer Hand, »warum müssen wir bei Sophia bleiben?«

GRENBORG las Annika auf dem Messingschild an der Wohnungstür. Sie konnte immer noch das kleine Loch erkennen, das von dem abmontierten Schild mit dem Namen SAMUELSSON zurückgeblieben war.

»Sophia hat so oft nach euch gefragt«, sagte sie. »Als ihr in Washington wart, hatte sie solche Sehnsucht nach euch, und jetzt möchte sie gern, dass ihr sie besucht.«

»Ich sage immer Sofa zu ihr«, sagte Kalle.

Annika öffnete die Ziehharmonikatür des Aufzugs und zog die Kinder und ihre kleinen Reisetaschen ins Treppenhaus. Es waren noch dieselben Köfferchen wie in dem Jahr, als Thomas und sie die Kinder abwechselnd gehabt hatten. Schon beim Anblick der Köfferchen krampfte sich ihr der Magen zusammen.

»Wie lange müssen wir hierbleiben?«, fragte Ellen.

»Warum dürfen wir nicht zur Schule gehen?«, fragte Kalle.

Sie biss die Zähne zusammen und klingelte. Eilige Schritte näherten sich, dann ging die Tür auf.

Sophia Grenborg trug die Haare jetzt strenger. Ihr blonder Pagenkopf war so kurz, dass er fast wie ein Jungenhaarschnitt wirkte, sie war ganz in Schwarz gekleidet und vollkommen ungeschminkt. Ihre Hand zitterte ein wenig, als sie sich den kurzen Pony aus der Stirn strich.

»Willkommen«, sagte Sophia und trat einen Schritt zurück in die Wohnung (das Penthouse), um sie hereinzulassen.

Die Kinder pressten sich an Annikas Beine, sie musste sie mit sanftem Druck vorwärtsschieben. Sophia Grenborg ging vor ihnen in die Hocke, Annika sah, wie ihre Augen feucht wurden.

»Wie groß ihr geworden seid«, sagte sie und hob die Hand in Ellens Richtung, ohne sie zu berühren. »So groß …«

Kalle machte einen Schritt auf sie zu und umarmte sie fest, und Ellens Rucksack fiel herunter, und sie ließ sich umarmen, und da standen sie nun alle drei und wiegten einander langsam in den Armen, und Annika hörte, dass Sophia weinte.

»Ich habe euch so vermisst«, sagte Sophia Grenborg erstickt und verbarg ihren Kopf an der Brust der Kinder.

Annika atmete lautlos durch den Mund und spürte, wie ihre Füße und Hände wuchsen. Sie wurden schwer und unförmig und drohten, an die Wände und das Telefontischchen zu stoßen, falls sie sich bewegte.

Thomas hatte sie und die Kinder in einem brennenden Haus zurückgelassen und war hierhergefahren, in dieses Eisschloss. Hier hatte er mit freier Aussicht über die Dächer residiert, während sie provisorisch in einem ehemaligen Büro gehaust hatte, in das nie ein Sonnenstrahl fiel, und sie wusste, dass es nicht nur seine Schuld gewesen war.

»Ich bin dir sehr dankbar«, sagte Annika.

Sophia blickte mit Tränen an den Wimpern und laufender Nase zu ihr auf.

»Ich …«, sagte sie, »ich muss *dir* – danken.«

Irgendwo hinter den weißen Wolken war eine bleiche Sonne. Annika ging langsam durch Stockholm zurück zu ihrer Wohnung in der Agnegatan, folgte der Kungsgatan von Östermalm hinauf Richtung Hötorget. Hatten ABBA nicht in dieser Straße den Videoclip zu »I Am the Tiger« aufgenommen, in dem Agnetha in einem offenen Ami-Schlitten rumkurvte und Anni-Frid mit einem Bandana um die Stirn neben ihr saß?

Als Kind hatte sie diesen Song geliebt, er hatte etwas von Großstadt und Gefahr, Asphalt und Abenteuer. Vielleicht war er deshalb im Musicalfilm »Mamma Mia!« nicht dabei, er passte nicht in die griechische Idylle.

Sie machte einen Schritt vom Bürgersteig, um die Straße zu überqueren, und ein Bus bremste scharf und hupte durchdringend. Sie schrak auf und sprang zurück auf den Gehweg und stieß mit einem Kinderwagen zusammen, die Mutter schrie ihr etwas Unverständliches entgegen. Annika wartete, bis der Bus vorbei war, und ging auf die andere Straßenseite hinüber, als wäre die Fahrbahn aus Glas.

Sie lief oft hier entlang, obwohl es ein Umweg für sie war. Aber sie vermied es, am Kaufhaus NK in der Hamngatan vorbeizugehen, dort begann immer der Boden unter ihren Füßen zu schwanken.

Dort hatte sie zum ersten Mal gesehen, wie Thomas Sophia Grenborg küsste. Es war in der Vorweihnachtszeit gewesen, genau wie jetzt. Rote Weihnachtsmänner und blinkende Lichterketten verbreiteten eine vorgetäuschte Wärme in den zugigen Straßen.

Den Rest des Weges legte sie eilig und im Zickzackkurs zwi-

schen Latte-Macchiato-Müttern und Pennern und Geschäfts-
leuten zurück.

Halenius erwartete sie im Flur, als sie zurück in ihre Wohnung
kam. Er hielt ihr einen Ausdruck entgegen, sie sah die Reihe von
U- und E-Buchstaben und schüttelte den Kopf.

»Sag mir, wie es steht«, sagte sie und ging ins Wohnzimmer.

Sie wollte die quäkende Stimme des Entführers nicht hören,
nicht einmal aufgeschrieben und übersetzt.

»Wir haben es fast geschafft«, sagte Halenius. »Ich glaube, er
gibt sich im Laufe des Tages mit einer Million Dollar zufrieden.«

Sie setzte sich aufs Sofa, legte den Kopf an die Rückenlehne
und schloss die Augen.

»Ich habe mit Frida gesprochen«, sagte er. »Wir können ihr
Konto benutzen. Du kannst das Geld jetzt sofort überweisen.«

Sie presste die Handballen auf die Lider.

»Eine Million Dollar, an eine Nigerianerin, die in Nairobi
lebt? Und du glaubst, wir sehen das Geld jemals wieder?«

Sie hörte, wie er sich in ihren Sessel setzte.

»Ihr Onkel ist ein Ölmagnat in Abuja. Die Familie leidet,
milde ausgedrückt, nicht unter Geldnot. Wenn ich ihr nicht gesagt hätte, dass das Geld auf ihr Konto geht, hätte sie es nicht mal
bemerkt. Am besten, du schickst etwas mehr als eine Million,
nur um auf der sicheren Seite zu sein.«

Sie hob den Kopf von der Rückenlehne und sah Halenius fragend an. Er hielt ihr einen weiteren Ausdruck hin.

»Viele Afrikaner leben in Hütten, aber nicht alle. Hier ist Fridas IBAN-Kontonummer und der BIC-Code der Bank.«

Sie ergriff das Blatt, stand auf, nahm ihren Laptop und ging
ins Kinderzimmer. Auslandsüberweisungen konnte man über
die Onlinebanking-Seite ihrer Bank erledigen.

Sie überwies das gesamte Geld auf ihrem Konto, 9 452 890
schwedische Kronen, an die Kenya Commercial Bank, Konto-
inhaber Frida Arokodare. Setzte alle Nummern und Adressen
und Codes ein, wählte 462 (was für Übrige Dienstleistungen
stand) für die Finanzaufsichtsbehörde, bestätigte die Transak-
tionsgebühr und klickte auf »Ausführen«. Das Geld verschwand

augenblicklich von ihrem Sparkonto. Der Saldo leuchtete ihr in roten Ziffern entgegen: 0,00 Kronen.

Sie blinzelte auf den Bildschirm und versuchte sich vorzustellen, wie ihr abgebranntes Haus durch den Cyberspace wirbelte, schwebende Einsen und Nullen im Elektrosmog. Sie horchte in sich hinein, um irgendein Gefühl rund um die leeren Ziffern aufzuspüren, aber da war nichts.

»Wie ist es gelaufen?«, fragte Halenius von der Tür her.

»Gut«, sagte Annika und ging aus dem Zimmer.

Die ganze Prozedur hatte keine zehn Minuten gedauert.

Sie schlief eine Weile auf Ellens Bett, von Träumen verfolgt. Als sie aufwachte, war sie unruhig und verschwitzt. Sie stand auf, duschte lange und ziemlich kalt und kochte etwas für sich und Halenius (vegetarische Nudelsoße aus frischen Tomaten, Paprika, Zwiebeln, Knoblauch, Pesto und Honig, dazu Fettucine).

Danach schloss sie sich im Kinderzimmer ein und schrieb an ihrer Dokumentation, filmte sich (auf Kalles Bett diesmal) und ging dann mit schweren Beinen ins Wohnzimmer und sank aufs Sofa.

Halenius saß in ihrem Sessel, einen Packen Zeitungen auf dem Schoß. Er wedelte mit der obersten.

»Hier ist ein richtig guter Artikel über Kibera drin«, sagte er. »Das ist der Distrikt mitten in Nairobi, von dem behauptet wird, er sei der größte Slum der Welt, aber das hat sich geändert.«

»Kann ich dich etwas fragen?«, sagte sie und beobachtete ihn im Halbdunkel.

Er zog die Augenbrauen hoch.

»Es ist ziemlich persönlich«, sagte sie.

Er legte die Zeitung weg, ein afrikanisches Businessmagazin.

»Wenn du hättest wählen können, hättest du dich dann dafür entschieden, geboren zu werden?«

Er schwieg eine Weile.

»Schwer zu sagen«, erwiderte er. »Darauf gibt es keine eindeutige Antwort. Vermutlich.«

Sie wandte ihm das Gesicht zu.

»Findest du die Frage seltsam?«

Er blickte sie nachdenklich an, sah aber nicht verstimmt aus.

»Warum willst du das wissen?«

Sie ballte die Hände auf dem Schoß.

»Ich habe oft darüber nachgedacht, wie meine Entscheidung ausgefallen wäre, und ich bin zu dem Schluss gekommen, dass ich lieber darauf verzichtet hätte. Das ist eine sehr provokante Aussage. Meine Mutter hat sich wahnsinnig darüber geärgert, sie sagte, ich sei miesepetrig und verwöhnt und undankbar. Thomas wurde stinksauer und hat mir vorgeworfen, ich würde ihn und die Kinder nicht lieben, aber darum geht es gar nicht, natürlich liebe ich sie, es geht um etwas anderes, es geht darum, ob man das Leben der Mühe wert findet ...«

Er nickte.

»Ich verstehe ungefähr, was du meinst.«

Sie setzte sich auf dem Sofa zurecht.

»Ich weiß, es ist sinnlos, darüber nachzudenken, warum wir hier sind. Wäre es sinnvoll, das zu wissen, dann würden wir die Antwort ja alle kennen. Also ist es sinnlos, darüber zu grübeln. Wir werden es nie erfahren.«

Sie schwieg.

»Aber ...?«, sagte er.

»Es scheint jedenfalls keine Belohnung zu sein«, sagte sie. »Eher eine Prüfung. Man soll das alles durchstehen und versuchen, sich möglichst tapfer zu schlagen. Natürlich gibt es Sachen, die wunderbar sind, die Kinder und der Beruf und manche Tage im Sommer, aber wenn ich die Wahl gehabt hätte ...«

Sie strich sich die Haare aus dem Gesicht.

»Findest du, dass ich verwöhnt bin?«

Er schüttelte den Kopf.

»Ich kann verstehen, dass es so wirkt«, sagte sie. »Besonders wenn man weiß, wie es anderen geht.«

Sie zeigte auf eine der Zeitungen, die auf dem Tisch lagen, vermutlich das *Abendblatt*, aber es konnte genauso gut der *Konkurrent* sein. »Der Schlächter von Kigali« lautete die Schlagzeile, und das Foto darunter zeigte Thomas' Entführer, Grégoire Makuza.

Halenius griff nach der Zeitung.

»Die Engländer haben seine Vergangenheit recherchiert«, sagte er.

Sie blickte aus dem Fenster. Der Himmel war grau und dunkelrot.

»Es gibt mehrere Zeugenaussagen vor dem International Criminal Tribunal for Rwanda, einem internationalen Gerichtshof in Tansania, in Arusha, die ein Massaker in Makuzas Heimatort im Mai 1994 beschreiben.«

Sie presste sich tiefer in die Kissen.

»Mehrere Tausend Menschen wurden ermordet, Frauen und kleine Mädchen vergewaltigt, halbwüchsige Jungen gezwungen, die eigenen Hoden zu essen.«

Sie schlug die Hand vor den Mund und drehte sich zur Wand.

»Das würde seine unnatürlich hohe Stimme erklären«, sagte Halenius leise.

»Ich will es nicht wissen«, sagte Annika.

»Er hatte eine Schwester in Frankreich. Sie war das älteste Kind der Familie und hatte Kigali bereits im Herbst 1992 verlassen. Sie arbeitete illegal in einer Textilfabrik außerhalb von Lyon und verdiente offenbar ein bisschen Geld, mit dem sie sein Studium an der Universität Nairobi finanzierte, bis zum vorletzten Semester.«

»Wie schade, dass sie nicht weiter bezahlt hat«, murmelte Annika.

Halenius' Gesichtsausdruck war in der Dunkelheit nicht mehr zu erkennen.

»In der Fabrik brach Feuer aus, und die Schwester ist verbrannt. Die Notausgänge waren blockiert, es gab keine Feuerlöscher. Makuza musste sein Studium abbrechen. Statt nach Ruanda zurückzukehren, ging er nach Somalia.«

Annika stand auf, schaltete die Deckenlampe ein und all die kleinen Schmucklämpchen im Fenster.

»Wann war das mit dem Feuer?«, fragte sie und holte ihren Laptop aus dem Kinderzimmer. Das Netzwerkkabel für den Internetanschluss schlängelte sich hinter ihr her.

»Muss genau vor fünf Jahren gewesen sein«, sagte Halenius.

Sie googelte *factory fire lyon* und musste eine Weile suchen, ehe sie es gefunden hatte. Das Ereignis hatte nicht für besonderes Aufsehen gesorgt. Nach einer Meldung des BBC External Service waren sechs Näherinnen dem Feuer zum Opfer gefallen, achtundzwanzig konnten sich retten. Die Fabrik produzierte Luxushandtaschen *made in France*, die in den Edelboutiquen zehntausend Kronen kosteten. Makuzas Schwester und die anderen Arbeiterinnen schliefen in der Fabrik und schafften es nicht mehr rechtzeitig nach draußen. Alle, die in dem Feuer verbrannten, waren illegale Einwanderer, sechs von Hunderttausenden in Westeuropa, die unter sklavenähnlichen Verhältnissen lebten. Sie waren aus ihrem Heimatland geflohen, um ein besseres Leben zu finden, und in einer ewigen Schuldenfalle gelandet, um die Flucht in die alte, freie Welt zu bezahlen.

Es gab keine Bilder zu dem Artikel.

»Keine Entschuldigung«, sagte Halenius, »aber eine Erklärung.«

Sein Handy klingelte, und Annika erstarrte, als hätte sie es geahnt. Er verschwand im Schlafzimmer, schloss das Telefon an das Aufzeichnungsgerät an und sprach leise, wie er es immer tat, wenn er wichtige Anrufe vom JIT in Brüssel bekam, von den beteiligten Nachrichtendiensten, den anderen Unterhändlern und dem Verbindungsmann der Kripo. Jetzt sprach er Schwedisch, das bedeutete vermutlich, dass Letzterer anrief.

Oder vielleicht war es auch jemand aus dem Ministerium. Gegen Mittag hatte eine Parlamentsabgeordnete der Moderaten den Justizminister wegen unerlaubter Ministerdirektive bei der Verfassungskommission angezeigt, vielleicht sprachen sie darüber. Oder die Botschaft in Nairobi wollte sich über irgendwas informieren. Eine ganze Reihe von Akteuren konnte sich melden …

Sie ging in die Küche und goss zwei Becher Kaffee auf.

Als sie damit ins Wohnzimmer kam, stand Halenius an der Tür, weiß im Gesicht.

Sie stellte die Becher auf dem Couchtisch ab.

»Annika …«

»Ist er tot?«

Er kam auf sie zu und packte sie an den Schultern.

»Vor der Polizeistation in Liboi hat man einen Karton gefunden«, sagte er. »Eine linke Hand lag darin.«

Ihre Beine gaben nach, sie sank aufs Sofa.

Halenius setzte sich neben sie und blickte ihr fest in die Augen.

»Annika, hörst du mich? Ich muss es dir sagen.«

Sie klammerte sich an der Sofalehne fest.

»Es ist die Hand eines weißen Mannes«, sagte er. »Am Ringfinger steckte ein schlichter Goldring.«

Das ganze Zimmer begann sich zu drehen, sie merkte, wie sie hyperventilierte. Es war eigentlich viel zu spät gewesen, um die Ringe gravieren zu lassen, so kurz vor Weihnachten waren alle Juweliere ausgebucht, aber sie fanden einen großen Kerl mit Lederschürze in der Hantverkargatan, der machte es gleich, sie konnten darauf warten, ihre Verlobung bekam dadurch sozusagen die besondere Dimension, dass sie sich im letzten Moment gefunden hatten.

»Auf der Innenseite des Ringes ist ›Annika‹ eingraviert und dazu ein Datum, 31. 12. …«

Sie stieß den Staatssekretär von sich, stolperte in den Flur und weiter ins Bad, die Klobrille kam ihr entgegen und schlug ihr gegen die Stirn, ihre Eingeweide kehrten sich krampfartig nach außen und beförderten explosionsartig alles heraus, was sich in ihrem Magen befand, jede einzelne Fettucine, jedes Stück Tomate. Halbverdautes spritzte auf das Porzellan der Kloschüssel, traf sie im Gesicht, und sie heulte auf, die Spülung gurgelte, ihre Hände zuckten, und in ihren Ohren pfiff es.

Sie hing keuchend über der Kloschüssel, spürte Halenius' Hände auf ihren Schultern.

»Brauchst du Hilfe?«

Sie schüttelte den Kopf.

»Das Datum, Silvester, der 31. 12. …?«

»Unser Verlobungstag«, flüsterte sie.

Er setzte sich neben die Toilette auf den Boden und zog Annika an sich. Ihre Zähne schlugen aufeinander wie im Fieber, sie weinte leise an seiner Schulter, bis das Hemd völlig durchnässt und dunkel war. Er wiegte sie sanft, und sie klammerte sich an seiner Schulter fest. Als ihr Weinen nachließ und sie leicht und keuchend gegen seinen Hals atmete, half er ihr hoch.

»Ist er tot? Wird er sterben?«, fragte sie heiser.

»Komm, wir setzen uns aufs Sofa«, sagte er.

Sie riss etwas Klopapier von der Rolle, schnäuzte sich und wischte sich das Gesicht ab.

Es war nicht zu begreifen, aber das Wohnzimmer sah noch genauso aus wie vorher. Die Deckenleuchte und die kleinen Lampen brannten, und die Zeitungen lagen in einem Stapel auf dem Couchtisch. Die Kaffeebecher standen noch da, auf dem Kaffee hatte sich Haut gebildet.

Sie setzten sich nebeneinander aufs Sofa.

»Es ist überhaupt nicht gesagt, dass es die Hand von Thomas ist«, sagte Halenius. »Zwar ist es sein Ring, aber das muss ja nicht bedeuten, dass es auch seine Hand ist. Die Jungs von der Kripo haben angerufen, sie warten noch auf das Ergebnis einer Fingerabdruckanalyse. Danach wissen wir es sicher.«

Sie atmete jetzt leiser.

»Analyse?«

»Jeder, der nach Kenia einreist, muss beim Zoll seine Fingerabdrücke hinterlassen.«

Sie schloss die Augen.

»Aber selbst wenn es Thomas' Hand sein sollte, ist das noch keine Tragödie«, sagte Halenius. »Ist er Rechtshänder?«

Annika nickte.

Er strich ihr übers Haar.

»Thomas schafft das«, sagte er. »Man stirbt nicht davon, dass einem eine Hand amputiert wird.«

Sie räusperte sich.

»Aber blutet das nicht wie verrückt? Vielleicht verblutet er?«

»Es blutet kräftig, zwei Arterien verlaufen bis in die Hand, aber die Blutgefäße ziehen sich in einer Art Reflex zusammen.

Wenn man nachhilft und den Arm hochhält und abklemmt, kommt die Blutung nach zehn, fünfzehn Minuten zum Stillstand. Gefährlicher ist das Risiko einer Infektion.«

»Tut das nicht weh?«, flüsterte sie.

»Doch, man kann von dem Schmerz besinnungslos werden, und zwei, drei Tage sind die Schmerzen sehr stark.«

Sie blinzelte ihn an.

»Wusste der Verbindungsmann das alles? Über Arterien und Reflexe?«

»Ich habe einen Freund angerufen, der Arzt im Krankenhaus von Söder ist.«

Sie musterte sein Gesicht, er dachte wirklich an alles. Jetzt waren seine Augen wieder ganz rot, als hätte er auch geweint. Sie strich ihm eine Haarsträhne aus der Stirn, und er lächelte sie an. Sie zog die Beine aufs Sofa und rollte sich zusammen, den Kopf auf Halenius' Schoß. Das Licht der kleinen Dekolampen spiegelte sich in den Fensterscheiben, rot und grün vor dem kalten Winterhimmel, die Fransen an den Schirmchen bewegten sich leicht in einem unsichtbaren Luftzug. Sie schlief ein.

*

Unsere Büroeinrichtung ist von derselben Qualität wie unser Journalismus und unsere Pünktlichkeit, dachte Anders Schyman und betastete vorsichtig den Verband an seinem Hinterkopf. Die Sechs-Uhr-Konferenz hatte sich zusehends Richtung halb sieben verschoben, wurde aber aus rein pubertären Gründen immer noch Sechs-Konferenz genannt. Inzwischen war es Viertel vor sieben. Schyman hob den Blick und sah sich um. Er hatte das Gefühl, schon Ewigkeiten an diesem Tisch zu sitzen, während Unterhaltung und Kultur und Kommentar und Sport und Internet und Foto und die Leute vom Newsdesk um ihn herum wirtschafteten und mit überschwappenden Kaffeetassen zu ihren für die Ewigkeit reservierten Stammplätzen unterwegs waren.

Schyman seufzte tief.

»Macht die Tür zu und setzt euch endlich, damit wir irgendwann mal anfangen können …«

Alle Redakteure nahmen Platz, verstummten und blickten ihn erwartungsvoll an. Sie machten ein Gesicht, als würde er jeden Augenblick ein Kaninchen aus dem Hut zaubern und die Tagesordnung der Welt bestimmen.

Er nickte Patrik zu, die Nachrichten waren am wichtigsten, er achtete immer darauf, das zu betonen. Der Nachrichtenchef sprang vor Eifer fast vom Stuhl.

»Die Polizei hat einen Verdächtigen für die Vorstadtmorde«, sagte Patrik Nilsson triumphierend. »Wir haben noch keine offizielle Bestätigung, aber Michnik und Sjölander arbeiten dran.«

Schyman nickte nachdenklich. »Vorstadtmorde«. Das war keine dumme Bezeichnung, könnte man als übergreifende Tagline verwenden.

»Haben wir irgendwelche Details?«, fragte er und klickte mit seinem Kugelschreiber.

»Es gibt einen Zeugen, der den Verdächtigen mit wenigstens einem der Morde in Zusammenhang bringt, und bei einem der anderen Fälle hat sein Handy elektronische Spuren hinterlassen. Damit haben wir die Titelseite und die Verkaufsplakate für morgen.«

Patrik Nilsson schlug mit seinem Stellvertreter ein.

Schyman befühlte seinen Verband. Sie hatten die Platzwunde am Hinterkopf mit vier Stichen genäht. Auf die Buchführung des vergangenen Jahres war Blut gespritzt.

»Na ja«, sagte er. »Warten wir mal ab, wo wir landen. Wir müssen auch das Interesse an der Entführungsstory wachhalten. In die Sache kommt bald Bewegung.«

Kurz vor der Konferenz hatte Jimmy Halenius ihn angerufen und berichtet, Thomas Samuelsson sei vermutlich die linke Hand abgeschlagen worden, doch der Chefredakteur hatte nicht die Absicht, das in dieser Runde zu verkünden.

»Der Spanier gestern war gut«, sagte Patrik, »aber jetzt haben wir wieder Leerlauf.«

»Wir haben Fotos von der Wiedervereinigung mit seinem Lebensgefährten und seiner Mutter«, sagte Bilder-Pelle.

»Hat er sonst noch irgendwas gesagt? Irgendwas über diesen Thomas Bengtzon?«, fragte das Mädchen aus der Webredaktion.

Resigniert schloss Schyman die Augen, Patrik stöhnte.

»Keinen Ton. Er hat durch einen Pressevertreter ausrichten lassen, dass er in Ruhe gelassen werden will. Gibt es was Neues von dem Typ mit der Bademütze?«

Schyman guckte verständnislos.

»Der mit dem Badetuch«, sagte Patrik. »Der Schlachter von Kairo.«

Anders Schyman sah Thomas Samuelssons sportliche Gestalt vor sich, in Anzug, aber ohne Schlips, und versuchte, ihn sich ohne linke Hand vorzustellen.

Halenius hatte nicht beurteilen können, ob die Verstümmelung Teil der Erpressung oder ein Akt gewöhnlicher sadistischer Grausamkeit war. Sie hatten sich darauf geeinigt, dass es sich vermutlich um eine Kombination von beidem handelte.

»Ich möchte, dass wir die Entführung als Aufmacher nehmen«, sagte Schyman. »Fotos von den Opfern, vielleicht mit einem fetten Balken schräg darunter: ERMORDET, GEISEL, BEFREIT. Dazu noch einmal die Basisfakten, wer die Geiseln sind, wie sie zu Tode gekommen sind, die ganze Palette …«

Er hatte nicht vor, das Thema fallen zu lassen. Die Chancen für ein gutes Verkaufsplakat am Wochenende standen nicht schlecht. Die Lösegeldübergabe und die Freilassung der Geisel waren laut Jimmy Halenius die kritischsten Phasen eines Geiseldramas. Wenn das Geld sicher abgeliefert war, erfüllte das Opfer keinen Zweck mehr und war nur noch eine Last. Die Mehrheit aller Todesfälle bei Geiselnahmen ereignete sich, nachdem das Lösegeld gezahlt war. Entweder tauchten die Geiseln nie mehr auf, oder sie wurden tot aufgefunden.

Patrik sah nicht beeindruckt aus.

»Du lieber Himmel, irgendwas muss aber auch passiert sein, sonst ist das alles nichts als heiße Luft.«

»Dann pack schon mal den Fön aus«, sagte Schyman. »Sonst noch was?«

Patrik schaute unzufrieden in seine Unterlagen.

»Es ist wieder höchste Zeit für eine Diät«, sagte er. »Ich habe eine von den Vertretungen daran gesetzt.«

Schyman machte sich eine Notiz und nickte, eine gute Idee.

In alten Zeiten entstanden die meisten Artikel dadurch, dass irgendwelche Leute bei der Zeitung anriefen und auf die unterschiedlichsten Vorkommnisse aufmerksam machten – zum Beispiel, dass sie dank einer neuen, phantastischen Schlankheitskur abgenommen hatten. Aber das war schon längst Geschichte. Heutzutage wurden die Schlagzeilen und Titelseiten der Zeitungen in von der Auflage vorgegebenen Abständen geplant (falls sich nicht gerade etwas Außergewöhnliches ereignete, wie die Entführung eines schwedischen Familienvaters oder eine Mordserie in den Vorstädten Stockholms). Wenn eine Diätgeschichte fällig war, bastelte man zunächst die Schlagzeile:

ABNEHMEN
MIT DER
NEUSTEN
ERFOLGS-
METHODE

Und dann erst begann die Suche nach der neusten Erfolgsmethode, es gab immer ein Meer von Möglichkeiten, man brauchte bloß auszuwählen. Anschließend wurde ein Professor bemüht, der das Wundersame an der Methode bestätigen konnte, und am Schluss musste man lediglich noch einen richtig guten Fall mit Vorher-Nachher-Foto ausfindig machen, gerne eine ansprechende junge Frau, die innerhalb von ein paar Monaten von Kleidergröße 48 auf 36 geschrumpft war.

»Noch was?«, fragte Schyman.

»Morgen ist der Todestag von Karl XII., die Jungnazis ziehen bestimmt los und wedeln ein bisschen mit dem Hakenkreuz. Darum kümmert sich jemand. Außerdem ist es fünfundzwanzig

Jahre her, dass Tschernobyl vom Netz genommen wurde, Winston Churchill und Billy Idol haben Geburtstag, und Sie haben Namenstag.«

Der Chefredakteur unterdrückte ein Gähnen.

»Können wir weitermachen?«

»Jemand von mediatime.se hat angerufen und gefragt, ob Sie Ihren Hirnschaden kommentieren wollten«, sagte Patrik.

Vorsichtig lehnte sich Anders Schyman gegen die Rückenlehne des Konferenzstuhls und spürte am ganzen Leib, dass es an der Zeit war, etwas anderes zu tun.

*

»Wir waren im Skansen«, sagte Ellen. »Und weißt du was, Mama? Wir haben einen Elch gesehen. Der war ganz braun. Und hatte ein riesiges Kawei auf dem Kopf, und er hatte auch noch ein kleines Kälbchen, das war *supercute*!«

Annika verkniff sich einen Seufzer. Vielleicht war es doch nicht so gut, dass die Kinder auf die amerikanische Schule gingen.

»War das Kalb wirklich bei dem Elch mit dem Geweih?«, fragte sie lehrerhaft ins Telefon (sie hatte irgendwo gelesen, dass man Kinder nicht auf ihre Fehler hinweisen, sondern die Worte nur richtig wiederholen sollte), normalerweise haben die Elchbullen ein Geweih und die Kälbchen sind bei der Elchkuh …«

»Und weißt du was noch, Mama? Sophia hat uns Limo gekauft. Kalle hat eine Cola gekriegt und ich eine Fanta-Lemon.«

»Wie schön, dass ihr so viel Spaß habt …«

»Und heute Abend gucken wir einen Film. ›Ice Age 2 – Jetzt taut's‹, hast du den gesehen, Mama?«

»Nein, ich glaube nicht …«

»Hier ist Kalle.«

Ellen überließ den Hörer ihrem Bruder.

»Hallo, du kleiner Racker«, sagte sie. »Geht es dir gut?«

»Ich vermisse dich, Mama.«

Sie lächelte in den Hörer und spürte, wie ihre Augen feucht wurden. Der Junge war so unglaublich loyal. Sicher hatte er den ganzen Tag nicht an sie gedacht, aber in seiner Solidarität versicherte er ihr automatisch, dass sie die Wichtigste war.

»Ich vermisse dich auch«, sagte sie, »aber ich bin sehr froh, dass ihr ein paar Tage bei Sophia sein könnt, während wir versuchen, Papa nach Hause zu holen.«

»Habt ihr mit den Entführern gesprochen?«

Wo hatte er diese Begriffe gelernt?

»Jimmy hat mit ihnen gesprochen. Wir hoffen, sie lassen Papa bald frei.«

»Diese Frau haben sie aber umgebracht«, sagte er.

Sie schloss die Augen.

»Ja«, sagte sie, »das stimmt. Wir wissen nicht, warum. Aber einen der Männer haben sie gestern freigelassen, einen Spanier, der Alvaro heißt. Und als der Papa das letzte Mal gesehen hat, ging es ihm gut.«

Sie brachte es nicht über sich, »da lebte er noch« zu sagen.

Kalle schniefte.

»Ich vermisse Papa auch«, flüsterte er.

»Ich auch«, sagte Annika. »Ich hoffe, dass er bald nach Hause kommt.«

»Und wenn nicht? Stell dir vor, sie bringen ihn auch um.«

Annika schluckte. Schon im Kinderkrankenhaus hatten sie gesagt, man solle Kindern nie sagen, dass etwas nicht weh täte, wenn das Gegenteil der Fall sein konnte.

»Weißt du, mein Schatz, manchmal werden Menschen entführt, aber meistens kehren sie wieder zu ihren Familien zurück. Wir hoffen, dass es diesmal auch so ist.«

»Aber wenn *nicht*?«

»Dann haben wir uns«, flüsterte sie. »Dich und mich und Ellen und auch Sophia.«

»Ich mag Sophia«, sagte Kalle.

»Ich auch«, sagte Annika, und vielleicht stimmte es sogar.

Mit dem Mobiltelefon in der Hand blieb sie noch einen Augenblick auf dem Sofa sitzen und ließ sich langsam fallen. Sie hatte ein Abendessen gekocht, von dem sie nichts essen konnte. Sie hatte an ihrem Artikel gesessen und zu beschreiben versucht, wie es sich anfühlt, wenn man eine unfassbare Botschaft erhält. Sie hatte die Nachrichten und »Echt antik?!« geguckt, ohne zu begreifen, worüber gesprochen wurde.

Im Schlafzimmer telefonierte Halenius auf Englisch, sie wusste nicht mit wem.

Sie könnte sich einfach immer weiter fallen lassen. Sie könnte hier auf dem Sofa sitzen bleiben und bis in den Keller hinunter und immer tiefer durch die Stollen sinken, vorbei an U-Bahn- und Abwasserschächten.

Stockholms Untergrund war durchlöchert wie ein Schweizer Käse, von Gängen und Tunneln und Rohren durchzogen. Eine wie sie, die kein Orientierungsvermögen hatte, konnte dort unten bis in alle Ewigkeit umherwandern, hoffnungslos zwischen Schächten und rostigen Elektroleitungen verloren.

Sie holte tief Luft, erhob sich und ging ins Kinderzimmer. Mit der Hand strich sie über Spielsachen und Bettzeug, sie hob Kalles Schlafanzug vom Boden auf. Die Überreste ihrer Schrankaufräumarbeiten lagen in Haufen an der Wand. Sie blieb mitten im Raum stehen, vollkommen gefangen von der Präsenz der Kinder an den Wänden und im Bettzeug. Sie spürte ihren Puls bis in den Magen.

Das Gefühl blieb und blieb und blieb.

Ein Mensch war nicht seine Behinderung. Nicht ihre linke Hand oder ihre Beine oder ihre Augen machten sie aus. Eine Behinderung war ein Umstand, eine Bedingung, keine Eigenschaft.

»Annika? Kannst du kommen?«

Sie ließ die Schlafanzughose auf den Boden fallen und ging zu Halenius ins Schlafzimmer. Er hatte sein Handy zur Seite gelegt, einen Kopfhörer aufgesetzt und gab etwas in den Computer ein.

»Ich habe gehört, wie du den Namen der Deutschen gesagt hast«, sagte sie und setzte sich aufs Bett.

Er schloss die Audiodatei, nahm den Kopfhörer ab und wandte sich zu ihr um.

»Sie ist freigelassen worden«, sagte er. »An der Straßensperre, wo sie entführt wurden. Sie ist der Straße nach Liboi gefolgt, und kurz vor der Stadt hat eine Militärpatrouille sie aufgelesen.«

Annika vergrub die Hände unter den Oberschenkeln und suchte nach einem Gefühl: Erleichterung? Neid? Gleichgültigkeit? Sie fand keins.

»Ihr ist teilweise das Gleiche widerfahren wie der Engländerin. Die Wächter haben sie vergewaltigt und die übrigen Geiseln gezwungen, sie … Aber Thomas hat sich geweigert. Der Anführer schlug ihm dann mit einer Machete die linke Hand ab.«

»Heute Morgen wurde sie zu einem Auto gebracht und stundenlang durch die Gegend gefahren und dann an der Straßensperre rausgeworfen.«

»Wann ist es passiert?«

»Die Vergewaltigung? Gestern Morgen.«

Seit anderthalb Tagen hatte Thomas keine linke Hand mehr. Annika stand auf, ging ins Wohnzimmer und holte die Videokamera.

»Kannst du das bitte noch mal wiederholen?«

Halenius sah sie an. Sie hob die Kamera, fokussierte ihn auf dem ausklappbaren Display und hob den Daumen – er konnte anfangen.

»Ich heiße Jimmy Halenius«, sagte er und schaute in die Kamera, »ich sitze in Annika Bengtzons Schlafzimmer und versuche ihr dabei behilflich zu sein, ihren Mann nach Hause zu holen.«

»Ich meinte eigentlich die Sache mit der Deutschen«, sagte Annika.

»Ich habe mir häufig vorgestellt, hier in ihrem Schlafzimmer zu sein«, sagte er, »allerdings nicht unter solchen Umständen.«

Sie hielt die Kamera abwartend weiter fest.

Für einen Augenblick schaute er weg, aber dann war er wieder da, ihre Blicke begegneten sich auf dem Display.

»Helga Wolff ist heute Abend außerhalb von Liboi gefunden worden. Erschöpft und dehydriert, aber ohne weiteren körperlichen Schaden. Bislang ist noch nicht bekannt, ob ein Lösegeld für ihre Freilassung bezahlt wurde, aber es ist anzunehmen.«

»Du hörst dich an wie ein Holzbock«, sagte Annika und ließ die Kamera sinken.

Halenius schaltete seinen Computer aus.

»Ich gehe nach Hause und schlafe eine Runde«, sagte er.

Sie ließ die Videokamera neben sich aufs Bett fallen.

»Aber wenn sie nun anrufen?«

»Ich leite deinen Festnetzanschluss auf mein Handy um.«

Er stand auf und packte seine Sachen zusammen. Sie drehte sich um und ging ins Wohnzimmer, schaltete die Kamera aus und legte sie auf den Couchtisch.

»Hast du heute mit deinen Kindern gesprochen?«, fragte sie.

Er kam herein und zwängte sich in sein Sakko.

»Zwei Mal. Sie waren schwimmen, in der Campus Bay.«

»Was macht deine Freundin eigentlich?«

Er blieb vor ihr stehen.

»Tanya? Sie ist Analystin beim Institut für außenpolitische Studien. Warum?«

»Wohnt ihr zusammen?«

Sein Gesicht lag im Schatten, sie konnte seine Augen nicht sehen.

»Sie ist ihre Wohnung noch nicht losgeworden.«

Er strahlte Wärme aus wie ein Kamin. Annika blieb stehen, obwohl sie sich verbrannte.

»Liebst du sie?«

Er machte einen Schritt zur Seite, um an ihr vorbeizukommen, aber auch sie machte einen Schritt und legte dann eine Hand auf seine Brust.

»Geh nicht«, sagte sie.

Seine Brust hob und senkte sich unter ihrer Handfläche.

»Ich möchte, dass du bleibst.«

Sie legte die andere Hand an seine Wange, fühlte seine rauen Bartstoppeln, trat näher und küsste ihn.

Er stand vollkommen still, aber sie spürte seinen schnellen Herzschlag. Sie ging ganz dicht an ihn heran, schmiegte die Wange an seinen Hals und schlang ihm die Arme um die Schultern.

Wenn er sie jetzt wegschob, würde sie sterben.

Aber seine Hände fanden ihren Po, mit der einen Hand drückte er sie an sich, und die andere glitt unter ihr Haar und berührte sie im Nacken. Ihre Nägel gruben sich in seine Schultern, und sie rang nach Luft. Sein Arm lag stark und fest um ihren Rücken, sie fuhr ihm mit den Fingern durchs Haar und küsste ihn noch einmal, und jetzt kam er ihr entgegen, er schmeckte nach Salz und Harz und hatte scharfe Zähne. Sie holte Luft und begegnete seinem schweren und dunklen Blick hinter den Schatten. Er strich ihr das Haar aus dem Gesicht, seine Finger waren trocken und warm, dann knöpfte sie sein Hemd auf und streifte ihm die Jacke ab. Sie landete auf der Videokamera.

»Das sollten wir nicht tun«, sagte er leise.

»Doch«, erwiderte sie.

Wenn sie etwas sicher wusste, dann dies.

Sie zog ihren Pullover aus, öffnete den BH und ließ beides auf den Wohnzimmerboden gleiten. Die eine Hand legte sie wieder an seine Wange, die andere liebkoste seinen Hintern. Seine Haut war trocken und heiß.

Sie spürte, wie er ihre Brust umfasste und ihre Brustwarze knetete und ihr wurde schwarz vor Augen. Jimmy, Jimmy Halenius aus dem Himmelstalundsvägen in Norrköping, der Cousin von Roland, der immer ein Foto von ihr im Portemonnaie hatte. Er zog ihr die Jeans aus und legte Annika aufs Sofa, liebkoste ihre Schenkel und ihren Schoß mit festen warmen Händen, und als er in sie eindrang, zwang sie sich, entspannt zu sein, und sie atmete durch den Mund, um nicht zu zerspringen, sie ließ sich von seinem Rhythmus schaukeln, bis sie nicht mehr schweben konnte, und sie kam, sie kam und kam, bis es in ihrem Kopf sang und die Dunkelheit sich auflöste und verschwand.

TAG 8

Mittwoch, 30. November

Der Mann wurde um 6.32 Uhr in seiner Wohnung im Byälvsvägen in Bagarmossen gefasst. Er hatte sich gerade einen Teller Haferbrei mit Preiselbeermarmelade und fettarmer Milch zubereitet und zwei Scheiben Brot mit Mettwurst und eine Tasse Kaffee mit drei Stück Zucker gemacht, als die Polizei an der Tür klingelte. Die Festnahme verlief völlig undramatisch. Der einzige Einwand des Mannes war, dass sein Frühstück kalt sein würde, bis er zurückkam. Es wird wohl nicht nur kalt, dachte Anders Schyman und legte den ausgedruckten Artikel zur Seite. Diese Sache hatte das *Abendblatt* gründlich und systematisch behandelt: Erst hatten sie einen Serientäter geschaffen und dann über seine Ergreifung berichtet. Der Chefredakteur hatte bereits eine Sonderausgabe für die Innenstadt und die angrenzenden Gemeinden in Auftrag gegeben, der Rest des Landes musste sich die Details über Butterbrote und Zuckerstücke per Internet zu Gemüte führen.

Er griff nach dem Ausdruck des Fotos, das auf die Titelseite kam: Gustaf Holmerud, achtundvierzig, wurde von sechs schwerbewaffneten Polizisten abgeführt. Der Gesichtsausdruck des Serienmörders konnte als fast verwundert beschrieben werden. Die grimmigen Gesichter der Polizisten waren wohl eher dem Fotografen des *Abendblatts* zuzuschreiben als der Gefährlichkeit des Verbrechers.

Schyman hatte nicht gezögert. Sie würden Name, Alter und Wohnort des Verdächtigen angeben und sämtliche Details seines unbedeutenden Lebens und Wirkens (Gymnasium abgebrochen, Rückenprobleme, arbeitsunfähig). Natürlich würde es einen Aufruhr geben, weil sie jemanden namentlich auslieferten, der noch nicht verurteilt war, aber die Gegenargumente konnte er im Schlaf.

Dürften Verbrecher erst nach einem rechtskräftigen Urteil namentlich genannt werden, wüssten wir bis heute nicht den Namen des Mannes, der vom Amtsgericht wegen Mordes an Ministerpräsident Olof Palme verurteilt worden war. Anders Schyman sah das zerfurchte Gesicht Christer Petterssons vor sich. Der alte Junkie wurde später vom Obersten Gericht freigesprochen, ein Urteil nie vollstreckt. Außerdem hatte die technische Entwicklung die etablierten und verantwortungsbewussten Medien längst überholt. Anklagen, Gerüchte und blanke Lügen wucherten schon wenige Minuten nach Erhebung der Anklage und nach der Festnahme im Internet. Beim *Abendblatt* überprüften sie zumindest die Quellen, bevor die Zeitung in Druck ging, und es gab einen Verantwortlichen (also ihn, Schyman), den man bei eventuellen Fehlern zur Rechenschaft ziehen konnte. Außerdem wurde an verschiedenen Stellen ausdrücklich darauf hingewiesen, dass der Mann nach wie vor nur unter Verdacht stand.

Er betrachtete das Gesicht des (verdächtigten) Serientäters und erinnerte sich an das Telefonat mit der Mutter der ermordeten Lena.

»Es war Gustaf, dieser Loser ... Er hat sie verfolgt, seit sie Schluss gemacht hat ...«

Vorsichtig lehnte er sich gegen die Rückenlehne seines neuen Bürostuhls. Die Betriebskrankenschwester hatte ihm versprochen, den Verband am Nachmittag abzunehmen und stattdessen ein Pflaster aufzukleben. Ehrlich gesagt, brummte ihm noch immer der Schädel, obwohl er doch sonst nie Kopfschmerzen hatte. Er befühlte die Wunde und meinte, die Knoten der Stiche durch den Verband zu spüren.

Sein Blick fiel auf die Beschreibung des Mannes, der gesehen worden war, als er den Waldrand in Sätra verließ: zirka 1,75 groß, normaler Körperbau, aschblondes Haar, glattrasiert, dunkle Jacke, dunkle Hose.

Wenn man ehrlich war, passte diese Beschreibung auf achtzig Prozent aller schwedischen Männer mittleren Alters.

Der Gedanke, dass die Zeitung Schwierigkeiten bekommen könnte, wollte sich in seinem Kopf breitmachen, aber er bekam ihn zu fassen und verscheuchte ihn.

Die Polizei ermittelte. Die Zeitung erstattete Bericht und dramatisierte.

Und während er darauf wartete, dass ein bisschen Schwung in die Entführungsgeschichte in Afrika kam, nahm er sein Schreiben an die Verlagsleitung in die Hand und las noch einmal den Anfang: »Hiermit bitte ich um Entbindung von meinen Aufgaben als Chefredakteur des *Abendblatts*.«

*

Blasses Dämmerlicht weckte sie. Vorsichtig, fast entschuldigend drang es durch die Wolken, und Annika wusste sofort, dass sie zu lange geschlafen hatten. Hier war es zwei Stunden früher als in Kenia. An diesem Morgen konnte sich bereits alles Mögliche ereignet haben.

Für irgendetwas war es definitiv zu spät, doch sie wusste nicht, wofür. Ihr Körper unter der Decke fühlte sich noch immer warm und schwer an, pulsierend und lebendig. Sie drehte den Kopf und ließ ihren Blick auf dem braunen Schopf ruhen, der auf dem Kissen neben ihr lag. Sie streckte die Hand aus und fuhr mit den Fingern durch die Haare, sie waren unglaublich weich, fast wie die eines kleinen Kindes.

Zu spät oder vielleicht noch immer zu früh. Sie wusste es nicht.

Sie kuschelte sich an ihn, schlang ihre Beine um seine und ließ ihre Hand über seine Schulter wandern. Er wachte auf und küsste sie. Völlig regungslos sahen sie sich an.

»Es ist acht Uhr«, flüsterte sie ihm in die Augen.

Er zog sie fest an sich, und mit einem Keuchen spürte sie, wie er wieder in sie hineinglitt, sie war noch immer feucht und geschwollen und kam sofort. Er brauchte ein bisschen länger, sie spürte, wie er wuchs, und kam ihm entgegen, bis seine Schultern sich spannten und er laut stöhnte und keuchte.

»Du lieber Himmel, jetzt muss ich wirklich dringend pinkeln«, sagte er.

Sie lachte, vielleicht ein bisschen peinlich berührt.

Sie frühstückten gemeinsam am Küchentisch: Joghurt mit Walnüssen und Früchtebrot mit Leberwurst, Kaffee und Blutorangensaft. Er hatte sich die Jeans und sein Hemd angezogen, aber er hatte es nicht zugeknöpft. Er saß in ihrer Küche und las Zeitung und tastete nach dem Kaffeebecher und krümelte auf den Boden.

Sie schaute in ihren Joghurt.

Es war zerbrechlich wie Glas, und sie traute sich nicht, daran zu rühren, aus Angst, es könnte zerspringen: Sein Haar im Morgenlicht, die feste Rundung seines Brustkorbs, dass er versunken den Leitartikel las, dass er hier bei ihr war, sie so fest an sich gedrückt hatte.

Sie atmete durch den offenen Mund, um nicht zu ersticken.

Er faltete die Zeitung zusammen und legte sie auf die Fensterbank.

»Dann werfe ich mal die Maschinen an.«

Er erhob sich und ging an ihr vorbei, ohne sie zu berühren.

Sie duschte lange, allein. Ihr Körper kam ihr größer vor als sonst, aufgelöst, irgendwie langsamer. Die Tropfen fühlten sich auf ihrer Haut wie Nadeln an.

Sie putzte das Badezimmer, scheuerte Reste von Erbrochenem aus der Toilette, polierte den Spiegel und wischte Waschbecken und Boden sauber. Drüben im Schlafzimmer hörte sie Halenius auf Englisch telefonieren.

Sie zog sich saubere hellblaue Jeans und einen Seidenpulli an. Halenius beendete das Gespräch und begann gleich darauf ein neues. Sie ging ins Kinderzimmer und setzte ihre Aufräumaktion fort.

Um zehn Minuten nach neun Uhr klingelte das Festnetztelefon, und Annikas Herz blieb stehen.

Sie rannte ins Schlafzimmer, an Halenius vorbei und rollte sich auf dem ungemachten Bett zusammen. Halenius bewegte sich ruckartig und konzentriert. Er startete das Aufnahmegerät, kontrollierte das Codewort, seine Notizen und Stifte, er schloss die Augen, atmete tief durch und nahm den Hörer ab.

»Hallo? *Yes, this is Jimmy.*«

Er war ganz weiß um den Mund, seine Augen jagten hin und her.

»Ja, wir haben die Sache mit der Hand gehört.«

Er verstummte und kniff die Augen fest zusammen, fuhr sich mit einer Hand durch die Haare. Seine Schultern waren stocksteif.

»Doch, ich weiß, dass wir bezahlen müssen, es ist …«

Er brach ab und schwieg einen Moment. Aus dem Hörer quäkte die piepsige Stimme des Entführers.

»Sie hat das Lösegeld zusammenbekommen, aber die Summe liegt weit unter …«

Wieder Stille.

»Ich verstehe, was Sie meinen«, sagte Halenius, »aber Sie müssen auch versuchen, es aus ihrer Perspektive zu sehen. Sie hat jede einzelne Öre vom Versicherungsgeld abgehoben, hat sich von allen Freunden und Verwandten so viel geliehen, wie sie konnte, mehr gibt es nicht …«

Erneutes Schweigen, Gequäke.

»Wir wollen ein *proof of life*. Doch, das ist absolut Bedingung.«

Sie bemerkte, dass ihm Schweiß auf die Stirn trat, ihr war nicht bewusst gewesen, wie anstrengend und unangenehm diese Gespräche für ihn sein mussten. Eine große, übermächtige Zärtlichkeit überkam sie. Er musste das alles nicht tun, aber er tat es. Wie sollte sie das jemals wiedergutmachen?

»Sie haben ihm die Hand abgehackt. Woher soll ich wissen, dass Sie ihm nicht auch noch den Kopf abgeschlagen haben?«

Halenius' Stimme war neutral, aber seine Hände bebten. Sie konnte den Entführer lachen hören, dann antwortete er.

Halenius sah zu ihr auf.

»Sie soll ihre Mails checken? Jetzt?«

Er nickte ihr zu und zeigte auf den Computer, in ihren Fingern kribbelte es, und sie robbte über die Matratze zum Schreibtisch, drehte seinen Computer zu sich und öffnete über Internet ihr Mailpostfach bei der Zeitung. Sie klickte auf »Senden/Empfangen«.

Vier neue Nachrichten wurden in den Posteingang geladen, die letzte stammte von *unknown*. Sie spürte, wie sich ihr Puls beschleunigte, und öffnete die Mail.

»Sie ist leer«, flüsterte sie.

»Leer? Aber ...«

»Warte, da ist ein Anhang.«

»Mach ihn auf«, sagte er leise.

Es war ein unscharfes, dunkles Foto. Thomas lag auf dem Rücken auf einem dunklem Untergrund, sein Kopf war so zur Seite gedreht, dass sein feingeschnittenes Profil sichtbar wurde, seine Augen waren geschlossen. Es sah aus, als schliefe er. Erleichterung und Wärme stiegen in Annika auf, ein Anflug von schlechtem Gewissen streifte sie, und dann sah sie den Stumpf. Wo seine linke Hand hätte sein sollen, endete der Unterarm auf dem Boden. Ihr Atem stockte, ein kurzer und heftiger Luftstoß. Instinktiv wich sie vom Bildschirm zurück.

»Das hier ist ja wohl kein *proof of life*«, sagte Halenius in den Hörer. »Er sieht vollkommen leblos aus.«

Der Entführer gab ein langes und schallendes Lachen von sich, sein helles Gezwitscher verteilte sich in ihrem Schlafzimmer, und sie stand auf, um das Fenster zu öffnen und es hinauszulüften.

Draußen war es kühl, aber nicht eiskalt. Wankelmütige Schneeflocken, die sich nicht entscheiden konnten, ob sie fliegen oder fallen sollten, hingen in der Luft. Die Dämmerung hatte sich ergeben, inzwischen war es dunkler als beim Aufwachen.

Sie drehte sich um. Die Kälte umschloss sie von hinten.

Halenius, vorgebeugt, lauschte wieder in den Hörer.

»Es ist ihr gelungen, eine Million und 100 000 Dollar zusammenzukratzen. Genau. 1,1 Millionen.«

Stille breitete sich aus. Selbst der Entführer am anderen Ende der Leitung wartete. Dann sagte er etwas, ein helles Stakkato.

Halenius wartete mit offenem Mund.

»Das geht nicht«, sagte er. »Stockholm liegt am Nordpol und Nairobi am Äquator … Nein, wir können das Geld nicht noch heute übergeben … Wir … Nein, wir … Ja, wir können so bald wie möglich nach Nairobi fliegen, vielleicht schon heute Nacht … Meine Handynummer?«

Er las seine Nummer vor, der Entführer sagte etwas, und dann wurde die Verbindung unterbrochen. Annika hörte das Klicken, als er auflegte.

»Wir haben fünfundzwanzig Stunden«, sagte Halenius und ließ den Hörer sinken.

Er schob sie aufs Sofa, setzte sich auf den Sessel ihr gegenüber und umfasste ihre Hände.

»Das wird eine Prüfung«, sagte er.

Annika nickte, als verstünde sie ihn.

»Er ist auf mein Angebot von 1,1 Millionen eingegangen. Er wollte das Geld in zwei Stunden in Nairobi haben, obwohl er genau weiß, dass wir diese Forderung nicht erfüllen können.«

»Warum 1,1 Millionen?«, fragte sie.

»Um zu zeigen, dass du wirklich alles versucht hast, dass nicht mehr zu holen ist. Er wird sich im Laufe des Tages wieder melden, ich weiß nicht, wie, um genauere Anweisungen zu geben, wie das Geld überbracht werden soll.«

Sie zog ihre Hände zurück, aber er griff von neuem danach.

»Wir müssen spätestens heute Nacht nach Nairobi fliegen. Kannst du uns Tickets besorgen?«

Sie nickte wieder.

»Setz dich zu mir«, sagte sie.

Er setzte sich neben sie aufs Sofa, berührte sie aber nicht. Er blickte hinunter auf seine Jeans.

»Glaubst du, er lebt?«

Halenius strich sich die Haare zurück.

»Laut Handbuch sollte er am Leben sein, sonst hätte er uns

kein Foto geschickt. Aber bei diesem Typ weiß man nicht genau. Der Franzose wurde umgebracht, obwohl seine Frau bezahlt hat. Sie wurde also gelinkt.«

»Was geschieht jetzt?«

Er überlegte einen Moment.

»Laut Lehrbuch? Generell gibt es bei kommerziellen Entführungen sechs verschiedene Verläufe. Im ersten Fall stirbt die Geisel, bevor Geld fließt.«

»Klingt nach einem schlechten Geschäft.«

»Stimmt. Die Geisel kann bei einem Fluchtversuch ums Leben kommen, bei einem Befreiungsversuch oder an einem Herzinfarkt oder einer anderen Krankheit sterben. Es ist auch schon vorgekommen, dass Geiseln verhungert sind. Im zweiten Fall wird das Lösegeld gezahlt, aber die Geisel stirbt trotzdem.«

»Wie der Franzose«, sagte Annika.

»Genau. Das passiert, wenn die Täter glauben, sie riskieren, identifiziert zu werden, oder wenn der Anführer der Gruppe ein völliger Soziopath ist. Letzteres trifft auf unseren Mann ziemlich genau zu. Szenario Nummer drei: Das Lösegeld wird bezahlt, aber die Geisel wird nicht freigelassen. Stattdessen melden sich die Täter erneut und fordern mehr Geld, und eine neue Verhandlungsrunde beginnt. Das passiert meistens, wenn das Lösegeld hoch ist und zu schnell gezahlt wird. Dann glauben sie, es wäre noch mehr zu holen.«

»Kann uns das auch passieren?«

»Das ist eher unwahrscheinlich. Wir haben das ja alles mit ihnen durchgekaut. Viertens: Das Lösegeld wird bezahlt, die Geisel wird freigelassen, aber später noch einmal gekidnappt. Das wird wohl kaum passieren. Fünftens: Das Lösegeld wird bezahlt, die Geisel kommt frei. Sechstens: Die Geisel entkommt oder wird befreit, ohne dass Geld bezahlt wird.«

Für eine Weile blieb sie stumm sitzen. Er wartete regungslos ab.

»Kann man denn überhaupt sagen, was für ein Verlauf es wird?«, fragte sie ruhig.

»Er hat gesagt, dass er morgen früh mit uns Kontakt aufnimmt. Vielleicht hält er sich dran, es kann aber auch genauso gut bis zum späten Nachmittag dauern. Dann müssen wir bereit sein, müssen das Geld und ein vollgetanktes Auto und einen Fahrer haben. Unsere Handys müssen geladen sein, wir müssen Wasser und Proviant gepackt haben, denn oft dauert so eine Übergabe ziemlich lange.«

Sie räusperte sich.

»Was unternimmt die Polizei?«

»Das JIT in Brüssel liest meine SMS und hält alle, die involviert sind, auf dem Laufenden, aber es ist absolut entscheidend, dass die Verbrecher sehen, wir sind allein. Sie haben keine Lust, ins Gefängnis zu wandern. Ich werde fordern, dass die Übergabe von Angesicht zu Angesicht abgewickelt wird, aber darauf werden sie sich garantiert nicht einlassen.«

»Und der Ort, also der Übergabeort, liegt der in Nairobi?«

Er stand auf und ging ins Schlafzimmer, dann kam er mit einem Notizblock in der Hand wieder zurück.

»Der Freund des Spaniers hat das Geld in einem Container im somalischen Viertel im Süden der Stadt abgelegt«, las er. »Der Sohn der Deutschen hat es in einem Graben am Fuß des Mount Kenya hinterlassen, mehr als tausend Kilometer nördlich. Die Frau des Rumänen wird im Laufe des Tages 800 000 Dollar in Mombasa an der Küste übergeben. Die Übergabe durch die Französin hat in Nairobi stattgefunden, aber sie konnte später nicht mehr sagen, wo.«

»Sie legen nicht alle Eier ins selbe Nest«, sagte Annika.

Er setzte sich wieder neben sie und blätterte in seinem Block.

»Normalerweise wird das Lösegeld in der Nähe des Entführungsortes übergeben, dreißig, vierzig Kilometer entfernt vielleicht, selten mehr. Aber in diesem Fall ist es anders.«

»Und dann?«

»Kann es bis zu 48 Stunden dauern, bis die Geisel auftaucht«, sagte Halenius.

Sie legte die Hand auf seinen Schenkel und schluckte.

»Und dann?«, fragte sie leise und sah ihn an.

Er wandte den Kopf ab, und sie zog die Hand zurück.

»Ich bereue es nicht«, sagte sie.

Er stand auf und ging ins Schlafzimmer, ohne sie anzusehen. Stumm und bleischwer blieb sie sitzen, während sich eine gewaltige Leere zwischen ihrem Magen und dem Zwerchfell ausbreitete und ihr das Atmen schwermachte. Sie rappelte sich mühsam auf und folgte ihm. Mit roten Augen und hochkonzentriert saß er vor seinem Computer und schrieb.

Plötzlich fühlte sie sich durch und durch lächerlich, wie ein schwanzwedelnder, anhänglicher, sich anbiedernder kleiner Hund.

»Ich kümmere mich um die Flugtickets«, sagte sie. »Irgendwelche Vorlieben?«

»Nicht Air Europa«, sagte er und blickte auf. »Und nicht über Charles de Gaulle.«

Er lächelte sie matt an.

Sie schaffte es, sein Lächeln zu erwidern, und ging ins Wohnzimmer und dann ins Kinderzimmer.

Der einzige Flug nach Nairobi, bei dem es noch freie Plätze gab, war ein Air-France-Flug am selben Abend über Paris.

»Und ist es auch die ganze Strecke Air France?«, fragte Annika. »Nicht Air Europa?«

Die Frau im Reisebüro des *Abendblatts* hackte auf ihren Computer ein.

»Doch«, sagte sie. »Der Flug nach Paris Charles de Gaulle wird von Air Europa durchgeführt.«

»Gibt es keinen anderen?«

»Schon, über Brüssel. Aber der geht in zwanzig Minuten vom Flughafen Bromma.«

Sie buchte den Flug um 16.05 Uhr von Arlanda nach Paris, um 20.10 Uhr weiter mit Air France (durchgeführt von Kenya Airways). Das Flugzeug landete am nächsten Morgen um 6.20 Uhr ostafrikanischer Zeit in Nairobi. Die Tickets würden ihr zum Ausdrucken per E-Mail geschickt. Annika legte auf. Es war mitten am Tag, wurde aber schon wieder dunkel. Und sie befand sich in dem schwerelosen Zustand zwischen Jetzt und Später.

Halenius fuhr nach Hause, um frische Kleider, Zahnbürste und Rasierer zu holen. Annika schrieb vierzig Minuten konzentriert an ihrem Artikel, packte ihren Laptop, ein paar Klamotten und die Videokamera ein. Da sie nur mit Handgepäck reisten, war für das Stativ kein Platz mehr. Sie öffnete den Kühlschrank und warf alles weg, was nicht haltbar war, brachte den Müll nach unten und schaltete die Lichter aus. Dann stand sie im dunklen Flur und lauschte den Geräuschen des Hauses.

Für irgendetwas war es definitiv zu spät oder noch viel zu früh. Sie trat hinaus ins Treppenhaus, schloss die Wohnungstür sorgfältig ab und ging hinunter zum Eingang, um dort auf Halenius zu warten, der sie mit dem Taxi abholen wollte.

Währenddessen rief sie Sophia Grenborg an.

»Wir fahren jetzt«, sagte sie. »Wir haben uns auf eine Lösegeldsumme geeinigt. Der Flug geht in zwei Stunden.«

»Willst du mit den Kindern sprechen?«

Ein schwarzglänzender Volvo mit getönten Scheiben näherte sich durch den Schneematsch und hielt vor ihrer Eingangstür. Eine der hinteren Türen wurde geöffnet, und Halenius streckte den Kopf heraus.

»Ich rufe noch mal von Arlanda an«, sagte Annika und beendete das Gespräch.

Sie trat ins Unwetter hinaus und lächelte über Halenius' unordentliche Frisur, aus dem Augenwinkel sah sie einen Fotografen, der ein langes Teleobjektiv auf sie richtete. Der Fahrer, ein Mann in grauem Mantel, stieg aus dem Wagen. Sie erkannte ihn wieder, es war einer der Männer namens Hans. Er nahm ihre Computertasche und legte sie in den Kofferraum. Annika setzte sich neben Halenius, während der Fotograf sie mit dem Teleobjektiv verfolgte.

Der Staatssekretär hielt sein Handy hoch.

»Es müssen amerikanische Dollar sein, Zwanzigdollarscheine, in starke Plastikfolie eingepackt und mit Silbertape verklebt«, sagte er.

»Was hat denn Hansemann hier zu suchen?«, fragte Annika.

Mit einem sanften Schnurren rollte der Volvo los.

»Regierungswagen«, sagte Halenius. »Ich muss einen Haufen Telefonate führen. Es ist nicht so toll, wenn man das alles morgen auf mediatime.se lesen kann.«

Sie dachte an den bebrillten Banker in der Handelsbank.

»Zwanzigdollarscheine? Die wiegen fünfzig Kilo.«

»Ich habe Frida gesagt, dass sie zwei große Sporttaschen kaufen soll.«

Er griff nach ihrer Hand.

»Er will, dass du das Geld übergibst«, sagte er und ließ ihre Hand wieder los.

Annika schaute aus dem Fenster. Die Fassaden der steinernen Stadt glitten hinter dem Schneegestöber vorüber.

Halenius nahm wieder sein Mobiltelefon und gab eine sehr lange Nummer ein, die mit 00254 begann, und Annika lehnte den Kopf ans weiche Leder des Regierungsvolvos und ließ die Stadt hinter sich.

Die Abflughalle am Flughafen Arlanda quoll über von Menschen.

»Ich kann Sie nicht bis zum Zielort durchchecken«, sagte die Frau hinter dem Tresen und tippte auf ihrem Computer herum. »Das Datensystem von Air Europa ist nicht mit denen der anderen Fluggesellschaften kompatibel, Sie müssen also in Paris zum Transferschalter gehen und dort Ihre Bordkarten für den Flug nach Nairobi abholen.«

Halenius lehnte sich über den Tresen.

»Am Charles de Gaulle gibt es keinen Transferschalter«, sagte er. »Und wir haben keine Zeit, uns noch einmal bei der Check-in-Schlange anzustellen.«

Die Frau tippte.

»Doch«, sagte sie, »Sie haben eine Stunde Aufenthalt in Paris.«

Halenius stand Schweiß auf der Stirn.

»Sind Sie jemals am Charles de Gaulle gewesen?«, fragte er leise. »Die Flugzeuge parken weit draußen auf dem Flugfeld, und dann muss man mit dem Bus zum Terminal fahren, und zwischen den Terminals liegen mehrere Kilometer, und es gibt

keine Busse oder Bahnen, und wir müssen von 2 B nach 2 F –
das geht nicht.«

»Doch«, sagte die Frau, »Sie gehen ins Terminal F und …«

»Wir kommen dort ohne Bordkarte nicht rein.«

Annika schluckte laut. Sie hatte seine beiden Sonderwünsche
ignoriert.

»Das hier ist eine durchgehende Buchung«, sagte die
Check-in-Frau. »Sollten Sie das Flugzeug verpassen, wird Ihnen
ein Platz in der nächsten Maschine garantiert.«

»Wir müssen aber mit dieser Maschine fliegen«, sagte Halenius. »Das ist äußerst wichtig.«

Die Frau legte den Kopf schräg und lächelte.

»Das sagen alle.«

Annika, die einen halben Schritt hinter Halenius gestanden
hatte, drängelte sich vor und stellte sich vor dem Schalter auf die
Zehenspitzen.

»Ich habe diese Buchung vorgenommen«, sagte sie. »Das
Reisebüro hat mir garantiert, dass wir bis zum Zielort durchchecken können, sonst stünden wir jetzt nicht hier.«

Die Frau lächelte jetzt nicht mehr.

»Es tut mir wahnsinnig leid«, sagte sie, »aber es ist nun einmal
so, dass …«

»Ich habe mit der Flugleitung am Charles de Gaulle und dem
Hauptsitz von Air Europa in Amsterdam gesprochen, und alle
haben mir garantiert, dass es klappt.«

Die Lippen der Frau waren zu einem schmalen Strich geworden.

»Ich kann mir nicht vorstellen, wie …«

»Ich schlage vor, Sie nehmen das Telefon und rufen jemanden
an oder holen jemanden, der sich auskennt«, sagte Annika und
kramte ihren Block und einen Stift aus der Tasche. »Könnte ich
bitte Ihren vollständigen Namen haben?«

Die Frau hatte jetzt rote Flecken am Hals. Sie erhob sich und
verschwand hinter einer Tür auf der linken Seite.

Halenius blickte Annika verwundert an.

»Ich dachte, der Hauptsitz von Air Europa ist auf Mallorca.«

»Was weiß denn ich, wo die ihren Hauptsitz haben«, sagte sie.

Ihre Augen folgten dem Gepäckband, das sich in eine Öffnung auf der rechten Seite schlängelte und darin verschwand. Golftaschen und Samsonite-Koffer und in Plastik eingepackte Kinderwagen wurden in einem nie endenden Strom von dem dunklen Loch geschluckt. Über ihren Köpfen wölbte sich wie ein Himmel das Dach. Die Passagiere, die in der Schlange hinter ihnen standen, begannen auf der Stelle zu treten und auf die Armbanduhr zu schauen, irgendwo lag Thomas auf einem Lehmboden und verblutete langsam, und sie war die Logistikerin. Dies war ihr Verantwortungsbereich.

Die Frau kam mit einer älteren Kollegin zurück.

»Was gibt es denn für ein Problem?«, fragte die ältere Frau.

»Uns wurde garantiert, dass wir bis nach Nairobi durchchecken können«, sagte Annika, »aber offenbar ist irgendwo ein Missverständnis entstanden. Gut, dass wir die Sache direkt klären können.«

Die ältere Frau lächelte.

»Leider verhält es sich so, dass …«

Thomas' aufgedunsenes Gesicht sprach vom Computerbildschirm zu ihr. Die gellende Stimme des Entführers drang vom Gepäckband an ihr Ohr. Halenius' gutturales Stöhnen stieg in die Luft und blieb unter dem Dach hängen.

Sie lehnte sich über den Tresen, und als sie den Mund aufmachte, schoss es wie Feuer aus ihr heraus.

»Jetzt«, sagte sie. »Sofort.«

Die ältere Frau beugte sich über den Computer und gab ein paar Befehle ein, sie nahm zwei vorläufige Bordkarten aus dem Drucker und legte sie auf den Check-in-Tresen.

»Bitte sehr«, sagte sie. Damit war die Sache erledigt.

*

Anders Schyman spürte, wie es in seinem Kopf klickte, als er die Nachricht von der Presseagentur TT las: Verdammt, wir hatten doch recht.

Natürlich hatte die Anklageverhandlung gegen Gustaf Holmerud hinter verschlossenen Türen stattgefunden, der Grund für seine Inhaftierung wurde nicht bekanntgegeben, aber der Haftantrag der Staatsanwaltschaft sprach eine deutliche Sprache. Der Mann wurde aufgrund des dringenden Tatverdachts des Mordes in zwei Fällen in Untersuchungshaft genommen.

Damit können nur Lena Andersson und Nalina Barzani gemeint sein, dachte Schyman und beugte sich über die Gegensprechanlage.

»Patrik, können Sie mal kurz zu mir reinkommen?«

Der Nachrichtenchef kam durch die Redaktion gehüpft, in der Hand den obligatorischen Kugelschreiber.

»Dringender Tatverdacht!«, sagte er, nachdem er die Glastür aufgeschoben hatte und auf dem Besucherstuhl gelandet war. »Jetzt sind wir am Drücker!«

»Irgendetwas haben wir verpasst«, sagte Schyman.

Eine vage Zeugenaussage und die Angaben eines Mobilfunkanbieters rechtfertigten vielleicht einen Anfangsverdacht, aber nicht den dringenden Tatverdacht.

Patrik kaute auf seinem Stift.

»Q hat die Ermittlung geleitet, also kümmert sich Berit um die Sache.«

Alle wussten, dass Berit Hamrin und Kommissar Q von der Kriminalpolizei ein gutes und enges Verhältnis hatten, aber außer Schyman und vielleicht noch Annika Bengtzon wusste niemand, *wie* gut und eng es tatsächlich war oder, genauer gesagt, gewesen war. Die Sache zwischen Berit und dem Kommissar war mehrere Jahre gelaufen. Offenbar war es ihr geglückt, mit ihrem abgelegten Liebhaber einen konstruktiven Kontakt aufrechtzuerhalten, denn er gab ihr nach wie vor Hinweise, die er nur mit wenigen anderen teilte.

Schyman wusste nur von der Geschichte, weil er sie geradeheraus darauf angesprochen hatte. Er wollte wissen, warum sie solche phantastischen Quellen bei der Polizei hatte, worauf sie ohne Scheu und Zögern antwortete, sie schlafe jeden Dienstagnachmittag um fünf in einer der Bereitschaftsdienst-Wohnungen der Polizei mit Kommissar Q. Ehrlich gesagt, wusste er nicht genau, ob sie es noch immer tat.

»Die müssen irgendetwas Handfestes haben«, sagte Schyman. »Technische Beweise, Zeugen, die Mordwaffe oder ein Geständnis. Ich will wissen, was es ist.«

Patrik Nilsson schaute hinaus in die Redaktion.

»Fühlt sich saugut an, dass wir wirklich den richtigen Riecher hatten«, sagte er und schielte zu seinem Chefredakteur. Ein kleiner Schauer lief Schyman über den Rücken.

»Wie meinen Sie das?«, fragte er.

Patrik knipste ein paar Mal mit seinem Stift.

»Eigentlich war es ja Annika Bengtzon«, sagte er. »Sie hat es auch nur gesagt, um mich zu ärgern, ich weiß. Ich fand eben die Baumwurzel in Axelsberg nicht so spannend, und dann hat sie mir die ganzen toten Frauen aufgezählt und gesagt, dass uns womöglich ein Serientäter durch die Lappen geht. Dann habe ich Berit und Michnik dran gesetzt ...«

Schyman beugte sich über den Schreibtisch. Dass auch Patrik Nilsson gelegentlich von presseethischer Reue heimgesucht wurde, war ein unerwartetes, aber heilsames Zeichen.

»Es ist nicht unsere Aufgabe, recht zu haben«, sagte der Chefredakteur. »Die Gesellschaft verändert sich ununterbrochen, und wir verfolgen das, wir beschreiben es und berichten darüber, aber wir stehen nicht für die ultimative Wahrheit. Ein Sachverhalt kann sich von heute auf morgen ändern, und wenn das geschieht, tragen wir dem Rechnung.«

Patrik erhob sich erleichtert.

»Finden Sie die Gründe für die Inhaftierung heraus«, sagte Schyman.

Als der Nachrichtenchef die Tür hinter sich geschlossen hatte, holte Schyman den an den Vorstandsvorsitzenden Herman Wennergren adressierten Umschlag aus der Schreibtischschublade, atmete zwei Mal tief durch und rief dann in der Hausmeisterei an.

»Ich bräuchte einen Boten zum Vorstand, haben Sie jemanden, der das übernehmen kann?«

Er blickte auf den Kalender und malte einen Kringel um den 30. November.

Laut Arbeitsvertrag hatte er eine Kündigungsfrist von sechs Monaten, gerechnet vom Eingang der Kündigung. Das bedeutete, dass er am 31. Mai nächsten Jahres, im schönsten Wonnemonat, seinen Hut nehmen konnte.

Er sah, dass der neue Kollege aus der Hausmeisterei angesaust kam, und wog den Umschlag in der Hand.

Ob sie seine Bitte um Entlassung akzeptierten? Oder würden sie ihn überreden zu bleiben, sein Gehalt und seine Betriebsrente erhöhen und ihn in Bitten und Flehen ertränken?

Er reichte dem Hausmeister den Umschlag.

»Es ist nicht sehr dringlich«, sagte er, »aber der Brief sollte heute noch rüber.«

»Ich kümmere mich sofort darum.«

✳

Tatsächlich parkte die Maschine sehr weit draußen auf dem Flugfeld, vielleicht sogar mehr als zehn Kilometer vom Terminal entfernt. Erst mussten sie auf den Bus warten, der sie zum Terminal brachte, dann auf den nächsten, weil der erste voll war, und dann rumpelten und schaukelten sie über eine Viertelstunde lang in Richtung Flughafengebäude.

Als sie endlich das Terminal 2 B erreichten, hatte Annika längst einen Tunnelblick. Sie nahm keine Menschen mehr wahr, keine Wände oder Croissantcafés, lediglich die große Abflugtafel, auf der hinter dem Flug nach Nairobi *final call* blinkte.

Halenius rannte wie der Teufel, die Tasche auf seinem Rücken hüpfte, und sie folgte ihm auf den Fersen. Sie hetzten Korridore und Laufbänder entlang, vorbei an Terminals mit Zahlen- und Buchstabenkombinationen ohne erkennbare Logik, und erreichten 2 F, als für den Kenya-Airways-Nachtflug nach Nairobi bereits *gate closed* angezeigt wurde. An der Sicherheitskontrolle stand eine unglaublich lange Schlange, an der sie beinahe ohne Bodenkontakt vorbeiflogen, Annika sagte etwas mit ihrer

Feuerstimme, und man bat sie darum, ihre Tasche kontrollieren zu dürfen, und nahm ihr die Zahncreme ab, sie erreichten das Gate und machten eine ältere Frau ausfindig, die ihnen die Glastüren aufschloss und sie ins Flugzeug ließ, obwohl sie viel zu spät dran waren.

»Es ist jedes Mal dasselbe«, sagte Halenius und sank auf seinen Sitz 36 L. »Jedes Mal dasselbe auf diesem Scheißflughafen.«

Annika antwortete nicht. Ihre Knie stießen an den Vordersitz, sie taten schon nach fünf Sekunden weh. Er saß dicht neben ihr, ihre Ellenbogen berührten sich auf der schmalen Armlehne, und sie meinte, seinen Geruch wahrzunehmen. Auf dem Bildschirm in der Rückenlehne des Vordersitzes stand

KARIBU!
Welcome on board!

Daneben waren drei Löwen, ein Hahn und zwei Hühner abgebildet sowie das Logo von Kenya Airways mit dem Slogan *The Pride of Africa.* Das Bild wechselte, und Text wurde eingeblendet: *Umbali wa mwisho wa safari 4039 Maili.*

Eine Weltkarte mit einem Flugzeug von der Größe Westeuropas tauchte auf dem Schirm auf, und die unmittelbar bevorstehende Reiseroute führte in einem gestrichelten Bogen zu einem Kästchen an der rechten Seite Afrikas. Der Flug würde acht Stunden und zehn Minuten dauern.

Sie blickte aus dem Fenster. Ein Mann mit Ohrenschützern und dicker Jacke zog und zerrte am Boden direkt unter ihnen an einem Schlauch. Sie fragte sich, ob er jemals in Afrika gewesen war.

Die Maschine war voll besetzt, die Luft in der Kabine schon jetzt stickig. Sie schloss die Augen und hielt sich die Ohren zu. Die Motoren sprangen an, das Flugzeug wurde auf die Startbahn gelotst. Annika spürte, wie sich die Vibrationen des Metalls in ihrem Körper fortpflanzten.

Halenius' Knie stieß an ihres.

Vor zwölf Stunden hatte sie in ihrem Bett in der Agnegatan gelegen, er neben ihr, in ihr, und das Gefühl gehabt, dass alles zu früh oder zu spät war.

Und noch immer konnte sie nicht sagen, was zutraf.

TAG 9

Donnerstag, 1. Dezember

In unregelmäßigen Abständen wachte sie auf, mit steifem Genick und Spucke in den Mundwinkeln. Jedes Mal sah sie zu Halenius hinüber, der manchmal mit halboffenem Mund schlief, manchmal in einen Film auf dem Bildschirm vor sich versunken war, die Kopfhörer der Fluggesellschaft tief in den Gehörgang gedrückt.

Um zwanzig nach vier (kenianischer Zeit) wollte sich ihr Körper nicht noch einmal entspannen, und Annika überließ sich dem Unterhaltungsprogramm der Fluglinie. Sie zappte so lange, bis sie einen Film fand, in dem Julia Roberts als junge Jurastudentin auftrat. Alle fünfzehn Sekunden wackelte das Bild, der Ton fiel aus, und Schneegestöber flimmerte über den Schirm. Jedes Mal verlor sie den Faden, und wenn Julia wieder auftauchte, war es eine neue Julia, die von Dingen sprach, die Annika nicht verstand. Nach zehn Minuten gab sie auf und schaltete zu einem Film mit einem in die Jahre gekommenen Adam Sandler um. Hier passierte das Gleiche. Sie machte den Bildschirm aus.

Dort draußen war der große und schwarze Weltraum. Es waren keine Sterne zu sehen, nur die blinkende Lampe an der äußersten Flügelspitze des Flugzeugs. In der Kabine war die Beleuchtung gedimmt, die meisten Leute schliefen, manche lasen, andere lösten im Schein der Leselampe unter den Gepäckfächern ein Sudoku-Rätsel.

Annika beugte sich hinunter und fischte aus ihrer Tasche den Artikel über Kenia, den sie sich von landguiden.se, der Länder-Informationsseite des Instituts für außenpolitische Studien, ausgedruckt hatte. Neunundzwanzig Seiten über Geographie und

Klima, über Geschichte bis hin zu Außenpolitik und Tourismus.

Vielleicht hatte ja Jimmys Tanya den Artikel geschrieben. Vielleicht hatte sie den Inhalt analysiert und eine Expertise über den aktuellen politischen Stand abgegeben.

Sie war sicher unglaublich belesen und begabt.

»Die Wiege der Menschheit liegt in Ostafrika«, las Annika. »Am Turkanasee im nordwestlichen Kenia gibt es Spuren menschlicher Besiedlung, Spuren, die mehrere Millionen Jahre alt sind.«

Laut Berechnungen aus dem Jahr 2010 wird die aktuelle Einwohnerzahl Kenias auf 39 Millionen geschätzt, eine Zunahme von einem Drittel in zehn Jahren.

Gut die Hälfte der Menschen lebt in Armut, und die Zahlen sind steigend. Die meisten Arbeiten werden von Frauen verrichtet. Im Jahr 2005 waren 1,3 Millionen Kenianer HIV-infiziert, 140 000 starben noch im selben Jahr an Aids und noch bedeutend mehr an Malaria. Zeitweise ist ein Zehntel der Landesbevölkerung von Nahrungsmittelhilfen der UN abhängig. Nach der Präsidentschaftswahl im Dezember 2007 brachen an mehreren Stellen des Landes heftige Unruhen aus, unter anderem in Nairobis Slumvierteln, aber auch in Städten wie Eldoret und Kisumu im Westen. 1100 Menschen wurden dabei umgebracht, bis zu 600 000 vertrieben. Die Morde waren teilweise ethnisch motiviert. Am schlimmsten waren die Kikuyu betroffen, also der Stamm, der zuvor die politische Macht innehatte.

Sie ließ die Zettel sinken, das hörte sich an wie die Ouvertüre zum Völkermord in Ruanda, wo die Menschen mit Macheten erschlagen und verstümmelt worden waren. Aber es gab einen wesentlichen Unterschied: Dieses Mal entschied sich die Staatengemeinschaft einzugreifen. Kofi Annan vermittelte, und ein Blutbad konnte verhindert werden.

Sie schloss die Augen und suchte nach Thomas, wo war er in all dem? Seine Hände und sein Gesicht, seine blonden Haare und die breiten Schultern. Er war irgendwo weit dort unten, aber die Bilder entzogen sich ihr, sie gingen in dem ohrenbetäubenden Rauschen der Kabine unter, im Lärm des durch die Luftschichten brausenden Metallkörpers.

Sie musste wieder eingeschlafen sein, denn sie zuckte zusammen, als der Kapitän über die Lautsprecheranlage durchsagte, dass sie sich im Landeanflug auf Nairobi befänden.

Der Bildschirm war zum Leben erwacht, die Karte mit dem übergroßen Flugzeug war wieder zu sehen. Draußen war es noch immer schwarz. Laut Karte überflogen sie gerade einen Ort namens Nouakchott.

Sie rieb sich die Augen und blickte aus dem Fenster. Kein Licht zu sehen. Aber sie wusste, dass dort unten Menschen waren, Menschen in der Stadt Nouakchott, die in mondloser Finsternis lebten.

»Du hast das Frühstück verpasst«, sagte Halenius. »Ich wollte dich nicht wecken, du hast so schön geschlafen.«

Sie wischte sich über die Augen.

»Ich nehme an, es gab Wachteleier und gekühlten Champagner«, sagte sie und kletterte über Halenius' Knie.

»Sie haben gerade die Anschnallzeichen eingeschaltet …«

»Ich glaube nicht, dass sie begeistert wären, wenn ich auf den Sitz pinkle«, erwiderte sie und ging zur Bordtoilette.

Es roch nach Desinfektionsmittel und Urin. Sie blieb so lang auf der Toilette sitzen, bis die Flugbegleiterin an die Tür klopfte und sie bat, zu ihrem Platz zurückzukehren und sich anzuschnallen, sie würden jetzt landen.

Sie taumelte zurück zu ihrem Sitz, das Flugzeug schaukelte und wackelte. Sie hatte Durst, und ihr war schlecht.

»Ist alles in Ordnung?«, fragte Halenius, als sie über seine Beine stieg.

Sie antwortete nicht.

»Was ist? Geht es dir nicht gut?«

»Ich weiß nicht, ob ich es schaffe«, sagte sie leise, so leise, dass es im Fluglärm vielleicht nicht zu hören war.

Das Terminal des Jomo Kenyatta Airport war ein schlecht beleuchteter Gang mit sehr niedriger Decke. Die Luft war gesät-

tigt von Schweiß und verbrauchter Atemluft. Der graue Boden-
belag aus Kunststoff ging irgendwann in Rot und später in Gelb
über. Die Decke hing ihr im Nacken, die Wände drückten gegen
ihre Arme. In einer Welle aus Menschen wurde sie weiterge-
spült. Unmittelbar vor oder hinter ihr war Thomas, immer bei
ihr wie ein wahrnehmbares Unbehagen. Halenius ging neben
ihr.

Sie füllte das gelbe und das blaue Visumformular aus und er-
fuhr dann, das war falsch. Es musste das weiße sein.

Am Zoll wurden ihre Fingerabdrücke genommen.

Außerhalb des Gebäudes war die Luft erstaunlich klar und
mild. Ein unbestimmter Geruch nach verbrannten Kräutern
schwebte über der Straße. In der Nacht hatte es geregnet, das
Wasser zischte um die Autoreifen. Wie ein rosa Schimmer erhob
sich im Osten die Dämmerung.

»Sollen wir ein Auto mieten?«

Halenius schüttelte den Kopf.

»Wir haben konkrete Anweisungen, welchen Typ wir nehmen
sollen. Ich glaube, Frida konnte das richtige Modell auftreiben.
Bleib du hier bei den Sachen …«

Sie blieb auf dem Bürgersteig vor dem Terminal stehen. Überall waren Menschen, sie verlor Halenius sofort aus den Augen.
Schwarze Gesichter glitten an ihr vorüber. Die niedrigen Gebäude des Flughafens waren im Halbrund angelegt, und auf beiden Seiten des Eingangs befanden sich Cafés.

»*Taxi, Madame, you want taxi?*«

Sie schüttelte den Kopf und schaute in die Dunkelheit und
versuchte die Gebäude zu erkennen. Weiße, gelbe, blaue Autos
fuhren von rechts an ihr vorbei, noch mehr Menschen, Gesichter
mit weißen Augen, *taxi, Madame, you want taxi*?

»Okay«, sagte Halenius neben ihr. »Es ist die Silberkarre da
drüben.«

Im Durcheinander aus Leuten und Autos erblickte sie eine
Frau mit langem Haar und schwarzen Kleidern neben einem
großen silberfarbenen Auto. Annika griff nach ihrer Tasche und
lief los.

Als sie näher kam, sah sie, dass die Haare der Frau zu tausend dünnen Zöpfchen geflochten waren, die bis auf den Rücken reichten. Ungefähr die Hälfte davon war lila. Trotz des Dämmerlichts trug die Frau eine goldene Sonnenbrille, das schicke Logo funkelte in den Gläsern. Sie lächelte nicht.

»*I'm Frida. Nice to meet you.*«

Das war also Angela Sisulus Zimmergenossin, die steinreiche Nigerianerin Frida Arokodare, die bei der UN arbeitete. Sie war hochgewachsen und sehr schlank, größer als Halenius. Sie trug einen Nietengürtel und zahlreiche Armreifen, sie hatte ein Nasenpiercing. Annika streckte die Hand aus und erinnerte sich in der Eile nicht, ob sie sich nach dem Besuch auf der Flugzeugtoilette die Hände gewaschen hatte. Sie fühlte sich klein, bleich und schmutzig.

»*I appreciate your help so much*«, sagte sie und hörte selbst, wie holperig und schwedisch sie klang.

»*Glad to contribute*«, sagte Frida und setzte sich ans Steuer. Ihre Bewegungen waren sparsam und effektiv. Annikas tranige Unbeholfenheit wuchs. Sie öffnete die hintere Tür, die zur Seite glitt wie bei einem VW-Bus. Der Wagen war ein Achtsitzer, eine busartige Schuhschachtel. Sie saß da, als hätte sie einen Besen verschluckt. Halenius stieg vorne ein.

»Was ist das für ein Auto?«

»Toyota Noah. Eigentlich wird der nur in Asien verkauft – Frida hatte Glück, dass sie den Wagen von einem Kollegen leihen konnte. Mir ist schon klar, warum die Geiselnehmer dieses Modell ausgewählt haben. Es fällt in der Menge auf und ist leicht zu erkennen.«

Er wandte sich an Frida.

»Alles klar?«

»Mein Mechaniker hat gestern noch die Bremsbacken ausgewechselt«, antwortete Frida Arokodare, »der Wagen sollte in einem Topzustand sein.«

Nervös fuhr sie sich durch die Haare.

»Ich habe alles so gemacht, wie du gesagt hast. Der Tank ist voll, und hinten haben wir noch zwei Ersatzkanister«, sagte sie und zeigte zum Kofferraum. Dann deutete sie auf eine Kühltasche und zwei Kartons in der Sitzreihe hinter Annika.

»Verpflegung und Wasser, Erste-Hilfe-Koffer, Klopapier, zwei zusätzliche Handys und ein Satellitentelefon. Ich habe ein *vehicle tracking device* anbringen lassen, so dass die Fahrtroute heruntergeladen und später von deinen Polizisten analysiert werden kann. Ich hatte keine Zeit, es auszuprobieren, ich weiß also nicht, ob es funktioniert. Was machen wir jetzt als Erstes?«

»Hast du das Geld abgehoben?«

Frida ließ den Motor an.

»Die Bank macht um halb neun auf«, sagte sie und fädelte sich in den Verkehr ein. »Habt ihr gefrühstückt? Ich habe mein Konto in der Filiale in der Moi Avenue, wir könnten im Hilton warten, bis sie öffnet.«

Halenius setzte sich auf dem Beifahrersitz zurecht, nervös, wie es Annika erschien.

Sie erreichten eine vierspurige Autobahn, die, wie ein großes Schild erklärte, von den Chinesen gebaut worden war.

»China ist dabei, ganz Afrika aufzukaufen«, sagte Frida. »Grund und Boden, Wälder, Minen, Öl und alle anderen natürlichen Ressourcen … Aber jetzt erzähl mal, bist du immer noch bei diesem Minister? Wie lange willst du denn da noch Frondienst leisten?«

Halenius lachte zurückhaltend.

»Macht korrumpiert«, sagte sie. »Und die Kinder sind unten bei Angie?«

»Seit Sonntag. Tanya hat sie begleitet. Da unten in Kapstadt muss richtig schlechtes Wetter gewesen sein, aber langsam scheint es etwas besser zu werden.«

»Und wie geht es Tanya? Ist sie noch beim Institut für außenpolitische Studien?«

»Yepp. Obwohl sie sich für eine Stelle in New York beworben hat, bei der UN.«

Frida nickte begeistert.

»Super! Die brauchen sie dort.«

Annika schluckte. Sie war im wahrsten Sinne des Wortes in der zweiten Reihe platziert worden. Sie ließ das wichtige und gebildete Gespräch auf den Vordersitzen an sich vorüberziehen und packte die Videokamera aus. Sie richtete sie aus dem Seitenfenster und nahm die Stadt über das Display wahr, eine Kenol-Tankstelle, riesige Werbetafeln für Produkte, die sie nicht kannte (Kaufen Sie Mouida Ananaslimo! Handyanbieter Airtel! Schnellkauf Chandarana! Tusker Bier!), ein im Bau befindliches fünfstöckiges Wohnhaus mit einem Bambusgerüst, Tankwagen mit Wasser, eine Total-Tankstelle und eine andere mit Namen Oillibya. Lesen Sie die Tageszeitung *The Star (Fresh! Independant! Different!)*, Citi Hoppers rollten tief über der Straße, Berge von Erde. Es roch nach verbrannten Kräutern. Die chinesische Autobahn war zu einer schmaleren asphaltierten Straße geworden, die noch immer dunkel vom nächtlichen Regen war. Keine Bürgersteige, keine Seitenstreifen, nur eine lange Reihe von Menschen, die zu Fuß auf dem Weg nach Irgendwo oder Nirgendwo waren, in Badeschlappen, Tennisschuhen, Stoffschuhen, Pumps oder glänzenden Lederschuhen. Frauen mit knallbunten Frisuren, schlechtsitzenden Kleidern und Kindern auf dem Rücken. Junge Kerle mit Reklame-T-Shirts für exotische Reiseziele oder amerikanisches Hochprozentiges.

Überwältigt von den Eindrücken legte Annika die Kamera zur Seite.

Das Tageslicht kam schnell, aber die Sonne hielt sich hinter den schweren Wolken versteckt. Das Grün um sie herum war massiv, überwältigend.

Das Hilton in Nairobi war ein hohes rundes Gebäude mitten im Stadtzentrum. Frida parkte in der Tiefgarage. An der Einfahrt wie auch an der Ausfahrt und unten auf dem Parkdeck standen Wachen.

Die Eingangshalle war riesig. In der Mitte schwebte wie ein Raumschiff ein Kristalllüster. Sie segelten über das Meer aus Marmor durch die Lobby zum *Traveller's Restaurant*. Dort ließen sie sich in einer Ecke nieder, Halenius bestellte ein Croissant und Kaffee für sie. Zu ihrer eigenen Überraschung brachte sie es runter.

»Was passiert jetzt?«, fragte Frida und drehte ihre Kaffeetasse in den Händen. Halenius schluckte, ehe er antwortete.

»Der Entführer wird sich gegen neun Uhr melden«, sagte er. »Dann erhalten wir vermutlich Instruktionen, wo das Lösegeld übergeben werden soll, und ich muss ihm beibringen, dass du das Auto fährst. Das kann ein bisschen schwierig werden.«

Frida stellte die Tasse ab und lehnte sich auf ihrem Stuhl zurück.

»Warum das denn?«

Halenius trank einen Schluck Kaffee.

»Entführer wollen immer, dass die Person, die das Lösegeld übergibt, allein kommt. Ist man zu zweit, glauben sie sofort, der andere ist von der Polizei. Er weiß jetzt zwar, dass Annika und ich kommen …, allerdings dürfte es mühsam sein, ihn dazu zu bringen, dich als Fahrerin zu akzeptieren. Aber es muss gehen. Ohne dich schaffen wir das hier nicht.«

Annika starrte in ihre Kaffeetasse und Frida reckte sich.

»Die Automarke hat er ja schon bestimmt, aber wenn wir Pech haben, fordert er noch irgendwelche besonderen Kennzeichen am Wagen oder an uns, bestimmte Kleidung oder Aufkleber auf den Fensterscheiben.«

Annika ließ den Blick über das Restaurant schweifen. Auf einem Sims oberhalb des Bartresens standen stapelweise alte Ledertaschen. Wahrscheinlich sollte die Atmosphäre eines alten Zuges wiedergegeben werden. Sie erinnerte sich an Halenius' Worte (war es gestern gewesen oder im vergangenen Jahr?): »Wenn die Entführer verlangen, dass man sich den Kopf kahlschert, bleibt einem nichts anderes übrig, als den Rasierer in die Hand zu nehmen.«

Ob sie sich die Haare abrasieren musste, um Thomas zu befreien? Ob sie ihre linke Hand opfern musste? Mit dem Anführer schlafen musste?

Frida spielte mit ihren goldenen Armreifen.

»Du weißt, wofür die somalischen Piraten die Lösegelder verwenden?«, fragte sie Halenius.

»Sofern sie nicht mit ihrem Teil der Beute absaufen, meinst du?«

»Sie versorgen ganze Städte damit, ganze Landstriche«, erklärte Frida.

»Na ja«, entgegnete Halenius, »nicht alle.«

»Mehr, als du glaubst. Sie halten die Wirtschaft der gesamten Küstenregion in Gang.«

Annika setzte sich aufrecht hin, Halenius trank seinen Kaffee aus.

»Das stimmt«, sagte er. »Seit die Piraten mit ihren Entführungen Erfolg haben, sind die Preise um über hundert Prozent gestiegen. Das gilt für Grund und Boden genauso wie für Herrenschuhe und hat eine Menge sozialer Probleme mit sich gebracht. Ganz abgesehen von den Schwierigkeiten, die ohnehin schon in der Bevölkerung herrschen: Missernten, Bürgerkrieg …«

»Jeden Tag schwimmen an Somalias Küste Öltanker im Wert von hundert Millionen Dollar vorbei, und die hungernden Menschen können nur zusehen«, sagte Frida und deutete mit dem Arm die ganze Küste an.

»Das gibt ihnen nicht das Recht, Leute zu entführen«, sagte Halenius.

Annika stellte ihre Tasse ab und merkte, wie ihre Hände zitterten.

»Ich habe durchaus Verständnis für Ihre Robin-Hood-Attitüde«, sagte sie. »Aber mein Mann ist kein Öltanker, er ist einfach ein Gewaltopfer. Verteidigen Sie das auch?«

Frida setzte ihre Sonnenbrille ab und wandte sich an Annika. Ihre Augen waren hell, beinahe grau.

»Wie kommt es eigentlich, dass Gewalt immer viel schlimmer ist, wenn Weiße betroffen sind?«

Sie sagte es ruhig und neutral, ohne die geringste Gemütsbewegung. Annika dachte an Ruanda und wusste keine Antwort.

»Ihr in der Ersten Welt seid so genau mit euren Arbeitsmarktgesetzen und Gewerkschaftsabsprachen und Lohnverhandlungen, aber nur, wenn es um eure eigenen Belange geht. Die Arbeitsbedingungen der Näherinnen, die in einer Textilfabrik in Asien eure Kleider nähen, oder die der Ölarbeiter im Sudan, die dafür sorgen, dass ihr in euren Autos durch die Gegend fahren könnt, interessieren euch einen feuchten Kehricht. Immer redet ihr von Demokratie und Menschenrechten, dabei meint ihr doch nur eure eigene Bequemlichkeit.«

Sie setzte ihre Sonnenbrille wieder auf und lächelte kurz.

»Kriegen Sie keinen Schreck«, sagte sie zu Annika. »Ich möchte nur das Denken verändern. Nicht alles in dieser Welt ist schwarz-weiß.«

Sie schaute auf die Uhr.

»Wenn ihr so weit seid, würde ich vorschlagen, dass wir zur Bank fahren. Sollen wir den Koffer jetzt mitnehmen, oder kommen wir noch mal wieder?«

Halenius wandte sich an Annika und wartete, bis sie ihre Tasche geschultert hatte.

»Thomas hat während der Konferenz hier im Hotel gewohnt«, sagte er mit gedämpfter Stimme. »Sie haben seine Sachen zusammengepackt und sein Zimmer geräumt, aber sie wissen, dass du kommst und ...«

Mitten im Schritt hielt sie inne.

»Hier? Seine Sachen sind hier?«

Plötzlich war das *Traveller's Restaurant* von seinem Rasierwasser erfüllt.

»Wir können auch veranlassen, dass der Koffer in die Agnegatan geschickt wird, wenn du ihn nicht mitnehmen möchtest«, sagte Halenius.

Unfähig, sich zu rühren, stand sie da. Seine Sachen, der Rasierapparat und die Schlipse und seine Jacketts zum Wechseln waren absolut unwichtig.

Sie wusste nicht, warum, aber sie hörte sich sagen: »Ich nehme ihn mit.«

Frida glitt über den Marmorboden hinüber zum Concierge, der in einem der hinteren Räume verschwand und mit Thomas' Rimowa-Alukoffer wiederkam. Annika unterschrieb eine Quittung und stand dann mit dem sperrigen Koffer in der Hand in der Lobby. Sie wusste noch, wie Thomas gepackt hatte, wie ihr aufgefallen war, dass er das rosa Hemd mitnahm. Es war nicht im Gepäck, das wusste sie. Er hatte es an, und der linke Ärmel war jetzt blutgetränkt. Sie folgte Frida und Halenius zu den Aufzügen in die Tiefgarage, den Koffer zog sie hinter sich her.

Zwischen dem Hilton und der Filiale der Kenya Commercial Bank in der Moi Avenue lag nur ein halber Block. Frida fuhr aus der Hotelgarage herauf und dann gleich wieder in die Bankgarage hinunter.

»Es dauert nicht lange. Der Bankvorstand weiß, dass ich komme. Plastikplane und Taschen und Klebeband und alles, was du sonst noch haben wolltest, liegen im Kofferraum.«

Halenius nickte. Annika war nicht in der Lage, sich zu rühren. Frida sprang aus dem Wagen, ging mit einem kurzen Winken an einem Sicherheitsbeamten vorbei und verschwand in einem Aufzug.

Die Stille im Auto war kompakt. Die gelbliche Beleuchtung der Tiefgarage warf im Wageninneren braune Schatten. Halenius, den Kopf abgewandt, blickte aus dem Seitenfenster, im Halbdunkel sah sie die Konturen seiner strubbeligen Frisur.

Die Sprachlosigkeit ballte sich in ihrem Magen zu einem Krampf zusammen.

»Gestern Nacht …«, begann sie.

»Wir sprechen später drüber«, schnitt er ihr das Wort ab.

Wie geohrfeigt schnappte sie nach Luft, ihre Wangen brannten.

Der Rimowa-Koffer hinten im Wagen füllte auf einmal das gesamte Coupé.

»Ich hatte mir Frida anders vorgestellt«, sagte Annika mit trockenem Mund.

Halenius warf ihr im Rückspiegel einen Blick zu.

»Frida ist etwas Besonderes«, sagte er. »Sie hätte weder studieren noch arbeiten müssen, aber sie hat sich dafür entschieden.«

»Lila Haare«, sagte Annika.

»Sie macht ihre Sache beim Flüchtlingshochkommissariat der UN wirklich gut. Sie hat keine Angst, sich die Schuhe schmutzig zu machen.«

Soll ich jetzt La Ola machen?, dachte Annika, doch sie sagte nichts.

Frida kam mit zwei Sicherheitsbeamten zurück, die jeder einen Karton trugen. Sie öffnete Annikas Tür, und die Geldkartons (mit ihrem Geld) wurden auf den Sitz gestellt. Die Wachleute verschwanden. Zwei ihrer Kollegen, einer am Lift und einer an der Ausfahrt, beobachteten sie.

»Und wie geht es jetzt weiter?«, fragte Frida.

»Können wir denen vertrauen?«, fragte Halenius und deutete zu den beiden Wachmännern hinüber.

Frida fuhr sich nervös durch die Haare.

»Ich glaube nicht, dass es eine gute Idee wäre, das Geld jetzt umzupacken, nicht hier in einer Tiefgarage.«

»Können wir zu dir nach Hause fahren?«, fragte Halenius.

»Nach Muthaiga? Bei diesem Verkehr brauchen wir Stunden.«

Trotz der feuchten Betonkühle des Parkhauses stand ihm Schweiß auf der Stirn.

»Wir können es ja wohl kaum auf der Straße machen.«

»Sollen wir ein Zimmer im Hilton mieten?«

Halenius schaute auf die Uhr.

»In einer Viertelstunde ruft er an, dann müssen wir abfahrbereit sein.«

Annika stieg aus und ging um den Wagen herum. Sie öffnete die Kofferraumtür und zog eine Plastikplane, die Taschen, das Klebeband und zwei große Scheren heraus.

»Ein Karton pro Tasche«, sagte sie und griff nach einer Schere.

Halenius biss die Zähne zusammen und zog den ersten Karton heraus. Annika starrte das Geld an. So gebündelte Scheine hatte sie bisher nur im Film gesehen.

Da lag es, ihr Haus im Vinterviksvägen, gestapelt in Bündeln zu fünftausend Dollar.

Halenius stellte den Karton auf den Boden und packte eine der neugekauften Taschen aus. Das Preisschild hing noch dran. 3900 Shilling. Es war eine schwarze Sporttasche mit rotem Logo auf der Seite, ungefähr fünfzig Zentimeter lang und vielleicht dreißig breit und hoch.

Annika riss sich von den Geldscheinbündeln los und rollte die Plastikplane auf dem Boden aus, sie war zwei Meter breit, dick und widerspenstig und eigentlich zum Schutz vor Wasser beim Hausbau gedacht.

Sie griff nach der Schere und schnitt nach Augenmaß eine lange Bahn davon ab, während Halenius schon das Geld umpackte.

»Das ist bestimmt zu groß«, sagte er und deutete mit dem Kinn auf das Stück Plastikplane.

»Ich schneide in der Breite noch ein Stück ab«, sagte sie.

Halenius reichte ihr die Geldpakete, graugrüne Ziegelsteine mit Bauchbinde, und sie verteilte sie in Reihen auf der Plastikfolie, dicht an dicht, neun Pakete pro Reihe.

»Es sind 110 Bündel pro Tasche«, sagte Halenius.

»Ich weiß«, sagte Annika.

Sie stapelte die Päckchen übereinander, Stück für Stück, bis der Haufen 45 Zentimeter lang, zwanzig breit und knapp dreißig Zentimeter hoch war. Sie schlug die Folie darum, erst an den Längsseiten, dann riss sie mit den Zähnen ein Stück Klebeband ab und befestigte es an der Oberseite, dann schlug sie die Folie an den kurzen Seiten ein, wie sie es auch machte, wenn sie Weihnachtsgeschenke für die Kinder einpackte.

Heute war der 1. Dezember, in dreieinhalb Wochen war Weihnachten. Ob sie dann wieder zu Hause sein würde? Und Thomas?

»Kannst du mir mal mit dem Klebeband helfen?«, fragte sie.

Halenius stellte den anderen Geldkarton ab, griff nach der Rolle und wickelte das Klebeband um das ganze Paket. Der Klotz war überraschend schwer, gemeinsam wuchteten sie ihn in die Sporttasche. Er passte genau hinein.

Annika betrachtete die Tasche.

»Was sagt das kenianische Gesetz über die Einführung von Lösegeldern?«, fragte sie.

Frida und Halenius schauten zu ihr auf.

»Die Engländer, die mit dieser Wahnsinnsmenge Geld in Somalia gefasst wurden, haben zehn Jahre Gefängnis bekommen. Gelten hier dieselben Regeln?«

»Hier sind es fünfzehn Jahre«, sagte Frida. »Und es waren nicht nur Engländer. Zwei von ihnen waren Kenianer.«

»Aber kann uns das hier auch passieren?«, fragte Annika.

Frida und Halenius wechselten einen Blick, und Annika spürte, wie sich ihre Nackenhaare aufstellten.

Sie durfte nicht auch noch hier festsitzen, fünfzehn Jahre in einem kenianischen Gefängnis. Warum hatte sie nicht irgendwo aufgeschrieben, was geschehen sollte, falls sie nicht zurückkam? Was sollte denn aus den Kindern werden? Wer sollte sich um sie kümmern? Doch nicht Doris, die war viel zu bequem dafür. Und ihre Mutter hatte kein Geld. Anne Snapphane? Wohl kaum.

Mühsam hob Frida die fertig gepackte Tasche hoch und stellte sie vor dem Sitz, auf dem Annika gesessen hatte, auf den Boden. Das Logo leuchtete im Halbdunkeln.

Annika rollte eine weitere Bahn der Plastikplane aus, um sie zuzuschneiden.

Frida wandte den Blick nach oben an die Betondecke.

»Hast du hier unten Empfang?«, fragte sie.

Halenius holte sein Handy heraus und fluchte durch zusammengebissene Zähne.

»Ich muss nach oben, wo es ebenerdig ist«, sagte er und rannte zur Ausfahrt.

Frida öffnete die Fahrertür und setzte sich. Offenbar hatte sie nicht die Absicht, Geld zu verpacken.

Annika riss das neue Stück Bauplane ab und schnitt es zu, dann legte sie es auf den Boden und schichtete wieder Geldpakete um. Sie lud sich den Arm mit grünen Geldblöcken voll und kippte sie auf die Plastikfolie, eine der Banderolen löste sich, die Scheine verteilten sich über den Betonboden. Der Sicherheitsbeamte an der Ausfahrt trat nervös von einem Fuß auf den anderen. Wie viel hatte er gesehen? Mit zitternden Fingern stapelte sie die Packen genau wie vorher. Lage für Lage, neun Bündel hoch. Dann schlug sie das Paket rasch ein. Zum Schluss umwickelte sie genau wie Halenius den ganzen Block mehrfach mit Klebeband, wuchtete das Geldpaket in die zweite Tasche, zog die Seiten hoch und den Reißverschluss zu. Die Tasche war schwer, sie musste sie mit beiden Händen packen, um sie ins Auto zu hieven.

Am besten wären die Kinder wahrscheinlich bei Sophia Grenborg aufgehoben.

Aus dem Augenwinkel sah sie Halenius mit dem Mobiltelefon in der Hand die Ausfahrt herunterrennen. Seine Haare waren zerrauft und seine Augen blutunterlaufen.

»Langata-Friedhof«, sagte er. »Wir sollen das Geld am Langata-Friedhof deponieren. An der Zufahrt von der Kungu Karumba Road.«

Sie schossen aus dem Parkhaus, dass die Geldtaschen neben Annikas Füßen hin- und herrutschten.

»Und er hat sich darauf eingelassen, dass ich fahre?«, fragte Frida und drängelte sich in den nahezu stillstehenden Verkehr.

»Er hatte ja keine Wahl. Ich habe gesagt, dass wir es alleine nicht schaffen. Dass wir den Weg nicht finden.«

»Hast du ihm meinen Namen genannt?«

»Deinen Vornamen, nicht den Nachnamen.«

Frida heulte auf.

»Verdammt, Jimmy, du solltest doch meinen Namen nicht sagen! Du hast es versprochen!«

Halenius schaute aus dem Fenster, Annika sah, dass er ganz blass um den Mund geworden war.

»Der Typ ist total ausgerastet. Er hat sich geweigert, uns einen *proof of life* zu geben.«

Annika starrte Halenius' Hinterkopf an.

»Aber du hast doch gesagt, dass wir nicht bezahlen würden, wenn …«

»Ich weiß«, sagte er.

Frida murmelte etwas in einer unbekannten Sprache und

kreuzte waghalsig durch den zähen Verkehr. Sie bremste vor einem völlig verrosteten Stoppschild und bog auf die Ngong Road ab. Stromleitungen hingen wie Spinnenweben über der Straße, es gab keine weißen Linien, nur Staub und Asphalt.

Annika schloss die Augen vor den vorbeisausenden Gesichtern. Was sollte sie tun, wenn er starb? Wenn er nie wieder auftauchte? Und was sollte sie tun, wenn er überlebte? Wenn er verstümmelt und traumatisiert wiederkam?

Sie hatten kein Geld mehr, um eine neue Wohnung zu kaufen, und er fand ihre gemietete Dreizimmerwohnung grässlich. Würde er wieder arbeiten können? Gab es Prothesen, die wie richtige Hände funktionierten? Wie würde es sich anfühlen, mit ihm zu schlafen?

Sie holte tief Luft.

»Wo soll ich das Geld hinbringen?«, fragte sie.

»Wir bekommen die letzten Instruktionen, wenn wir vor Ort sind«, sagte Halenius gepresst.

Es begann wieder zu regnen. Frida schaltete die Scheibenwischer ein. Der eine quietschte. Die Langata Road ringelte sich wie ein ausgefranster Bindfaden die Hügel hinauf und an den Bergen entlang.

Bushaltestellen aus Wellblech, stacheldrahtgespickte Betonmauern. Bäume, deren Stämme sich schon an der Wurzel teilten und wie Dächer in den Himmel wuchsen. Es roch nach Abgasen und Braunkohle.

Frida bog nach rechts ab, das Auto bekam Schlagseite und schaukelte. Sie bremste.

»Sind wir da?«, fragte Halenius. Annika folgte seinem Blick zu einem rostigen Schild:

City Council of Nairobi
Area Council Ward Manager
Mugumoini Ward
Welcome.

Der Regen fiel lautlos auf die Windschutzscheibe. Frida schob sich die Sonnenbrille in die Haare und schaltete den Motor aus.

Sie parkten neben einem Maschendrahtzaun, der obendrauf mit einer Reihe Stacheldraht abschloss. In der Nähe standen noch weitere Autos, undefinierbare Fahrzeuge in unterschiedlichen Stadien des Verfalls, aber auch ein großer, schwarzglänzender Mercedes.

Die Stille im Wagen war undurchdringlich.

»Und was jetzt?«, fragte Annika.

»Wir warten«, sagte Halenius.

»Weiß er, dass wir hier sind?«, fragte sie.

»Garantiert«, antwortete Halenius.

Annika sah sich schnell um, als säße der vom Entführer geschickte Kontrolleur direkt hinter ihr. Zwei Männer gingen hinter dem Auto vorüber, dann kam eine Frau mit einem Kind, ein Junge auf einem Fahrrad. Wer war es? Wer war es? Wer war es? Der Sauerstoff im Wagen ging zur Neige, instinktiv fasste sie sich an den Hals.

»Kann ich aussteigen?«

»Nein.«

Mit der Hand am Türgriff blieb sie sitzen.

Sekunden verstrichen. Minuten. Keiner sagte ein Wort.

Bald würde sie mit einer Tasche in jeder Hand aussteigen, falls sie überhaupt in der Lage war, sie hochzuheben. Jede Tasche wog beinahe dreißig Kilo. Bald würde sie, alles Unglück fürchtend, durchs Tal der Todesschatten wandern.

»Wie lange warten wir jetzt schon?«, fragte Frida.

Halenius schaute auf die Uhr.

»Bald eine Viertelstunde.«

Sie bekam keine Luft mehr.

»Ich muss raus«, sagte sie.

»Annika, du musst …«

Sie riss die Tür auf und stieg in den Matsch hinaus.

»Ich gehe nicht weit.«

Das Friedhofstor war aus Maschendraht und wurde von einem Seil zusammengehalten.

Sie ging um ein paar Pfützen herum, duckte sich unter dem

Seil hindurch und betrat den Friedhof. Sofort wurde es stiller. Der Lärm der Langata Road verschwand. Ein Flugzeug flog in geringer Höhe über sie hinweg. Sie folgte ihm mit dem Blick.

Man konnte Tote mit dem Flugzeug nach Hause überführen, das wusste sie. Regelte man das übers Reisebüro, oder war es ein Warentransport? Vielleicht wussten sie bei der Botschaft Bescheid oder bei einem Bestattungsinstitut.

Der Regen ließ nach.

Wo sollte sie das Geld deponieren? Hinter einem Holzkreuz? In einem offenen Grab?

Links, hinter einem Haufen Stacheldraht, war ein frisches Gräberfeld mit noch brauner Erde und weißen Kreuzen. Weiter hinten gab es auch Gräber, aber die Erde war bereits grasüberwachsen, ein paar Kreuze waren umgefallen.

Kein Platz hier bot sich wirklich an, um zwei schwarze Sporttaschen mit rotem Logo abzustellen. Sie waren viel zu auffällig, die Leute würden sich wundern und nachschauen. Suchend ließ sie den Blick über den Friedhof wandern.

Rechts ein offizielles Gebäude, ein kleines graues Betonhaus mit rostigem Blechdach und schmiedeeisernen Gittern vor den Fenstern. Über der Tür stand *Mugumoini Ward*.

Das Haus wirkte irgendwie vertraut. Die Tür war in der Mitte der Längsseite und symmetrisch auf beiden Seiten davon jeweils ein Fenster. Aus dem Blechdach ragten zwei Kaminabzüge. Lyckebo, dachte sie. Großmamas Haus am Hosjön. Ein klassisches schwedisches Doppelhaus.

Die Tür ging auf, und drei Frauen kamen heraus. Sie starrten Annika an. Sie mussten diesem Inbegriff der schwedischen Bautradition entstiegen sein, aber sie erkannten sie nicht, sie sahen nur eine Person, die nicht hierher gehörte und viel zu skeptisch schaute.

Sie wandte den Blick ab.

Auf dem grünen Teil des Friedhofs fand eine Beerdigung statt. Eine Gruppe hatte sich um ein Grab versammelt, das sie nicht sehen konnte. Aus einem scheppernden Lautsprecher drang eine andächtige Männerstimme.

Annika stand ganz still und lauschte. Die Stimme des Mannes hob und senkte sich. Einige der Beerdigungsgäste hielten große Regenschirme in der Hand.

Über die Schulter warf sie einen Blick zum Tor, sah Fridas und Halenius' Silhouetten im Auto. Sie saßen still nebeneinander, schienen zu schweigen.

Weiter oben auf dem Friedhof befanden sich ein paar größere Gräber, kleine Mausoleen aus Blech oder Backstein. Dort könnte man vielleicht zwei Sporttaschen verstecken.

Sie ging hinüber zum ersten Grabhäuschen. Das Dach war mit roten Ziegeln gedeckt, die Wände bestanden aus durchbrochenem, türkis angemaltem Schmiedeeisen und die Grabplatte aus weißen Kacheln.

Blessed are the pure in heart for they shall see God.

Der Mann war 1933 geboren und 2005 gestorben. Auf dem Grabstein klebte ein verblichenes Foto von ihm, und der Mann schien zu lächeln, fand Annika. Rote Erde war hereingeweht und hatte sich auf die weißen Kacheln gelegt. Er war 72 Jahre alt geworden. Er musste geliebt worden und wohlhabend gewesen sein. Als sie sich umwandte, um weiterzugehen, trat sie auf eine leere Plastikflasche, die im Gras verborgen lag und halb von Erde bedeckt war. Sie gab ein Knirschen von sich, als Annika den rechten Fuß hob. In der Nähe des Grabes erkannte sie Spuren eines größeren Feuers, verkohlte Äste und Müllreste, lila Plastik und karierten Stoff, ein kaputter Autoreifen. Vielleicht hatte die Flasche unter ihrem Fuß einen Weg gesucht, um gemeinsam mit dem reinherzigen Mann begraben zu werden.

Halenius hatte sich nicht gerührt.

Eigentlich mochte sie Friedhöfe. Sie sollte häufiger ihre Großmutter besuchen gehen.

Annika kniete zwischen zwei Gräbern nieder. Charles war im Alter von zwölf Jahren gestorben. Auf Lucys Grab hing auch ein Foto am Kreuz, aber es war so ausgeblichen, dass nur noch der Umriss ihrer Haare erkennbar war. Gesichtslose Lucy – das Unkraut auf ihrem Grab stand hoch.

Sie schaute in den Wind. Ob Charles und Lucy geboren worden wären, wenn sie die Wahl gehabt hätten? Sie hätte sie gern gefragt, denn sie hatten die ganze Reise bereits hinter sich und waren zurückgekehrt, sie wussten die Antwort.

Großmutter hätte sich auf jeden Fall dafür entschieden. Sie hatte gerne gelebt. Sie freute sich an den vielen kleinen Dingen, am Pilzesuchen und am Kerzenlicht und am Freitagabendprogramm im Fernsehen.

Und sie?

Annika holte Luft, Bilder wirbelten durch ihren Kopf, wie Großmutter sie aus dem See fischte, als sie als Siebenjährige auf dem Hosjön im Eis eingebrochen war (sie hatte doch nur ausprobieren wollen, ob es hielt). Wie Großmutter die Leiter holte, als sie in der Lärche bis ganz nach oben geklettert war und sich nicht wieder heruntertraute. Wie Großmutter sie dazu ermunterte, sich an der Journalistenhochschule zu bewerben, obwohl noch keiner aus ihrer Familie die Universität besucht hatte: »Woher willst du wissen, ob du es schaffst, wenn du es nicht versuchst?«

Annika schluckte. Was hätte sie geantwortet, wenn sie an der Pforte zum Erdenleben gefragt worden wäre, ob sie es versuchen wolle? »Nein, es kommt mir ein bisschen zu anstrengend vor, ich lasse es lieber.« Hätte sie zum ersten und einzigen Mal etwas Unbekanntes und möglicherweise Beschwerliches aus reiner Bequemlichkeit abgelehnt?

Sie legte den Kopf in den Nacken und schaute hinauf in die Regenwolken.

Also hatte sie die Wahl gehabt.

Sie hatte sich entschlossen herzukommen. Vielleicht war das entscheidend. Vielleicht kam man gar nicht her, wenn man sich nicht freiwillig meldete. Charles und Lucy hatten sich auch dafür entschieden.

Sie blinzelte in Richtung der Langata Road, und ihr Blick blieb an einem Grab hängen, das noch ganz braun war. Eine geliebte Partnerin, Mutter und Großmutter.

Sunrise: 1960. Sunset: 2011.

May the Lord rest her in peace.

Sonnenaufgang. Sonnenuntergang. Wie wunderschön.

Ihr Foto war noch ganz deutlich. Sie hatte lockiges Haar und trug einen großen weißen Hut.

»Annika!«

Sie erstarrte und schaute hinüber zum Tor. Halenius war aus dem Wagen gestiegen und schwenkte den Arm.

Die Trauergemeinde war noch da, aber die scheppernde Lautsprecherstimme war verstummt.

Wieder flog in geringer Höhe ein Flugzeug über sie hinweg.

Sie rannte zum Tor.

»Wo?«, sagte sie atemlos.

»Nicht hier«, sagte Halenius. Seine Augen waren rot. »Wir müssen weiter.«

Ihr Atem ging stoßweise, das Adrenalin pulsierte.

»Was ist passiert?«

»Neuer Befehl per SMS. Wir sollen an Lifespring Chapel vorbeifahren und das Geld auf dem Plateau oberhalb von Kibera abliefern. Spring rein!«

Die Stimmung im Wagen war wie elektrisch aufgeladen. Frida biss sich auf die Unterlippe, ihre Lider zuckten hinter den Gläsern der Sonnenbrille. Sie redete von Orten und möglichen Wegen, während sie hin- und herschaltete, um zu wenden.

»Es gibt ein Lifespring Chapel in der Nähe vom Flughafen, aber das ist auf der anderen Seite der Stadt. Vielleicht meinen sie den Wendeplatz oberhalb von Mashimoni hinter der Ngong Forest Road, gleich unten am Fluss …«

Annika drehte sich um und schaute durch die Heckscheibe zurück zum Friedhof. Dort, wo sie geparkt hatten, war die Vegetation über den Zaun geklettert, hatte den Rost und die Stacheln mit grünen Blättern umwickelt, aber durch das Blattwerk konnte sie noch sehen, wie die Trauergäste ihre Schirme zusammenklappten und zum hinteren Ausgang gingen.

Warum hatten sie einen neuen Befehl bekommen? Hatten sie etwas falsch gemacht? War unter den Trauergästen ein Kontrolleur der Entführer gewesen? Frida schaltete, und das Auto machte einen Satz nach vorn. Die Leute auf dem Friedhof verschwanden hinter dem Laub.

Der Wagen bog in eine kleinere Straße ein, der Asphalt endete. Frida fuhr ein wenig langsamer, und schon bald rumpelten sie mit fünf Stundenkilometern voran, Seite an Seite mit Eselskarren und Männern mit überladenen Fahrrädern.

Annika setzte sich in die Mitte, so weit von den Türen entfernt wie möglich.

Die Häuser drängten sich immer dichter an den Wagen heran, rissiger Lehm und Blech, plattgetrampelter Schrott am Rand der Schotterstraße und eine Ziege, die auf einem Müllberg weidete.

Auf dem Boden vor ihren Füßen lagen 1,1 Millionen Dollar, konnte man das von außen sehen? Was würde passieren, wenn die Leute draußen vor dem Fenster es wüssten? Wo sollten sie hier Geld verstecken?

Ein Wachsdeckenverkäufer glitt vorbei, Frauen mit Kindern auf dem Rücken. Viele Augen folgten ihnen an dem ausgefahrenen Weg. Dann erschütterte ein dumpfer Knall den Wagen, Annika schrak auf und klammerte sich am Sitz fest, Frida bremste.

»Was ist los?«, fragte Annika. »Was war das?«

Frida zog die Handbremse an, setzte die Sonnenbrille ab und sah mit großen Augen zu Halenius hinüber.

»Mach alles genau so, als wären wir nicht da«, sagte er leise.

Frida holte ein paar Mal hastig Luft und öffnete die Tür, stieg aus dem Wagen und schrie *wavulana, watoto, si ingawa miamba*.

Im Staub kamen Gesichter zum Vorschein, instinktiv beugte sich Annika zu Halenius vor.

»Was sagt sie?«

»Sie sagt, dass sie keine Steine auf unser Auto werfen sollen.«

Frida stieg wieder ein, löste die Handbremse und legte den ersten Gang ein. Schweiß stand auf ihrer Oberlippe. Annika überprüfte, ob die hinteren Türen verschlossen waren.

Auf der linken Seite öffnete sich ein Tal, ihr Blick folgte dem Grün, und sie sah, wie es am Horizont in Braun überging. Eine Felsenlandschaft? Ein Krater? Eine unendliche Fläche aus Lehm?

Sie schnappte nach Luft. Das war Kibera. Eine der am dichtesten besiedelten Gegenden der Erde, einer der größten Slums des Kontinents, Hütten aus Wellblech und Lehm, so weit das Auge reichte, Abwassergräben und Müll und Matsch, ein Teppich aus Brauntönen, der von hier bis in die Ewigkeit reichte. Sie versuchte etwas zu sagen, aber ihr fehlten die Worte.

»Da unten liegt Mashimoni«, sagte Frida und fuhr auf einen Wendeplatz, der fünfzehn oder zwanzig Meter über einem ausgetrockneten Flussbett zu schweben schien. Sie hielt an, schaltete den Motor aus und zog wieder die Handbremse an.

Eine Minute lang herrschte Schweigen im Wagen.

»Stand da, wo ich das Geld hinbringen soll?«

Halenius schüttelte den Kopf.

Dieselbe Landschaft soweit das Auge reichte. Vollgehängte Wäscheleinen. Rauch, der zwischen den Dächern aufstieg. Überall waren Menschen. Auf der anderen Seite des Tals zeigten Mobilfunkmasten hinauf zu den Wolken.

»Ich muss doch wohl nicht da runter?«, fragte sie und blickte auf das Wirrwarr aus Blechhütten.

»Ich weiß es nicht«, antwortete Halenius.

Die Minuten vergingen.

Annika nahm die Videokamera und filmte durchs Fenster. Menschen auf dem Weg zu ihren Behausungen kamen an dem Wagen vorbei.

»Kann ich mein Fenster runterlassen?«

»Ich glaube, wir können ruhig aussteigen«, sagte Halenius und verließ das Auto.

Annika und Frida folgten.

Sie standen dort wie auf dem Plateau im »König der Löwen«, wie auf einer Klippe über der Savanne. Stimmen drangen als schwaches Rauschen zu ihnen herauf.

»Hier wohnen nicht so viele Leute, wie man immer angenommen hat«, sagte Halenius. »Früher hieß es, dass hier zwei Millionen leben, inzwischen geht man eher von ein paar Hunderttausend aus.«

Sie hatte darüber gelesen und Berichte im Fernsehen gesehen, es gab auch einen Film, »Der ewige Gärtner«, der hier spielte, aber sie hatte sich nie das Ausmaß klargemacht.

Halenius' Handy piepste.

Mit müden Augen sah er darauf, Annika hielt den Atem an.

Es war egal, wo, wenn es nur bald überstanden war. Sie konnte die Taschen durch das Flussbett in das Durcheinander aus Hütten tragen, vorbei an Frauen in bunten Kleidern und Jungen in grauen Schuluniformen, sie konnte sie in einen Müllcontainer werfen oder in einem Gemüseladen abgeben, sie war zu allem bereit.

»Das Lösegeld soll am Eingang des Langata-Frauengefängnisses übergeben werden.«

Annika blinzelte, sie verstand nicht recht.

»Beim Frauengefängnis«, sagte Frida. »Das ist in der Nähe vom Friedhof.«

»Dann müssen wir also denselben Weg zurück?«, fragte Halenius.

Frida sprang wieder ins Auto und ließ den Motor an. Annika und Halenius stiegen schnell ein. Annika schaffte es gerade noch rechtzeitig, die Tür zuzumachen, ehe Frida zurücksetzte und in ein Loch fuhr. Annika stieß sich den Kopf am Autodach.

»*Sorry*«, sagte Frida mit einem kurzen Blick zur Rückbank.

Sie mag mich nicht, schoss es Annika durch den Kopf. Sie will mich nicht hier haben. Sie will mit Halenius allein sein. Ob das stimmte? Hatte sie sich deshalb zu dieser Wahnsinnsaktion bereit erklärt? Falls ja, wie lange hegte sie dann schon diese Gefühle? Schon seit sie damals mit Angela Sisulu das Zimmer teilte? Hatte sie nachts wach im Nachbarbett gelegen und gelauscht?

Und jetzt? Wie war es jetzt? Wusste sie Bescheid? Hatte Frida sie durchschaut?

Annika blickte aus dem Fenster. Sie fuhren über staubige Pisten mit Läden von der Größe eines Kleiderschranks. Eine Glasbläserei, eine Moschee, eine Metzgerei. Das Auto schaukelte und hoppelte, Annika versuchte sich festzuhalten und in den schlimmsten Schlaglöchern den Kopf mit den Händen zu schützen.

An einem Schotterplatz am Ende der Straße fuhr Frida langsamer. Dort stand eine Art Carport mit einem Eisengittertor, das in den kenianischen Landesfarben grün, schwarz, rot und gelb gestrichen war. Darüber ein Schild: *Langata Women's Maximum Security Prison.*

Die Sonne wollte noch nicht so recht hervorkommen. Es war sehr still.

Annika blickte sich schnell um. Sollte sie hier wirklich das Geld lassen? Oder war es nur ein weiteres Ablenkungsmanöver? Sie kurbelte das Fenster herunter und schaute über den Rand der Scheibe.

Der Komplex sah nicht abschreckend aus, nur trist.

Rechts Stacheldraht, links ein Wohngebiet mit neuen vierstöckigen Häusern.

Frida deutete auf den Besuchereingang.

»Eine Freundin von mir sitzt hier ein«, sagte sie. »Sie hatte eine gute Stelle als Stewardess und einen schlechten Nebenjob als Heroinkurier. Sie haben sie mit eineinhalb Kilo erwischt. Zehn von vierzehn Jahren hat sie schon abgesessen.«

Halenius starrte auf sein Handy.

»Glaubst du, hier ist es?«, fragte Annika.

Er raufte sich die Haare.

Frida stieg aus und ging zum Wachhäuschen, um jemanden zu begrüßen.

»Bleibst du sitzen?«, fragte Halenius.

Annika nickte.

Er verließ den Wagen und schloss die Tür. Eine junge Frau mit zwei kleinen Kindern saß neben einer Blechhütte mit drei Wänden. Ein handgemaltes Schild mit der Aufschrift *Visitor's Waiting Lodge* deutete darauf hin, dass sie eine Besucherin war. Annika hob die Kamera und filmte. Sowohl die Frau als auch die Kinder trugen bunte Kleider, wie schafften sie es, so frisch gebügelt auszusehen? Eine Frau in roten Jeans und schneeweißem Pullover überquerte den Schotter und ging durch den Eingang.

Sie zog einen großen Koffer hinter sich her. Ob sie einsitzen musste? Was hatte sie getan? Annika folgte ihr mit dem Objektiv.

Eine Windbö wehte ins Auto, die Luft roch nach Gummi und saurer Milch. Sie ließ die Kamera sinken und schloss die Augen vor dem Wind. Irgendwo sprach ein Mann in einen Lautsprecher, sie verstand weder die Worte, noch erkannte sie die Sprache. Ein Wagen fuhr vorüber. Die Sonne kam heraus und traf ihre Augenlider, ihr Sichtfeld wurde warm und rot.

Thomas hatte in diesem Hotel gewohnt. Er hatte im *Traveller's Restaurant* gefrühstückt und an der Bar daneben mit der Engländerin geflirtet, darauf ging sie jede Wette ein. Er hatte mit dem Bus eine Stadtrundfahrt durch Nairobi gemacht, davon hatte er erzählt, als er am zweiten Konferenzabend zu Hause anrief. Aber sie bezweifelte, dass er Kibera oder das *Langata Women's Maximum Security Prison* zu Gesicht bekommen hatte. Thomas lebte in einer Welt, in der Rotweinflecken auf der Krawatte eine Katastrophe waren. In Frauen mit roten Jeans und weißen Pullovern sah er Kostenfaktoren und Integrationsprobleme. In Amerika hatte Annika aufgrund von Rasse und Klasse Ungerechtigkeit und Ausgrenzung gesehen, Thomas hingegen sah dort Freiheit und wirtschaftliche Chancen. Sie wusste sehr wohl, dass keiner von ihnen recht hatte, oder vielleicht alle beide. Aber für Thomas gab es keinen Zweifel. Wer stark und frei war, übernahm Verantwortung und kam immer irgendwie durch. Würde sein Weltbild noch dasselbe sein, wenn er zurückkam?

Sie öffnete die Augen. Mehrere Leute hatten sich im Gras rund um das Auto niedergelassen. Sie hob die Kamera und dokumentierte, wie sie in der Sonne warteten, mitgebrachte Sandwiches aßen und Kinder im Arm wiegten. Ein Mann und eine Frau hatten sich ein Stück entfernt auf einem Baumstumpf niedergelassen. Sie trug einen violetten Turban, er hielt ein Mobiltelefon in der Hand. Annika zoomte den Mann heran. War er einer von ihnen? Schickte er gerade Halenius eine SMS mit der genauen Angabe, wo sie das Geld hinterlegen sollte?

Die Stimme im Lautsprecher begann zu singen.

Frida riss die Schiebetür auf.

»Legen Sie die Kamera weg!«, fauchte sie. »Das hier ist eine staatliche Einrichtung. Die nehmen uns fest, wenn Sie filmen.«

Halenius öffnete die Beifahrertür und hielt sein Handy in die Höhe. Sein Mund war schmal wie ein Strich.

»Fehlanzeige«, sagte er. »Sie schicken uns nach Eastleigh.«

Ihre Augen tränten vom Luftzug, Frida schlug die Tür zu, Annika fuhr das Fenster hoch und blinzelte. Am liebsten hätte sie geweint.

»Diesmal stimmt es sicher«, sagte Halenius. »Eastleigh wird auch Little Mogadischu genannt. Dort sind die Somalier.«

Frida startete den Wagen.

Die Frau mit dem violetten Turban war verschwunden.

Der Mann mit dem Handy saß noch da. Er sah ihnen nicht nach, als sie davonfuhren.

*

»Drei Millionen? *Drei Millionen?*«

Die Wangen des Vorstandsvorsitzenden Herman Wennergren waren knallrot vor Aufregung.

»Bei der Entscheidung ging es nicht nur um Auflagenhöhe«, sagte Anders Schyman. »Es ging darum, ein Menschenleben zu retten, humanitäre Verantwortung zu übernehmen.«

»Aber drei Millionen? Vom Gewinn der Zeitung? Für diese labile Person?«

Herman Wennergren war (ganz zu Recht) kein begeisterter Anhänger von Annika Bengtzon, aber so weit, sie als labil zu bezeichnen, wäre Schyman dann doch nicht gegangen.

Und insgeheim war er froh, dass der Vorstandsvorsitzende nicht das schlagkräftigste Argument bemühte, nämlich, dass das *Abendblatt* den internationalen Terrorismus finanzierte.

»Sie ist in diesem Augenblick in Nairobi, um das Lösegeld zu übergeben«, sagte Schyman. »Das im Übrigen bedeutend höher als drei Millionen Kronen ist. Den größten Teil der Summe hat sie selbst aufgebracht. Und ich glaube, dass es für die Zeitung eine lohnende Investition sein kann.«

Herman Wennergren murmelte etwas Unverständliches. Wie immer sah er sich mit einem gequälten Gesichtsausdruck in Schymans Aquarium um.

»Haben Sie wieder umgebaut?«, fragte er, setzte sich auf dem Besucherstuhl zurecht und befingerte die Aktentasche neben dem Stuhlbein und den Mantel, der über der Lehne hing.

Schon seit etlichen Jahren war für Renovierungen und Umbau der Redaktion kein Budget vorhanden, das wusste der Vorstandsvorsitzende sehr genau.

»Wieso?«, fragte Anders Schyman und lehnte sich auf seinem neuen Bürostuhl zurück.

»Ich finde, Ihr Büro wirkt irgendwie ein bisschen … kleiner.«

»Es war schon immer so klein«, sagte Schyman.

Dieser Mann hat ernsthaft ein Problem mit der Wahrnehmung, dachte er. Er benimmt sich wie jemand, der an einen Ort seiner Kindheit zurückkehrt und meint, alles sei geschrumpft. Die Vorstellung, die dieser Typ von den Unternehmen hatte, die er leitete (insgesamt vier, außerdem war er in diversen Vorständen), war hingegen immer gleich, nämlich viel grandioser als die tatsächliche Größe der Firmen. In Wennergrens Welt waren alle Ausgaben von Übel. Einmal, nach einem Dinner des Vorstands, bei dem große Mengen edler Weine geflossen waren, hatte er gesagt, dass das *Abendblatt* ein wohlhabendes kleines Unternehmen sein könnte, »wenn es nur diese Redaktion nicht gäbe«.

Der Vorstandsvorsitzende räusperte sich.

»Ihre Kündigung kam nicht wirklich überraschend«, sagte er. »Wir haben gemerkt, dass Sie schon seit einer Weile auf dem Sprung sind.«

Anders Schyman betrachtete den Vorstandsvorsitzenden und bemühte sich um einen möglichst neutralen Gesichtsausdruck. Diese Behauptung verwunderte ihn in höchstem Maße. Der Vorstand konnte nicht den geringsten Wind davon bekommen haben, dass er die Zeitung verlassen wollte, denn er hatte nie auch nur ein Wort darüber verloren. Im Gegenteil, bei den Vorstandssitzungen war gemunkelt worden, dass ihm im Imperium der Eigentümerfamilie erweiterte Befugnisse eingeräumt werden sollten. Anstandshalber hatte er diese Andeutungen demütig entgegengenommen und so getan, als schmeichelten sie ihm.

»Das ist gut zu hören«, sagte Schyman. »Dann wird es einfacher, einen Nachfolger zu finden.«

Wennergren hob die Augenbrauen.

»Wenn Sie schon eine Liste vorbereitet haben, meine ich«, sagte Schyman und betastete das Pflaster an seinem Hinterkopf.

»Wir dachten, Sie könnten uns dabei behilflich sein«, sagte der Vorstandsvorsitzende. »Der letzte Auftrag, bevor Sie das Feld räumen.«

Anders Schyman faltete die Hände auf der Schreibtischplatte, sehr darauf bedacht, dass sie nicht zitterten. Das hatte er nicht erwartet. Nicht diese völlige Verleugnung all dessen, was er über die Jahre geleistet hatte, da war ja nicht einmal der Ansatz eines Versuchs, ihn zum Bleiben zu überreden. Er wusste nicht, was er sagen sollte.

Herman Wennergren fuhr sich über die Glatze.

»Solche Dinge können Sie doch gut«, fuhr er leicht bemüht fort. »Ihre Position hier bei der Zeitung bietet Ihnen ein breites Kontaktnetz und einen tiefen Einblick in die Branche.«

Sieh an, dachte Schyman. Und ich dachte, es wären meine Person und meine Arbeit, die meine Stellung ausmachen.

»Welche Kriterien sollte ich bei der Suche nach einem Nachfolger berücksichtigen?«, fragte er milde.

Der Vorstandsvorsitzende machte eine ausholende Geste.

»Das wissen Sie selbst wohl am besten.«

Der scheidende (gefeuerte?) Chefredakteur lehnte sich auf seinem Stuhl zurück und stellte fest, dass die Lehne sehr intakt und völlig unversehrt knarzte.

»Geben Sie mir ein paar Anhaltspunkte«, sagte er.

Wennergren wand sich unbehaglich auf seinem Stuhl.

»Er soll natürlich glaubwürdig sein. Repräsentativ. Muss in der Lage sein, die Zeitung in Fernsehdebatten zu vertreten. Kostenbewusst. Innovativ und loyal, das ist ja selbstverständlich. Er muss neue Kooperationspartner für Vertrieb und Verkauf finden und gut verhandeln können, muss eine gute Nase haben und neue Nebenprojekte pushen …«

Es hieß nicht pushen, das war ein Anglizismus. Aber bald würde sicher auch das anerkannt werden, wenn es nicht schon längst im Wörterbuch stand. Und dass sein Nachfolger ein Mann sein würde, schien eine Selbstverständlichkeit zu sein.

Sie haben mich nicht verdient, dachte Schyman.

»Und journalistisch?«, fragte er. »Welche Art publizistischer Leitfigur soll ich suchen?«

Der Vorstandsvorsitzende beugte sich über den Schreibtisch.

»Jemanden wie Sie«, sagte er. »Einen, der den ganzen Sermon über Demokratie und Pressefreiheit ablassen kann und im Prinzip trotzdem alles publiziert …«

Er hielt inne – vielleicht weil ihm bewusst wurde, dass er zu weit gegangen war.

Schyman legte die Hände in den Schoß, da er nicht mehr in der Lage war, sie noch länger ruhig zu halten. Er fragte sich, ob dieser Kerl ihn absichtlich provozierte oder ob er es tatsächlich normal und selbstverständlich fand, ihn derart zu erniedrigen. Kein Wort über seine Erfolge, sein aufopferndes Engagement für die Zeitung, seine unstrittige Kompetenz, ein Schlachtschiff von der Größe des *Abendblatts* zu manövrieren.

Schon als er vor vierzehn Jahren den Posten des Chefredakteurs antrat, hatte Wennergren als Handlanger der Eigentümerfamilie im Vorstand der Zeitung gesessen, jener Publikation, die der Familie das meiste Geld einbrachte und doch am wenigsten respektiert wurde. Das *Abendblatt* war ein ungeliebtes Stiefkind, aber es machte alle satt.

Offenbar war aber der Vorstand der Meinung, er sei ein Kasper, der große Reden von Verantwortung und Pressefreiheit schwang und gleichzeitig Scheiße drucken ließ, und als letzten Schlag ins Gesicht trug man ihm jetzt noch auf, für seinen Nachfolger zu sorgen. Dann brauchte sich der Vorstand nicht selbst darum zu kümmern und konnte später die Lorbeeren ernten.

»Ich würde vorschlagen, dass wir intern suchen«, sagte Schyman. »Es gibt nicht viele Außenstehende, die Tabloid-Sachverstand mit einer glaubwürdigen Haltung kombinieren und nach außen hin vertreten können.«

»Wir hätten aber lieber jemand Firmenfremden«, sagte Wennergren.

»Vom Fernsehen? So wie mich?«

»Vielleicht noch lieber vom *Konkurrenten*.«

Logisch. Den besten Spieler der Gegenmannschaft einkaufen – der klassische Abwerbeversuch im Sport.

Er betrachtete das blutunterlaufene Gesicht des Vorstandsvorsitzenden. Ein dumpfer und destruktiver Gedanke nahm in seinem Gehirn Gestalt an.

»Wir haben hier in der Redaktion ein paar gute Kandidaten, die dem Vorstand vielleicht gar nicht so präsent sind«, sagte er.

»Meinen Sie Sjölander?«, fragte Herman Wennergren. »Der macht sich im Fernsehen nicht besonders gut.«

Schyman schaute hinaus zum Desk. Er konnte nur noch gewinnen.

»Wir haben einen neuen Chef am Desk, der großes Potential zeigt«, sagte Schyman. »Er ist so loyal wie kaum ein anderer, verfügt über eine große Kreativität im publizistischen Denken und glaubt von ganzem Herzen an den Boulevardjournalismus. Er heißt Patrik Nilsson.«

Herman Wennergrens Gesicht hellte sich auf.

»Der die Artikel über den Serientäter geschrieben hat?«

Schyman hob die Augenbrauen. Wennergren las die Zeitung also doch. Und ausführlich obendrein, Patriks Name hatte nur unter einem einzigen Artikel gestanden.

»Gustaf Holmerud«, bestätigte Schyman. »Gerade eben ist die Haftbegründung reingekommen, und die ist bombastisch. Holmerud hat bisher fünf Morde gestanden und soll jetzt noch zu sämtlichen ungeklärten Mordfällen der letzten fünfundzwanzig Jahre in Skandinavien vernommen werden.«

»Ich muss schon sagen«, meinte der Vorstandsvorsitzende.

Schyman machte eine Kopfbewegung zum Desk.

»Die Zusammenhänge zwischen den Morden sind Patrik aufgefallen. Er hat die Polizei auf die richtige Spur gebracht.«

332

»Patrik Nilsson«, sagte Herman Wennergren, als wolle er den Namen ausprobieren. »Das ist eine richtig gute Idee. Ich werde sie der Eigentümerfamilie vortragen.«

Er schob den Besucherstuhl zurück und erhob sich.

»Wann wollten Sie aufhören?«, fragte er.

Anders Schyman blieb sitzen.

»Wenn die TS-Zahlen zeigen, dass wir den *Konkurrenten* überholt haben.«

»Dann geben wir eine anständige Abschiedsfeier hier in der Redaktion, mit Vorstand und Eigentümern«, sagte Wennergren. »Und ich hoffe inständig, dass die drei Millionen wirklich gut investiert sind. Ist der Mann inzwischen freigekommen?«

»Soweit ich weiß, nicht.«

Wennergren grummelte etwas und schob die Glastür auf, trat vorsichtig hinaus in die Redaktion und ging, ohne die Tür hinter sich zu schließen. Der Chefredakteur sah ihm nach, wie er auf den Ausgang zustrebte, den Mantel in der einen, die Aktentasche in der anderen Hand.

Für ein Boulevardblatt gab es nichts Sensibleres als seine Glaubwürdigkeit, das war sein journalistisches Kapital. Mit Patrik Nilsson als Chefredakteur würde kein Monat vergehen, möglicherweise auch nur zwei Wochen, bis die Katastrophe perfekt war. Herman Wennergren, der ihn eingestellt hatte, würde gezwungen sein, seinen Posten aufzugeben, und die Zeitung würde für Jahre in Schieflage geraten. Aber vorher musste er, solange er noch Chefredakteur war, den *Konkurrenten* überholen. Er würde Skandinaviens größte Tageszeitung mit außerordentlich gepflegten Finanzen und einem angemessenen journalistischen Renommee hinterlassen.

Er griff zum Telefon und wählte Annika Bengtzons private Handynummer.

＊

Sie standen zwischen einem Eselskarren und einem Bentley im Stau, als ihr Telefon klingelte.

»Wie geht's?«, fragte Anders Schyman.

»Voran, glaube ich«, sagte Annika. »Allerdings nicht im Verkehr.«

Sie hatte Durst und musste dringend aufs Klo.

»Habt ihr das Lösegeld schon übergeben?«

»Noch nicht.«

»Wie sieht es aus?«

Keine Bürgersteige, rotbraune Erde, geflickte Teerstraßen so hubbelig wie ein Waschbrett. Müllhaufen im Straßengraben, verwittertes Plastik und zerborstenes Glas, Pappe und Kartons. Zwischen den Bäumen Stromleitungen, die wie Lianen herunterhingen. Aber Schyman meinte vermutlich nicht die Aussicht.

»Wir sind schon ein paar Mal in die Irre geführt worden«, sagte sie. »Jetzt sind wir unterwegs zum vierten Treffpunkt, wir glauben, dass es diesmal der richtige Übergabeort sein könnte.«

»Ich hatte gerade Besuch von Wennergren. Er macht sich Sorgen um die Investition der Zeitung.«

Annika kniff die Augen zusammen.

»Was soll ich dazu sagen, verdammt noch mal?«

»Ich muss dem Vorstand Bericht erstatten, erzählen, wie die Lage ist.«

»Wenn Thomas frei ist, kann dieser Heini gerne mal mit dem Entführer telefonieren und fragen, ob er ein bisschen Rabatt bekommt.«

In der Leitung wurde es still.

»War sonst noch was?«, fragte Annika.

Sie meinte von Schymans Seite ein Seufzen zu hören.

»Nein«, sagte er, »nein, überhaupt nichts. Ich wollte nur hören, wie es geht.«

»Voran«, wiederholte sie.

Halenius drehte sich zu ihr um. »Schyman«, bildete sie lautlos mit den Lippen.

»Haben Sie gehört, dass der Serienmörder geständig ist?«, fragte der Chefredakteur in ihr Ohr.

Ein Mann auf einem Fahrrad fuhr an ihrem Fenster vorbei. Er hatte einen Käfig mit mindestens zehn Hühnern auf dem Lenker.

»Wer …?«

»Gustaf Holmerud. Er hat alle fünf Vorstadtmorde gestanden. Patrik sagt, Sie hätten ihn darauf gebracht. Herzlichen Glückwunsch, Sie hatten recht.«

Sie presste die Hand gegen die Stirn, die Frauenmorde waren zu Vorstadtmorden und damit stubenrein geworden.

»Schyman«, sagte sie. »All diese Frauen sind von ihren Männern ermordet worden, das wissen Sie doch selbst.«

Es knackte im Hörer, sie verpasste ein paar Worte.

» … Interesse, wie es Ihnen geht, ist ebenfalls groß«, leierte Schyman. »Können Sie auch filmen?«

Sie warf einen Blick auf die Videokamera, die neben ihr lag.

»Ein bisschen.«

»Bald liegen wir auch im Internet ganz vorn. Ein richtig guter Film von Ihnen könnte uns den letzten Kick geben.«

Die Autos weiter vorn bewegten sich, und Frida schaltete. Annika schaute aus dem Fenster, Mädchen in Schuluniformen, Männer mit staubigen Käppis und übergroßen Jacketts, Schuljungen in grauen Hemden.

»Hm«, machte sie.

»Wir bleiben in Kontakt«, sagte der Chefredakteur.

Halenius sah sie fragend an.

»Manchmal werde ich das Gefühl nicht los, dass Anders Schyman wirklich nicht alle Tassen im Schrank hat«, sagte Annika und ließ ihr Handy sinken.

»Wir müssen etwas essen«, sagte Frida. »Bei diesem Verkehrstempo brauchen wir noch Stunden bis Eastleigh. Sollen wir die Sandwiches aus der Kühltasche essen?«

»Vielleicht sollten wir die noch aufheben«, erwiderte Halenius. »Weiß der Henker, wie lange das Ganze hier noch dauert. Können wir irgendwo anhalten und etwas zum Mitnehmen kaufen?«

Annika richtete sich auf.

»Ich bin hier die Logistikerin«, sagte sie. »Ich kann schnell irgendwo reinspringen und einkaufen.«

Sie fuhren noch zehn Minuten im zähen Verkehr weiter, dann blinkte Frida rechts und bog auf den Parkplatz eines großen Einkaufszentrums. *Nakumatt* las Annika. Das Shoppingcenter hatte einen Elefanten als Symbol.

Frida nahm von einem Sicherheitsbeamten ein Ticket entgegen und parkte zwischen zwei Range Rovers. Sie deutete nach links auf eine Reihe kleiner Restaurants: Pizzerien, chromglänzende Lattecafés, Texmex-Buden und Sushi-Restaurants.

»Was wollt ihr haben?«, fragte Annika.

»Irgendwas, das nicht kalt werden kann«, sagte Frida. »Salat.«

Annika ging zu einem der trendigen Cafés mit Außenbestuhlung – rote Sonnenschirme und braune Metallmöbel. Aus den Lautsprechern kam entspannte Loungemusik. Sie stellte sich an das Pult des Oberkellners und blätterte hastig durch die Speisekarte. Ein Salat kostete 520 Shilling. Man konnte französische Zwiebelsuppe bestellen. Das hier war nicht Afrika. Das war Marbella.

Wie viele Menschen lebten noch gleich von den Essensrationen der UN?

Eine Kellnerin tauchte auf. Die Frau war halb so alt wie sie und doppelt so hübsch. Annika bestellte drei Portionen *Caesar's Salad* mit Hühnchen und sechs Mineralwasser, *to go*.

Die Kellnerin verschwand in Richtung Küche, Annika trat unruhig von einem Fuß auf den anderen.

Am Tisch direkt neben ihr saßen vier weiße Männer Mitte zwanzig und aßen Hamburger mit Ketchup und Pommes frites. Ihr drehte sich der Magen um, und sie eilte zur Damentoilette. Der Boden war aus schwarzem Granit, und es gab einen Wickeltisch. Das hatte sie nicht erwartet. Das Wasser in der Toilette war blau. Als sie hineingepinkelt hatte, wurde es grün.

Thomas hätte dieses stille Örtchen gefallen. Vielleicht hätte er bemängelt, dass der Klorollenhalter lose war, aber sowohl die Einrichtung als auch die Sauberkeit hätten eindeutig seine Zustimmung gefunden. »Wenn die Toiletten, die die Gäste ja sehen können, schmutzig sind, wie sieht es dann erst in der Küche aus?«, pflegte er zu sagen. Einmal hatte sie geantwortet: »Das ist wie mit Eltern, die ihre Kinder in der Öffentlichkeit schlagen. Wie hauen die erst zu, wenn's keiner sieht?« Thomas hatte sie ausdruckslos angeschaut. »Was haben Toiletten mit Kindesmisshandlung zu tun?«

Sie spülte, wusch sich die Hände und ging hinaus ins dunstige Sonnenlicht.

Die Salate waren fertig.

Sie bezahlte und ging zurück zum Wagen.

Frida bog auf die Ngong Road in Richtung Zentrum.

Ich hatte eine Farm in Afrika am Fuße der Ngong Berge, dachte Annika.

Sie sah die berühmten Berge durch die Heckscheibe, griff nach der Kamera und filmte. Nicht besonders gelungen. Die in der Heckscheibe wackelnden Berge sahen genauso aus wie die baumbewachsenen Hügel, die sie ja auch waren.

Es war heiß und sehr schwül.

Die Straßen wurden schlechter, aber der Verkehr floss besser. Die Sonne verschwand. Der Wagen kam einigermaßen zügig vorwärts. Aus innerer Unruhe begann Annika zu filmen, ein junges Mädchen, das am Straßenrand Maiskolben grillte, Männer mit Handkarren. Sie spürte, wie die Taschen neben ihren Füßen wuchsen. Bald würde sie das Geld übergeben, die Sporttaschen mit beiden Händen aus dem Auto in einen Müllcontainer oder ein Loch in der Erde wuchten oder vielleicht in einen Gully, warum sonst wäre die Plastikplane so wichtig gewesen?

Der Stacheldraht blinkte, die Ölfässer sangen.

»Wo denn in Eastleigh?«, fragte Frida.

»*Al-Habib Shopping Mall*, 6th Street, 1st Avenue. Sagt dir das etwas?«

»Das hört sich so schick an«, sagte Frida. »Straßen, Avenues, Einkaufszentren … Little Mogadischu hat seinen Namen nicht ohne Grund.«

»Wie meinst du das?«, fragte Halenius.

»*You'll see …*«

Die asphaltierte Straße war zu Ende. Auf der Fahrbahn gab es große Wasserlöcher. Lehm spritzte von den Reifen auf. Annika filmte Handkarren, Matratzen, Teppiche, Gewürze in Blechdosen, Müll, Papier, Plastik, verschleierte Frauen – ein großes organisiertes Chaos. Es war nicht wie Kibera, nicht so ein Slum. Aber der Verfall war ebenso groß. Die Menschen schoben sich dicht an den Scheiben vorbei, Annika begegnete ihren Augen auf dem Display. Dann gab es plötzlich einen harten Schlag gegen das Fenster unmittelbar neben ihr. Ein weiterer Schlag ging auf das Dach nieder. Plötzlich war das Auto von Männern umringt, die ihre Gesichter an die Scheiben drückten, rundherum Geschrei und erhobene Fäuste.

Hastig wandte Frida sich um und starrte Annika an.

»Filmst du? Hier?! Bist du nicht ganz bei Trost? Diese Leute sind Muslime, die dürfen nicht abgebildet werden!«

Annika ließ die Kamera fallen, als hätte sie sich daran verbrannt. Der Lärm nahm zu. Es hagelte Schläge.

»*Oh, dear Lord*«, sagte Frida. »Wenn sie bloß den Wagen nicht umwerfen …«

Das Auto wackelte, Annika hielt sich mit beiden Händen am Sitz fest. Die Kamera landete mit einem Knall auf dem Boden, irgendjemand riss an der Tür, die Räder drehten im Schlamm durch.

»Schalte in den ersten Gang«, sagte Halenius. »Fahr einfach langsam vorwärts.«

»Unmöglich!«, rief Frida. »Ich überfahre sie.«

»Sie gehen schon aus dem Weg«, sagte Halenius, »gib vorsichtig Gas.«

Die Straße war von Eseln und Karren und Leuten mit Handwagen verstopft, aber Frida machte, was Halenius sagte, und rollte hupend langsam vorwärts. Sie ließ den Motor aufheulen, und die Männer folgten ihnen, rissen an den Türen und schrien, aber Frida fuhr weiter.

»Da vorne rechts ist das *Al-Habib*«, rief sie. »Dort müssen wir hin!«

»Fahr weiter«, sagte Halenius.

Annika krümmte sich zusammen und vergrub das Gesicht in den Händen. Das alles war ihre Schuld.

Dann war es plötzlich vorbei. Die Männer blieben zurück, und die Straße war wieder asphaltiert. Frida schaltete mit zitternden Händen in den zweiten Gang. Annika sah, dass an ihren Wimpern Tränen hingen.

»Was machen wir jetzt?«, fragte Frida leise.

Halenius rieb sich das Gesicht.

»Ich weiß es nicht«, sagte er. »Ich weiß es einfach nicht.«

»Aber wohin soll ich fahren?«

Er hielt sich den Kopf.

»Ich weiß es doch auch nicht. Ich habe nur einen Kurs besucht. Das hier stand nicht im Lehrbuch.«

Das Gerümpel um sie herum war verschwunden, tropisches Grün umgab sie plötzlich. Die Straße war eben und von hoch aufragenden Bäumen gesäumt. Hinter hohen Mauern verbargen sich große Häuser.

»Benutzen die Entführer ein ganz normales Handy?«, fragte Annika.

»Warum fragst du?«, sagte Halenius.

»Kannst du ihre SMS beantworten?«

Er blickte sie überrascht an.

»Das habe ich noch nicht ausprobiert.«

»Versuch doch, unsere Lage zu erklären«, sagte sie. »Erklär ihnen, dass ich es vermasselt habe.«

Halenius griff nach seinem Handy und tippte eine lange Mitteilung ein. Frida parkte vor einer Bougainvillea-Hecke und schaltete den Motor aus. Halenius drückte auf »Senden« und wartete gespannt. Das Handy gab einen kleinen entschuldigenden Pieps von sich.

»Scheiße«, sagte er.

»Vielleicht war die Nachricht zu lang«, sagte Annika. »Wenn man zu viel schreibt, wird die SMS in eine MMS umgewandelt. Versuch, den Text zu kürzen.«

Halenius stöhnte und löschte. Die Hitze im Auto nahm schnell zu. Frida ließ das Fenster herunter. Ein Schwall von Vogelgezwitscher erfüllte das Wageninnere.

»Was ist das hier für eine Anlage?«, fragte Annika.

»Mein Golfclub«, sagte Frida.

»Wohnst du hier in der Nähe?«

»So gut wie alle Diplomaten und das UN-Personal wohnen in Muthaiga«, antwortete Frida.

Annika schaute hinaus ins Grüne. Zwischen den Palmen war ein leuchtend grüner Golfplatz zu erahnen.

Sie waren nur wenige Kilometer von Eastleigh entfernt, doch der Kontrast hätte kaum größer sein können.

Wieder gab Halenius' Telefon den entschuldigenden Pieps von sich.

»Geht nicht«, sagte Halenius.

»Probier mal anzurufen«, sagte Annika.

Halenius drückte auf einen Knopf, hielt den Apparat ans Ohr und ließ ihn wieder sinken.

»Der Teilnehmer ist im Augenblick nicht zu erreichen«, sagte er.

Annika biss sich auf die Lippen.

Das war nicht ihre Schuld. Wenn sie die Schuld an der Situation auf sich nahm, machte sie die Sache kleiner und sich selbst größer, als sie war.

Frida öffnete die Fahrertür.

»Wir können genauso gut reingehen«, sagte sie und deutete auf das Clubhaus, in dem sich offenbar auch eine Bar und ein Restaurant befanden.

»Ich habe noch Salat übrig«, sagte Annika schnell.

Frida schaute sie nicht an.

»Sie haben eine Klimaanlage.«

Die Sonne stand schräg. Donnergrollen lag in der Luft. Annika saß auf der Treppe vor dem noblen Golfclub, der einst Karen Blixen den Zutritt verweigert hatte, weil sie eine Frau war (jedenfalls wurde das in dem Film »Jenseits von Afrika« mit Meryl Streep behauptet).

Annika blickte über den Parkplatz und beobachtete einige schwarze Frauen, die schwere Müllsäcke schleppten, während die Sicherheitsmänner sich im Schatten ausruhten.

Woman is the nigger of the world, dachte sie. Schymans Serientäter war lediglich eins von vielen Beispielen. Sie erinnerte sich noch, wie sie an einem frühen Samstagmorgen im Juni zu einem Massenmord in Dalarna unterwegs war. Sie saß in einem Dienstwagen der Zeitung, und der Fotograf Bertil Strand fasste die Situation zusammen: »Ein Fähnrich ist Amok gelaufen und hat sieben Menschen erschossen. Eine der Toten scheint seine Freundin gewesen zu sein, aber die anderen waren unschuldig.«

Sie strich sich das Haar aus der Stirn. Es war unglaublich schwül.

Wie viel Schuld hatte jemand, der liebte? Wie viel Schuld hatte sie selbst?

Halenius kam auf die Treppe heraus. Er war wieder ganz blass um den Mund, sein Blick war scharf. Instinktiv stand sie auf.

»Haben sie eine SMS geschickt?«

»Angerufen. Er war außer sich.«

»Weil ich gefilmt habe?«

»Weil wir nicht wie befohlen vor dem *Al-Habib* angehalten haben. Er hat gesagt, wir hätten den Deal platzen lassen, und wollte eine neue Verhandlungsrunde anfangen. Ich habe ihm gesagt, seine somalischen Brüder hätten versucht, unser Auto umzukippen, und wir seien gezwungen gewesen weiterzufahren, um sein Geld zu retten. Das hat ihn ein bisschen beruhigt.«

Er hatte die Kiefer aufeinandergepresst, er schwitzte und war vollkommen ablehnend, so hatte sie ihn noch nie gesehen.

»Entschuldigung«, sagte sie.

Er holte mit dem Arm aus.

»Warum musstest du auch filmen?«, schrie er. »Hast du keinen Anstand am Leib? Begreifst du nicht, was hätte passieren können?«

Sie schluckte schwer, entschlossen, nicht zu weinen.

»Es war keine Absicht.«

»Du hast uns in die Scheiße geritten. Wir müssen nach Norden.«

Er ging zum Wagen. Frida folgte ihm, mit der Rechnung in der Hand.

»Der Verkehr ist schrecklich«, sagte sie. »Das hier kann auf jeden Fall dauern.«

»Wohin müssen wir?«, fragte Annika.

»Wilson Airport«, sagte Frida hinter ihr.

Annika warf Halenius einen fragenden Blick zu. Er wandte sich zu ihr um. Sein Gesicht glühte von der Sonne.

»Wir müssen nach Liboi«, sagte er. »Der Geiselnehmer hat verlangt, dass wir noch heute Nacht fliegen, aber ich konnte ihn noch davon abbringen. Bis morgen früh müssen wir einen Flug organisieren.«

»Liboi?«, flüsterte Annika.

Sie sah Google Earth vor sich, die unendliche Ödnis, die verbrannte Erde.

»Es gibt keine Linienflüge dorthin«, sagte Frida. »Ihr müsst ein Privatflugzeug chartern.«

»Ich habe aber kein Geld mehr übrig«, flüsterte Annika.

»Du hast nach wie vor Zugang zu meinem Konto«, sagte Frida und stieg ein.

Der Verkehr stand still. An den Straßen standen Menschen in der Dunkelheit. Zitternde Schatten, die im Scheinwerferlicht vorüberzuckten. Annika versuchte, das Bild über den vorbeifliegenden Moment hinaus festzuhalten.

Die Dunkelheit hüllte sie ein wie eine Decke. Weit entfernt blinkten einsame Lichter. Schwüle Luft schoss durch die offenen Seitenfenster herein, drückte den Puls ins Bodenlose.

Sie rollte sich auf dem Sitz zusammen und schlief ein.

Als sie aufwachte und die Augen aufschlug, starrte sie ins Gesicht eines großen Leoparden. Es dauerte ein paar Sekunden, bis sie begriff, dass es eine Statue war.

»Hey«, sagte Halenius und strich ihr über das verschwitzte Haar. »Wir sind da.«

Sie setzte sich auf und blickte sich im Dunkeln um. Hinter tropischen Gewächsen leuchtete eine Lampe, und von einem alten Haus mit Glasveranda strömte ihr warmes Licht entgegen.

»Entschuldige bitte«, sagte er. »Es war nicht richtig, dass ich alles an dir ausgelassen habe.«

»Wo sind wir?«

»*Karen Blixens Coffee Garden*. Ihre alte Farm ist inzwischen ein Hotel. Ich kenne Bonnie, die Besitzerin. Kannst du meine Tasche tragen, dann nehme ich die hier …«

Er zeigte auf die Dollar-Taschen.

»Wo ist Frida?«

»Sie organisiert uns Zimmer, dann fährt sie nach Hause.«

Annika stieg aus dem Wagen und blieb dann plötzlich stehen.

»Der Flugplatz! Wir müssen ein Flugzeug chartern!«

»Ist schon geklärt«, sagte Halenius und stellte die Geldtaschen in den Kies. Die Handgriffe knarzten. »Wir haben einen Deal mit einem Bekannten von Frida.«

Sie griff nach Halenius' Tasche. Sie wog so gut wie gar nichts. Dann betraten sie das alte Haus, das ebenso gut in Sörmland oder im Österlen hätte stehen können: dunkles Fischgrätparkett, weiße Wandpaneele und eine Glasveranda mit farbigen Scheiben.

»Hat Karen Blixen hier gewohnt?«, flüsterte Annika.

»Es war wohl eigentlich das Haus des Vorarbeiters, aber Karen hat über einen längeren Zeitraum ebenfalls hier gelebt«, sagte Halenius und verschwand irgendwo nach links.

Die Dunkelheit vor dem Fenster war feucht und kompakt. Annika stand mitten im Raum und starrte eine alte Orgel an, die an der einen Längswand stand. Die Tasten waren mit den Jahren braun geworden, wie ungeputzte Zähne. Sie streckte die Hand aus, um den Klang zu hören, aber ein paar Zentimeter vom Instrument entfernt verharrte sie mit der Hand in der Luft. Wollte sie es wirklich wissen? Konnte sie sich überhaupt vorstellen, welche Melodien sich hinter dem Blasebalg und den Tasten verbargen? Oder gab es nur Schreie und Armut?

Aus dem Inneren des Hauses tauchte Halenius auf. Er hielt einen altertümlichen Schlüssel in der Hand.

»Die geht nicht«, sagte er und nickte zur Orgel hin. »Und sie gehörte auch nicht Karen. Bonnie hat sie geschenkt bekommen.«

Er griff nach den Geldtaschen, wankte ein wenig unter der Last und verschwand in der Nacht. Sie beugte sich hinunter, sammelte ihre Taschen ein und folgte ihm über einen gewundenen Schieferplattenpfad in die Finsternis. Niedrige Lichter erleuchteten Teile des Weges mit Kreisen aus feuerfarbenem Licht. Nachtgeräusche umgaben sie, die Annika nur aus Filmen kannte. Ein Quaken, Rascheln, Schaben und Singen, das sie nicht definieren oder erklären konnte. Die Finsternis um sie herum wurde immer dichter.

»Wo ist das Hotel?«, fragte sie ins Dunkel hinein.

Halenius zeigte nach links. Hinter einem Dschungel aus tropischen Pflanzen schimmerten weiße Steinwände.

»Ein eigenes Haus? Jedes Zimmer ist ein eigenes Haus?«

Sie betrat einen Raum mit weißen Wänden und schwarzen Dachbalken, die irgendwo hoch oben unter dem Dachfirst schwebten. Weiße Leinenvorhänge hingen an schwarzen schmiedeeisernen Gardinenstangen, in einem offenen Kamin knisterte ein Feuer, rechts befand sich ein Wohnzimmer. Sie blickte auf das Himmelbett, das wie ein Schiff mitten im Raum zu treiben schien – sein Rumpf war aus Eisen und das Moskitonetz die Segel. Vorsichtig ging sie über den glänzenden Holzboden, der dunkel wie Eis in der Nacht war.

Sie stellte die Taschen ab und öffnete linker Hand eine Tür. Das Badezimmer, vom Boden bis zur Decke in braunem Schiefer, war größer als ihr Wohnzimmer zu Hause.

»Bleibt vom Lösegeld noch etwas übrig, wenn wir das hier bezahlt haben?«, fragte sie Halenius, als sie wieder herauskam.

»Kostet genauso viel wie ein Einzelzimmer in New York«, sagte er. »Aber hier gibt es nur ein Bett. Ich gehe an die Rezeption und sage Bescheid, dass wir zwei Einzelbetten wollen …«

Sie legte die Hand auf seine Brust. Er blieb stehen und schaute hinüber zum Feuer.

»Was ich getan habe, ist unverzeihlich.«

»Für wen?«

Er sah zu Boden.

»Thomas untersteht meiner Verantwortung, ich bin sein Vorgesetzter. Wenn er sich nicht auf mich verlassen kann …«

»Thomas allein trägt die Verantwortung für sich. Genau wie ich für mich und du für dich.«

»Ich habe die Situation ausgenutzt«, sagte er, »das ist absolut verwerflich. Du befindest dich in totaler Abhängigkeit von mir, ich habe jeden Ehrenkodex verletzt, den es gibt …«

Sie trat ganz dicht an ihn heran, er spürte ihren Atem am Hals und wie sie die Hände über seinen Rücken wandern ließ.

»Und wenn du ihn wiedersiehst«, sagte Halenius leise, »was wirst du dann fühlen?«

»Wir müssen uns nicht heute Abend entscheiden«, flüsterte sie und biss ihn vorsichtig ins Ohrläppchen.

Ein paar Sekunden atmete er schwer, dann zog er sie an sich.

TAG 10

Freitag, 2. Dezember

Annika erwachte vom Rauschen eines Wasserfalls. Sie lag in ein Laken verheddert dicht neben Halenius und wusste nicht, wo sie war.

»Das ist der Regen, der aufs Blechdach prasselt«, flüsterte Halenius in der Dunkelheit. »Hört sich gefährlich an, was?«

Sie lag stumm da und konnte das Moskitonetz über dem Himmelbett in den Schatten erahnen. Das Rauschen schwoll zu Sturzbächen an. Von den Ngong Bergen drang leises Donnergrollen herüber.

Sie drehte sich zu ihm um, schlang ihre feuchten Beine um seine und legte ihm die Hand auf die Wange. Das Aufleuchten eines fernen Blitzes erhellte den Raum. Sie blickte Halenius in die Augen und ließ sich fallen.

Als sie das nächste Mal aufwachte, dämmerte es bereits. Der Regen hatte aufgehört, nur einzelne Tropfen von den Bäumen prallten wie kleine Knallerbsen auf das Blechdach. Halenius stand auf der anderen Seite des Moskitonetzes und zog seine Jeans an.

Sie schlug das Laken zur Seite, setzte die Füße auf den Holzfußboden und stieg nackt aus dem Bett. Im Raum war es kühl und klamm. Sie schmiegte sich an Halenius, ließ ihre Finger über seinen nackten Arm wandern. Er hatte die Kiefer zusammengepresst.

»Wir bestimmen es selbst«, sagte sie leise. »Niemand außer uns weiß davon.«

»Frida hat das Zimmer gebucht«, sagte Halenius. »Sie weiß es nicht, aber sie ahnt es.«

Sie schlang ihm die Arme um den Hals und küsste ihn vorsichtig. Er legte die Hände auf ihren Rücken und erwiderte den Kuss, dann ließ er sie abrupt los und ging zu dem Stuhl, über den er sein Hemd geworfen hatte. Er zog es an, knöpfte es halb zu, nahm die Taschen mit dem Geld und ging zur Tür.

»Frida ist in einer Viertelstunde hier«, sagte er und ging aus dem Zimmer.

Annika trat auf die Schieferplatten der Veranda hinaus und fand sich in Cousteaus Unterwasserwelt wieder. Kühle Feuchtigkeit umspülte sie wie eine Welle, das Licht sickerte durch wogende mannshohe Limnobiumpflanzen. Sie hielt den Atem an.

Vorsichtig ging sie in den Garten. Pflanzschalen, hängende Gewächse, Palmen, Bäume mit roten Blättern und orangefarbenen Blüten, ein überwucherter Holzzaun. Die Luft war kühl und frisch, es roch nach Erde und Regen.

Eine gelbe Katze sprang vor ihr auf den Weg, und einen Augenblick lang glaubte sie, es wäre Whiskas (ihr hübscher, süßer kleiner Kater Whiskas, den Sven damals an jenem Septembertag in der alten Fabrik daheim in Hälleforsnäs umgebracht hatte). Den Schwanz hoch in die Luft gestreckt, lief die Katze den Weg entlang und miaute. Ein Gartenarbeiter, ein riesiger Schwarzer in Gummistiefeln und dunkelblauem Arbeitsoverall, stellte den Spaten beiseite, bückte sich und streichelte das Tier. Er kraulte es unter dem Kinn, strich ihm über Kopf und Rücken. Die Katze schmiegte sich an seine Beine und schnurrte, legte sich auf den Rücken und rollte herum, genoss die liebevolle Behandlung, die sie gewöhnt war.

Annika blieb auf den Steinplatten stehen. Aus unerfindlichen Gründen fiel ihr plötzlich das Atmen schwer.

Frida trug Kickerboots und lila Kleidung, die Ton in Ton auf ihre lila Zöpfe abgestimmt war.

»Gut geschlafen?«, fragte sie.

Annika versuchte ein Lächeln und setzte sich auf die Rückbank, vor der die Taschen mit den Dollarscheinen bereits verstaut waren.

Halenius kam im Laufschritt aus der Rezeption und sprang auf den Beifahrersitz.

Frida ließ den Motor an und bog nach rechts auf die Karen Road. Als Annika zurückblickte, sah sie den Leoparden hinter den Bäumen verschwinden. Sie passierten das *Karen Blixen Museum* und das *Kazuri Beads and Pottery Center* und kurvten um die Wasserlachen auf der Straße herum. Es herrschte kaum Verkehr, deshalb schaukelten sie in flottem Tempo an Möbelhändlern vorbei, die ihre Waren unter Zeltdächern feilboten, an Reihen von Verkaufsständen, die alte Autos und Blechgiraffen, verschnörkelte Himmelbetten und Feuerholz anboten.

Rote Erde und üppiges Grün und endlose Menschenschlangen. Wohin waren all diese Menschen unterwegs? Nahm ihre Wanderung niemals ein Ende?

Schlagbäume und gelbe Tore versperrten die Zufahrt zum Wilson Airport. Frida bezahlte etwas an einem Kontrollhäuschen, und dann wurden ihnen die Schranken geöffnet. Niedrige Abfertigungsgebäude aus Beton mit Schildern, die Annika nichts sagten, *Departments Wanausafari, Delta Connection, Safarilink*, eine abgezäunte Startbahn und Kerosingeruch in der Luft.

Annika starrte die Wachen an den Toren an, vor der Brust der Männer baumelten ihre Waffen.

Würde sie jemals eine Antwort auf die Frage bekommen, ob in Kenia Lösegeld erlaubt war? Die Engländer (und Kenianer), die in Somalia im Gefängnis saßen, waren auf einem Flugplatz geschnappt worden.

Sie merkte, wie ihre Handflächen schweißnass wurden.

Halenius stieg aus, öffnete die hintere Tür und griff nach den Geldtaschen. Mit zitternden Knien kletterte Annika aus dem Wagen.

»Müssen wir durch eine Sicherheitskontrolle?«, fragte sie.

Halenius schien sie nicht gehört zu haben, er ging mit einer Tasche in jeder Hand zu Frida, stellte die Taschen ab und umarmte sie. In ihren Boots überragte sie ihn um einen ganzen

Kopf, er wiegte sie in den Armen und murmelte ihr etwas ins Ohr, das Annika nicht verstand.

Sie sah hinüber zu den Toren, wo zwei Männer in gelben Westen auf einer großen Waage Gepäck abwogen. Hinter den Toren hörte sie das Dröhnen von Flugzeugmotoren. Die Terminals hatten Blechdächer.

Würden sie die Taschen kontrollieren? Und wenn sie nun das Geld entdeckten?

Frida kam auf sie zu, umarmte sie und drückte sie fest.

»Pass gut auf ihn auf«, flüsterte sie, und Annika wusste nicht, wen von beiden sie meinte.

Der Pilot William Grey kam aus einem der Terminals – schneeweißes Hemd, hellbeige Leinenhosen, graublondes Haar und strahlendes Lächeln.

»Ihr wollt also nach Liboi«, sagte er und begrüßte sie mit festem Handschlag. »Ein bisschen abseits der üblichen Touristenpfade, könnte man sagen. Wir fliegen mit der Mühle da drüben.«

Er zeigte mit der freien Hand auf eine Reihe kleiner Privatflugzeuge neben der Startbahn. Annika hatte keine Ahnung, welches er meinte.

»Seid ihr bereit? Alles dabei?« Er blickte auf ihre Taschen.

Halenius nickte.

William Grey ging auf die gelben Tore zu. Sie folgten ihm im Gänsemarsch. Halenius trug in jeder Hand eine Sporttasche, Annika sah, dass seine Finger von dem Gewicht weiß wurden. Jede der Taschen wog gut siebenundzwanzig Kilo. Würden die Wachen etwas merken?

Der Pilot zeigte ein kleines Bündel Papiere vor, einer der Wachmänner blätterte darin und winkte dann seinen Kollegen heran. Sie studierten die Papiere und unterhielten sich in einer unverständlichen Sprache. Annika merkte, wie ihr der Schweiß den Rücken herunterlief, und konzentrierte sich darauf, nicht in Ohnmacht zu fallen.

Endlich faltete der Wachmann die Papiere zusammen und öffnete das Tor.

Der Pilot betrat die Startbahn, danach Halenius und zum Schluss Annika. Die Wachmänner blickten auf die Taschen, sagten aber nichts.

Sie gingen zu den Kleinflugzeugen hinüber. William Grey steuerte auf eine kleine einmotorige Maschine zu, gelb lackiert mit schwarzen Ziffern. Sie erinnerte an eine Wespe. Er deutete mit einem Kopfnicken auf die Taschen in Halenius' Händen.

»Und was habt ihr da in den Taschen?«

Annika hielt den Atem an.

»Geld«, antwortete Halenius.

Scheiße, Scheiße, Scheiße.

»Ah«, sagte der Pilot. »Ein Entführungsfall?«

»Korrekt«, erwiderte Halenius.

»Davon hat Frida nichts erwähnt«, sagte William Grey, immer noch lächelnd. »Das kostet natürlich ein bisschen extra. Rein und raus, keine Komplikationen, fünftausend Dollar. *Cash*.«

Annika starrte den Mann an. Meinte er das etwa ernst?

Der Pilot warf Annika einen entschuldigenden Blick zu und zuckte mit den Schultern.

»Man kann ja nie wissen, ob man von so einer Expedition zurückkehrt. Ist das Militär informiert?«

Die Frage war an Halenius gerichtet.

»Ich denke schon. Interpol in Brüssel hat die Koordination übernommen.«

»Hm. Haben Sie irgendwelche Koordinaten für die Übergabe erhalten?«

»Nur, dass es in der Nähe von Liboi sein soll. Die genauen Angaben bekommen wir während des Fluges. Gibt es in der Gegend Landebahnen?«

Der Pilot setzte eine Sonnenbrille auf und blickte nach Norden.

»Bei Gott nicht«, sagte er, »aber da oben ist alles Halbwüste. Es dauert einen Tag, höchstens zwei, für ein Flugzeug wie das hier eine Piste freizuräumen, fünfzehn mal sechshundert Meter, mehr ist nicht nötig. Man reißt ein paar Dornenbüsche aus und verscheucht die Tiere, und schon ist *all set*.«

Annika folgte seinem Blick.

»Machen Sie so etwas öfter?«

»Ein paar Mal im Monat, normalerweise im Auftrag der britischen Armee. Ich sage mal Bescheid, dass wir startklar sind …«

»Kann ich mein Handy in der Maschine eingeschaltet lassen?«, fragte Halenius.

»Na klar«, erwiderte William Grey und verschwand in einem der niedrigen Terminalgebäude.

Die Sonne war rausgekommen, der Tag würde klar und heiß werden. Von der Landebahn stieg Dunst auf.

Annika sah zu dem Flugzeug hinüber.

»Ist das nicht ein bisschen sehr klein?«

Es war wesentlich kleiner als ihr Jeep.

»Sonst könnte es wohl nicht landen«, sagte Halenius.

»*Let's go!*«, rief der Pilot und zeigte auf die Wespe.

William Grey nahm hinter dem Steuerknüppel Platz, und Annika und Halenius zwängten sich auf die beiden Sitze direkt hinter ihm. Es war extrem eng. Das Dröhnen, als der Motor ansprang, war ohrenbetäubend. Der Pilot setzte einen Kopfhörer mit externem Mikrofon auf, zeigte auf die Ohrenschützer, die neben ihren Sitzen hingen, und signalisierte ihnen, sie sollten sie aufsetzen. Annika hörte daraufhin sofort eine Kakophonie von Stimmen, vermutlich der Sprechfunk zwischen Tower und den anderen Flugzeugen, die sich jetzt startbereit machten.

»*Requesting permission for Liboi, one eighteen north east, we are ready for take-off*«, sagte William Grey.

Eine weibliche Stimme erwiderte etwas, das sich wie ein Knistern anhörte. Das Motorengeräusch veränderte sich, und die Maschine rollte los. Sie rumpelte an den Reihen von Hangars vorbei, und William zeigte auf ein großes Logo an einem.

»Das da sind die Jungs, die Lösegeld für die somalischen Piraten ausfliegen«, sagte er in ihrem Kopfhörer. »Sie packen das Geld in wasserdichte orangefarbene Zylinder und werfen sie über dem Meer ab. Die Dinger sehen aus wie Feuerlöscher an einem kleinen Fallschirm.«

Annika sah die Flugzeuge mit dem großen Logo vorbeiziehen, behäbig und strahlend weiß im Sonnenschein. Sie waren die größten und schönsten auf dem ganzen Wilson Airport.

Das Flugzeug hob mit einem kleinen Rütteln ab und stieg durch die Luftschichten hinauf. Durch das Fenster auf Halenius' Seite konnte sie unter ihnen den Slum von Kibera verschwinden sehen. Hinter den Hütten ragte das Stadtzentrum Nairobis mit dem runden Gebäude des Hilton auf, gleich daneben erkannte sie das Kenyatta International Conference Center und die vierspurige Autobahn der Chinesen.

Die Maschine rüttelte und wackelte. Sie hielt sich am Sitz fest und blickte durch das Fenster auf ihrer Seite. Die Landschaft war flach. William Grey zeigte auf Plätze und Landmarken, auf den vor Dreck schäumenden Fluss Nairobi und den Mount Kenya mit seinem schneebedeckten Gipfel im Nordwesten. Die viereckigen Wasserflächen auf der rechten Seite gehörten zu einem Klärwerk. Die Videokamera lag vor ihren Füßen, vermutlich hätte sie filmen müssen, aber sie konnte sich nicht dazu durchringen.

»Wir brauchen zwei Stunden und zwanzig Minuten bis Liboi«, sagte in den Kopfhörern der Pilot. »Habt ihr Hunger? In der Tasche hinter euren Sitzen sind Sandwiches.«

Sie holten die Sandwiches hervor und reichten eins an den Piloten weiter. Die Brotbissen in Annikas Mund wurden immer größer, sie meinte, daran zu ersticken. Sie trank einen Schluck Wasser und musterte die Tür, die sie vom Himmel trennte. Sie war dünner als eine Autotür. Es gab kein Schloss, nur einen kleinen verchromten Handgriff und einen Aufkleber, auf dem CLOSE stand. Zwangsvorstellungen schossen ihr durch den Kopf und begannen einen wilden Tanz. Was ist, wenn. Was ist, wenn ich die Tür nicht richtig zugemacht habe. Was ist, wenn ich gegen den Handgriff komme und die Tür aufgeht. Was ist, wenn die Scheibe platzt. Wenn ich aus dem Flugzeug falle, kann ich das Lösegeld nicht abliefern, und dann wird Thomas nicht freigelassen, und die Kinder müssen bei Sophia bleiben.

»Seht ihr das Grüne dort unten?«, fragte der Pilot. »Del Montes Ananasplantagen. Und das etwas dunklere Grün? Kaffeesträucher.« Es machte dididitt dididitt dididitt in den Kopfhörern, als die Mobiltelefone an die Bodenstationen meldeten, wo sie sich befanden.

»Das da ist die Straße nach Garissa. Und jetzt überfliegen wir das Gebiet der Wakamba. Sie sind tüchtige Ackerbauern.«

Die Landschaft unter ihnen wurde plötzlich zu einem surrealistischen Gemälde, grobe, ausholende Pinselstriche in stumpfen Farben überlappten sich kreisend. Ein Fluss wand sich durch das Land wie eine Schlange. Gerade hellbraune Straßen aus festem Sand schnitten durch das Bild.

»Das ist Nairobis Wasserreservoir.«

Ein See breitete sich linker Hand aus.

Ist er dort unten? Fliegen wir in diesem Moment über ihn hinweg? Sieht er das Flugzeug? Weiß er, dass ich unterwegs bin? Spürt er, dass ich schwebe?

Tansania verschwand im Süden, Uganda näherte sich von Nordwest. Sie passierten Garissa.

»Nun gibt es keine Landmarken mehr, bis wir zum Flüchtlingslager in Dadaab kommen. Bis zur Grenze ist nur noch *flat bushland*. Ich steige jetzt auf 4000 Meter. Es kann etwas kalt werden, aber auf dem Boden liegen Decken …«

Die Kälte kroch ihre Schienbeine hinauf, feucht und scharf. Sie nahm eine der Decken, eine dunkelblaue Polarvide von IKEA.

»Wie oft fliegen Sie Lösegeld?«, fragte Annika.

»Meistens fliege ich Touristen von Kenyatta, die direkt zu den Safari-Lodges raus wollen, und außerdem habe ich eine Menge Einsätze mit Spritzmitteln. Aber ich habe Kollegen, die fliegen gar keine Touristen mehr, sondern nur noch Lösegeld.«

Sie empfand seine Worte beinahe als Kränkung. Sollte das hier nur ein gewöhnlicher Arbeitstag sein, einer wie viele, diese Woche die verzweifelte Frau mit ihrem verstümmelten Mann?

»Was sagen die Behörden dazu? Wissen die, dass Sie Lösegeld fliegen?«

Er drehte sich um und lächelte sie an.

»Nicht direkt«, sagte er und reichte ihr ein Dokument mit den Stempeln *Office of the President* und *Police Headquarters. Clearance Certificate is hereby granted.*

Sie überflog den Text.

Unter der Rubrik *Purpose* war der Zweck der Reise angegeben: »*To carry out EEC conservation and community development project.*«

Bei den kenianischen Behörden war dieser Flug als Hilfseinsatz deklariert, als Versuch, die Entwicklung und das Wohlergehen der Bevölkerung im Garissa District im Nordosten Kenias an der Grenze zu Somalia zu unterstützen.

Das Dokument war unterzeichnet vom *Commissioner of Police.*

Sie gab es dem Piloten zurück und wischte sich die Hände ab, als wären sie schmierig.

»Wie oft bringen Sie die Geisel zurück?«, fragte Halenius.

»Meistens«, sagte William Grey. »Die meisten Kidnapper sind ziemlich zivilisiert. Sie betrachten die Sache als reines Geschäft, und da ist es wichtig, nicht zu viele Geiseln umzubringen. Das wäre *bad business*. Schlecht fürs Geschäft.«

Annika schluckte die scharfe Antwort hinunter, die ihr auf der Zunge lag.

Unter ihnen staubte die trockene Erde. Manchmal blitzte etwas zwischen den Büschen auf, ein Sonnenstrahl, der auf ein Stück Blech traf, auf ein Autodach, auf ein Wasserloch. Hier und da sah sie kleine Ansammlungen von Hütten inmitten grauer Ringe.

»Wann sollten Sie die Koordinaten erhalten?«, fragte der Pilot.

»Während des Flugs. Die Geiselnehmer haben sich nicht genauer geäußert. Ich habe ihnen unsere Startzeit und die Kennung Ihrer Maschine mitgeteilt, sie wissen also, dass wir unterwegs sind.«

Halenius griff zu seinem Handy.

»Hier ist kein Empfang. Wo ist der nächste Sendemast?«

»Dadaab.«

Eine rote Lampe blinkte intensiv am Armaturenbrett. William Grey klopfte leicht dagegen.

»Sehen Sie mal, das Radar wird stärker, je mehr wir uns der Grenze nähern. Die wissen, dass wir kommen.«

»Wer?«, fragte Annika.

»Die Amis. Sie haben einen inoffiziellen Stützpunkt an der Küste. Die haben uns unter Kontrolle.«

Das musste der Militärstützpunkt sein, den Halenius erwähnt hatte, von dem aus der Helikopter nach Somalia geflogen war, um den Spanier zu holen.

»Wir dürfen nicht auf dem Radar erscheinen«, sagte Halenius. »Das haben die Entführer ausdrücklich betont. Wie können wir das Geld übergeben, ohne dass uns jemand sieht?«

»Wir gehen kurz vor Liboi runter, landen aber nicht. Stattdessen fliegen wir in etwa dreißig Metern Höhe unter dem Radar hindurch zur angegebenen Stelle. Zurück denselben Weg, bei Liboi steigen wir wieder und schalten das Radar ein.«

Dreißig Meter, das klang enorm niedrig.

William Grey lachte.

»Keine Sorge. Bei meinen Spritzeinsätzen fliege ich sechs Meter über dem Boden. Wenn Sie nach rechts schauen, sehen Sie die Straße zwischen Garissa und Liboi. Die ist nur mit Allradantrieb befahrbar. Da liegt Dadaab.«

Zu beiden Seiten des Flugzeugs breitete sich ein Meer von Dächern aus, schnurgerade Reihen, die verrieten, dass dies ein von der UN sanktionierter Slum war, nicht so improvisiert und chaotisch wie der in Kibera.

»*Holy Moses*«, knurrte der Pilot im Kopfhörer. »Das hat sich seit dem letzten Mal ja enorm vergrößert.«

Die Dächer reichten bis zum Horizont.

»Dürre, Hunger und Bürgerkrieg«, sagte Halenius. »Die Organisation Ärzte ohne Grenzen schätzt, dass es zum Jahresende fast eine halbe Million Menschen sein werden.«

Im selben Moment blinkte das Display seines Handys auf. Er starrte darauf und wurde wieder so weiß um den Mund, dass Annikas Herz zu rasen begann.

»Fliegen Sie zu 0.00824, 40.968018«, las er langsam und deutlich vor.

»Und weiter?«, fragte Annika.

»Frau Annika soll das Geld auf dem Fahrersitz abstellen.«

Sie presste die Kopfhörer fester auf die Ohren.

»Noch mal.«

»Du sollst das Geld auf dem Fahrersitz abstellen.«

»Fahrersitz?«

»Mehr steht hier nicht.«

Der Übergabeort also. Auf dem Fahrersitz. Sie war unfähig zu atmen.

William Grey drückte konzentriert an einem Instrument am Armaturenbrett herum und kratzte sich am Kopf.

»Probleme?«, fragte Halenius.

»Die haben ein richtiges Rattenloch ausgesucht«, sagte er. »Bis zur somalischen Grenze sind es nur ein paar hundert Meter, genau auf dem Äquator. Hier, Breitengrad 0.00, Längengrad 40.9.«

»Südlich von Liboi?«

»Ungefähr vierzig Kilometer südlich, mitten in der Halbwüste. Wollen Sie es genau wissen?«

Halenius schüttelte den Kopf und lehnte sich in den Sitz zurück. Der Pilot griff nach seinem Funkgerät.

»*This is five Y AYH, starting our decent to Liboi*«, teilte er irgendeinem Kontrollturm mit.

Das Motorengeräusch änderte sich, die Erde kam näher, das Flugzeug schaukelte und hüpfte in den Luftlöchern. Eine Reihe von Kamelen, die auf dem Weg nach Süden waren, legten ärgerlich die Ohren an. Annika sah ein Zelt mit dem Aufdruck UNHCR, der Flüchtlingsorganisation der UN. Vielleicht hatte Frida entschieden, dass es ausgerechnet hier sein sollte.

Liboi tauchte unter ihnen auf, eine Straße mit Hütten und einigen Betongebäuden. Das Flugzeug schwebte über einer holprigen Piste ein, landete jedoch nicht, sondern flog wenige Meter über dem Boden in südliche Richtung weiter.

Annika legte die IKEA-Decke unten ins Flugzeug zurück. Sehr schnell war es sehr warm geworden.

»Heute Nachmittag soll es zweiundvierzig Grad heiß werden«, sagte William Grey.

Liboi verschwand hinter ihnen. Die Savanne raste wenige Dutzend Meter unter ihnen dahin. Das Flugzeug schüttelte sich in der Hitze. Annika klammerte sich am Sitz fest und starrte stur geradeaus auf William Greys graublonden Hinterkopf.

»Wie weit ist es noch?«, fragte Halenius.

Der Pilot hatte den Steuerknüppel fest im Griff und ließ die Flugrichtung nicht aus den Augen.

»Eine halbe Stunde, höchstens«, antwortete er.

Vierzig Kilometer in einer knappen halben Stunde, sie flogen also ungefähr hundert Stundenkilometer schnell. Annika warf rasch einen Blick nach unten, die Erde war nur eine braungraue Masse ohne Konturen oder Eigenart. In den Kopfhörern war es vollkommen still, kein Knacken oder Rauschen von Sprechfunk und Radar. In ihrer Magengegend vibrierte es vom Brummen des Flugzeugmotors. Als sie sich zurücklehnte, fühlte sie durch das dünne Rückenpolster die Menge der dichtgepackten Dollarscheine. Hinter jedem Sitz war eine Sporttasche verstaut.

Sie hatte dieses Geld auf ihrem Konto so gehütet. Es hatte ihr eine Art Freiheit gegeben, eine imaginäre vielleicht, aber allein das Wissen, dass es da war, hatte dafür gesorgt, dass sie jeden Tag aus freien Stücken zur Arbeit gegangen war, in dem Bewusstsein, dass sie jederzeit aufhören konnte.

Ihr Magen krampfte sich zusammen.

Thomas würde ungeheuer enttäuscht sein, dass es weg war. Das Geld war seine Eintrittskarte in ein besseres Leben gewesen, seine Bestätigung, dass er mehr wert war, dass er in einer Villa am Strand von Vaxholm wohnen könnte, wenn er nur wollte. Würde er wütend sein?

Sie schlug die Augen auf und blickte über die Landschaft. Nichts, nur verbrannte Erde und Dornengestrüpp.

»Da vorn muss es sein«, sagte William Grey, und seine Stimme klang heiser und gepresst.

Halenius beugte sich vor und spähte zum Horizont. Sein Bein drückte gegen Annikas. Sie blickte starr aus dem Seitenfenster.

»Da ist sie«, sagte der Pilot.

Annika wandte den Blick von der Landschaft und sah geradeaus.

»Wo?«, fragte Halenius und reckte den Hals.

Der Pilot zeigte mit der ganzen Hand darauf, Annika folgte seinen gestreckten Fingern mit dem Blick.

Er musste in einigen Kilometern Abstand von der somalischen Grenze geflogen sein, denn jetzt steuerte er nach links, geradewegs Richtung Osten.

»Ich muss mir erst ansehen, in welchem Zustand die Piste ist, bevor ich lande«, sagte er.

Jetzt sah Annika es auch, ein schmaler Strich in dem Gelände vor ihnen. Ihr Puls schoss hoch, und sie hatte Mühe zu atmen. Sie tastete nach Halenius' Hand, fand sie und drückte sie fest.

»Ich trau mich nicht«, sagte sie.

»Doch, das tust du«, erwiderte er. »Ich helfe dir.«

William Grey flog die provisorische Landebahn an, nur wenige Meter über dem Boden. Nach ein paar hundert Metern zog er den Steuerknüppel zurück und brachte die Maschine auf Höhe.

»Was?«, fragte Annika. »Was ist?«

»Diese Piste hier ist schon benutzt worden«, sagte er. »Ist zwar nicht Heathrow Airport, aber landen kann man. Eben lagen da noch ein paar Warzenschweine, die sind jetzt weg.«

Er flog in einem ziemlich weiten Bogen über das Gebiet, und als er sich der Piste von Süden näherte, bemerkte Annika vorn rechts etwas.

Eine Karosserie, das Wrack eines alten Busses. Er war so verrostet, dass er sich kaum von der Umgebung abhob. Aus den Fenstern wuchs Gestrüpp.

Sie klopfte Halenius auf die Schulter und zeigte nach vorn.

»Der Fahrersitz«, sagte sie.

Halenius drückte ihre Hand. William Grey flog eine enge Kurve, und die Maschine verlor schnell an Höhe. Annikas Magen rebellierte, sie fürchtete, sich übergeben zu müssen.

»Festhalten«, sagte Grey.

Die Reifen setzten mit einem Ruck auf, das Flugzeug hoppelte und schaukelte. Annika stieß sich den Kopf am Dach und fiel unsanft zurück auf den Sitz.

»*Sorry*«, sagte der Pilot.

Sie rumpelten über den unebenen Boden, der Motor heulte auf. Es war unglaublich heiß.

»Haben Sie den Bus gesehen?«, rief Halenius, und der Pilot nickte.

Das verrostete Fahrzeug stand verlassen am Südende der Piste. Die Maschine holperte darauf zu. Annika zwang sich, langsam und regelmäßig zu atmen. Etwa fünfzig Meter vor dem Bus bremste der Pilot die Maschine ab, wendete sie scharf, so dass die Nase nach Norden zeigte und die Landebahn vor ihnen lag. Er stellte den Motor ab.

Die einsetzende Stille war beklemmend.

Wie Grey nahmen auch Halenius und Annika die Kopfhörer ab.

»Da wären wir«, sagte der Pilot, öffnete die Tür und stieg aus.

Halenius half Annika mit der Tür, die überhaupt nicht so leicht zu öffnen war, wie sie es sich in ihrem Wahn vorgestellt hatte.

Mit vereinten Kräften luden die beiden Männer die Sporttaschen aus und stellten sie auf die Erde. Der Wind war heiß und trocken und füllte Annikas Mund mit Sand.

Der Bus war irgendwann einmal blau und weiß gewesen, sie konnte die Farben unter dem Rost erahnen. Alle Scheiben waren herausgeschlagen worden, nur ein paar Scherben der Windschutzscheibe saßen noch im Rahmen. Ein Hinterreifen war noch da, aber die Vorderräder standen auf den Felgen. Aus dem Kühlergrill wuchs ein verdorrter Busch.

»Ich glaube, ich habe auf der anderen Seite eine Tür gesehen«, sagte Halenius.

Annika nickte, sie hatte sie auch bemerkt. Sie blinzelte und blickte sich um. Warum war es so wichtig, dass ausgerechnet sie die Taschen dorthin brachte? Wurden sie beobachtet?

Die Hitze ließ die Luft vibrieren, sie sah nichts als flimmernde Luft und braun verbrannte Dornenbüsche.

»Am besten, du gehst zweimal«, sagte Halenius, aber Annika schüttelte den Kopf.

Lieber brach sie sich die Wirbelsäule, als dass sie diesen Gang mehr als einmal machte.

Sie griff nach den beiden Taschen. Ihre Knie drohten zu versagen, aber sie zwang sie zu gehorchen. Ihre Wirbelsäule fühlte sich gestaucht an, und die Henkel schnitten ihr in die Handflächen. Ein Insekt landete in ihrem Haar.

Sie machte einen Schritt, zwei, drei, als die Beine erst einmal in Bewegung gekommen waren, marschierten sie von allein. Sie ging im Laufschritt auf das Buswrack zu, die Taschen schlugen gegen ihre Waden, sie stolperte, fing sich aber wieder und lief weiter, blieb an einem Busch hängen und wäre fast gefallen.

Vier Meter vor dem Bus musste sie die Taschen absetzen. Sie rang keuchend nach Luft.

Der Bus war ein alter Tatra. Er hatte keine Scheinwerfer mehr, die verbliebenen Löcher erinnerten an leere Augenhöhlen.

Annika griff wieder nach den Taschen, konnte sie kaum anheben.

Sie ging um den Bus herum, an dem toten Gestrüpp vorbei, das aus dem Kühlergrill wuchs, und weiter zum Eingang. Sie ließ die Taschen fallen und atmete ein paar Mal tief durch.

Die Tür war tatsächlich noch da. Sie stand offen, doppelt gefaltet, das Glas war längst weg. Im Innern der Karosserie sah Annika die rostigen Skelette von zwei Doppelsitzen.

Sie stieg vorsichtig auf die unterste Stufe und schaute hinein.

Der hintere Teil des Busses war leer, nichts als Rost und Staub und Schrott und Teile eines Sitzes aus grünem Vinyl. Vorn, wo der Motorblock saß, war der Boden erhöht. Der Fahrersitz daneben existierte noch.

»Frau Annika soll das Geld auf dem Fahrersitz abstellen«, sagte sie laut.

Sie stieg wieder aus, packte die erste Tasche mit beiden Händen und wuchtete sie in den Bus. Der Fahrersitz bestand nur noch aus einem leeren Rahmen, also stellte sie die Tasche vor dem Sitz auf den Boden. Sie atmete tief durch und holte die zweite Tasche, packte sie auf die erste. Anschließend stand sie noch eine Sekunde da und betrachtete ihr Geld. Sie empfand nichts.

Annika drehte sich um, sprang aus dem Wrack und lief zurück zum Flugzeug. Halenius stand mit der Videokamera im Anschlag und filmte sie.

William Grey drehte sich abrupt um und kletterte ins Flugzeug.

»*Let's go!*«, rief er und warf den Motor an.

Halenius warf die Kamera auf den Sitz und fing Annika in seinen Armen auf.

»Ich bereue es nicht«, flüsterte er ihr durchs Motorengebrüll ins Ohr.

Sie befreite sich aus seinen Armen, stieg ins Flugzeug und zog die Tür zu.

Halenius saß kaum, als sie auch schon anrollten. William Grey gab Vollgas, das Flugzeug stöhnte und ruckelte. Annika setzte die Kopfhörer auf, blickte aus dem Seitenfenster und sah, wie ein schwarzes Auto über die Savanne heranraste, ein großer schwarzer Jeep, der schlingernd direkt auf sie zukam.

»Da!«, rief sie in ihr Mikrofon und zeigte darauf.

»Der Toyota Landcruiser«, schrie Halenius. »Geben Sie Gas, Mann!«

Das Flugzeug erzitterte und hob ab. Der Motor brüllte, während sie steil in den Himmel stiegen. Annika wurde gegen die Rückenlehne gepresst, aber nun waren hinter ihr keine festen Geldbündel mehr. Der Pilot flog eine scharfe Linkskurve, weg von Somalia und hinein nach Kenia, und auf der Erde unter ihnen sah Annika, wie das schwarze Auto am südlichsten Punkt der Landebahn hielt. Ein Mann in Khakikleidung sprang vom Vordersitz und rannte zum Buswrack, sie sah ihn auf der anderen Seite verschwinden, und keine Sekunde später explodierte das Gelände unter ihnen. Die Luft um sie herum flammte grellweiß auf. Annika stockte der Atem, Halenius schrie, das Flugzeug wurde von der Druckwelle zur Seite gefegt. Eine enorme

Rauchsäule stieg von der Stelle auf, wo der Bus gestanden hatte, der Toyota Landcruiser brannte, und die Erde bebte. Annika suchte verzweifelt nach irgendetwas, um sich festzuhalten.

»Was zum Teufel war das?!«, schrie William Grey.

Das Flugzeug wackelte und zitterte wie im Sturm, Halenius' Gesicht glänzte von Schweiß.

»Irgendwer hatte genug von Grégoire Makuza«, sagte er mit gepresster Stimme.

Das Motorengeräusch schwoll an, gellte ohrenbetäubend.

»*Good Lord*«, sagte William Grey und trimmte die Maschine. »Ich hoffe, wir schaffen es bis Liboi zurück.«

»Das Lösegeld«, flüsterte Annika. »Jetzt lassen sie ihn nie frei.«

Sie war im Himmel, und der Himmel war vollkommen weiß, und hoch oben schwebte sie, eingebettet in Wolken. Um sie herum war es absolut still. Sie nahm die Kopfhörer ab, kein Motorengeräusch war zu hören, nur von fern das leise Klagen des Windes, ein Wintertag hinter einem undichten Fenster. Sie badete in Licht, alles war aufgelöst. Hoch oben am Himmel schwebte ein Vogel, er sah aus wie ein Adler, nein, ein Adler war es nicht, es war ein Drachen! Es war ein Drachen mit den Umrissen eines Adlers, eines braunen Seeadlers, und er schwebte hoch oben zwischen den Wolken, mühelos, als wäre er aus Luft. Ein kleiner Junge stand tief unten auf der Erde und hielt den Drachen, er passte mit den Schnüren auf, er holte mit dem Arm aus und der Drachen tanzte, Vögel flatterten um ihn herum und machten Spektakel und schrien, und Annika lächelte den Jungen an, er war ganz süß.

Sie landete krachend auf dem Sitz und rutschte auf den Flugzeugboden, Halenius fiel auf sie, der Motor schrie und die Reifen jaulten, sie knallte auf den Boden und legte die Arme über den Kopf, vergaß zu atmen.

Endlich kamen sie zum Stehen. Der Motor verstummte.

»*Holy macaroni*«, sagte William Grey. »Das wäre beinah in die Hose gegangen.«

Halenius setzte sich auf und half Annika zurück auf den Sitz. Ihr Rücken schmerzte.

»Wo sind wir?«

»Liboi«, antwortete Halenius. »William muss nachsehen, ob das Flugzeug beschädigt ist.«

»Sie haben den Bus gesprengt«, sagte Annika. »Das Geld ist weg. Wer war das? Wer hat den Bus gesprengt?«

William Grey sah Halenius an.

»Gute Frage«, sagte er. »Wer hat das getan?«

»Soll ich raten? Die Amis.«

»Wussten die, wohin wir unterwegs waren?«

»Meine SMS sind weiter an Interpol in Brüssel gegangen, also haben sie es bestimmt gewusst. Aber das erklärt noch nichts. Sie kannten diese Landebahn längst. Der ganze Bus muss präpariert gewesen sein, denn so was macht man nicht mal eben in der Kaffeepause.«

»Sie wussten es«, flüsterte Annika. »Sie wussten, dass das Lösegeld dort lag.«

»Die USA führen Krieg gegen den Terrorismus«, sagte Halenius. »Aber angefangen haben sie ihn nicht.«

William Grey stieg aus dem Flugzeug. Er ging zu einem Soldaten mit einem großen Maschinengewehr auf dem Rücken und sprach mit ihm. Aus dem Ort strömte eine Menschenmenge herbei. Männer und Kinder in allen Altersgruppen und Frauen in Hidschab und Burka. Sie umringten das Flugzeug, und die ganze Landebahn war bald voller Menschen.

Der Pilot öffnete die Tür auf Annikas Seite. Sie nahm ihn hinter dem Tränenschleier nur undeutlich wahr.

»Jetzt kommt er nie mehr zurück«, sagte sie.

»Hier ist ein Mann, der mit Ihnen sprechen will«, entgegnete er.

Der schwarze bewaffnete Soldat trat zu ihr. Hinter ihm drängten sich die Menschen mit großen Augen und offenem Mund.

»Wer sind Sie?«, fragte der Soldat in perfektem Englisch. »Zu welchem Zweck sind Sie hier?«

Annika sah ihn an. Sie öffnete den Mund und wollte antworten, aber sie wurde von Weinen überwältigt.

Er war fort. Falls er noch lebte, würden die Entführer ihn umbringen, sie würden sich für die Explosion und für ihren toten Anführer rächen, o Gott, sie hoffte, dass er bereits tot war. Sie verbarg das Gesicht in den Händen.

Halenius trat neben sie.

»Wir sind im Rahmen eines Hilfsprojekts hier, vonseiten Schwedens«, sagte er.

Die Leute riefen und winkten, Annika sah es wie durch Nebel. Es war unglaublich heiß. Die Sonne stand im Zenit, das Licht war gleißend weiß. Sie weinte und konnte nicht aufhören.

»Die Papiere, bitte«, sagte der Soldat zu William Grey. Der Pilot reichte ihm die Flugerlaubnis.

Der Soldat studierte sie eine Weile konzentriert.

Thomas würde nicht zu ihr zurückkommen, und daran war nicht nur die Explosion schuld. Er wäre ohnehin nicht mehr derselbe. Den Mann, mit dem sie einmal verheiratet gewesen war, gab es nicht mehr, hatte es schon lange nicht mehr gegeben, bevor das Lösegeld verschwand.

Tränenüberströmt blickte sie nach Süden zum Horizont, hinein in das gleißende Licht. Sie meinte die Rauchsäule zu erahnen, Brandgeruch stieg ihr in die Nase.

»Folgen Sie mir«, sagte der Soldat schließlich.

»Kann ich hierbleiben?«, fragte William Grey. »Ich würde mein Flugzeug nur ungern allein lassen …«

Halenius legte ihr den Arm um die Schultern, aber sie schüttelte ihn ab.

Die Menschenmenge, mehrere Hundert Leute, folgte ihnen die Piste entlang zu einer Gruppe rissiger Betonhäuser.

»Was für ein Auflauf«, sagte Halenius. »Man könnte meinen, sie hätten noch nie ein Flugzeug gesehen.«

Der Mann drehte sich zu Halenius um und blieb stehen.

»Nur Militärmaschinen«, sagte er. »Das da ist das erste Privatflugzeug, das je in Liboi gelandet ist.«

Halenius senkte den Blick.

Der Boden war mit Steinen und Gerümpel bedeckt, zerbrochenen Ästen und Autoreifen. Annika stolperte immer wieder. In einiger Entfernung konnte sie Häuser ausmachen, flach und weiß, eine Ziege, Menschen, die sich im Schatten ausruhten, niedrige Bäume mit lederartigen Blättern, Einzäunungen aus Maschen- und Stacheldraht.

Der Himmel war hoch, unendlich.

Der Soldat brachte sie zu einem eingezäunten Hof mit einer großen runden Bambushütte in der Mitte.

Annika stolperte hinein. Die Dunkelheit drinnen wirkte nach dem grellen Sonnenlicht kompakt. An den Wänden standen durchgesessene Sofas mit geblümten Chintzbezügen, sie ließ sich auf das nächstbeste sinken und schlug sich die Hände vors Gesicht. Sie zitterte am ganzen Körper, die Tränen rannen ihr durch die Finger. Die Luft stand vollkommen still. Es war hundert Grad heiß. Ein Insekt zirpte.

Thomas saß in seinem Büro im Gemeindehaus von Vaxholm, die Sonne schien ihm ins Gesicht und auf die breiten Schultern. Er war sehr jung und viel schlanker damals. Sie interviewte ihn, er antwortete in hölzernem Bürokratenschwedisch. Sie unterbrach ihn und fragte: »Reden Sie immer so?«, und er sagte: »Es hat verdammt lange gedauert, das zu lernen.«

Drei Männer in Militärkleidung standen vor ihr. Sie trugen schwere Waffen um die Hüften.

»Sie sind also aus Schweden gekommen?«, sagte der Soldat in der Mitte. »Für ein Hilfsprojekt?«

Da standen sie, breitbeinig und im Bewusstsein der Macht, die von Schusswaffen ausging.

»Wir sollen die Zusammenarbeit zwischen UN und Welthungerhilfe untersuchen«, sagte Halenius und gab allen drei die Hand.

»Tatsächlich?«, sagte der Militär. »Wie denn?«

Annika erhob sich, baute sich vor ihm auf. Ihre Augen brannten.

»Wir sind hier, um meinen Mann zu suchen«, sagte sie. »Und Sie sind schuld, dass er verschwunden ist.«

Sie merkte, wie sich alle Augen auf sie richteten. Halenius ergriff ihren Oberarm, aber sie riss sich los.

»Und das Hilfsprojekt?«, fragte der Militär. Er verhielt sich abwartend, seine Stimme klang misstrauisch.

»Er wurde vor zehn Tagen entführt«, sagte Annika. »Er ist auf dieser Piste gelandet, genau wie wir, und *Sie* haben ihm Schutz und Sicherheit garantiert!«

Sie zeigte mit dem Finger auf den Mann vor sich und merkte, wie sie zu einem wütenden Tier wurde, einer fauchenden kleinen bösartigen Bestie mit spitzen Zähnen.

»*Sie* haben versprochen, ihn und die anderen zu schützen, und was haben Sie getan? Sie haben seine abgehackte linke Hand in Empfang genommen, das haben Sie getan!«

Sie schrie jetzt beinahe. Die Soldaten wichen zurück.

»Madam, das waren wir nicht …«

»Er war hier, um Kenia zu helfen, Kenias Grenzen zu sichern, und was hat er davon? Was seid ihr eigentlich für Kerle?!«

»Annika …«, sagte Halenius.

Sie stieß einen Schrei aus, schrie zur Decke hinauf, dort oben lebten Fledermäuse, sie sah sie nicht, aber sie spürte es, sie konnte es riechen.

Der Boden war steinig. Sie kam an Behausungen aus Blech und Reisig, Decken und Matratzen vorbei. Die Dorfstraße war übersät von Unrat. Keine Autos, nur Esel und Karren.

Sie weinte ins Licht.

Sie brachten sie zur Polizeistation, in eins der niedrigen weißen Gebäude, die sie von weitem gesehen hatte. Die Tür war blau gestrichen. Durch die Fensteröffnung zog sich ein Gewirr von Stromleitungen.

Ein Mann (der Polizeichef?) empfing sie in einem Büro, das so groß war wie der Fahrstuhl in der Agnegatan. Unter der Decke quietschte leise ein Ventilator, ohne für einen einzigen Luftzug zu sorgen. Mehrere andere Polizisten drängten herein und stellten sich an den Wänden auf.

»Sie sind wegen eines Hilfsprojekts hier?«, fragte der Mann (der Chef?) und deutete auf zwei Stühle, die vor seinen Schreibtisch geklemmt waren.

Halenius setzte sich, aber Annika blieb stehen. Sie merkte, dass ihre Tränen versiegten. Sie war innerlich leer, hohl.

»Nein«, sagte sie. »Mein Mann, Thomas Samuelsson, wurde

vor zehn Tagen hier draußen entführt. Die kenianischen Behörden sollten für seine Sicherheit sorgen, aber sie haben versagt. Ich würde gern wissen, was Sie als Polizeichef dazu zu sagen haben.«

Der Polizeichef sah sie mit großen Augen an.

»Sie sind die Frau von einem der Entführten?«

»Des Schweden Thomas Samuelsson«, sagte sie. »Es war seine Hand, die vor ein paar Tagen hier draußen in einem Karton gefunden wurde.«

Ihr wurde schwindelig, und sie hielt sich an der Schreibtischkante fest. Der Polizeichef schrieb etwas auf ein Blatt Papier.

»Können Sie mir eine Beschreibung Ihres Mannes geben?«

»Beschreibung? Wieso?«

»Haarfarbe, Größe, sonstige Kennzeichen?«

Sie atmete stoßweise.

»Blond«, sagte sie. »Eins achtundachtzig groß. Blaue Augen. Er trug ein rosa Hemd, als er verschwand.«

Der Polizeichef stand auf, ging aus dem Raum und kam mit einem Hefter in der Hand zurück.

»Das hier kam gestern Abend aus Dadaab«, sagte er. »Ein Hirte hat gestern Morgen vor seiner Manyatta südlich von Dadaab einen weißen Mann gefunden. Der Mann lag leblos auf der Erde, und der Hirte dachte, er sei tot. Aber er lebte, und der Hirte hat sich darum gekümmert, dass ein Team vom UN-Flüchtlingswerk ihn abholte. Der Mann liegt auf der Krankenstation in Lager drei.«

Annikas Knie gaben nach, und sie setzte sich neben Halenius.

»Wissen Sie, wer er ist?«

»Der Mann ist noch nicht identifiziert. Es ist bestimmt eine Meldung an die Zentrale des Flüchtlingswerks und ans Rote Kreuz rausgegangen, aber die Flüchtlingssituation in Dadaab ist chaotisch, und so was kann dauern.«

Für einen Moment schloss Annika die Augen.

»Warum erzählen Sie mir das?«

Der Polizeichef klappte den Hefter zu und sah sie ernst an.

»Der Mann war verstümmelt, ihm fehlte die linke Hand. Und er trug ein rosa Hemd.«

EPILOG

Elf Tage später
Dienstag, 13. Dezember

TAG 0

Anders Schyman betrachtete mit einem zweischneidigen Gefühl, mit Wehmut und auch mit Euphorie, das Foto, das beide Mittelseiten einnahm. In der Mitte vor endlosen Reihen von Krankenbetten und Zelten, die, braun und grau, die Trostlosigkeit des Flüchtlingslagers abbildeten, das Bett mit dem blonden Mann und die Frau, die sich über ihn beugte und ihre Hand auf seine verbrannte Wange legte. Am unteren Bildrand ahnte man den verbundenen Stumpf, wo die linke Hand des Mannes gewesen war.

Das war so schön, dass ihm beinahe die Augen feucht wurden.

Rein technisch war das Foto schlecht (eigentlich war es ein Bild aus einem Videofilm), aber es hatte ganz groß eingeschlagen. Reuters hatte die Weltrechte an Bengtzons Tagebuch der Entführung gekauft und CNN zwanzig Sekunden ihres Films.

Er zupfte sich am Bart. Was für eine verdammt gute Story, wie Thomas zum Sterben in einer Blechhütte zurückgelassen worden war, es aber geschafft hatte, sich zu befreien; wie Annika ihn gefunden hatte, dann der Transport zurück nach Schweden … Sie hatten eine atemberaubend hohe Auflage verkauft und damit den *Konkurrenten* endlich überholt. Bei der Veröffentlichung der nächsten TS-Zahlen würde sich erweisen, dass das *Abendblatt* die größte Zeitung Schwedens war, und das wiederum bedeutete, dass er abdanken konnte.

Allerdings war dieses großartige Ergebnis nicht nur Annika Bengtzons Verdienst, ermahnte er sich selbst.

Anders Schyman schlug die Zeitung zu und betrachtete die Titelseite:

SCHWEDENS
ÜBELSTER
SERIEN-
MÖRDER

lautete die Schlagzeile, mit einem Foto, das einen lachenden Gustaf Holmerud mit Anglerhut und Lätzchen beim Krebsessen zeigte.

Zwar entsprach das nicht der Wahrheit (wie üblich, hätte er beinahe gedacht), denn Schwedens übelster Serienmörder war in Wirklichkeit ein 18-jähriger Zivildienstleistender aus Malmö, der Ende der 1970er Jahre 27 Greise in einem Pflegeheim umgebracht hatte, indem er ihnen ätzende Putzmittel einflößte. Gustaf Holmerud hatte bisher lediglich fünf Morde gestanden, aber da die Ermittlungen noch nicht abgeschlossen waren, bestand Hoffnung, dass es noch mehr Morde wurden.

Schyman blätterte die Zeitung durch.

Die Seiten sechs und sieben, der Hauptnachrichtenteil, bestand aus Porträtfotos von fünf Männern unter der Überschrift ENTLASTET. Die fünf waren die Ehemänner oder Lebensgefährten der ermordeten Frauen gewesen, und auch diese Überschrift war in gewissem Sinne falsch. Oscar Andersson, einer der angeblich Entlasteten, hatte nie unter Verdacht gestanden.

Die eigentliche Meldung war, dass die Staatsanwaltschaft nun gegen Gustaf Holmerud Anklage wegen fünffachen Mordes erhoben hatte, das bedeutete, der Verdacht gegen die übrigen Beteiligten im Ermittlungsverfahren wurde nicht weiter aufrechterhalten.

Er schob die Zeitung weg und sah auf die Uhr.

Annika Bengtzon kam zu spät, ungewöhnlich für sie. Schyman hatte sie immer für eine Pünktlichkeitsfanatikerin gehalten, eine hervorragende Eigenschaft für eine Nachrichtenreporterin. Es spielte keine Rolle, wie gut man schreiben konnte oder welche Nachrichten man an Land zog, wenn man unfähig war, die Deadline einzuhalten …

»Tut mir leid«, sagte Annika Bengtzon ganz außer Atem, als sie in sein Aquarium stürmte. »Die U-Bahn fährt nicht, und ich …«

Der Chefredakteur unterbrach sie mit erhobener Hand. Die Reporterin schob die Tür zu, ließ Tasche und Steppjacke auf den Boden fallen und sank auf einen Besucherstuhl. Sie hatte rote Wangen von der Kälte, und ihre Nase war wund.

»Wie geht's Thomas?«, fragte Schyman.

Annika Bengtzon holte Luft.

»Die Infektion hat sich gebessert, und die Malaria ist fast weg«, sagte sie und legte die redaktionseigene Videokamera auf seinen Schreibtisch. »Soll ich mir quittieren lassen, dass ich sie zurückgebracht habe?«

Schyman schüttelte den Kopf.

»Wie verkraftet er die Situation?«

»Welche denn? Dass er keine linke Hand mehr hat? Er hat noch nichts dazu gesagt, das ist im Moment wohl auch nicht so wichtig.«

Er betrachtete die Reporterin, ihre Bewegungen waren fahrig, und ihr Atem rasselte. Sie war kein bisschen emotional, das schätzte er an ihr.

»Sind Sie erkältet?«, erkundigte er sich.

Sie sah ihn überrascht an.

»Wieso?«

»Könnten Sie sich vorstellen, eine Kolumne darüber zu schreiben?«

»Über meine Erkältung?«

»Über Thomas, die ganze Situation, Ihr Leben heute?«

Sie lächelte leicht.

»Sicher«, sagte sie. »Für drei Millionen.«

Er erwiderte ihr Lächeln.

»Ich habe gesehen, dass man den Ort gefunden hat, wo Thomas und die anderen gefangen gehalten wurden«, sagte er.

Annika nickte.

»Eine verlassene Manyatta dreiundzwanzig Kilometer süd-
östlich von Dadaab«, sagte sie. »Thomas meint, dass man sie im
Kreis durch die Gegend gefahren haben muss, vielleicht weil die
Entführer nicht wussten, was sie mit ihnen machen sollten. Das
werden wir nie erfahren …«

Die Amerikaner hatten triumphierend gemeldet, Grégoire
Makuza sei am selben Tag in die Luft gesprengt worden, an dem
man Thomas im Lager von Dadaab gefunden habe. Der Präsident hatte zu der Sache sogar eine kurze und markige Ansprache
an die Nation gehalten, schließlich waren im nächsten Jahr Präsidentschaftswahlen.

Schyman zögerte einen Moment, dann holte er Luft und
sagte:

»Haben Sie kürzlich mal auf die Seite von mediatime.se ge-
schaut?«

»Sie meinen ›Die schwarze Witwe‹? Ja.«

»Ich finde, Sie sollten sich gar nicht darum kümmern«, sagte
Schyman.

Sie zuckte mit den Schultern.

»Anne Snapphane hat den Artikel geschrieben. Wir sind alte
Bekannte, und alles, was da steht, stimmt. Ich habe ja tatsächlich
meinen Freund getötet, und mein Mann ist von Entführern verstümmelt worden, einer meiner Informanten wurde ermordet,
und mein Haus wurde von einer Berufskillerin in Brand ge-
steckt. Aber mich mit einer Spinne zu vergleichen, die jeden um-
bringt, der in ihre Nähe kommt, finde ich dann doch etwas übertrieben.«

»Ich dachte, mediatime würde seinen Klatschbasar gründlich
ausputzen, das hatten sie jedenfalls behauptet, als sie mit diesem
neuen Format auf Sendung gingen, ›Ronja deckt auf‹.«

»Ist das die, die vor ein paar Jahren Volontärin bei uns war?«,
fragte Annika.

»Wie viele Journalistinnen gibt es denn, die Ronja heißen?«,
fragte Schyman.

»Zu viele«, erwiderte Annika, beugte sich über seinen
Schreibtisch und griff nach der Zeitung, die immer noch bei dem

ENTLASTET-Artikel und den fünf Porträtfotos aufgeschlagen war.

»Das ist doch wirklich widerlich«, sagte sie.

Schyman seufzte.

»Annika …«

»Ich bleibe an der Sache dran«, sagte sie. »Hab schon mit Viveca Hernandez gesprochen. Die körperlichen Misshandlungen fingen an, als Linnea schwanger wurde. Die ganze klassische Palette, Schläge auf die Augen, die ihn anklagten, und auf den Mund, der Widerworte gab. Er hat sie nackt aus der Wohnung ins Treppenhaus gejagt, dadurch hat Viveca überhaupt erst gemerkt, was sich da abspielte …«

»Annika …«

Ihre Hand verkrampfte sich auf der Zeitungsseite, Annika sah Schyman nicht an.

»Ich muss arbeiten«, sagte sie. »Sonst gilt nichts mehr. Ich nicht und nicht die Frauen. Sie verdienen es, dass ich …«

»Annika, ich habe gekündigt.«

Jetzt blickte sie zu ihm hoch.

»Wann denn? Wann hören Sie auf?«

»Im Mai«, sagte er.

Sie lehnte sich auf dem Besucherstuhl zurück.

»Ich habe mich schon gefragt, wie lange Sie das noch durchhalten«, sagte sie.

Er hob die Augenbrauen. Sie deutete mit dem Kopf hinüber zum Newsdesk.

»Patrik«, sagte sie, »und sein ganzer verlogener Drecksjournalismus. Sie winden sich wie ein Wurm am Haken, wenn Sie versuchen, gute Miene zu seinen blöden Einfällen zu machen. Ich weiß, Sie sagen, das verkauft sich, aber ich glaube, die Erfolge sind vorübergehend und kurzsichtig. Die Leute sind nicht dumm. Die durchschauen das hier.«

Er sah sie eine Weile stumm an.

»Sie irren sich«, sagte er. »In allen Punkten. Die Leute sind ziemlich beschränkt. Die glauben alles, was sie lesen, nehmen Sie doch nur mal den Mist im Internet. Die Hälfte der Leser von mediatime.se glaubt inzwischen, dass Sie kleine Kinder fressen.«

Er stand auf.

»Und was Patrik angeht«, fuhr er fort, »ich habe ihn dem Vorstand als meinen Nachfolger vorgeschlagen.«

Sie saß auf dem Stuhl und blickte mit ihren schrägen grünen Augen zu ihm auf.

»Das klappt doch nie«, sagte sie leise.

Er antwortete nicht, stand da und spürte, wie ihm das Unbehagen den Rücken hinaufkroch.

»Man wird Sie nicht als Helden verehren, nur weil die Zeitung ohne Sie vor die Hunde geht«, sagte sie. »Im Gegenteil. Sie sind dann nur noch eine Randfigur. Der Vorstand wird jede Verantwortung von sich weisen. Die geben Ihnen die Schuld an allem, begreifen Sie das nicht?«

Sie erhob sich ebenfalls, griff nach ihrer Tasche und nach der Jacke. Schymans Puls raste, und er warf sich in die Brust, um es zu überspielen.

»Denken Sie an mein Angebot«, sagte er. »Eine Kolumne über Thomas und Sie und Ihr neues Leben zusammen, jetzt, wo er wieder zu Hause ist. Drei Millionen kriegen Sie dafür nicht, aber vielleicht eine Neujahrsreise mit der Familie?«

Sie zog die Steppjacke an und hängte sich die Tasche über die Schulter.

»Das wird wohl schwierig«, sagte sie. »Ich bleibe nicht länger mit Thomas zusammen.«

Mit halboffenem Mund sah er sie an und fand keine Worte.

»Thomas weiß es noch nicht. Ich sage es ihm heute, ich bin gerade auf dem Weg ins Krankenhaus.«

Sie schob die Tür auf, schloss sie hinter sich und war weg.

*

Der Himmel füllt mein ganzes Fenster aus. Er ist tief und massiv wie Beton, kühl und grau.

Hin und wieder fliegt, wie eine schwarze Silhouette gegen das

Licht, ein Vogel vorbei, aber ansonsten ist nichts zu sehen. Ich hätte mir einen Baum gewünscht oder wenigstens ein paar nackte Zweige.

Hier ist es sterbenslangweilig.

Meine fehlende Hand hat begonnen zu schmerzen. Manchmal juckt es zwischen den Fingern, und die Handfläche brennt. Das ist normal, haben sie gesagt.

Ich soll eine Prothese bekommen.

Sie sagen, dass Prothesen heute ganz hervorragend sind. Es gibt welche, die werden über Bluetooth gesteuert und können Muskelimpulse aufnehmen und Druck und Bewegungen anpassen, und vielleicht gibt es bald welche mit Gefühl. Es ist tatsächlich eine schwedische Erfindung, das ist ja schon wieder komisch.

Annika war phantastisch. Sie hat mir endlos zugehört. Das vergesse ich ihr nie.

Es war vor meiner Hütte so still geworden. Ich bekam kein Wasser mehr und nichts mehr zu essen. Irgendwann habe ich dann die Blechplatte vor der Öffnung weggetreten.

Alle Männer waren verschwunden, auch die Autos und die Waffen. Meine Erinnerung endet draußen in der Savanne. Vom Flüchtlingslager weiß ich nichts mehr, erinnere mich nur noch an Annikas Gesicht über mir auf dem Rückflug nach Schweden.

Sie haben den Dänen nicht gefunden. Seine Tochter glaubt, er lebt noch, obwohl ich ihr erzählt habe, dass er gestorben ist. Sie ist überzeugt, dass ich mich geirrt habe.

Annika hat mich gerettet. Sie hat alles Geld genommen, das sie besaß, und versucht, mich freizubekommen, aber da war es bereits zu spät.

Anfangs hat sich Kalle nicht getraut, den Stumpf anzusehen, aber Ellen wollte gleich den Verband abmachen und ihn untersuchen. Sie hat Holgers Arztgene geerbt.

Ich sehne mich so unglaublich nach Annika. Sie war so oft hier, wie sie konnte, aber sie hat ja auch viel Arbeit mit den Kindern und Weihnachten und allem, was geregelt werden muss. Sie kommt bald, mit Glögg und Pfefferkuchen.

Sie sagen, dass ich wieder an meinen alten Arbeitsplatz zurück kann, aber ich weiß nicht, ob ich das will. Mein Chef, Staatssekretär Jimmy Halenius, hat mich phantastisch unterstützt. Er war mehrfach hier, um sich zu erkundigen, wie es mir geht, und Grüße vom Ministerpräsidenten und vom Justizminister auszurichten.

Gleich kommt sie. Ich habe sie gebeten, mir auch Luciaschnecken mitzubringen, ganz frische, mit Rosinen und viel Safran.

Ich möchte, dass wir Weihnachten in Vaxholm feiern. Wenn wir Glück haben, gibt es dieses Jahr wieder Schnee, weiße Weihnachten.

Es ist nicht vorbei. Es fängt jetzt erst an.

Sie sagen, dass ich wieder ganz gesund werde. Ganz gesund. Wenn auch mit Prothese.

Man kann lernen, sich die Schnürsenkel zu binden, sagen sie.

Jetzt ist sie da, jetzt höre ich sie kommen, ich erkenne ihre Schritte auf dem Gang, ihre rastlosen Absätze auf dem Korkbelag. Gleich ist sie hier bei mir.

Dank der Autorin

Ich sage, was ich immer sage, schon seit meinem allerersten »Dank der Autorin« im Herbst 1997: Dies ist Fiktion. Alle Charaktere sind ganz und gar meiner eigenen Phantasie entsprungen. Obwohl ich eine schon beinahe lächerlich gründliche Recherche betreibe, ist Annika Bengtzons Welt in meinem Kopf entstanden. Das bedeutet, beispielsweise, dass ich mir die Freiheit genommen habe, amerikanische Grundschulen dort anzusiedeln, wo keine sind, Abläufe und Entscheidungswege in Zeitungsredaktionen zu beschreiben, die es nicht gibt, Einrichtungen in existierenden Gebäuden zu verändern und Sonntagsschulen zu erfinden, die es so vielleicht nie gegeben hat.

Doch eine Sache möchte ich klar betonen:

Mir ist nicht bekannt, ob die schwedische Regierung (oder die irgendeines anderen Landes) eine Versicherung gegen die Entführung ihrer Beamten abgeschlossen hat. Ich habe mir nicht die Mühe gemacht, das herauszufinden. FALLS es so wäre und FALLS sie es mir wider Erwarten erzählt hätten (was ich für höchst unwahrscheinlich halte), hätte ich es nicht schreiben können. Das hätte nämlich das Risiko erhöht, dass schwedische Beamte entführt werden, in Schweden, aber vor allem im Ausland, und es triebe die Lösegeldforderungen in die Höhe. Ich weiß auch nicht, ob Mitglieder der schwedischen Regierung Kidnapping-Schulungen beim amerikanischen FBI besuchen oder besucht haben. FALLS das (entgegen allen Vermutungen) wirklich der Fall sein sollte, weiß ich nicht, ob man einen Staatssekretär zu einer solchen Schulung schicken würde. In diesem Roman habe ich mich an ein fiktives Szenario gehalten, das möglicherweise nah an der Wahrheit ist – oder aber weit davon entfernt. Es ist besser für uns alle, wenn wir es nicht wissen.

Um mich in die Situation von Entführten zu versetzen, habe ich stapelweise Memoiren von Menschen gelesen, die für eine kürzere oder längere Zeit in Geiselhaft waren. Diese autobiographischen Erinnerungen beschreiben oft minutiös und detailliert die Abläufe und die Verhältnisse während der Zeit der Gefangenschaft, was auf die Dauer eine gähnend langweilige Lektüre ist. Geiselhaft scheint ganz einfach unerhört eintönig zu sein. Nur wenigen der Autoren ist es gelungen, das Gefühl von Verzweiflung und den Irrsinn in Worte zu fassen, den ihre Berichte aber dennoch wiedergeben.

Rühmliche Ausnahmen sind Terry Andersons »Den of Lions«, in dem der frühere Chef des Beiruter Büros von Associated Press seine fast sieben Jahre dauernde Gefangenschaft bei der Hisbollah im Libanon beschreibt, und Ingrid Betancourts Buch »Kein Schweigen, das nicht endet« über ihre Jahre bei der FARC-Guerilla in Kolumbien.

Von großem Nutzen waren mir außerdem zahlreiche Fachbücher über Entführungen sowie Handbücher über die Kunst des Aushandelns von Lösegeld. Das wichtigste darunter ist »Kidnap for Ransom – Resolving the Unthinkable« von Richard P. Wright.

Außerdem möchte ich danken:

Peter White, Pilot, der mich nach Liboi geflogen hat.

Peter Rönnerfalk, Chefarzt des Södersjukhuset in Stockholm, der mir wieder einmal bei medizinischen Details geholfen hat.

Cecilia Roos Isaksson, Riksbanken, Bengt Carlsson, Handelsbanken, Anna Urrutia, Forex Bank, und Jonas Karlsson von der Abteilung Verbrechensbekämpfung der Zollbehörde für Informationen über Vorschriften und Vorgehensweisen bei internationalem Geldtransfer.

Den Mitarbeiterinnen und Mitarbeitern der Zeitung *Expressen* in Stockholm, denen ich zu Studienzwecken über die Schultern sehen durfte.

Nikke L, deren Fotoblog auf reco.se ich den wunderbaren Hinweis und Kommentar über Gurken im Aioli entnommen habe.

Anna Laestadius Larsson, aus deren Kolumne die Parallele zwischen schmutzigen Toiletten und Kindesmisshandlung stammt.

Meiner Verlegerin Ann-Marie Skarp und allen Mitarbeiterinnen und Mitarbeitern des Piratförlaget.

Niclas Salomonsson, meinem Agenten, und seinen Mitarbeiterinnen und Mitarbeitern der Salomonsson Agency in Stockholm.

Thomas Bodström, Rechtsanwalt, Autor und ehemaliger Justizminister, für juristische Expertise und messerscharfes Korrekturlesen.

Tove Alsterdal, meiner Lektorin und ersten Leserin seit Herbst 1984: Ohne Deinen unerschütterlichen Beistand, Deine klugen Gedanken und Deine große Ruhe gäbe es meine Bücher nicht.

Liza Marklund

Kalter Süden

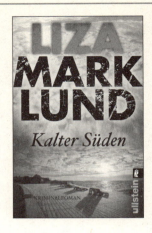

Kriminalroman.
Aus dem Schwedischen von
Anne Bubenzer und Dagmar Lendt.
Taschenbuch.
Auch als E-Book erhältlich.
www.ullstein-buchverlage.de

Tödliche Intrigen hinter Traumfassaden

Der Tod des schwedischen Eishockey-Stars Sebastian Söderström schlägt hohe Wellen. Er und seine Familie sind einem Giftgasanschlag zum Opfer gefallen. Annika Bengtzon fliegt nach Marbella und recherchiert in der Welt der Superreichen, die zurückgezogen hinter hohen Mauern ein Leben in scheinbarer Sicherheit führen. In diesem Kosmos der glatten Oberflächen und gekühlten Räume ist Schweigen Gold, und Geheimnisse werden über Generationen bewahrt. Die spanische Polizei gibt den Fall schon bald resigniert auf. Doch Annika Bengtzon lässt sich nicht so leicht abweisen.

Ausgezeichnet mit dem Radio Bremen Krimipreis

Die Erfolgsserie mit Annika Bengtzon von Bestsellerautorin Liza Marklund

Alle Titel sind als Taschenbuch und als E-Book erhältlich.

Olympisches Feuer
Kriminalroman
ISBN 978-3-548-28423-1

Studio 6
Kriminalroman
ISBN 978-3-548-28424-8

Paradies
Kriminalroman
ISBN 978-3-548-28830-7

Prime Time
Kriminalroman
ISBN 978-3-548-28829-1

Kalter Süden
Kriminalroman
ISBN 978-3-548-29007-2

Weißer Tod
Kriminalroman
ISBN 978-3-548-29012-6

Jagd
Kriminalroman
ISBN 978-3-548-28817-8

Verletzlich
Kriminalroman
ISBN 978-3-548-29011-9

www.ullstein-buchverlage.de

ullstein